周吉敏 ◎ 主编

山水清华

北京联合出版公司
Beijing United Publishing Co.,Ltd.

图书在版编目（CIP）数据

山水清华/周吉敏主编 . -- 北京：北京联合出版
公司，2025.3. -- ISBN 978-7-5596-8207-9

Ⅰ . I267

中国国家版本馆 CIP 数据核字第 2025AJ2480 号

山水清华

主　　编：周吉敏

出 品 人：赵红仕

责任编辑：徐　樟

北京联合出版公司出版

（北京市西城区德外大街 83 号楼 9 层　100088）

北京联合天畅文化传播公司发行

三河市九洲财鑫印刷有限公司　新华书店经销

字数 290 千字　880 毫米 ×1230 毫米　1/32　13.375 印张

2025 年 3 月第 1 版　2025 年 3 月第 1 次印刷

ISBN 978-7-5596-8207-9

定价：68.00 元

前　言

　　瓯海，是温州四大主城区之一，古属瓯地。《山海经·海内南经》说"瓯居海中"，"瓯海"之名由此而来。

　　瓯海西部，峰峦起伏的洞宫山脉，是温州城西面的自然屏障。中部，景山、牛山、白云山，如盘中青螺，散落在河网平原上。东部的大罗山，肖然特立在东海之滨，是温州城东面的自然屏障。

　　山似屏帏，水如带。发源于瓯海西部瞿溪山的塘河——温州人心目中的母亲河，一路从西到南，蜿蜒流淌，支脉化衍，灌溉了千里田亩，沟通城内河道，水如棋局，舟楫往来，激活了温州城乡，化育了这座城市。

　　瓯海得天独厚的自然造化，积淀了丰厚的人文内涵。仙岩穗丰西周土墩墓出土的青铜礼乐器、兵器、玉饰品，其高超的青铜铸造工艺，完整的礼乐用器组合，标志了温州文明的发端。西部的泽雅，茂密的竹林和丰沛的洞水，滋养着中国古法造纸技艺，延续着人类古老的造纸文明。

　　南朝刘宋时，谢灵运任永嘉郡守，诗人的性灵遇见瓯海山水，写下《瞿溪山饭僧》《舟向仙岩寻三皇井仙迹》《游赤石进帆海》等山水诗，瓯域山水清华，可见一斑。1923 年，朱自清到温州省立十中任教，其间游览了仙岩梅雨潭，写下传世散文《绿》，梅雨潭从此名扬天下。

瓯海是著名戏剧史研究专家、剧作家董每戡的故乡，南戏故里的流风余韵培育了这位如星辰般闪耀的戏剧研究学者。瓯海也是台湾籍作家琦君的故乡，琦君以真、善、美的笔触，书写了养育她的这一方水土的乡情、乡味、乡风。

从 2014 年开始，瓯海区温瑞塘河环境与文化促进会致力于实施"文化名家看塘河"文化工程，以母亲河的名义，借名家之笔，挖掘、呈现瓯海深厚的地域文化内涵。十年来，五十多位现当代作家踏迹瓯海，书写瓯海，并刊发在《人民日报》《光明日报》《解放日报》《十月》《山花》等全国报刊上，让世人看见了瓯海的城区之美，看见了瓯海在历史进程中的风采。作家的文章，立足于瓯海"科教兴区　山水瓯海"的发展战略，传承了瓯海的文化传统，也为瓯海积淀了新时期的文化层，助力瓯海经济社会可持续性发展。

人迹于山，则山河万朵皆有欣色。文脉不断，大地山川才有永续的活力。今年恰逢瓯海区温瑞塘河环境与文化促进会成立十周年，特将作家书写瓯海的文章汇编一册，传布于世。

编者

2024 年 8 月 5 日

目录

第二辑

第三辑

第四辑

第一辑

纸山泽雅

袁 敏

有这样一片山，它高高的，长满了翠竹和绿树，开着各色各样的野花，山岚萦绕，山音低回。走在山间，有鸟儿叽喳，有溪流叮咚，饱含树脂的嫩芽正在舒青，绽放出点点新绿，缀满枝头的野果浆汁充盈，晶莹的露珠在上面滚动。

乍一看，这片山和其他的山峦并无二致，很美，却也平常。但当我得知它的名字叫"纸山"时，不知为什么，我的心怦然动了一下；又得知"纸山"绵延的这块土地叫"泽雅"，这温婉安静的名字，如同一条小河，缓缓地淌过我的全身，冲刷走每一寸肌肤上的污垢，人仿佛变得通体清明。

以前到过温州很多次，却从不知道"泽雅"，更没听说过"纸山"。

这次邂逅了泽雅纸山，便有一种别样的惊喜，一下子就爱上了，觉得它寂寞中透出安详，宁静中有一种悠远。山外的喧哗和热闹，没能撩动它的神经，四下里匆忙的脚步和世人疲于奔命的节奏，也难以扰乱它的心境。那一种天然的淡泊如水，那一种骨子里与生俱来的坦然和定力，让你不由自主地对它肃然起敬。

我相信纸山有故事，泽雅有风云，但它缄口不言，安静如水。

也许它不屑于说，也没有表达和张扬的欲望？

带我走进泽雅纸山的吉，是一位溢散着古典气韵的美女。

那天，她穿着一身印花蓝布的修身长裙，一头黑亮的披肩长发，如瀑布般散落下来，和长裙下忽隐忽现的那双小白鞋静悄悄地呼应着，心照不宣地默契着。她的手臂上挎着一只深棕色的长方形双环小竹筐，油亮中闪着深红光泽的竹骨，支撑起细密如鳞的竹编，美得不动声色。

她在前面婷婷袅袅地走，给我一个纤细的背影，就像人在画中行。

夏末的凉风从耳边拂过，吹来了历史的回声，细细聆听，分明有人在历史隧道的深处召唤你，向你讲述泽雅纸山古老久远的故事。

泽雅纸山地处浙江温州瓯海区的西部，是瓯江支流戍浦江上游一颗璀璨的明珠。它东临三溪平原瞿溪镇，南连瑞安市湖岭镇，西倚青田县山口镇，北接鹿城区藤桥镇，距离经济繁荣的温州市区仅仅 18 公里，却没有沾染一丝一毫的商业气息。

"泽雅"名字的由来，似乎并不仅仅是民间的口口相传和约定俗成，显然浸润了历史的包浆。据说原来的泽雅，通常是指泽下、泽上、泽新三个自然村，其地理位置在"古耸寨"的下方。明弘治《温州府志》中，曾记载有"寨下"之名。而"泽雅"，最早见于明万历《温州府志》，"泽雅"似乎为"寨下"与温州方言相近的谐音。无论这个说法是否准确，当地人分明认同和喜欢了"泽雅"这个清丽脱俗的名字。

后来，泽雅从历史上沿革下来的三个村子再也没有分开。到了 1998 年，这里的水域开始变成温州城区的大水缸——泽雅水库，静谧而清澈的水面，常常会荡起鱼鳞般银光闪闪的无边涟漪，这也成了泽雅的一道美丽风景。

都说聚水之地，必有青山为伴，泽雅自然也不例外。泽雅境内有崎云山和凌云山，它们都属于雁荡山的余脉。崎云山坐落在泽雅的西南面，而凌云山则耸立于泽雅的西北面，两山对峙，隔空遥望，山脉走势却绿荫相连。虽然两山之间有一条狭长的山谷，号称"龙溪"，但这条山高谷深的龙溪，从来也没有真正将崎云山和凌云山分开。

山清水秀，泽雅便有了灵性，丰富的山水资源，成了泽雅人取之不尽用之不竭的天然宝库，也为万物生灵奉献了栖息繁衍的成长之地。

泽雅先辈依山靠山，临水靠水，他们利用自然、开发自然，把大自然的馈赠，转化成自己生活和生产的无尽财富。泽雅人先是在平缓地段开荒种粮，但地少人多，粮食不够吃，他们便又在山上栽下竹子、树木，用绿养山，靠山吃山。

不知从什么时候起，聪明的泽雅人开始用漫山遍野的竹子做原材料，干起了造纸的营生。他们在山坑水边建造水碓、纸槽、腌塘，利用水力资源，把劈成长条的竹子做成料，捆成捆，浸在腌塘里，腌成刷，再放入纸槽烹烧，捣成浆、造成纸，然后挑到山外去换粮食和日用品。

这种手工造的纸，纸张细腻、厚薄均匀，不渗水，不洇墨，很受欢迎。泽雅纸先是销往全国各地，后来又走出国门，销往东南亚地区。销路一打开，泽雅人便认准了这条就地取材、因地制宜的生财之道，家家都造纸，人人会造纸，山山水水间，几百座水碓拔地而起，数千个纸槽遍地开花，泽雅纸业渐渐形成了气候，也有了相当的规模。

从此，崎云山和凌云山的名字渐渐被人淡忘，而"纸山"的称谓，反倒成了泽雅远近闻名的标识。不仅泽雅的传统手工造纸技艺，被誉为"中国造纸的活化石"，泽雅的"四连碓"造纸作坊，还被国务院列为第五批全国重点文物保护单位；泽雅屏纸制作技艺，更是入选了第三批国家非物质文化遗产名录。

泽雅西岸的一位纸农说，我们西岸人是靠水流造纸吃饭的。他的话一点没错，也真实地还原了泽雅一段长长的历史。

然而，随着时代的发展和社会文明进程步伐的加快，现代化造纸工厂一座座拔地而起，飞速转动的机器声日夜轰鸣，造纸厂造出的纸张，其优质漂亮和数量巨大，都非旧时的手工造纸可以比拟。传统手工造纸行业，无可阻挡地开始衰落，泽雅纸山也逃脱不了凋敝的命运。昔日生机勃勃的水碓变得萧条，纸槽、腌塘慢慢地荒芜，历史车轮向前滚动的洪流中，谁也不会听到泽雅的叹息，谁也不会看到纸山的落泪。

所幸的是，泽雅纸山土生土长的中青年一代，已经有了传承地域文化的强烈意识，他们的文化视野和胸襟格局，早已经和老一代纸农不同，他们深谙"泽雅"的历史底蕴，更懂得"纸山"的文化价值，他们觉得自己有义务保护这块中华民族的地方瑰宝，有责任将其蕴含的地域文化发扬光大。他们中间的佼佼者，无论是从挖掘泽雅纸山文化，还是开发泽雅纸山风光，抑或更宽泛地走读泽雅纸山周边通向外部世界的一条条古道，寻觅古道上的历史文化信息，都彰显出一种厚重而深切的人文情怀。

这次来泽雅纸山之前，吉送给我两本书。

一本是林志文先生和周银钗女士撰写的《泽雅造纸》，这大约也是研究纸山文化的第一本专著。两位作者都是喝着泽雅水，吃着竹纸饭长大的本地人，他们与泽雅竹纸亲密接触数十年，深谙这门造纸工艺技术的门道，对纸山更有一种血脉相连的情感。该书客观详尽地记录和讲述了泽雅纸山的历史，记录了当地造纸作坊和造纸技艺传承的现状，以及对造纸所需的材料、设备、工具等等的细致介绍。书中还配有大量的老照片，可以让读者更直观地感受泽雅纸山走过的兴衰之路。

另一本《斜阳外》，则是吉记录自己走读十七条瓯海古道的发现和感悟，其中有一章《外山岭：后纸山时代的疼痛》，更是专门写了她面对泽雅纸山老一代纸农的老去，新一代传人的断层，内心所产生的怅惘、疼痛与思考。

吉出生在泽雅西岸，那是泽雅史上造纸最为繁盛之地。她从小就看着祖辈们用传统手工技艺做纸，亲身感受到这门手艺的神奇魅力和独特风采。等年纪稍长一些，她也尝试跟着父母学习造纸，体验过一系列的造纸工艺程序。虽然父母心疼她是一个女孩子，又是读书娃，不让她碰造纸前期的斫竹、做料、腌刷、踏刷、烹槽、捞纸这样的粗活苦活，但后期的压纸、分纸、晒纸、叠纸等工序，她都一一干过。

　　吉告诉我，造纸业有句俗语："片纸不易得，操作七十二。"民间传说的手工造纸，需要七十二道工序，这可能源于清代黄兴三的《造纸说》中"纸槽谚云：片纸非容易，措手七十二"的说法。自己从小就接触泽雅纸山的造纸技艺，也算得熟悉了，虽然不敢说真有七十二道工序，但其制作过程的烦琐复杂，却是切切实实的。

　　在吉看来，如今的泽雅纸山，看起来似乎正在走向衰落和凋零，但并不意味着这门中华传统造纸技艺没有价值，应该被历史淘汰，而恰恰提醒我们思考：乡村的人口大量奔向城市，失去纸农的纸山，如何与岁月抗衡，与自然更长久地和谐共生？保护、传承、发展，如何不再成为一句空话，而能真正开启今人的智慧，用别样的思维和崭新的手段，让泽雅再呈异彩，让纸山再现辉煌？

　　读这样的文字，我的感动和钦佩油然而生。

　　在这个物欲横流、娱乐至上的时代，还有人关注着逐渐被人遗忘的冷僻领域，虽然他们倾心写下的有关泽雅纸山的文字能被多少人看到，我不得而知，但他们拥有的对中华民族传统遗产的保护意识和文化担当，无论如何都让人备感敬重。

　　现在我终于明白，吉为什么带我来泽雅纸山了。

　　我跟随着吉，行走在纸山的小路上。

　　我们脚下的青石板路，像一位沧桑老人的躯体，幽幽、深深、窄窄、长长，石板路的每一块青石，都浸润着岁月风霜；石板彼此挤挤挨挨的缝隙里，长满了暗绿色的苔藓和青草，脚踩上去，你可以感受到它们生命脉搏的跳动，这便让冷冰冰的石板路瞬间有了温度。

举目四望，山很苍翠，也很清冷，山音依旧，却无人倾听；散落在山间旷野的水碓、纸槽、腌塘、水车、烟囱等旧物都在，造纸作坊的老屋也照样坚挺，纸山的旧时痕迹满眼皆是，你可以想见它曾经有过的辉煌。

如今，这里已经被改造成了泽雅纸山造纸文化的露天博物馆，每一处旧址，每一个老物件，都挂着写满中文、英语、韩语、日语的解说。

这个露天博物馆的建立，体现了当地政府的文化眼光，博物馆也最大程度地保留了泽雅纸山的精髓和原汁原味，同时也看得出，博物馆的具体策划制作者不想让泽雅纸山的造纸文化烟消云散的良苦用心。

可是，要想真正挽留住一段不可复制的美丽，除了保存好原有物质层面的一切，恐怕更重要的，还是要有真正用心传承这些物质和非物质遗产的人，这才是活态的泽雅纸山文化！

可是，这样的人还会有吗？在这个愈来愈物质的时代，还有谁会耐得住寂寞，守得住老祖宗留下来的物质和非物质文化遗产呢？

没想到，像回答我的疑问似的，在一个传统手工造纸体验区，我看到了这样一幕：一个中年妇女，弯着腰，双手端着一副长方形的木头框架，在纸槽中的浆水里捞纸。她捞得那么全神贯注，汗水滴落在纸槽的浆水中。

我们走过去看她劳作时，从头至尾，她都没有抬起头来。我特意给捞纸妇女拍了一张照片，她的头顶上有一幅黑底白字的解说词，那上面的中文是：捞纸——用纸簾在大纸槽中将浆水捞起，便成纸张。放在旁边的石板上，叠起的纸称"纸墙"或"纸岸"。

令人心酸的是，这位妇女满头大汗地捞纸，周围除了我和吉，其实根本没有一个参观者，她其实大可不必这么认真地演示捞纸的操作流程。但这位妇女头也不抬，一丝不苟地劳作着，我和吉对话的声音似乎也惊动不了她。

我想，这大概只能有一个解释，那就是，她不是在表演，而真正是对传统手工造纸技艺发自内心的热爱！我不知道这位妇女是不是纸山的后人，但她熟稔的捞纸动作，显然承继了泽雅造纸先人的传统技艺。

从外貌看，这位妇女已人到中年，作为泽雅纸山造纸技艺的非遗传承人，显然不是最佳年龄的人选，但作为承上启下的一代接力者，她对这门手工造纸技艺的热爱，却令我们感到欣慰。她至少给了我们一点信心和启示，告诉我们：直到今天，依然还有人在守护泽雅纸山，为纸山的明天培土浇水。我们需要做的是，让这样的人不再孤单，让为泽雅纸山培土浇水者的队伍，不断壮大。

当我将自己的感悟说给吉听时，她脸上的笑意，显示出她认同我的想法。

这位生于斯长于斯的泽雅女儿，虽然早就走出了纸山，成了一位优秀的作家和文化工作者，但看得出她的心依旧萦绕着家乡的山水，儿时的记忆时时拉拽着她的脚步，让她情不自禁地常常会返回故里，她也会常常带着全国各地的文友来走读泽雅纸山，宣传泽雅纸山。她对泽雅纸山的热爱，与那位在露天博物馆体验区捞纸的中年妇女是完全一样的。

泽雅纸山有了这样的后人，哪里就会消亡呢？

离开纸山时，天色已近黄昏，夕阳的余晖给纸山镶上了一道金边，很美。

我想，有了这道金边的纸山，美得就和别的山峦不一样了。

作者简介：

袁敏，女，浙江上虞人，北京大学中文系毕业。原《江南》杂志主编，著有长篇小说《白天鹅》，中篇小说集《天上飘来一朵云》《深深的大草甸》等。

纸 上

龙仁青

　　看着那一大片古法造纸作坊，我的思绪，却回到了几年前在青海果洛看到的造纸作坊。造纸技术诞生后，不论是攀过高山来到青藏地区，还是南下来到江南水乡，其实都预示着一种文明的交融，一种文化的生长。

——《中国故事》

　　来到温州，在一个叫泽雅的地方见识了这里古老的造纸作坊之前，我在青海果洛草原的德昂看到过藏纸的制作。

　　德昂是一个神奇的地方，这种神奇，是被隐藏起来的神奇。这里的人们以放牧为生，如果你初来乍到，你在这里看到的一定是一派游牧生活的景象。在一年四季很少停息的风雪沙尘的肆虐下，变得沉默寡言甚至有些木讷的牧民们，默默守护着他们的牛羊。瘦弱的牛羊，在积雪斑驳的草地上走走停停，四处寻觅，啃食着粗硬的牧草。不远处是牧民们的帐篷，矮小的帐篷被那些散乱的牛羊围着，似是趴卧在地上的一头孤独的牦牛。

帐篷是当地人白天取暖用餐、晚上睡觉休憩的居所，是他们的家。

在短暂的夏季，这里也绿草如茵，山花烂漫，但在更加漫长的冬春季节，就是这种有些荒芜的景象占领着这里。所以，谁也不会知道，在这样一个地方，这些牧人们，除了放牧牛羊，他们还掌握着一种让外界意想不到的本领——每每到了夜晚，他们摇身一变，从沉默的牧人转变成儒雅的书者，开始抄写佛经——在表面的粗糙之下，他们每个人，都如玉石般温润。

德昂洒智，一种藏文书写技法，国家级非物质文化遗产，已经在这片草原上传承了200多年。它的传承者，就是这些牧民。牧民们结束了每日孤独的游牧生活，回到他们的帐篷里，土灶里的牛粪火燃烧着，一股暖意氤氲在帐篷里，火光照亮了帐篷的角角落落。牛粪火，起到了照明和保暖两种作用。

吃了被牛粪火煮熟的美食，喝了一碗又一碗温热甘美的奶茶，临睡之前，他们席地而坐，沐手焚香，满脸肃穆，把一张藏纸捧在左手，拇指和食指间捏着一方小小的藏式砚台，砚台里是用酥油灯燃烧后结成的灯花制作的墨汁。牧民们右手拿着一支竹笔，蘸上墨汁，开始聚精会神地抄写佛经——结束了一天的游牧生活，他们开始了在精神世界里的自由畅游。白日里放牧牛羊时的疲累和艰辛一扫而光，他们的脸上多了一种专注又神圣的表情。

那种被他们隐藏起来的神奇，在此时此刻，毫不张扬却又十分显眼地露了出来。

经由他们抄写的佛经，纸张坚挺厚实，是用当地一种野花——瑞香狼毒做成的藏纸。纸张上的字体简洁流畅，这便是德昂洒智。文字的书写以黑红两种颜色搭配，红色部分用了朱砂，勾勒出经卷中的重点内容。满目的黑色的字中间，时而跃出一个个红色的字，产生了一种随性的装饰效果，朴素中透着华丽。

他们书写的经卷体积小巧，携带、保存都十分方便，是他们周边或更远的寺院和牧民们特别喜欢收藏的珍品，他们也以此赚到了额外的收入，可补贴家用。这种书写技法，作为他们谋生的一种技能，抑或只是作为一种生活方式，就这样传承了下来。

德昂洒智，藏语的意思是流传在德昂地方的藏文书写技法，虽然从名称上只提到了书写，其实也包括了制笔、造纸、研墨和砚台制作等工种，也就是说，德昂洒智是一种笔墨纸砚齐全的非物质文化遗产。

这里单单说说藏纸的制作。

制作藏纸所用的材料中，最为重要的一种，便是在青藏高原上常见的一种野生植物——狼毒花。狼毒花是多年生草本植物，生长在海拔 2600 米至 5000 米左右的草原上。在青海果洛，常见的狼毒花基本是瑞香狼毒，红嫩的花苞，绽放出雪白的花朵，有着丁香花一样奇异的芬芳。

在藏医学中，瑞香狼毒是一种具有祛痰、消肿、止痛功能的草药，狼毒花的根部有剧毒，智慧的藏族人便利用它的这一特性生产出了与众不同的藏纸，使得藏纸具有了不怕虫蛀鼠咬、不腐烂、不变色、不易撕破等特点。书写在藏纸上的书籍也就成了历经岁月沧桑依然保存完好的奇迹。

因地制宜的造纸

在德昂，当这里的主人，德昂洒智非遗传承人丹贝嘉灿把我带到这个小小的藏纸作坊时，我还以为是一家牧民刚刚搬走了帐篷，把帐篷里的土灶遗落在这里没有拆除。丹贝嘉灿看着我有些愕然的表情，笑着告诉我，现在藏纸的制作，规模都很小，原因是如果过度采挖瑞香狼毒，会造成草原生态的破坏。"我们多是从已经退化的黑土滩少量采挖一些狼毒花。"正说着，他捡起"土灶"旁边一些粘连着泥土的狼毒花根，又说："你看这个，就是前几天这里下雨发洪水，一些狼毒花被连根拔起，冲到地面上，我们就捡拾一些……"

听了丹贝嘉灿的话，我心里不禁感叹起来，在生态保护和藏纸制作这种别具特色的非物质文化遗产的保护与传承之间，如何两全其美呢？我不由想起了仓央嘉措的那首诗：世间安得双全法，不负如来不负卿——在草原生态保护与藏纸制作之间，能够两样都"不负"吗？

"狼毒花，在藏语里叫'热加巴'。"丹贝嘉灿告诉我，"在狼毒花的根部，加上别的原料——这些原料，都来自高寒的青藏高原——要经过去皮、划捣、蒸煮、沤制、漂洗、捣料、打浆、抄造、蒸干等环节，才能造出藏纸来。"

"在古代，制作藏纸是一件非常神圣的事儿。"丹贝嘉灿对我说，"一些藏文典籍里记载，藏纸生产出来后，要举行开光仪式。单单用来研磨藏纸，让它变得平整光滑的工具，就有用白海螺、黄天珠等材料制成的，有用珍珠、玛瑙制成的，还有牛角、瓷碗等民间常用的工具。"

丹贝嘉灿还向我介绍了藏纸的不同产地和各种等级。他说："我们这里是个小地方，名不见经传，但我们的藏纸是专门为了书写德昂洒智而生产的，所以也算非常特别的一种纸了。"说完，他哈哈笑了起来。

听了丹贝嘉灿的介绍，我心里想，藏纸的制作其实与我所知的不少纸类的生产过程也大体相似，有所不同的其实主要是材料。造纸技术产生后，四处传播，传播到一个地方，它就会在当地找到某种适宜的造纸材料。

正如宋代文人苏易简所说："蜀中多以麻为纸……江浙间多以嫩竹为纸。北土以桑皮为纸。剡溪以藤为纸。海人以苔为纸。浙人以麦茎、稻秆为之者脆薄焉，以麦藁、油藤为之者尤佳。"

造纸技术的这种"因地制宜"的能力，其实是就地取材。每到一地，当地含纤维的植物，就会被选中，以这种含纤维植物制造的纸，也会以这种植物命名。比如最早出现在陕甘地区，以黄麻等麻类植物为原料的麻纸，以及后来以桑、藤、竹等为原料的各种纸。

这让我想到了那些攀缘植物。

攀缘植物，是指那些能向上攀爬的植物。在我的家乡青藏高原，有一种野生的攀缘植物，学名叫甘青铁线莲。它有针形的叶，茎上有明显的棱，从初夏开始开花。这种花卉有金黄色四瓣的花朵，呈灯笼状，被坚挺的茎挑在枝头，时而罗列一排，时而错落有致，金灿灿的，在阳光下熠熠闪光，而到了初秋季节，金黄色的花瓣随风飘落，长出球状的花穗，像一头蓬松的银发，所以它在藏语里的名字就叫"阿伊哇果"，意思是白头老太。

有研究表明，造纸技术是从初唐时期开始传播到青藏地区的，它在这片高原荒野上，找到了瑞香狼毒。当地先民们借助瑞香狼毒制造出了极富青藏高原地域特色的藏纸，是不是就像甘青铁线莲一样，有着不断攀爬的生机与活力？

行走在泽雅纸山

想到这些时，我已经到了温州。出发前，好友告诉我，这次温州之行，我们会去一个名叫泽雅的地方，她说："那里是我的老家，也是屏纸的产地。"朋友提到了造纸，我便想到了几年前在德昂与藏纸相遇的经历，于是便从自己杂乱的书房里找出那幅德昂洒智的书法作品。

我像当初从丹贝嘉灿手中欣喜地接过这份珍贵的礼物时一样，又细细地鉴赏了一番：厚实的藏纸上，用典型的德昂洒智藏文书法抄写着赞美妙音天女的一段颂辞，这是宗喀巴大师所作，内容是祈愿妙音天女赋予诗人犹如妙音天女一样的诗歌才华，所用竹笔、墨汁等等当然也是出自德昂洒智的传承人之手。

我轻轻抚摸着这幅书法作品，手指的触觉变得敏锐，我似乎感知到了这平面的书法作品之外，那些肉眼所不能见到的，有关历史、地理、民族文化发展演变的滚滚烟云，那是立体的、形象的、令人赞叹的。

如此，我便带着德昂洒智的余味，来到了温州。

那是到了温州之后的一个早晨。朋友带着我们，从瓯海的仙门河出发，沿着河顺流而下。驳船占据着河流最中心的位置，一路乘风破浪，我和同行的朋友们便站在驳船甲板上，一边在发动机的轰鸣声中大声地说话，一边欣赏着沿岸的秀美风光。

向前行进的驳船，让两岸的风景急速地向后撤去，风景在飘忽不定的速度中变得模糊又朦胧，似乎失去了个性与差异，开始变得趋同。逶迤的群山，毫无例外地被密不透风的绿色裹挟着，在河的两岸连绵起伏，忽而高凸，忽而凹陷，连贯有序，就像是两排对称的拉链，咬合在一起，而我们乘坐的驳船，就像是拉链的锁头。快速前行中，两岸的山峦就在驳船的前端打开，向我们的身后退去。

不过，如果仔细去看，在这趋同的风景之中，总会显出稍纵即逝的不一样来：一株叶片很大的南方植物，盘踞在一块礁石一侧，就像是蹲坐在那里的一位睡意沉沉的老者，有着贤哲一样的随性和不羁；一座古旧却又精巧的建筑，占据着逶迤的群山中的最高处，俯瞰着世界，伴随着驳船的行进，它缓缓移动着，高贵又矜持，彰显出南方自然与人文高度结合的意蕴。在一处有村舍的地方，一位捣衣的农妇，忽然从绿植葳蕤的拐角处现身，一身蓝印花布的装扮，那深蓝的颜色如一缕烟岚忽然飘升在万绿丛中，成为这满眼的绿色中一道有烟火气的风景。

其实，有烟火气的风景很多——在密不透风的绿色稍有松懈的稀疏处，屋舍、小楼掩映其间，不时有汽车与行人在屋舍小楼之间穿梭往来。电线杆、电线杆上纵横交错的电线，与之相辅相成的还有门头、招牌、广告牌，作为时代与生活的意象，也少不了它们赫然显露在这片充满江南山水古意的岸边。

对我这个来自青藏高原的人来说，当我从"古道西风"的高原来到"小桥流水"的南方，其实就是走进了诗与远方的现场——我的故乡青藏高原，此刻于我却成了诗与远方的远方。

那天，我们到底乘船走了多远的路，走了多长的时间，我已毫无印象。对两岸美景的留恋，让我们在那个时刻忘记了时间，也忘记了空间。后来听朋友说，那一天，我们一路走过南塘、丽田、梧田后，又南向到了丽岙，才意犹未尽地停下来。

虽说忘了时间和空间，但有一样我却一直记着，且印象深刻——那一天，为了不错过两岸的风景，我们都没有在船舱里待着，都走到甲板上或站或坐，或举着手机和相机不断对准某一处风景，但我们很快发现，我们是不能站在甲板上的。

横跨两岸的桥一座接着一座，随着驳船的航行，这些桥便向我们一点点逼近，先是出现在目光所及的远处，看起来有些小巧，但接着它们便一点点地庞大起来，直至变成一个个庞然大物，虎视眈眈地向着驳船直冲过来，我们还没有表现出惊讶，它们便从我们的头顶飞速掠过，移向船尾，再由庞大变得小巧，然后消隐在目不能及的远处。

听朋友介绍，这塘河之上，大小桥梁有三十多座，其中不乏历史悠久，有着传说与故事的古桥，有的桥梁甚至有数百年的历史。对我这个来自西部荒野的牧人之子来说，朋友的轻言轻语，让我大开眼界。古老的南方，人文荟萃，物产丰富。这里的人与自然高度融合，让这里的任何一处风景，都闪现着人文与自然的双重色彩，不像我西部的家乡，偶尔也有一些地方会被人们呼作"无人区"。

到了泽雅纸山我才知道，"纸山"这个地名的名副其实。相关资料这样描述泽雅纸山：聚水之地，秀丽之乡，地势西高东低，奇峰林立，峰峦环簇，是典型的山地。山民在寸土寸金的平缓地带开田种粮，溪滩山坡种水竹，山溪旁建造水碓，捣刷造纸——比起种田，造纸才是这里的主要产业。这里的另一个特点，便是丰富的水资源，众多细小的溪流，循着山势汇集。山与水联手，使这里成了最适宜水竹生长的地方。

水竹间的造纸术

这里的水竹，被人们冠以这里的地名，叫温州水竹。来这里之前，我曾查阅过资料，资料介绍，温州水竹属于丛生型植物，干直节长，壁薄腔大，竹质细腻，纤维柔软，是当地造纸的主要材料。

江南的山，并不巍峨，却透出一种俊逸；江南的水，并不寒凉，却自有一种剔透。绕过几座山，踏过几座石桥，我们的眼前豁然开朗。

这里是这片起起伏伏的山里难得一见的平地。举目看去，一丛丛水竹四处皆是。在轻盈得几乎没有的微风里，偶尔能够听到竹叶被风吹动的哗哗声，那么细微，自有一种不敢打扰远方来客的小心和矜持。

朋友带着我们走进一个窄小的土门，一排排青石砌成的人字顶小屋出现在眼前。朋友告诉我们，这就是水碓房。我们听了，满脸愕然。经介绍，我们才知道水碓是造纸中唯一利用外力的一道工序，要用它把沤烂的竹料不断地捶打和捣碎。这道工序也是整个造纸过程的前端工序。

看着那一大片古法造纸作坊，我的思绪，却回到了几年前在青海果洛看到的造纸作坊。造纸技术诞生后，不论是攀过高山来到青藏地区，还是南下来到江南水乡，其实都预示着一种文明的交融，一种文化的生长。

天色向晚，主人便安排我们在水碓坑村的农家乐用餐，晚上住在一家民宿里。夜深了。我躺在民宿的房间里，不时有犬吠声在某处响起，忽远忽近的鸟儿的啁啾声更是不绝于耳，这让我不禁想起我那远在青海湖畔的故乡。小时候，我们的每一个夜晚，都是在犬吠和鸟鸣中进入梦乡的，或许便是这样的回忆，让我有了童年一样的无忧无虑，我很快有了沉沉的睡意。

第二天早起，简单洗漱了一下，我就走出民宿，沿着昨日我们走过的路，来到了水碓所在的地方。我沿着人字顶小屋之间的蜿蜒小道走走停停，拿出手机拍了不少照片。如今这安静的所在，曾经也是这里的人们挥汗如雨的地方。现在留下来的水碓，已经成为需要保护的文物。

吃过早餐，我们去参观传统造纸专题展示馆。我们在展示馆门口等拿着钥匙的阿婆来开门，大概十几分钟，阿婆急匆匆赶来，与朋友说着我们听不懂的方言，打开了展示馆的大门。在展示馆里，让我印象最深的，便是以图文形式介绍全国各地用不同原料制造的不同的纸，当然也介绍了藏纸。看着藏纸的简略介绍，我想起了高原上的狼毒花，也想起了高原上的攀缘植物甘青铁线莲。

如果藏纸是造纸技术在高原的狼毒花上开出的铁线莲，造纸技术到了这温暖湿润的南方，与水竹共生，生出了屏纸，远销四方，养育这里的山民，那么，如果也以一种攀缘植物做比喻，那该是一种什么植物呢？

我即刻想到了凌霄花。

凌霄花生长盛开在南方，是典型的攀缘植物，木质的茎呈褐色，弯曲着，纠缠着，开出鲜红与橙黄交错的花，花色张扬夺目，远远就能看到，似是一个迷人的女子，身着华服，毫不设防地展示着自己的美丽，"我如果爱你——绝不像攀缘的凌霄花，借你的高枝炫耀自己……"这是诗人的想法，而对凌霄花来说，她要的，就是"炫耀"。

那天早晨，我和水竹还有一次美好的相遇。朋友召唤大家吃早餐，准备带我们开始新一天的游览。当我从水碓那里返回民宿时，在一株水竹上，看到了两只白头鹎，它们卿卿我我，大秀恩爱，全然不在乎我这个路人的窥视。

我停下来，仔细观察起它们来。它们依然不管不顾，亲密无间，恰似电影《天仙配》里的一段场景的复原——在电影《天仙配》里，当《夫妻双双把家还》的歌儿响起的时候，画面上出现水塘里盛开的荷花、一对恩爱的白鸭，接着便是一对在树枝上鸣唱嬉戏的白头鹎。镜头推近，白头鹎在树枝间跳跃，追随着牛郎，与牛郎翩翩起舞的织女抬头欣喜地看着它们，这首传遍中国的歌儿就这样开始了。

泽雅纸山的这次行走，令我永远难以忘怀。

作者简介：

龙仁青，青海省作协副主席，曾获全国少数民族文学创作骏马奖。

另一张纸

周吉敏

博尔赫斯对有人质疑阿拉伯圣书中没有提到骆驼
而回答:"因为随处可见,所以不必提到。"

——题记

一张纸因为书写被推崇至圣,而另一张纸因为隐入生活被
视而不见。我的家乡——东海一隅的温州泽雅,祖先元末避乱
山中,斫竹造碓做纸谋生,家家户户手工造的就是另一张纸,
其竹纸制造技艺与明代宋应星《天工开物》中所述一致,人称
"纸山"。在传统文明接纳现代文明革新或彻底退出时,古法造
纸却凭了泽雅的山水之势,跨越了世纪的鸿沟,至今,山中青
竹遍野,水碓错落,腌塘纵横,成为尚还存在的过去。乡人在
某个点上的造纸动作指向遥远的造纸之初,成为"中国造纸术
的活化石"。它是人类古法造纸文明留存在瓯域的最后一粒火星
子,烘暖了记忆和想象,赶上去逮住了那些千年以降的远逝事
物的情状。

一张纸像人的命运,长成,被打碎,被捞起,被重组,被

出售，年复一年地轮回。

一、斫竹，腌刷，一个青年"走失"

雪气被天空的几朵云吸收了进去，想着过几天定会飘几场雨，迎来桃花开。此刻，天空幽蓝，斑鸠以附点十六分音符的呼唤，正被风扯远，像丝绸一样滑滑地飘——保留片刻，接着消融在某只眼睛的深处。转身之间，对面山上传来一声附点十六分音符的应答——保留片刻，接着消融在某只眼睛的深处。一呼一应，不歇不停，不累不倦。

这亲爱的声音增加了阳光的温度。大自然被叶绿素浸染。漫山遍野的竹子似乎对阳光特别敏感，叶子毫无节制地舒张开来，羊毛一样覆盖在起伏的山野上。风穿过竹林，去年的叶子像纸屑穿过嫩嫩的细枝落下来。太多细碎的争吵声从地下传来。一只年幼的长尾巴雀清亮短促的鸣叫如一把小刀划开纸张，使大气断裂，随后的斑鸠马上在这道绿色伤痕上涂抹一层，竹叶又连成了一片，反而愈加细腻和生动。

这个季节，从蜂巢的格子间出来的人带刀行走。他们走在淡绿的浮着白色软毛的棉菜香气中，挎在腰间刀架上的刀刃发光的柴刀在臀部愉悦地打起节拍。"叽里咣，叽里咣，叽里咣……"在一条粗石路上消失，又从另一条粗石路上浮上来。

这是去年的那丛水竹，也是前年的，几十年前的，或许更久。村人带刀是完成春天的一次收割——斫竹。用五分的力握刀，绕着这丛水竹走一圈，刀背闲闲地拍拍竹竿，紧跟着一阵

"窸窸窣窣"，这可以理解成一种有礼貌的敲门，或是一种对话。

其实，今天的这些斫竹人，从来没有和水竹进行过真正的交谈。他们只是模仿，把自己套进很早以前就打开在那儿的动作的框框里。他们不知道竹子作为物种的多样形式和它们之间的微妙差异，不知道水竹生命温度平均在十六摄氏度以上，不知道脚下的土地是水竹生长的北限，不知道水竹纤维长度在两毫米左右。就是这些隐秘的特性决定了水竹的命运和宿命。斫竹人一代一代说着："竹子生谷，当家人要哭。"（水竹开了花，纤维老化，于造纸就无用）家家户户在五月前竹笋未长出时砍密留疏，去老存新，为做纸备料。也是按照老祖宗的样子，用八分的力握刀，刀就长出了眼睛，辨认出竹子的长幼，朝着三年的竹子走去。找准根部，与泥面持平。刀抽走，"嘎吱"一声，刀子带出一股青气，顺带挑起一些湿润的泥土，把新鲜的竹桩护住。仿佛沾了竹气，刀含春的柔情让山野走进春天的深处。

把离根的竹子从密密的竹丛中拉扯出来，天空响起细碎的私语。竹子对自己将成为一张纸，成为构成肉体和灵魂分界线的一种物质的离奇之旅无法想象。此刻，它们身上的枝叶已经被剔除卷进牛的胃海，过几个时辰又如海潮返回到入海口，开始复杂而丰富的牛的内部世界的旅行，等再次回到阳光下的时候，已被重构成另一种物质形式。留下的光溜溜的竹竿，被截断，锤裂，晒干，扎捆，移入塘用蛎灰浸沤。夏天到来。季节在发烧，塘里的蛎灰发出"哧哧"的声音，冒起热腾腾的烟雾，四处弥漫着呛人的气息。牡蛎死后留下的壳被烧过碾作粉末后，这种大海里的软体生物方才露了本性——借水还魂化针咬人。捵三次塘——人站在腌塘里，全身上下抹菜油、牛油，或猪油，锄头翻动竹料，隔十天上下倒腾一次，夏天就过去了。到秋天，塘水从金黄安静成暗褐，倒映着天光云影，像卸下记忆的负担。竹子依靠别的物种的吞噬完成了变形——木素和果胶失去后留下叫"刷"的做纸原料，等到可以用水碓捣成刷绒时，雪也快落下了。当然，你也可抄近路，把那些半生不熟的竹料从腌塘里起出，码在"纸烘"里蒸煮一天一夜，生料就变成了熟料。这个过程有个野性的名字——"燂刷"。就是砌在地上的泥灶上扣一口直径一米的大铁锅，铁锅上扣大木桶，装上三百公斤的竹料。高耸的大烟囱里冒出巨大的云，天地间，气蒸腾，风也睡去了。黑暗中的火，在一种巨大的重负下顽强地坚持着，曲折，摇摆，迷幻。一张纹路沟壑般深刻的脸被烤焦得爆裂开来，汗水横流，凝滞的眼睛默默地望着火，也望向天空，等待启明星出现。

村里"走失"了一个叫春景的斫竹的后生。他家与我家隔一座房子，与我同辈，大我一轮。早晨上山前，他跟父亲说中午要去"盟兄弟"家吃酒，向父亲要几块人情钱。父亲不允，中午不见儿子回家吃饭，父亲估摸儿子一定是借了钱去吃酒。等到午后，儿子回来准备继续上山斫竹，一只脚还在门外，父亲一个巴掌把儿子掴到门的角落里。"叫你不要去，还去？找死呀！"儿子的血往上涌。角落里只有一个暗褐色的玻璃瓶子。瓶身写着它让人向往又好听的名字："乐果"。那只拿惯了刀的手像抓住救命稻草一样握住了，拧开盖子，豪爽地倒进自己的喉咙……

竹子做的纸剪成的纸钱送他上山。那座挖得潦草的黄泥坟就在外山那丛水竹旁边。家人的哭声撕开了春天的里子——这杂草和荆棘交错的编织。那年春天，斑鸠抚不平这道伤痕，声声呼唤成了心头痛。

"纸是吃饭宝，是身上衣。"竹子变成纸是一条长长的跌宕起伏的无法预测的旅程。斫竹只是第一步。

二、水碓，捣刷，一担纸换来的媳妇

水碓的捣声被白天掩饰，夜晚释放出来，把密实的黑暗震得松松垮垮。比黑暗更黑的裂缝中飞出许多平日里不曾听见的声音，那些是被水碓消融了的万物的声音。

"咚——咚——咚——"。是山在夜里行走。是竹子在腌塘里发酵。是凤仙花的子房猛地打开。是蝴蝶撞上了花瓣。是星子坠落。有几颗就落在我眼前，白花花一片。我八岁的小小的身体把稻草垫子压得"窸窸窣窣"。新一季刚收割的稻草蓬蓬松松的，安息的香气把草席抬得高出了床沿。接着，我盖上满印着戏人的被子——我数过多次。共有六十四个戏人，一样的蓝眼睛蓝嘴巴蓝鼻子，各有不同的表情，站在一个个蓝底白花环绕的框里，就像我此刻躺在画着花纹和戏人的屏风合围的床上。

阿婆叫戏人被子为"花夹被"。本应是阿婆的嫁妆，可阿婆是个童养媳，从小就没了妈，七岁到阿爷家，她没有嫁妆。"花夹被"就是阿婆带来的婚被。小脚阿太（曾祖母）花了一担纸把她接来，还是为了做纸。小孩子可以分纸和捣刷。阿婆完不成，阿太就不给她饭吃，阿爷只好偷偷把饭留起来。

雕花大床也是阿婆的婚床。阿婆说做一张这样的大床要十担纸的价钱，半年的工夫。我算过，一担是六捆纸，一捆是四十刀（叠），一刀是一百张……那时我的十个手指怎么数也数不清。床上四围的戏人比起花夹被上的戏人精神多了，轮廓黑线勾描，全身橘红色，紧身服，插翎羽，提刀驾马。阿婆对这些戏人从没说清楚过，这一次睡前问她说是"梁山伯祝英台"，隔天又变成了"五女拜寿"。她说来说去就这两出，再也说不出别的戏，而且两出戏常常情节混淆。阿婆说戏显然比做纸生疏太多，我极不满意但又无可奈何。

我安心睡着，阿婆阿爷去溪边的水碓屋里捣刷。从晚九点到第二天早晨六点这段睡眠，阿婆阿爷的水碓捣声陪伴着我。这是水碓拨给我们家的时间。水碓像个巨大的钟表，把时间拨给这家，拨给那家。每个人的时间都在水碓的刻度里顺着它走，无法逆行，更不敢脱轨。水碓打破洪荒以来的界限，比如白天黑夜，春夏秋冬，日出而作日落而息。

水碓是个大型造纸工具，十几户人家集资建造，轮流使用。每户人家一个月轮到一两次。水碓捣刷把竹料捣成纸绒，这是竹变成纸的转折点。做纸的每个环节依序排列在时间里，一件接一件，前后相连接踵而至。这流动的秩序是纸的来龙去脉。水碓的捣声是强烈的信号，流水向前，水碓在转，日子也转得风生水起。

从傍晚到我还没入睡的这段属于"浅夜"里，阿婆一直在穿梭移动，坐下吃饭也是随时起身要走的状态。系在身上的围身在行走中鼓着风发出"嘭嘭"的声响，搅动夜的汁液，越来越浓稠。通往猪栏、牛栏、兔栏的路是做纸主脉上生出的分岔，都是阿婆踩出来的。我则是母亲身上过早掉落的果子，不时发作的哮喘像被巫婆下过咒语那样裹着我。上班的父母被裹在制度的老茧里无法脱身，我从小就随着阿婆阿爷。阿婆从做纸积攒的一卷钱里数出三张一元币托人到城里给我买羊奶。或许是来自远方的羊奶的作用，我比其他孩子会胡思乱想。门外的黑色越来越纯。通灵的萤火虫白天吃了光存在肚子里，夜晚拿出来照亮，到这时光也用尽了，黑夜沉沉压下来，阿婆踮起脚吃力地取下挂在墙壁上的畚箕，慎重地给桅灯加满油，给茶缸灌满水。阿婆叫阿爷到门外听听水碓捣声。在阿婆阿爷的耳朵里，水碓捣声是有粗细和硬软的。细了软了就差不多接近尾声了。阿爷挑着畚箕在后，阿婆提着桅灯在前。"做纸，做纸，盖盖半年被，吃吃年半米"。阿婆提着老话，把黑暗踢向两边，走出一条路来。

我虽然闭了眼睑，心中那盏小灯笼却依然亮着，跟着阿婆在通往水碓的那条弯弯曲曲、高高低低的蛮石路上漫游。我左手提着竹篮，右手拿着镰刀，跟着阿婆辨认花花草草的脸。阿婆说它们治啥就长啥样。车前草的叶子像一把把汤勺，争先伸出来；地耳偷听了太多地下黑暗世界的话，变成了黑耳朵；虎耳草浮着一层紫色茸毛，伸出几条紫色的精致的打卷的细丝；岩葡藤把岩石包裹起来……它们是村里的主治医生，各自分工精细，岗位职责分明：车前草坐诊泌尿科，地耳坐诊心血管科，虎耳草坐诊五官科，岩葡藤坐诊骨伤科……我小心地把它们请到我的篮子里。

我一个人是不敢走到溪江边的。我怕溪岩上那些鼓鼓的编织袋，一堆堆的灰烬，还有水中散落着的各色衣物。在我还未获知这些神秘物质的真相之前，阿婆总是一脸忌讳的神色说，走快（温州话：快走），走快，细儿（小孩子）别多问。终于有一次，比我早获悉秘密的阿哥在身后得意地大声说出了真相——那是死人的衣物，袋子里装着死姆儿（死婴）。阿婆操起扫帚把他打出水碓屋……我在铺排这条路上看不见却存在着的一些场景的时候，阿婆阿爷已启动了水碓。水碓捣声远了听，像天际压过来的闷雷，浑厚，绵长，宽广；近了听，暴虐恐怖，三百斤的石心砸下来，仿佛要把身体里那颗小心脏从胸腔里震脱攫了去。要过一阵子，一大一小两颗心在互相的碰撞中才渐渐平稳合一，叩啄同时。

夜里捣刷要打起十二分精神，稍一分神，添刷人的手指，或者脚趾，甚至一只手掌或脚掌就喂了水碓。阿婆说，"锤手"的四个手指就是水碓捣了的。"锤手"是我叔叔辈。二十多年前的一个深夜，四个手指喂了水碓，换了浅浅的瞌睡。确切说，那根本不算睡，就眼睛一闭一睁之间。黑夜里的惨叫被水碓吼声湮没，血肉融入金黄的纸绒。村人都忘了他的本名"周富来"，"锤手""锤手"地叫着。"锤手"做任何事，右手单调到只有一个动作，就是大拇指极力地翘起来。他每天晨曦中沿着石板路挨家挨户叫卖豆腐。豆腐担歇在每户人家的阶前，左手端起一块白生生的滴着水的豆腐放入秤盘，右手那根大拇指利索地穿过秤纽，使劲翘起，像夸赞一块豆腐的鲜美。

桅灯的光亮慢慢淡下来，蛮石路再次从晨曦中浮现出来。阿婆全身浮着一层金色的绒毛，面目模糊，跌跌撞撞地走来，夜深深陷进眼圈，肩上的一担纸绒闪着金色的光。

三、纸槽，撩纸，一次裸身出嫁

做纸的村庄是流水的村庄。滴下来。涌出来。挂下来。冒出来。"滴答。叮咚。汩汩。哗哗。"水带着不同的表情，不分晴天雨天，白天黑夜，流到每一家的锅里，每一个饭碗，每一张嘴，每一张纸。

这么多水从哪儿来？起于一阵雾，一阵雨，一片云，在后山，前山，在无穷无尽的草木根系中涌动，穿越黑暗的地下迷宫，带着土地深处古老的事物，奔着村庄而来。村庄缀满水珠，全身湿漉漉的，像跑了一夜的孩子，满头大汗，野泼泼的。水在蛮石间冲撞激荡。气顺时推动水碓，发怒了就毁了水碓和桥梁，撕下山的一块嚼碎，有时还带走个把人，几头牛，几头猪。溪叫成江不是浪得虚名的。山涧却是云的根，一条条从山顶白花花地弯弯曲曲地扎下来。纸槽就密布在这些根上，收集一槽的云水。女人撩起一张纸像撩起一片云，动作撩人，弄出的水声美妙得像复调音乐。

乡人说："一张纸是从水里摸上来的。"撩纸的纸槽是村庄最有水色的地方。"踏刷"是撩纸的前奏。一截竹排接了涧水，"哗哗"地注入纸槽的小槽里。从水碓的石臼里扫起还温热的刷绒吸饱了水，一朵朵浮上来。水拉着刷绒形成一面鼓，完成润胀后，把多余的水从纸槽底部一个小洞赶出去。水汪汪的一槽刷绒转眼之间萎缩，像失恋的人被抽走了多巴胺而暗淡下来。可以"踏刷"了。脚在纸槽里来来回回密密地踩，像牛耕田，脚掌翻起纸浆，"吧嗒，吧嗒"踩成烂糊。涧水第二次注入纸槽，一截竹排包了木棍撸起纸浆，纸浆从竹排上纷纷滑落翻滚入水，空气"稀里哗啦"散成一堆碎玻璃。在搅拌的喧哗中，那些小结被彻底解开。空气被水声和力量折腾得热了起来。纸浆像榨汁机打出来的杧果浆一样稠密细腻。多余的水再次被放掉，沉淀下来的纸浆看上去像一块四方的厚实的箬糕，呈现成熟的黄色，等待一双手捧起。

冬至向小寒过渡的一天早晨，在阿兰的纸槽屋里，捧起这些纸浆的是阿青。

阿青家住外条弯，阿兰家住底条弯。山路弯多，他们在弯弯曲曲的石板路的两头住，中间隔着十几座高高低低的房屋。在这条通往阿兰纸槽屋的小路上，"狗牙霜"从地面拱出来白绒绒的一片。霜在赶往雪的路上遇到的第一个人是阿青：鞋帮湿透，十个脚趾麻木地欢乐着，每一脚踩上去都响起细碎的沙沙声。阿青知道昨天阿兰家轮到夜晚捣刷，捣好的刷必须今天一早踏好，今天才可以撩纸。做纸是"劳力兑伙食"的活，谁家劳力多，就多产纸。踏刷是个苦差，受帮的人可是求之不得。更别说在双手双脚入水刀割一样痛的冬天了。

在狗牙霜尖利的发光的牙齿慢慢缩回地下时，阿兰腋下夹着纸簾，呼吸化成一缕白雾，沿着纸槽屋的小路走来。她看到了纸槽屋里那个身影。阿青正把小槽里的纸浆往大槽里捧，准备烹槽。看着躬身捧纸的阿青，一股幸福像温水在阿兰心里洇衍开来，脸上浮出一朵桃花。过了好一会儿，阿兰的一声"阿青"，像一根细柳枝，撩皱了一槽的水。阿青微笑的水波一路流淌开来，注入眼睛的深潭。阿兰下意识地点了一下头，眼里闪过一丝不易觉察的坚定，跨过横在纸槽和山涧之间的竹排进入纸槽屋。

阿兰和阿青好上快一年时间了。春天斫竹的时候阿兰崴了
脚，路过的阿青把阿兰背下山。后来，腼腆的阿青就常去阿兰
纸槽屋里帮忙。但让阿兰把阿青从村里众多的年轻人中挑出来
的是阿青有一种才能——那就是吹笛子。阿青的笛声长了一个
弹性的钩子，把阿兰扯远又拉近，拉高又降低，吹得阿兰湿软
软的，吹得同村的青年牙痒痒的，吹得分纸的阿兰妈皱起眉头
黑了脸，扯破了好几张纸。阿兰和阿青的感情像门前的柿子树，
萌芽，繁茂，成熟，收藏。

那时我是只蜻蜓，长着一对复眼和一对翅膀，一会儿停在
草叶上，一会儿又停在瓦楞上，跟风一起潜行。村庄里几乎所
有的事物都被我目光触摸过，那些微小的或者大个的或者隐蔽
的事物在哪个时间点插入做纸链条上在哪个位置我都一清二楚。
其他人都找不到，也不会去找，除了我这个终日游手好闲的看
起来孱弱的孩子。比如那个夏日中午：我先发现我家纸槽屋里的
木梁上缠着一条蛇在离撩纸的阿婆头顶一尺处悠然地吐芯子乘
凉。后面发现的一件事让我感官上生出生命里另一对触角。在
阿婆心疼一条蛇耽搁了她撩纸的进度时，我已对蛇失去兴趣悄
悄溜开围观的人群，去屋后的水竹林里捉"水竹娘"（一种吃水
竹笋的甲壳虫，捉住后用缝衣线系在一只腿上，拉着线放风筝
一样玩）。八月的风也困倦，竹林像涂了一层蜜。"水竹娘"带
着我的眼睛飞翔。我瞥见阿兰的纸槽屋后面有两个黑黑的头在
浮浮沉沉，两股一粗一细的呼吸相咬。纸岸在滴水，纸槽里的
水在起伏荡漾。空气与一道隐秘的气息一起搏动。在我弄出的
竹叶"窸窸窣窣"的声响里，纸槽屋后冒出了脸色绯红的阿兰

和阿青，气喘吁吁，仿佛从一次遥远的探险归来。一个充满好奇心的十三岁的在场者，毫不知情地撞进了这场不是时间概念上的春天。

纸槽屋里，阿青接过阿兰手中的纸簾，拿起烹槽棒（短的小竹竿），阿兰也拿起烹槽棒，两人隔着一槽的水，面对面开始烹槽。一个从左向右，一个从右向左，一划一收，成椭圆形圆圈划搅。一截小竹竿承受千钧之力，把纸槽里的纸浆搅和得像镬里的粥用猛火烧开，"噔、噔、噔"地翻滚起来。烹得越透，纸浆就完全成为看不到朵状的悬浮物，撩起的纸就细腻。

阿青和阿兰，一个来一个去，不时抬头看看对方，两人眼睛里的星星一闪一烁。纸槽里的纸浆"滚头"蹿得老高，水花飞溅，身体也温润起来。眼波一横就可以探听到对方身体里响起的水声。

阿兰开始撩纸，阿青看得发呆。

阿兰今年虚岁二十岁。眉眼长得平常，也不细皮嫩肉。嘴角却生着两个酒宕，这点遗传了她妈。那两个宕永远像酿着一埕米酒，不用笑，也不用牵动脸上任何一块肌肉，已经醇甜得让人醉。阿兰跟村里其他的孩子一样，十三岁双手能端到纸簾时就学习撩纸，成为家里的正劳力差使了。一般人一天撩一千五百多张，阿兰一天却撩到两千多张。"嘶咧呼，嘶咧呼，一张纸一斗谷。"阿兰是全村人思量（夸赞）的姑娘。

村里的纸槽屋都是几家在同一条山涧两旁布落，互相照应，扯话头解乏，撩纸竞赛也在笑声中进行。只有阿兰家的纸槽屋单独藏在一片蓊郁的水竹林的一条山涧旁。地方虽僻静但一天到晚有笑语。村里的青年人有事无事就爱往阿兰的纸槽屋跑。

阿兰撩纸的动作很美，撩纸的阿兰也很美。撩纸的十几个动作之间像牵着一条无形的线，连贯又跳跃，柔美又劲道。劳作的粗粝仿佛被嘴角两个酒宿里飘出的酒香熏陶了二十年，正到美妙的微醺状态。

阿兰俯下身嘟起嘴吹开水面上的泡沫，眉眼一挑，食指一弹，簾弹竹"噼啪"一声倏然滑开，簾夹入床一声"啪啪"，像轻巧地踩着鼓点。端起簾轻柔地拍水，翩然欲飞起势。随即竹簾随浪斜插入水，阿兰延伸前倾，簾逐浪随势沿壁像鱼儿探出。阿兰的腰自如地放出去又收回来，像新鲜的麦芽糖，柔软纤韧。纸浆上簾，力拔千钧地从水中端起，嘴角一拧，像一朵出水的花儿。簾前倾，所有的力量从水里溜走，密密的水帘，泻入槽中。簾抖一抖，纸浆牢牢地粘在簾上。阿兰饱满的胸乳像小兔子跟着跳。食指一勾，簾弹竹"噼啪"一声回来，簾稳稳一放，簾夹簾"啪啪"出床，扭身迈出一步，转向纸岸，放下簾。手指如兰轻捻簾轴，掀起，纸岸"沙"的一声，脚收回，簾重新入床。这一撩一抖一放一掀，一张纸诞生了。

阿兰撩的纸在瞿溪街上也有名声。瞿溪街是泽雅竹纸交易的集散地，是纸山人走得最远的山外世界。阿兰妈在瞿溪街上给阿兰谋了一门亲事，是街上卖咸鱼的商贩人家，八字都合过了，合计着年底订婚。听说那户人家看上阿兰的大屁股好生养。阿兰妈说，阿兰嫁过去，一世不用做纸，顿顿有白鲞（咸鱼干）吃，老鼠掉到白米箩里，鼻子下这一横就不愁了。阿兰死活不同意这门亲事，说一屋子腥臭，人都成白鲞了。阿兰梦里只有纸山的背景。阿青才是她的梦中人。

阿兰妈也死活不同意阿兰嫁给阿青，六个兄弟姊妹，一年到头全家扑在地里还捉襟见肘，老大二十八了还讨不到老婆。阿兰妈放出狠话："再跟阿青在一起，就不认你这个囡，就当我没有生，有本事赤股条沙（乡语：一丝不挂）出门。"

让阿兰定心做出选择的是那天，阿青大清早踩着一路的狗牙霜到阿兰纸槽屋里踏刷的一刻。那天夜里更冷了，阿兰妈说夜里会落雪。阿兰说妈你先睡，我把今天撩好的纸岸分好，明天晴，就可以晒燥（温州方言：晒干）。阿兰妈生了火，夹了一些炭，热了一个火箱，给阿兰暖脚。看着苍老的阿妈，阿兰的心尖尖涌上来的东西哽在喉咙里找不到出口，在心里左冲右突，终于在阿妈上床睡觉后从眼睛里倒出来，把纸岸砸出了一个个坑。夜很静，阿兰把纸岸的边额用纸矹（一根小铁棒弯成月牙形，两端钉入小木棒当握手柄，这种小工具矹纸使纸岸松弛，纸张容易分出）踢得又松又高。踢纸额的"嘭嘭"声在寒气里像一声声沉重叹息。纸矹踢到了自己手指，疼得阿兰直甩手。阿兰冻得通红的左手的拇指和食指的指甲像两只触角刨开纸角，然后左手的食指和中指夹住纸角一张张掀出，五张错开成一蒲（叠），纸蒲渐渐升高，纸岸寸寸下降，一张纸与一张纸分离发出的"沙沙"声像虫子把时间啃得越来越少。

夜越来越深，阿兰脱下身上的衣服，脱第一件时打了一个哆嗦。这件蓝底印花的卡其外套是阿妈去年瞿溪街上卖了纸后给她买的。脱第二件时手明显艰难了起来，像在脱一件铁衣，手脚都提不起来，每一个扣子都是一座山。到阿兰脱胸衣内裤的时候，几乎是毫不犹豫了，用了破罐子破摔的劲儿。

门吱嘎一声，雪花拥进来。阿兰裁了黑暗做嫁衣，邀了雪花做伴娘，把自己嫁给了阿青。阿青在转过一个弯的地方用自己的棉衣迅疾地裹住了阿兰。漫天飞雪中的青春在天地间飞奔，如一束旷野的光芒穿过黑暗的世界。

第二天一早，阿兰妈看着阿兰床上叠好的衣服，持续了一年的愿望像麦秆吹出的肥皂泡在空气中"啵"的一声爆炸了。

阿兰逃到阿青家的新闻沿水路流淌，流进各家，流到村外。阿兰妈感觉自己突然变小了，在人前也抬不起头了，认了阿青全家为仇人。阿兰几次回娘家都被阿兰妈用扁担打出门。两年后，阿兰的女儿一声"外婆"才消了阿兰妈的仇怨。一块陈年坚冰经外孙女花瓣般芳香柔软的小嘴一舔，化了。

四、卖纸，瞿溪街，一张纸上的风云

做纸的水出了山，汇成一条向东的河。这条河，晴天就像织布机上刚卸下的布，瓦蓝瓦蓝，没有一丝折痕；阴天，一河灰烬，空幻无尽。雨点落下，仿佛掉进了时间的深渊，激不起一朵回忆的水花。

这是一条在飞檐、屋角、石墙、屋脊等建筑的局部之间流淌的河，表面平静，内里却暗流汹涌。下潜到河的底部去，你会发现并惊异于一条河骨子里的活力以及视野的辽阔。这才是一条河流的真相：它也是一条瞿溪街。

街面实在狭窄，阳光也无法铺排开来。上午，只能照亮左边，那一溜长长门板可以拆卸的木头店铺像涂了一层蜜。中午，阳光在中间地带，深金色的阳光把两边的店铺都辉映得亮堂堂的，到下午，分给右边店铺的时候已是暗黄了。光有所保留的态度和光来临时弥漫各个角落遭遇的抵挡，造成一条街的抑扬顿挫，夸张的明暗对比倒让人辨认出时间的流逝，然后说出大概几点的样子，至于店铺飞檐、额枋和雀替上的飞鸟、走兽、戏人，并不是在店铺主人清晨卸下门板的声音中醒来，阳光也左右不了它们的生物钟，它们只在清晨第一个纸农挑着纸走进来的由急入缓的脚步声中，才张开眼睛转动自己的眼球，而后，在不断有脚步声赶上来的纷沓重叠中醒来。街面上你挪我占，两侧摆起了纸的长龙，叠成了纸墙。在不断聚集的人潮的冲刷下，它们就全部飞起来，插入各种谈话，挤进各种笑声。

　　人群密密麻麻，像蜜蜂聚集在蜂巢上。仔细观察，不一会儿，你就从嘈杂中分拣出那个线头——这街上的店铺有三百多家，棉布行——胡新昌，中药店——乾仁堂，酱料店——广顺和，染布行——郑新及，草席店——吴裕兴，食盐店——吉祥兴，日用杂货——黄福记……还有肉架、米行、面坊、咸鱼、打铁、理发、裁缝等无招牌的，当然中间还有纸行——胡昌记、王太生、毛康宝等，他们的顾客几乎清一色都是那些出售自己手工纸的山头人。站在"打锡阿三"店门前一堵纸墙旁的人是我们村的"六指头"，我叫他六指叔，大家已忘了他的本名，村人都说他家就多了一个指头做的纸才比别人家好。他脱了那双解放鞋，赤脚站在地上，脸上浮着一层亮晶晶的小颗粒。我知道那是汗水流出毛孔后留下的盐渍。六指叔把身上那条湿漉漉的汗衫撸到胸口，抽过搭在肩上的那条已经分不清原色的毛巾擦拭着汗津津的胸脯，然后反手绕到后背抹上几把。一头稀疏的头发，被汗水粘在头皮上，经毛巾一擦，风一吹，像经霜的茅草颤簌着。皱纹缝隙中的眼睛，凌晨的黑暗还未褪尽。他跟村里担纸人一起，凌晨四点就出了家门，然后翻山越岭走了四个多小时，把这个月做好的六条纸挑到瞿溪街上出售。他一屁股坐在地上，靠着自己的纸墙，松松垮垮地塌在那儿，像一头空肚子拉了半晌犁的牛，眼皮耷拉下来。

九点光景，街上起了一阵骚动，像涌动的河上突然刮起一阵大风——风是天气变化的先兆。这阵风是由一句话形成的，不，准确地说是一个词。这一个词从街上几乎每个人的嘴里走了一遍之后就成了风。"来了，来了"。六指叔听到那个词，屁股突然从地上弹起来。原来他眼睛睡着了，耳朵一直醒着。他赶紧把毛巾往肩上一搭，眉毛一提，胸脯一抬，亮开嗓子喊："六指头的纸，顶好的货色，要买抓紧。"声音竖起来像一块招牌。

谁来了？是买纸的老板带着各自的伢郎从街头向街尾走来。

这些来自宁波、上海、温州、青岛、大连、苏州的老板，穿着西装，打着领带，皮鞋闪亮，在涌动的河流中像一条条滑手的鲇鱼。

瞿溪街每天的纸市开市了。

一纸上市，百业俱荣。"兴旺老板，走来看看，上等的四六屏。""顶好的货色，血本出卖。""蔡老板，过来过来，我家纸你是信得过的。"这些话像烤热了的糕团，一把一把往喧闹的街上甩，恨不得粘一个老板到自己的纸前来。人潮中的老板被一拨人拥到这家推到那家，被一双双手拉到这儿扯到那儿。老板的脸始终笑眯眯的，跟在身边的伢郎默不作声，其实他才是老板的眼睛。伢郎看纸像相一头牛，扳开牛嘴看牙口，还细细摸骨头。伢郎看纸看厚薄，看柔软，看韧性，看色泽，最后还数一刀的张数。然后定档:一档可谓是小姐,二档是贴身丫鬟,三档就是烧火丫头,有些根本找不到婆家,只能贱卖了。

这条街是一个自由市场,所有的货物买卖可以讨价还价。那些日用品的价格几乎是一成不变的,除了纸。纸价是自由得离谱,在买卖双方的嘴里呡来呡去,仿佛是一块糖,滋味无穷。

上海的黄金龙老板背着手走到六指叔的纸墙前。他是六指叔的常客。

"阿兴,看看六指头的纸,他家的纸我放心。"老板的眼光一递,连着眼里那一点儿闪烁,伢郎都接住了。

"好嘞!"一道金光在一条缝隙里闪一下不见了。

伢郎阿兴拎了一捆纸,靠在自己的大腿上,用手肘一压,纸捆一下子从腰身缩到膝盖,紧扎的篾条松开了。手肘一放,压得密实的纸张蓬松开来。像老练的男人,扯了女人的肚兜带,直抵温软。从中间抽出一刀来,手一掀一捻,纸张的韧性、厚薄、粗细,都在阿兴的心里了。

"六指头,这刀里有一张破张。"那一张破张被抽出来放在纸墙上,风一吹,卷到天上不见了。

六指叔的心也被这一张破纸吊起来半天高,隐隐不安起来。平日这个阿兴可没有查得这么仔细:"凑巧,凑巧有一张。"

阿兴又从底部抽出一刀来。手指蘸蘸口水,开始数起来。

"六指头,这刀只有九十九张。"

"再数数,你会不会数错?"

"那再数一遍。"

"还是九十九张。"

"皇天啊!老老娘(老婆)……黄昏……拆纸……眼……

看……糊了。"

六指叔这句话抖得断成一截一截掉下来。

一旁的黄老板开始掏出一支烟来点着了。那张脸在烟雾中若隐若现，让人越加看不清神情。

"六指头，这就是你不对，我一向对你信任，也是纸行的老客，你可不能蒙人，以前我都没点（数）你家纸，一年我损失有多少呀？"

"黄老板……"六指叔的话像枯木被折断再也接不上。

"你这样的纸只能定为二档纸，本来是三档。"

六指叔的脸涨得通红，喉咙里像塞了一团棉絮，咽不下吐不出。六指叔心里明白，这"偷张"传了出去，日后在瞿溪街是矮一个头的，不论是纸还是人就倒了"字号"。虽然"偷张"是公开的秘密，但被发现了就像被抓住了尾巴一样难以甩掉。

老板又给伢郎递了一个眼神。伢郎接住了。

"六指头，你不晓得，昨天上海的纸市场价格塌完了，听说今天还在塌，这个价格买你的纸，我老板已亏死。"

伢郎的眼睛仿佛加了润滑油，在自己的轨道一转，能量马上传导到那张嘴上，一开一合，露出一颗金牙，好像一把小刀，金光一闪，就从纸上刮走一层金子。然后把夹在耳朵后的红笔一拿，在纸捆侧面写上"胡昌记"行号。

六指叔动了一下嘴没说出话来，挑起纸就跌跌撞撞地往指定的收购点走去。六指叔明白这是纸老板给他找台阶下，让他哑巴吃黄连有苦说不出还要感激人家。街上谁人不知道六指叔的纸好，验纸时被查出缺张就算你倒霉。

一场自由买卖结束了。伢郎的最后一句话是整场"智斗"

的要害，前面你来我往的话仿佛都是为引出这句铺路。有时候纸农过足了嘴瘾，脑袋里那几个有限的词语用完了，这句话就出现了。纸的价格来自上海十六铺码头，随黄浦江的风云而变幻，深居山里的纸农看不见那里风云变幻的样子。从上海的瞿溪路飘到温州的瞿溪街，那风云就变成了一张纸的厚薄。

六指叔从胡昌记的收购点出来时，有点恍惚，眼睛从一排排店铺掠过，竟然想不起要买些什么带回家了。他踩着棉花走出瞿溪街，竟然走到了临街的瞿溪河边。

河埠头上，一条船正在装纸。

从山里来的水都在这条河里。

纸就顺着这条河走出去。

作者简介：

周吉敏，女，浙江温州人。著有散文集《月之故乡》《民间绝色》《斜阳外》《古游录》以及童话长篇小说《小水滴漫游记——穿过一条古老的运河去大海》等。曾获琦君散文奖、三毛散文奖、川观文学奖、丰子恺散文奖。

纸　山

胡竹峰

船下塘河后，周遭仿佛宁静了。身处闹市，因为一脉水，喧闹收敛了些许。两岸城市，楼与山相应，楼像云里金刚，山如走马，奔腾而下，河道静水深流，只是无声。真的无声吗？仔细听，有轻哗声，有水鸟声，有暑风声，有市井声。人随船走，不知道脚下塘河从何而来，也不知道向何处去。

人问：何处来？水回：来处来。

人问：哪里去？水回：去处去。

写作难免人云亦云。一家之言谈何容易，独出胸襟谈何容易，言语铿锵谈何容易，文章谈何容易。世人以为作文得来全不费工夫，却不知我足下踏破多少铁鞋，书山并无路啊。唐代卢延让以苦吟著称，锤字炼句绞尽脑汁，殚精竭虑，吟成一个字，常要捻断数根胡须。贾岛自况"二句三年得，一吟双泪流"。裴说更甚，作诗说"莫怪苦吟迟，诗成鬓亦丝"。锤字炼句，是中国传统，也不要以为我作文踏破铁鞋无觅处，也有得来全不费工夫。

"语不惊人死不休"，偶尔语在手头，偶尔语在天边，到底拾人牙慧。

人问：何处来？水回：高处来。

人问：哪里去？水回：低凹去。

实在人问或者不问，水只是静静地淌着，不发一声。人间太聒噪，只做一清流。这是人不如水的地方，而水也有不及人处。所谓水往低处流，而人往高处走。舜从田野耕作中兴发，傅说筑墙而上，胶鬲穿过鱼盐钟鸣鼎食，管夷吾扫落市井尘埃走向朝殿，孙叔敖从海滨之远登庙堂之高，百里奚牧牛为生，秦穆公以五张羊皮将其赎回，拜为大夫。《孟子》里的事，多少年过去了，记得夫子言辞铮铮：

> 故天将降大任于斯人也，必先苦其心志，劳其筋骨，饿其体肤，空乏其身，行拂乱其所为，所以动心忍性，增益其所不能。

人往高处走，多么难的一件事，如履薄冰，步步为营，周遭悬崖也峭壁也陡坡也，有明枪有暗箭，是荆棘是阴沟，终于上得高处，却一个闪失，跌落山涧。在纸山路上，几个人跑步向前，他们汗流浃背，他们勇往直前，他们嚣张跋扈、眼神坚定，他们知道，这座山迟早要踏入足底。

好像过了登山的年纪了，对山的畏惧，也是对自己的松懈。那天几个友人爬古皖山，到底半途而废。走了大半，前方石峰还在浓雾中耸然而立，一时高不可攀，无从驯服，那就放马下山，收了赶路的雨伞吧。

山中雨大，回到住处，洗澡换一身干净衣物，躺在被窝里，不知有山不知有水，只知有我，如此痛快酣睡一场。

因为名为纸山，突兀地、没来由觉得那山一身风雅一身斯文，阳光照过，仿佛有文章熠熠生辉。

温州，瓯海，泽雅，纸山。

望着纸山二字，一时有些恍惚。以纸为山，下过一场雨，怕又是空茫茫干净的大地吧。文章生活，也不过堆砌一座属于自己的纸山，然后，下了一场雨……然后，下了一场又一场雨，乃至暴雨不绝，山洪暴发。以为是立此存照，原来不过浪花一朵，纸山一座。

人到不惑，落入肉身，每日所念所思，不过身体健康平顺。文章是家事，却也是题外话。作过打油诗《自况》：

> 洗手持汤耕饮食，砚台纸页笔涂猪。
> 自言自语自怡悦，绘色绘声绘我书。

作书也无非通感，无非同感，无非痛感，其中也有同甘。有些事情，只缘身在此山中，无非过客，无非看客。苏东坡《赤壁赋》说，寄蜉蝣于天地，渺沧海之一粟。吾生须臾，文字无穷，借此遨游天地，每个人不可能活在一个点一条线上，文学也如此。

《牡丹亭》《桃花扇》之美，万万取代不了《兰亭序》《祭侄稿》《寒食帖》。《史记》《汉书》《红楼梦》的风味，也万万取代不了萝卜白菜。冬日一锅羊肉汤，滋味与读《庄子》仿佛啊。清蒸石斑鱼固然大佳，春日绿茶的欣欣意思，却也独一无二。

世间万物各美其美，我是芸芸众生。

站在纸山下，想起塘河岸边的伯温楼里"文章经国"的牌匾，颜体字，一个个精神抖擞矍铄，仿佛有一股大气力从字里喷薄而出。文章经国典出曹丕，《典论》里说，文章关系国家功业，流传后世而不朽。人有寿限，荣乐也拘于一身，不像文章那样没有穷期地流传。这些话真长文士志气。人到中年，志气是渐渐萎靡了，偶尔需要振作。每有颓丧，就到山里水边安静处走走看看。

所谓气是元气。年轻气盛，气盛者，元气足，托得住滚滚红尘。秦始皇游会稽，渡浙江时，项籍见了说："彼可取而代也。"一旁的叔父项梁急掩其口。急掩其口是气，保全生气，取而代之也是气，勃勃生气。

气盛比盛气好，盛气凌人。我今日盛气凌人，他日人盛气凌我，何止冤冤相报，还有气气相报。盖世上气者大抵有二：或是贫病败舛，气息屡弱，遂尔遁逃；或是盛气有力，不甘人下。最怕的是气弱者使强用气，力不从心，实则气不从心。

世俗间颓丧的多是人，动物少有颓丧，落水狗与落难鸡愤愤不平，有反噬意思。而山水更少有颓丧，哪怕在冬日，也不过是安心折服，仿佛一场沉睡，暗暗蕴藏着力。这种力亦是妩媚亦是元气，世俗间第一等的妩媚与元气。

纸山多竹子，竹子比树木多了妩媚，而元气也更甚。春天，一场雨夜，竹笋能窜高一米。路过竹林，仿佛能听见嫩竹剥裂笋壳的声音。天晴，我们去捡拾笋壳，拿回来压平晾干，母亲用来剪鞋样。煤油灯下，多少乡村妇人度过了一生的时光：坛坛罐罐、缝缝补补，窗外的花花草草，艳阳高照，却照不亮煤油灯下的泥墙黑瓦的岁月。

很久没怀旧了，往事如风，找不到影子。在纸山，往事的风再一次掠过眼眸。山风吹乱竹林，阳光下，竹叶摇曳像一湾清流，偶有流云倒影，染得翠色一汪斑驳。

纸山深处的小村，一条小溪从村前穿过，小溪两岸遍布水碓。河水冲过，水碓不歇。再一次怀旧了。故家属于山区，山脚有河，河岸旁总有水碓，水自高注下，势愈奔激，激打得碓声如闷锤，清晨与傍晚时，田野幽谷为之震动。

坑村隐于群山之中，村民多为潘氏，还有胡姓，康熙年间迁入此地，三四百年，水碓捣声依然，悠远不变，闲适不变，劳苦不变。

水碓在我乡被称为香碓，将木片打碎成灰，用来制香。纸山下的水碓却用来造纸。泽雅众多古村，家家户户做纸，天晴时，每家都把压好的纸放在山岭晾晒，漫山遍野都是黄灿灿的纸。由此得名纸山。

满山皆纸的场景后人不得见了，夕阳下，霞光照过山里的草木，仿佛又一次铺满了黄纸，一时悲壮。风吹过，一张张纸掀动，而岁月也就不知不觉就此掀过，走远了。到底纸山，留下的只有文字文章。

从竹简到竹纸，多少岁月过去，古老的文字早已漫漶却依旧照见人心。

选上等青竹削成竹片，用火烘烤，一来便于书写，也为干燥防虫。烘烤时，新鲜湿润的青竹片冒出水珠，像出汗一样，是为"汗青"。商人将一捆简片系二道书绳，是为册。古老的中国文字开始写在竹简上，从诸子百家到《史记》《汉书》，俞樾《茶香室续钞》上说，南宋初年，士大夫书翰往来犹用竹简。

古人说文章藏之名山，纸山终是希望，到底论文纸浆。文章天意，却已注定，不过巧夺天工，借人作出来了而已。

文章最难炉火纯青。笔墨如刀，游刃有余方好；积字成舍，总要登堂入室；文章才思，不妨出神入化；举重若轻，最好挥洒自如。

文章家如同园丁，百花园里有牡丹、芍药、丁香、木樨，也应该有牛筋草、马兜铃、金银花。前些时候给一本文集取名《狗尾草集》。大抵而言，总是希望文本可以丰富一些，写作像吃饭，黄瓜、茄子、辣椒、白菜吃得，野菜家禽牛羊肉也应该吃，海鲜湖鲜河鲜都应该吃。文章家不必挑食，更不能厌食。有人见不同的表达，往往恨之入骨，不屑一顾，或许有失偏颇。吃自己的饭，写自己的文字，如此就好。倘或人人写史诗，未免乏味。宋词未必厚重，格调并不输《史记》。厚重、丰富都无关紧要，写出淡薄之美，简约之美，也是大境界啊。人间道场，各自修炼，各自成人成仁成圣，不要去成魔成怪成妖就好。人面兽心者，拒其千里之外，老死不相往来。正所谓：

二十年来贪墨技，文章纸上画心迷。

笔牵虎豹龙蛇马，不与蛇狸矮脚鸡。

并非人面兽心，从来就是兽心兽，时常自警：

横蛮人间事，心内意不平。貌寝少良善，由来相从心。

苍天悬业镜，须扫菩提身。文墨诗书礼，精深见景明。

文章纸山，读友人文集，恣心所欲，措辞含糊，其中跌宕处，读来一脚踏空，空空如也，空穴来风、空中楼阁、空前绝后、空谷传声、空谷幽兰、空谷跫音、空腹高心、空谷白驹、空室清野、空花阳焰、空言虚语……文学怕还是要说一点空言虚语，好文章如烟如雾如云，看得见却摸不着，偶尔摸着了，却一头雾水，越发空茫茫。白茫一片大地真干净，空茫茫更彻底，连干净的大地也不见，只是空。

多少文人走远了，和骑牛的李聃一样，迈过函谷关，好在留下了文字。

车有车轮，牛有蹄印。前几天去寿县古城，城下车辙半掌深，那是车轮一年年碾轧过的痕迹，于是沉郁，沉郁是中年文章底色之一，欢喜也是中年的文字底色之一。一味沉郁，失去轻灵，一味欢喜，失之深刻，甚至跌入油滑之境。

文章浅了，像中年的睡眠。我怀念童年，一觉醒来，神清气爽。

童年时候，暑天，一觉醒来，一脖子汗水。

《狗尾草集》或许也可以名为《汗水集》。我写得辛苦，希望别人读得不辛苦。

乡野的花草，我并不喜欢栽在人家庭院的月季、蔷薇、芙蓉，甚至美人蕉、兰花也觉得少了风味，最喜欢狗尾草和芒草。

路边的芒草开了花，是紫色的花，有些现出老态了，成了灰白色。

芒草是我少年旧友，抽下几支，编成菱角，编成小箩，本想编一匹草马，绕来绕去，忘了。到底丢下了那一匹童年的草马。旧作里写过草马：

向阳山坡上，一簇簇芭茅，叶大如蒲，成色碧绿幽暗，边带锯齿，五月抽短茎，是为芒草。先是裹在草心里，夏一点点深它一节节长。芒草可以造纸，小商小贩来乡下收购，母亲上山割些回来，补贴家用。

祖母住的那间房子，窗后满山芒草。盛夏时候，屋子充溢着淡淡的草香。

岳西山多，偶尔进山带一方凉席，在芒花深处坐卧。烈日经树叶过滤，只剩斑驳的色块洒在草丛上，风吹动芒草晃悠悠的，撩拨得人一身倦意，不多时沉沉睡去。醒来时，常常已是下午，只见满山白中带紫的芒草，衬着不无轻飘的紫穗，像拂尘在山风中飞舞，神散意懒如闲云野鹤。有牧童在牛背上缓缓移动，高高的牛，瘦瘦的人，在阳光下拖着长长的影子。

小时候，芒草是我们的玩物。选粗壮劲实的，分成两爿，左拐一下右折几次，编成了一匹草马，还精巧地留一撮缨做马尾巴。吃饭时放在桌上，走路时悬在腰际，睡觉时挂在床边。

马啸西风，剑走天涯，大抵是每个男人童年时都有过的梦。可惜那匹草马丢在童年，沿着时间小道，不能回头，人越走越远。

曾请一画家给我画马。淡墨铺成一大片芦花远景，马用线条勾勒出奔腾的样子，题"骑着童年的草马回家"。

今年夏天，回乡小住，抽空去后山看了看。绿茵茵的山坡上，遍野芒草。有群孩子在地沟织草马，其中一个最小的，仰着脸，咬着指头，口水流在胸前护衣上，淋湿了一大片。这个场景似曾相识。

他们送我一匹草马，高大肥硕，带着草香。我把它带到城里，挂在墙上，尽管早已风干成了瘦马，嶙峋的样子，仍有志在千里的雄心。黄河古道，飒飒西风，我屋子里需要匹瘦马来相衬。

骑着童年的草马，驾，驾，驾，驾驾驾……驾驾驾。

下雨了，雨敲窗如诉，闷闷的，满怀了心事，委屈地在玻璃上留下泪痕和心影。雨打在芭蕉上，倘或是小雨，入耳是宋词的风味，倘或是大雨，则像韩愈的文章，密集集叮叮响。韩愈文章里总有声音，锣鼓声、丝竹声、钟鸣声、纸页声、鸡鸣声、犬吠声乃至风声雨声雷电声……柳宗元安静一些，多是一泓清泠泠的泉水，偶尔山洪暴发。

纸山遇雨，想起那篇旧文章《山中避雨》。山中遇雨的一种寂寥而深沉的趣味牵引了我的感兴，反觉得比晴天游山趣味更好。所谓"山色空蒙雨亦奇"，我于此也体会了这种境界的好处。雨淋湿了纸山，心事也淋湿了。

在庭前看雨，雨落在松树上，雨落在杉树上，雨落在竹林上，雨落在芭茅上。山越发秀气了，松树陡然多了苍茫，满满都是中年心绪。竹林是丫鬟，是大观园的侍女，风一吹，雨中竹叶瑟瑟摆动，越发像小女子。芭茅一脸无辜，早早开过的芒花有些萎态，经雨水一淋，貌似落拓，又分明傲骨嶙峋。

落拓时皮肉一蹶，好在有嶙峋的傲骨。人到中年，怕还是要有些傲骨，不然皮肉坠下，染了满头满脸满身的尘埃。《齐谐》说：鹏鸟飞南海，以翅击水三千里，直上云霄九万里，一路浩荡六月风。大鹏从上往下俯瞰，只见野马般的雾气和尘埃相互吹息。天色如此青苍，不知是本色，还是因为深远至极而显现的颜色？

野马也，尘埃也。

陷入尘埃的浊世太久了，真需要一匹野马绝尘而去。

哪里去？

不妨在纸山安家结果吧。

纸山即书山，古人称为琅嬛福地。

晋人张华出游，见一洞宫，有人引至某处，别有天地，每室各有奇书。那些书上记录的多是汉以前事，大多闻所未闻，问其地，人对曰：琅嬛福地也。

张岱梦见过几次琅嬛福地，一石头砌成的华堂，四周险峻，小路幽深，屋前小溪湍洄，水花飞溅如落雪一般，岸边有奇松怪石，更杂以名花。梦中张夫子坐屋里，童子端进香茗和瓜果，满室皆书，开卷展读，大多是蝌蚪文、鸟爪痕、霹雳篆文，一一读来，并不觉得艰涩。

我也做过这样的梦，百十次了吧。四周幽深，趴着山路，一步步向前，花岗岩垒成的房子，四周都是书架，多是线装书。人在宝地，只恨自己搬不走一本，只好一本本书翻开。梦里看得真真切切，醒来却常常忘了。古人说，读书一痴，借书二痴，索书三痴，还书四痴，而梦书则是痴上加痴了。张岱果然是痴人，醒来凝神细想，竟然想还原梦境，建琅嬛福地。

万人如海一身藏，苏轼写过：

> 病中闻汝免来商，旅雁何时更著行。
>
> 远别不知官爵好，思归苦觉岁年长。
>
> 著书多暇真良计，从宦无功谩去乡。

　　惟有王城最堪隐，万人如海一身藏。

　　王城如海，万人如海，罢了，我就在山野上，和白云为伴，和雾霭为伴，和山风为伴，和竹林为伴。

　　万人如海一身藏，元好问也写过：

　　万人如海一身藏。随例大家忙。东华软红尘土，俗损谢三郎。兰若寺，玉溪庄。两茅堂。鸡豚乡社鹅鸭，比邻好个嵩阳。

　　不登大雅之堂，也好，也罢，早点识时务，原来我不登大雅之堂。不必仰天大笑出门去，静悄悄掩上门扉，一卷书，一支笔，就此别过吧——

　　一座山，一簇竹林，几间东倒西歪屋，一个南腔北调人。

　　上海有人写《作家素描》，说鲁迅很喜欢演说，只是有些口吃，而且"南腔北调"。鲁迅自嘲：我不会说绵软的苏白，不会打响亮的京调，不入调不入流，实在是南腔北调，索性将自己的文集命名为《南腔北调集》。

　　夜里，几个老友横七竖八躺在那里谈闲话，盛夏山林里的气息飘过来，温润、潮湿，真是颇愉快的事。偶有走神，想那一本《南腔北调集》。大先生收起了投枪和匕首，偶露锋芒，硝烟之气犹存。文字虽冷峻，但多了关怀多了怜爱。

　　中年后，鲁迅之美，美在深刻婉转。深刻人不少，但往往少了婉转，婉转人更多，但总失之深刻。《作文秘诀》中大先生说"有真意，去粉饰，少做作，勿卖弄"，心心念念多少年，可惜我做不好。

我希望下笔都有来历，但绝对不是古人的造句成文规范和章法。通篇是自己的，而又有来历，好比书法家。作文像写字一样，需要临碑帖，先入再出，再入再出。民间演义赵子龙救阿斗，七进七出，方才功成。写作也如此，怕是七进七出都嫌少了。中国文学的传统里有无限的自由啊。至于创新，我意还是写当下，继承传统并不是制造假古董。由着心写，写自己的文字，不从众，人人面目不同。不敢说处处做自己，但绝不想当别人。

屋檐几声雨滴，深夜听来格外惊心，声声叹，叹冯唐易老，叹光阴似箭，叹时不我待。时不我待，我何尝又等待过时间。

我交给时间皱纹，皱纹是时间的买路钱，时间还我辈以文章。

入夜了，纸山安睡。山间满谷的云，我知道那些云在流动，入眼却是静止的。出离尘俗，尽可看云，看高于欲望烟尘之云，看凡俗不可染指的云，看无俗念的云，看逍遥孤寂的云，看自在独行的云，看只是云的云。云总在人之上，这回，人却在云之上。几个人俯瞰流云，飘然若仙，是散仙，吃茶，喝酒，食菜，啖肉，谈文章，说人情，叙世事。

《神仙传》说刘安得道升天后为散仙人，不得处职，但得不死。老而不死是为贼，老而不死即成仙。道教书上说，天界中未被授予官爵者，无师无职无名无权无势的仙人为闲仙。道术仙法自修自学，逍遥快活，清闲无束。

那一夜纸山幽谷流云，是天仙来了，他们在云头听见尘间几个散仙逍遥快活，忍不住一探究竟，原来是胡竹峰和他的友人。夜风吹过，我听见窃窃私语。原来这纸上如此静美，可以看云，可以闲坐，可以读书，可以纳福，可以乘凉，可以赏月，可以坦腹把盏，不必危坐，得了自在，也得了文章。

解衣盘礴，不衫不履，不知算什么模样。

落笔自在，无法无天，无非是如此文章。

如此足矣，如此文章，如此纸山。

作者简介：

胡竹峰，作家，安徽省作家协会副主席，曾获三毛散文奖、鲁迅文学奖提名奖、茅盾文学奖新人奖。

云在青山

包 倬

一

在距离龙湾机场半小时的高空，飞机开始下降。我摘下耳机，平克·弗洛伊德（Pink Floyd）的歌声犹在耳畔：那么 / 那么你觉得你能 / 从地狱中辨出天堂 / 从苦难里辨出蓝天吗 / 你觉得你能 / 从冰冷铁轨中辨出如茵绿地 / 从面纱下辨出隐藏的微笑吗？（平克·弗洛伊德《希望你在这里》）机舱外的白云，有的卷起千堆雪，有的立为万仞壁。在云的世界里，飞机是过客。在人间，我们是过客。幸好在这有限的生命里，我们会遇见几个人，那是失散于世界的另一个自己。当年，杜甫遇见李龟年，写下了著名诗句：正是江南好风景，落花时节又逢君。

此去温州，我将遇见谁？

向下看，朵朵白云棉花团似的在大地上翻滚。那条环绕着村庄、城镇、青山的带子，是什么江河？我没有来过温州。出生在四川，生活在云南，我的半世光阴围着西南转。"天下猿多处，西南是蜀关。"（张乔《送许棠下第游蜀》）我十八岁时也在原始森林里见过猴子。它的背上背着一只小猴子，灵巧地在树与树之间悠荡。温州是一个陌生的世界。在一个西南人的想象中，温州由工厂组成。这是一个可以建造世界的地方，上帝说要有光，于是便有了光。创世就是从无到有。每一个工人都在干着上帝干的事。

出机场，意料中的热。管十三兄开车来接。这是一个具有多重身份的汉子，一身正气，侠骨柔肠。国事家事天下事，事事关心，满腔热血，爱憎分明。对一个地方的印象，大抵是从人开始的。

在一个小楼上吃饭。菜是传统的温州菜，家烧。我喜欢"家烧"的叫法，有年代感，是舌尖上的乡愁。凉山的"家烧"是什么？飞禽走兽，还是山茅野菜？或许都不是，当土豆和燕麦作为主食，陪伴它们的大概就是辣椒、盐或糖了。温州是个少辣的地方。我领教过没有辣椒的生活。那是在闽南海边，连续吃一个星期的鱼虾螃蟹，"嘴巴里淡出个鸟来。"（《水浒传》）味觉习惯源自童年，美食其实是种记忆。这些年四处奔走，渐渐褪去一些习惯，比如学着去感受食物的本味。"众人熙熙，如享太牢，如春登台。我独泊兮，其未兆；沌沌兮，如婴儿之未孩。"（《道德经》）婴之未孩，大概就是人最原初的状态，食物的本味。身处浊世，"出淤泥而不染"当为最高理想。而人间染缸，早已忘记来时路，犹如在一道温州菜里加上了辣椒和花椒。

当夜饮酒半斤，心里野马未脱缰，幸好。饮茶数盏，相谈甚欢，亦好。

二

凌晨五点，我起床写作的时间。在昆明，窗外当是一片黑暗，一如我那些尚在意识深海未像鱼儿般跳脱出来的文字。而在温州，窗外太阳明晃晃。

游塘河。兴致勃勃。我们丢失雅兴已久。这伟大的传统如今已被手机取代。那个魔鬼般的小屏幕装下了整个世界。而早在互联网时代之前，"地球已经成为一个小小的'地球村'。"（麦克卢汉《理解媒介——论人的延伸》）在当今世界，旅游早已是GDP的重要组成部分，但大多看的是热闹和稀奇。停车。拍照。半个小时。长途大巴。事后留下什么，一堆地名和照片。我们——看——风景。而在中国古代，天、地、人，万物同一。

> 盘古倒下后，他的身体发生了极大的变化。他呼出的气息，变成了四季的风和云；他发出的声音，化作了隆隆的雷声；他的双眼变成了太阳和月亮；他的四肢，变成了大地上的东、西、南、北四极；他的肌肤，变成了辽阔的大地；他的血液，变成了奔流不息的江河；他的汗，变成了滋润万物的雨露。

古老的神话，不光讲述世界的起源，也讲述人与世界的关系。人和山水，不是看与被看，而是感知，是心灵和日月江河的映照。所以，看山看水，其实看的是人心。"秋风吹不尽，总是玉关情。""北山白云里，隐者自怡悦。""天阶夜色凉如水，

坐看牵牛织女星。""此生此夜不长好，明月明年何处看。"翻开
唐诗，就是面对山河。"太阳底下无新事"，就连我们内心那点
喜怒哀乐都是旧的。

这是没有办法的事。就像写文章，前有古人，后有来者，
我们为何还要写作？金克木老先生写《书读完了》，可在我看
来，文章也写完了。更准确地说，他们的文章写完了。而我们
的呢？正在写。

"逝者如斯夫，不舍昼夜。"孔老夫子的感叹，在今天依然
有效。我想起一个问题：承载我们肉身的这条河，还是当年谢灵
运经过的那条河吗？这大概是个哲学问题了，暂且放下。该放
下的还有世俗生活。不再开会。不再关心粮食和蔬菜。我们只
拥有此刻。此刻身在塘河，时光如水，戏台和古桥皆是人间见
证者。"一代人来，一代人走，大地永存；太阳升起，太阳落下，
太阳照常升起。""无情最恨东流水，暗逐芳年去不还。"（唐彦
谦《秋日感怀》）除了感叹，我们还能做什么？

登伯温楼，览塘河盛景。据说，这楼是比照黄鹤楼而建。
"昔人已乘黄鹤去，此地空余黄鹤楼。"登伯温楼的心情亦大抵
如此。耗资数千万的伯温楼由刘氏子孙捐资建造而成。像一个
太阳照亮星空，光芒永恒。一个有精神遗产的家族，何其幸也。

三

去纸山之前，我只知道书山。"书山有路勤为径，学海无涯
苦作舟。"多年前的大凉山乡下，这句话贴在教室后壁上。意思

一目了然。无奈我等顽劣，当作耳旁风了。

没有纸，何来书？

车在深山里穿行，满目苍翠，茂林修竹。鸥海区泽雅镇，纸山藏在深山里。一棵竹和一张纸之间，只隔着一个造纸艺人。古老的技艺，有如神授。神的孩子垂垂老矣。大概这就是温州？一边制造新世界，一边固守旧传统。竹山在。水碓在。作坊在。老艺人在。流水潺潺，鸡犬相闻。青山为屏，守着一座活的博物馆。

普天之下，莫非故乡。这里有吉敏童年的记忆，她的母亲如今仍住在这里。退休的仙女自得其乐，读书写字，颐养天年。在纸山，时光如纸，捣碎、做料、腌刷、踏刷、烹槽……被晒干，一如老人们脸上平静的表情。

夜宿一溪云。这名字，诗意中有晦涩。群山回响。在这绿色的波涛中心，设置一归宿处，似是上帝的意思。而人类的使命在于理解这本意。凭空想起一首民谣，《把城市拉到乡下喂狗》。我们总是在这样的地方，想起陶渊明。想起他，因为我们不是他，我们做不到。我们藏起心中的山水田园梦，像只猴子奔忙于城市之间。这是一条时光隧道。沿着山路走，必将走向童年。牛背上的小孩。河里摸鱼的小孩。青山白云一直在，等着我们回归。

雨落，天黑。酒足，饭饱。友人躺在遮阳伞下的椅子上，避雨、抽烟、聊文学。我走过去，欲加入阵营。雨那么大，伞下只能容两人。我站着，聊着。那是怎么发生的呢？后退一步。我听见肥硕之躯砸向水面的响声，至于姿势，不忍想象。你必须得承认，跳水不光是运动，也是艺术。原来，退一步未必海阔天空，也有可能是游泳池或者悬崖。有惊无险，"接着奏乐接着舞"。

有人聊起李叔同，我们唱：长亭外，古道边，芳草碧连天……一壶浊酒尽余欢，今宵别梦寒。梦寒未必，虚惊是肯定的。于是又唱：李白乘舟将欲行，忽闻江中喊救命，扑通一声跳了下去，捞起来一看是汪伦。

雨终于停了。蛙声一片。我们有多久没有听过如此豪迈密集的蛙声了？声音是情绪的表达。青蛙对大地的赞歌，人类只能猜测。

沿着山间公路走，黑夜让世界缩成一团。林中有鸟声、蛙声、风声，寂静让人生畏。幸好是数人同行，若是独行，大概是不敢迈开脚步的。远方的天空下，横着一溪云——这不是一个地名，而是眼前的事实。白云生处有人家？那点点灯光，是人间烟火，星星之火，抑或是荧火虫的亮光？众人掏出手机拍摄，但和眼见之景相差甚远。仿佛这一溪的云只相信肉眼，如神光，只可遇可见。

唐人李翱在《赠药山高僧惟严二首》里说："我来问道无余说，云在青天水在瓶。"那晚我们看见的，是云在青山，云在溪上。而我呢，在地面想起天空。如此盛景，从飞机上往下看，又该是何等壮观？

作者简介：

包倬，1980 年生于四川凉山，2002 年开始发表作品。著有长篇小说《青山隐》，出版有小说集《沉默》《十寻》《路边的西西弗斯》等六部。现居昆明，任《滇池》文学杂志主编，昆明作家协会副主席。

纸山随想

张佳伟

我对于瓯海是新朋友，瓯海对于我也是如此。

地方和人，乍见都是不好品评的。但换个视角来看，初见自有其妙处：印象不是随着时间的推移而消减，而是酝酿出意想不到的滋味来。更何况，自两年前的秋天至今，我虽然一直身处祖国的北方，但瓯海的风物和气质跨越一千多公里，时时伴随着我。因此这第二次相见，虽是游览新景，却也颇有故人重逢的意思。不妨写下些文字，留待将来与瓯海共同回顾。

我向来偏爱有水的风景，瓯海恰恰有好河流。从酒店的窗户向外眺望，宽阔温顺的河流穿过城区，视线的远处，水道与水面上大大小小的桥梁交错编织出独特的纹样。在遥远的渭河平原，我出生的地方，同样是多雨的夏季，那里的河流常常裹挟着汹涌的泥沙，毫不掩饰地奔涌而下。见惯了锋芒毕露的力量，看着面前波澜不惊的河水，容易生出艳羡之情。河岸绿树掩映，高楼林立，漫步其中，足以时时抚慰伏案已久的颈椎。

然而相处久了，就发觉瓯海并非我想象的那样无限柔情。同行的伙伴称这里是"江南水乡"，引得大家一阵哄笑。我想，若是将瓯海比作女子，也是外表温婉，内在如蒲苇般柔韧的。

　　就拿早餐来说吧。没有精致的茶点，我的早餐从糯米饭、猪脏粉开始。"全世界有温州人的地方就有糯米饭。"出摊三十多年的阿姨说。碳水蛋白质加脂肪，吃的就是一个扎实。说是早点摊，二十四小时营业的店铺也不少。温州人勤苦，下了夜班，一碗糯米饭配着咸豆浆下肚，才好踏踏实实入睡。说实在的，这阵仗对于我们这些坐办公室的人来说，实在生猛。但对于风里来雨里去的生意人，扎扎实实的一顿早餐，就是最好的安慰。用最朴素的食物填饱肚子，用浑身的力气与智慧养活自己与家人，不仅需要起早贪黑的勤奋，更需要开放包容的胸襟。在这里，太阳也勤快得多，肉汤飘香驱散惺忪的睡意，早起的阳光已经荡漾在波光粼粼的碗中了。听本地人说，温州管吃早餐叫"吃天光"，意义昭然，实在是务实的浪漫。

　　一天的行程开始之前，站在酒店举目远眺，窗外是层层叠叠的远山。同行的一位作家说，那就是谢灵运走过的地方。我顺着他手指的方向望去，只见一片蓊蓊郁郁的绿，不禁心驰神往。说来可惜，温州本因气候四季温和而得名，这个夏天却格外闷热，室外是一刻也待不住的，我又没有五点早起的毅力，只好不情愿地打消了河畔漫步的念头。不过，在蒸腾的暑气中，有了时间与空间的阻隔，视线可及而脚步难以到达的远山，竟恍若传说中的仙山。在这近在眼前的仙境中，谢灵运为瓯海留下了《过瞿溪山饭僧》《游赤石进帆海》《舟向仙岩寻三皇井仙迹》等传世作品。我望着远处的山影，不见道路的痕迹，遥想当年谢公行走在山间，必是移步换景、野趣盎然。当年的瓯海，没有拔地而起的高楼，目之所及的山峦，便是最高的景致。如今人们轻而易举就能比谢公看得更远，但其中的境界，恐怕只能望其项背。

逝者如斯，当年的脚印早已无迹可寻，这位与瓯海有着短暂缘分的诗人却依然被时光铭记。拨开历史的帷幕，人们能够通过诗文与他亲切地对话，人的生命因为诗歌而无限延伸。一千六百年后的今天，怀想谢公当年游瓯海的情形，不同时空的风景竟然发生了重合，浮现在我的眼前。生命的价值就在于此：它脆弱地如同瞿溪里的一滴水，却又因为某时某刻的发声，流成了千年不断的一支歌。

早餐后便乘车出发。车行山间，同行的本地人告诉我，我们接下来的目的地有一个美丽的名字——泽雅。我随手查阅，得知此地原名"寨下"，泽雅是"寨下"温州话的译音。我不知这个说法是否可靠，只觉得这译音十分妥当。山间溪水潺潺流过，翠竹丛生，只是望着就生出一股凉意，正是清新雅致之地。这些茂密的竹林，就是造纸的原材料。此处家家户户都造纸，因此又被称为"纸山"。时间似乎对这片土地格外开恩，不舍得那么快流逝，所以这里仍然保留着最传统的工艺：泽雅造纸与明代科学家宋应星《天工开物》里的造纸流程，几乎一模一样，其中的一些流程甚至更为原始。山间的绿竹，经过一百零九道工序，千锤百炼，最终化作一张张轻盈的纸。一株株鲜活的生命就这样被时光拓印下来，迎来新生。

行走山间，我们在一处露天的造纸坊驻足，一位妇人正在纸槽里捞纸，她神情一丝不苟，两臂大大地伸展开来，水中的纤维在手腕熟练而轻盈的抖动中一层层落在纸帘上。手边是厚厚的一叠"纸墙"，它们会在接下来的工序里被晒干成纸。据说晒纸的时候，远远望去，纸山一片金黄，蔚为壮观。这里是造纸博物馆的一部分，矮矮的石墙边，淹竹池散发出腐烂发酵的气味，池边依山而建的水碓房错落有致，彰显着当地人古老的智慧。行走在池边的小径上，想象着古时劳作的盛况，日头依然凶猛，大家不觉感叹纸农的不易。一方水土养一方人，或许，瓯海呈现出的坚韧品质，与这里有着丝丝缕缕的联系。

历史上的温州，以出产蠲纸而盛名，"东南出纸处最多，此当为第一焉"。唐代就有造纸户免除自身力役的例子，此处出产的纸张因此而得名"蠲纸"。明朝政府在瞿溪设蠲纸局，派官员监督纸农造纸。然而，造纸又何尝比服役轻松呢？炎炎夏日，工序繁复，此情此景，纸农之苦可想而知。传说明宣德年间，江西人何文渊任温州知府期间，为减轻纸农负担，设计将当地制造蠲纸的水质变浑浊，降低出产品质，然后上奏朝廷，称此地地气改变，不宜造纸，瞿溪纸局因此得以撤销。第一次听到这个故事时，我不禁对这位基层干部肃然起敬：任何年代，一位尊重劳动、尊重规律、尊重人性的好干部都是不可或缺的，都是值得被铭记的。"一将无能，累死三军。"方式方法不对，做得再多都是无用功。不仅解决不了民生疾苦，做不出好成绩，还可能适得其反。这样的人，就是历史的罪人，必定要遭人民唾弃的。几百年来，这则故事虽有疑点，人们却愿意相信，其中原因不言自明。

抚摸着手上薄薄的黄色纸张，世间万物仿佛静了下来。习惯了城市生活的我们，每日被闹钟叫醒，严格按照日程规划，以为掌握了时间，殊不知手机屏幕上的数字是虚妄。过去也好，未来也好，对于现在当下孤独的岛屿之上的人来说，不过是一眼望不到尽头的茫茫大海。先前我所感受到的历史与现实的重叠，也只是过往在当下投下的幻影罢了。时间微笑着躲在细小的、摸得到的事物之中。流淌不息的溪水，生长不止的翠竹，这种模糊的质感恰恰是另一种意义上的精准。在泽雅的山间，这张纸只是千千万万张纸中再普通不过的一张，我与它的缘分，只在此时此刻，却又像是许多年前就注定了的。

若有所思之际，听到同伴的呼唤，原来早已有人踏入潺潺的溪水，惹来大家一阵艳羡的赞叹。不过，皮凉鞋泡在溪水中，水底湿滑，凹凸不平，让人看了不免有些担忧。我不禁脱口而出李白的名句"脚著谢公屐，身登青云梯"。据说谢灵运发明谢公屐，登山有奇效，"寻山陟岭，必造幽峻，岩嶂千里，莫不备尽"，如此神器，涉水应该也会效果拔群吧。进而想到，温州自古以来就以制鞋闻名，世纪交接之际，又被授予"中国鞋都"的荣誉称号。从谢灵运脚上的谢公屐到享誉世界的"温州制造"，这山野间凝结的勤劳和智慧，早已随流水泽被瓯海乃至温州城；改革开放后，又随着一代代温州人的脚步，传播到全国乃至世界各地。

偶遇一队研学的孩童，一张张稚嫩的脸上写满了好奇。这群活泼的鸟儿，不顾炎热，叽叽喳喳，探头探脑；一会儿伸着脖子看看纸农捞纸，一会儿又争先恐后地尝试古法印刷。一旁的老铁匠铺被打造成研学点，已经架好了设备，准备直播。欢笑声响彻山间。孩子们对造纸工艺赞叹之余，也惋惜古法纸产量低、质量差、成本高，只能用作冥纸和鞭炮衬纸。一旁的凉亭中，四五个老者静默地坐着，波澜不惊，令人心生敬意。人必定是要老去的，老去的人和老去的纸，都是时代的记忆，在这山间静默地相守。好在有无数天真的孩子走进纸山，受到传统文化的浸润，为古老的山野注入鲜活的生命力；就像潺潺的山溪，昼夜不停地推动水碓子，捣着属于新一代人的故事。

于是想到琦君。瓯海的一山一水、一草一木滋养了她的文字，陶冶了她的性情。出生在泽雅的她，如同山林间随风漂泊的一片叶子，在海峡对岸，用温柔的笔墨遥寄乡情。两年前的九月，与瓯海初见之时，我曾寻访位于三溪中学校园内的琦君故居，那里是琦君先生大伯父的家，她宝贵的童年就是在那里度过的。湿润微凉的清晨，嗅着金桂的香气，坐在树下饮茶，我终于见到了琦君魂牵梦萦的桂花雨。三溪中学的学子三三两两结伴经过，正是青涩的年纪，他们浸润在金桂的香气中，阅读着琦君的文字，在古朴故居的陪伴下，度过单纯的青春时光。

时光流转，经历变成了记忆，那场金色的、香气馥郁的桂花雨，如今也时时飘落在我的梦里。今年的桂花落了，明年再开的将不复从前。每个人梦里的桂花雨，虽有相似，却都是独一无二的。我们读着琦君的文字，其实是在与自己的心性对话。我相信，景物本是无所谓有情无情的，只因人心心念念，风景也便有了无限的缱绻。山水性灵，就是人的性灵。

午餐也在山间。我惊讶于桑叶也能做成可口的凉菜，不禁为自己见识短浅而羞愧。生在纸山上的人，以桑皮造纸，桑芽入菜，小小的一盘凉菜，闪烁着劳动人民的巧思。另一道饮料椰汁冲蛋，颇有海风的味道，又不失扎实的底色，兼收并蓄可见一斑。这是食物与人、自然与人的默契。

车子从山中驶出，柳暗花明，行程已至尾声。我随着车身摇摇晃晃，思索古时交通不便，当年造纸盛极一时，纸张如何走出纸山，又要耗费多少人力物力。人生就像这曲折的山路一般，总是暗藏着许多困境。潇洒如谢灵运，也曾数度遭到罢官，最终获罪，临终前写下"恨我君子志，不获岩上泯"的句子。山水之困与人生之困常有，行到水穷处，哭一哭也无妨。然而始终有风从海上来，云开雾散，化作无限前路。自山野中出生的文学与纸张，命运与它们的创造者截然不同，终将超越一时一世的制约，走向更加广阔的天地。

人间种种，正如瓯海一隅。

于是忽然生出离别之意。一是同行几人初次见面，天南海北，短短数日便要分别；二是与瓯海的第二次相聚也接近尾声。所幸情谊深浅不在相聚长短，下次我与瓯海再见之时，就是第三次相聚了，勉强能算作老友。

那么，就暂且将这片山水放在瓯海吧，虽然我很愿意将它一同带走。

作者简介：

张佳伟，女，1993年出生于陕西宝鸡，毕业于中国人民大学，文学硕士。现就职于中国作家协会《中国校园文学》杂志社。

泽雅，阳光透过一张纸

赵晓梦

对久居盆地的四川人来说，冬日一缕灿烂的阳光是内心所期盼的。冬天周末有阳光的日子，一城人都在呼朋唤友，公园、湖畔、草地、河边、绿道、宽窄巷的茶馆和街面上，全都挤满了人。这份热情，实在是因为盆地被冬天的雾埋得太深，身体都潮湿得出水，不晒晒太阳，吃再多的海带也还是缺钙。于是乎，冬天里的四川人，都变成了候鸟，满世界寻找干净的阳光。

现在，我就是那只候鸟。从成都到温州，最后栖息在泽雅的屋檐下，眷念一缕阳光，与那里新鲜如初的山水、泛着光亮的一张纸，纠缠不清。

一

这不是我第一次到温州，多年前，一趟楠溪江之旅，让我从散布两岸的一座座古村落里，重温谢灵运、王羲之、孟浩然、苏东坡等历代文人墨客的履迹和诗句，朝圣这个中国山水诗的摇篮，而永嘉学派浸润出的一代又一代温州人，即使在近代思想史乃至经济社会发展中，也都无处不在，人文底蕴爆发的力量正不断更新今天温州的面目。

但这一次，给人印象最深的，竟是磅礴的大地。去程和返程的航班上，我都选择了靠窗的座位，机身下是连绵群山，烟霞苍岚，大地如同一幅长卷，笔墨清晰，或大写意泼墨辽阔，或工笔刺绣精雕细刻……直到飞机返回成都平原，视野变得模糊，我才反应过来，原来这一切映像都是一个叫"能见度"的词使然，也看到了干净阳光的穿透力。

现在，干净的阳光，将冬日的泽雅，打扮得如同一个喜过新年的姑娘，从见到的那一刻起，我的视力就好起来，隔着镜片，居然能看清池子里竹子腐败的过程，溪涧里鱼的嘴唇，屋顶上探出新芽的草，远处刚醒来的山层林尽染，蓝色天空没一丝杂念，刺耳的寂静里，水声、人语、狗吠条理清晰，阡陌的交会点，都被阳光提前抵达，剩下的阿婆，在作坊里捞纸，不是表演，而是专注和投入忘了时间，直接忽视我们这群外乡人走近。

二

身为泽雅人的作家周吉敏在《另一张纸》里说："东海一隅的温州泽雅，祖先元末避乱山中，斫竹造碓做纸谋生，家家户户手工造的就是另一张纸，其竹纸制造技艺与明代宋应星《天工开物》中所述一致，人称'纸山'。"我好奇的是，有名的纸张产地在祖国遍地开花，比如大名鼎鼎的安徽宣纸，即使在我们四川夹江，也因张大千的改良工艺成为一个有影响的书画用纸产地，为何单单这个产"屏纸"的泽雅被誉为"中国古代造纸术的活化石"？

在唐宅村"传统造纸生态博物馆"，我对过去的偏见做了纠正。

据史料记载，温州历史上就是重要的纸张生产基地，曾制造出古代质地最好的纸之一，著名的皮纸（蠲纸）、屏纸等多种纸种均产自温州。程棨《三柳轩杂识》、宋人周辉《清波别志》对此都有记载。晚唐五代时，温州制造的蠲纸已非常有名。宋元时期的书画家多用此纸，如苏轼的《三马图赞》、黄公望的《溪山雨意图》、慧光塔出土的《大悲心陀罗尼经》、白象塔出土的《佛说观无量寿佛经》等等。1962 年，潘天寿用该纸作《双清图》时称赞："笔能走，墨能化，尚有韵味，并不减于宣纸也。"

谁能想到，这张备受推崇的纸，竟出自大山深处的泽雅。北宋宣和年间，吉敏的先人、闽人为躲避战乱迁居温州泽雅。泽雅，顾名思义，"泽"为水，"雅"为美，当是秀水之处，素有"西雁荡"之美誉。当年的先人选择这里躲避战乱，必然是因其远离城镇、人迹罕至。泽雅原名"寨下"，泽雅是"寨下"温州话的发音。

俗话说，一方水土养一方人。吉敏的先辈们没有被连绵的大山磨去生活的斗志，他们创造出"溪—水碓—纸槽—民居—山"这样独特的山地村落空间布局；他们就地取材，将闽地造纸术在泽雅落地生根，生产出四六屏、九寸、松溪、长簾、生料纸等。

千百年来，泽雅人挑着这张纸，越过重山条江，去到邻近的水陆码头重镇瞿溪，以温州著名"土特产"的名义，在这里上船，销往全国各地，甚至漂洋过海。泽雅人也因此有了一个类似菜农、花农、瓜农的名字——纸农。鼎盛时期，这样的纸农有 10 万余人，水碓 1800 余座，纸槽 1 万余座。

一到晒纸时节，漫山遍野铺满纸张，接受阳光曝晒，"泽雅纸山"由此得名；又因这些纸多为金黄色，晾晒时整个山村金光灿灿，晃得天上的飞鸟眼花，所以泽雅又有"金山"的美誉。

三

比起这些文字、图片、实物的展示，我更相信自己的眼睛。那就是沿溪而建的捣刷舂米水碓、错落有致的腌竹池塘、高耸的煮料烟囱、只挡雨不挡风的捞纸作坊，全都在冬日的暖阳下敞开怀抱。上了年纪的阿婆，娴熟地在作坊里捞纸。

从竹到纸要经过百余道工序，泽雅造纸的一些工艺流程，比《天工开物》中记载的还要原始古老。"捞纸"又称为"抄纸"，是竹子变成纸的关键一环。阿婆身前这个石砌的纸槽里，装满了纸浆，那是竹子经过蒸煮、碾磨、撞穰、拧穰、拌浆等环节后，竹纤维彻底分离并浸透水分成为纸纤维的悬浮液，再用一张细竹帘滤取，最终让纸纤维留在竹帘上形成一层纸膜，也就是压干、晾晒之前的纸。据说这道工序在造纸过程中是最费体力的，捞纸的工匠站在纸槽旁舀水、抬起竹帘，每次承受的重量竟有 20 公斤。

捞纸是门技术活，全靠日积月累的经验，抄得轻纸会太薄，抄得太重纸又会嫌厚，所以捞纸又被称为"指尖上的艺术"。

在这个省级非遗捞纸作坊，阿婆不紧不慢地重复着舀水、抬起竹帘、拆帘放纸的动作。从瓦片和屋檐照进来的阳光，在她脸上温暖而缓慢地移动，变成一张光的纸，虽縠皱波纹，却力透纸背。

四

之后我问过自己，为什么是泽雅？

那天上午，等到参观的人都甩手走远，我问阿婆：一天能捞多少张纸？一刀纸能卖多少钱？不紧不慢的阿婆，说起话来语速明显快得多，可无论我怎么想象加比画，她的方言我一句也没听懂。

后来在街道上碰到吉敏，她给了我答案。原来阿婆一天能捞 2000 张纸，4000 张纸卖 130 元。也就是说阿婆一天能挣 60 多元钱。但这 60 多元，还不包括旁边水碓旁舂竹的老伴，甚至还有斫竹、泡竹、运输等工序里的劳动价值。吉敏说，现在留在村里守着千年老手艺的，差不多都是阿婆这样的老人。

科技革命早将造纸工艺革新到一个前所未有的高度。但对阿婆这样的纸农来说，他们留在小山村日复一日重复着斫竹、泡竹、舂竹、捞纸的劳作，显然不是为了那 60 多元一天的收入。

不为钱那是为什么？我猜想，对一个相对富足的山村来说，人们对钱和物质的追求，或许早已跨过欲望的鸿沟，因为能够填平这一方山坡沟壑的，除了漫山遍野的竹木，就是干净得没有一丝杂念的阳光。

生活必须有阳光，阳光下，风一吹，山野间竹子便会应声生长，晒纸的时候便会号令众山皆响。

作者简介：

赵晓梦，重庆合川人，现居成都。中国作家协会会员，中国诗歌学会理事。巴金文学院、成都文学院、《香港文艺》杂志签约作家。高级编辑，四川大学文新学院硕士生导师、香港文学艺术研究院客座教授。有200余万字作品见《人民文学》《诗刊》《钟山》《中国作家》等，出版作品集9部，获得中国长诗奖、《十月》诗歌奖、《北京文学》诗歌奖、四川文学奖等数十种，代表作有长诗《钓鱼城》《马蹄铁》等。

与泽雅相遇

蔡玉燕

　　这是我第一次到温州，来此之前，只在媒体上对温州有过浅薄的认知，譬如它是浙江省三大中心城市之一，譬如它有雁荡山……它也是改革开放的前沿阵地，在我的理解里，它应和我所处的佛山差不多：颇富庶，具底蕴，极古朴，亦含蓄，挺内秀，也温泽。因生于斯长于斯却成名于海外的琦君先生，我得以来到温州瓯海。从龙湾机场到瓯海，有半小时车程，我坐在小车默默观察两边的风景，高耸入云的建筑并不多，但高楼大厦也不少，分布恰到好处。来接我的小伙子礼貌周到且话语不多，人和城市建设都一样，保持着温和富足的姿态但又不会贵气逼人。一切都和我的理解是相吻合的，与佛山有太多的相似，潜意识里，温州便和我亲近了。

　　温州也叫瓯，温州文化属于瓯越文化，语言非常特别、难懂，这也与我们南粤文化非常相似。为什么叫"瓯"？百度上说"瓯"是陶瓷的意思，但白庚胜先生又说"瓯"也有"沤"的意思，为低洼水泽之地，此处确是地势较低的位置，且广阔，故叫"瓯海"也是有可能的。

　　我颇认同白庚胜先生的说法，因得幸来过泽雅。

　　彼时，因身体不适，虽是上午，坐在车上，仍恹恹欲睡。待张眼往车外一望，窗外是一湾清澈透底的溪河，迎着公路，弯曲而去。我唤不起这溪河的名字，却被这溪河的清澈晃得满眼明亮清透，困倦之意全无。溪河的来处，是连绵的群山，远眺，不高耸，却茂盛，各种植被树木覆盖着，已入冬季，山上层林尽染，山下却仍绿竹青翠，上下形成葱郁缤纷的景色，倒映于溪河水面，溪河便宛若锦龙状似彩缎。倏地，有白鸟横过水面，有鸟雀冲出丛林，"呀"一声，一振翅，便从这端水面跃至那边水面，投入山中丛林，倏地又不见。

　　原来车是往山里开的，往山的路不宽阔，但亦不窄小，单行双向车恰好，路的两旁皆种水杉，褪尽绿色后，杉红如火，可山脚的竹子却仍是碧绿的，大片大片地长着，远望去，那一圈的杉红，像女子翠裙上鲜艳的腰带，圈出了水光山色的娇媚。又经过一处拐弯，忽地，水面开阔，缤纷的山色尽情地铺展开去，正感叹此处行舟泛船正好，就见弯垂的绿竹之下，数条渡客观光的别致小船泊着，清早客少，船夫静坐船头远眺，不知是找寻游客还是观望山色。

　　还在暗叹这溪河清澈、山水撩人，车子便转进了一处山坳，停下。碧蓝如洗的天空下，满种竹子的青山连连绵绵，夹于其中的红杉或枫树，从满翠的竹林中冒了出来，似是簇簇的火焰，烧出层层的秋意。沿山坳，错落着数排白墙灰瓦的屋子，不密集，不凌乱，也不高耸，就这么错落着，像一直都这样长着般，安静典雅，与世无争。望进眼内的风景是如画的，吸入肺部的空气是清冽的，身体的倦意早已被景色和空气驱走，眼睛忍不住随景色游走。它叫泽雅，也只有这样美好的地方才配这样雅致的名字吧？我从不知道，还有地名能这么文秀而贴切的，跟四周错落的屋子一样，都像一直就这么长着的，与生俱来的，非他莫属的，我想，这地方若是存在了五千年，那么它就叫"泽雅"五千年了吧！身临其境中的我，意识里不停地强调着，它，就叫泽雅，必须叫泽雅，不可能不叫泽雅。

竹子多的地方，自然少不了纸。是的，它就是因纸而生存而著世的。它产的是屏纸，用于我们日常的拜祭，若不是因琦君先生而来瓯海，我还真不知道，纸钱几乎都是从泽雅产出的。日常拜祭烧纸时，只知道纸的廉价，烧时总觉都是平常，理所当然的，从来没考究过纸的来处，此时才知，原来生产屏纸需要通过 70 多道工序才能成纸，每一张被烧掉的纸都来之不易。

群山之下，山溪从山林深处奔涌而来，山势缓中有落差，溪水随落差跌落，人们就山势而拦溪成塘，于是高处平静低处欢腾。平静处溪水深厚，绿如碧玉，已是年岁久远的石桥，静静地跨过溪面，在碧玉上倒映出一个古朴的满圆。欢腾处溪水浅薄，黄褐的卵石和深绿的苔藓都急急地露出原态，山竹的绿和水杉的红亦抢了进来，黄的绿的青的红的，全泼一起，溪水反而不乱了，更显得清澈透亮，是高处坠落的碧玉才能带来低处的欢腾与清澈吧？站桥之上，我一下便被这道溪流打动，看它远去的方向，来时车上所见的溪河（后来得知是瞿溪），应是由无数条这样的山溪汇流而成的吧？那这延绵一片无穷无尽的黛山绿竹，到底长了多少条如此绝美的溪流？我迫切想知道。由此，"泽雅"的"泽"之来处，已是呼之欲出。

顺着溪水走，尽是山石灰瓦堆砌的小屋子，这小屋子连集起来，用一堵灰黑的山石围了，便叫造水碓，这是明代的造纸遗址，那时候，人们为了充分利用水力资源，顺溪流分级连建了四座水碓，用来把竹子捣成竹绒，所以又叫四连碓。走过沤着纸料的沤池，水流带着石路往前，隆隆的击打声不断，巨大的水车在流水的推动下，带动了同样巨大的木槌，一下下捣打在金黄的纸料上，穿黑衣黑裤的老伯，应有六十多了吧？半蹲着身子，手里拿着稻草做的扫帚，眼神专注，每一星点的纸料溅出，都被他及时扫了回去。那个脸蛋圆圆、脸色红润的小男孩，应与我一般也是游客，眼睛瞪得老圆，望着木槌下的纸料，他的父母走远了，他仍蹲在水车旁。

捣料是件专注活，捞纸更是大意不了。捞纸作坊里，围着绿围裙的阿姨匀速平静地捞着纸浆，只见她用两根竹子抬着纸帘，在黄浊的水槽中左右晃动，一张均匀湿润的"纸"便被捞了上来。我们看着阿姨捞纸捞得那么轻松容易，都纷纷卷起袖子，嚷着要下去体验一下，可无论如何模仿阿姨的动作，捞出来的"纸"不是成不了张就是凹凸不平的。我捞了很多次，手都有点酸了，且我已多次向阿姨请教技巧，却偏偏捞不成纸样，实在让人懊恼。往来游客不少，捞纸阿姨仍坚守当地语言，不亢不卑，有问必答，但绝不多言，我与她有过几次眼神的交流，她的眼神干净从容，既不会让我觉得尴尬，也不会过分热情。我放下纸帘，到一旁溪边洗手，另一个同行加入体验，阿姨仍从容地从旁指点，我怎么看，她淡定从容的举止里，都透着一股雅气，还有那个捣料的老伯，他半蹲着的姿势也如此雅气，遗世独立如斯，他们做的，可是最廉价的屏纸啊！忽地，我便明白了，"泽雅"之"雅"，是如何而来的。

　　尽管，此次瓯海之行匆匆，所到地方不多，但深入泽雅群山之中，立于溪流之上，我已认定，此处必是瓯海"瓯"之深处，得幸至此，缘分之外，还谢琦君！

作者简介：

　　蔡玉燕，女，笔名彤子。中国作协会员，广东省文学院签约作家。已出版小说集和长篇小说《南洋红头巾》《陈家祠》《生活在高处——建筑女工记》等七本。作品见刊于《花城》《江南》《青年文学》《作家》等刊物，多部作品被《小说月报》《小说选刊》《中华文学选刊》等刊物转载，入选多种年度选本；曾获产业工人文学奖金奖、广东省"五个一工程"奖、琦君散文奖等。

泽雅笔记

汤养宗

这只是一处古人造纸的遗址，并非今天进行时间里的现场，但却又一次让我与时间深处的谁再一次相遇。

第一眼望去，这古老的曾令多少代人走不出的村庄，现在都回不去了。被称作人类造纸活化石的四连碓造纸作坊遗址就坐落在村头的一片溪滩上。

这条溪叫龙溪，从北斗山蜿蜒而下到了这里徐缓而流。这里一切的技艺都因这条溪而萌发、展开、成形。元末明初，从福建南屏避乱而来的先民选中这条具有神祇色彩的山溪垒土而居，要的就是可以对应他们带来的南屏纸制造手艺，以维持一方人烟在陌生的地盘生息繁衍与活下来的条件。

这落荒而逃中保留的技艺，像非洲丛林中迁徙的蝶群，途中从蝶变成了蛹，又从蛹变成蝶，身体中永远挥之不去的，是基因中流传下来的对长达几千里路途的记忆。逃亡中茫然无措的人群里，一切都早就安排好了一样，有一个人一眼认定，说有了，这条溪和溪滩两旁茂盛的竹林，就是我们的命。

一切都显得有点凭空捏造，他们在此顺溪建造水渠、碓轮及纸坊，一房一舍一坑一碓都与山水浑然一体，散落在这座山的这头与那边，像上苍早就给人安排好了那样。因为突然多出来的水碓与纸坊，时间一长，一些山地又重新被命名，水碓坑、水帘坑等地名亦都与后来在当地兴起的造纸术有关。甚至，就连泽雅这个文气十足的地名也成了人们公认的"纸山"。

所谓泽雅的"四连碓"，其实就是按造纸流程分成的四道程序。按斫竹、腌刷、捣浆、撩纸等工序，用不同的水碓将水竹捣成纸绒、纸浆，在分别四级纸槽中再逐步制成屏纸。

"碓"字在汉语中意为利用水力用于舂米类的器具。这里则作为造纸流程中的各式流槽与劳作的场所。它们因穿流而过的溪流连成一片，常以单独一家或几家合用筑成一组"四连碓"。史书上记载，随着屏纸在用途中声名日隆，造纸生产的繁忙时节，泽雅当地多达数千人从事造屏纸，有时因水碓不够用许多人家轮流排队才能用上几天。一番香火人烟聚来散去之后，龙溪中游不到四分之一平方公里的溪滩上，现在依然遗落着密密麻麻的水碓旧址。

这些当下已经废弃的造纸水碓，现在像一口口时间中的古井闲置着，当中张开的嘴唇像已把话全已说尽，又像在等着另一个光阴中的谁，有底气也有底数地对它们再把话语一一续上。水碓里沉淀的杂质依然保留着以往的颜色，无论岁月的流水如何从身上经过，它的质地总是黄黄的不被什么所改变。仿佛那些从这里走远的人，依然是空气中的隐身者，一个个有情有义，话语早就焐热在怀里，一不小心又会现身。

　　同样，这座北斗山与周边连绵起伏的其他大山相比，也因造纸技术的注入，有了与众不同的独特气质。这种气质显然是一种文化，是人的技艺与一座山一条溪流日久月深地融合才有的。几百年源源不断的流水上的人语喧哗不知都去了哪里，但人留在这里的造纸的活式，却让这座山在国家的文化层面有了一笔傲人的记载。当地流传下来的一句老话叫："纸是吃饭宝，是身上衣。"我想加上一句："也是死后灰。"这个灰是物质的余烬，却也是空气中看不见抓不着的东西，它看去没有，却又能让人隔空抓物，无中生有并信以为真地让人感到某些流逝的，庸常中再也无缘相会的东西其实还在，还在暗暗地作用在我们的骨血中。

　　斑鸠在附近的竹林里鸣叫着，声音像有人斫竹中亮出的雪刃，带出一股青气。有什么在竹林里一闪，有人在竹叶低喧中便叫出了一个后生的名字，过后还溅起一串银铃般的笑声。

　　我站立并陷入沉思的水碓间，也突然多出了许多在这里劳作的男女，人群中年代不详，有明清的服装，也有民国的打扮。有人将竹子撕成竹片，截断，锤裂，扎捆，再移入腌塘用海蛎灰浸沤。有人站在腌塘里，浑身上下涂满了桐油，为的是不让塘里混合的水质侵入身体。他们翻动着竹料，不断地倒腾，让竹子里的木素和果胶捣成极细的竹绒，随后放在纸炉里蒸煮成熟料。在这里，他们各自都领到了自己的活，也领到自己的技艺与养家糊口的时光。

　　而在另一块屋檐下，在撩纸的水槽旁，女人们撩纸的动作是这个村庄养眼的另一番景致。乡人们都说撩纸的纸槽是村庄最有水色的地方，除了说经过几道工序后的纸浆色泽温润喜人，更说出了正在撩纸的女人们劳作间的迷人之光彩。她们抖动的身段与身上散发出来的劳动的汗气，都是健美的，让空气显得甜甜的，形成了弧度更有迷人的线条。正是她们，用一撩一抖一放一掀之间的动作，一张张屏纸在指尖就那样诞生了。这些连贯而秀气的手势，像是要把每张纸从水里摸上来，在另一个时空，动用着母亲、姐妹、嫂子或者妻子这样的名义。

这一切，多像是一次看走眼，而在那瞬间，它发生了并让我经历了它。

确凿地说，这只是一处古人造纸的遗址，并非今天进行时间里的现场，但却又一次让我与时间深处的谁再一次相遇。看似无用的、废弃的、不可重复的，又让我们寻到一条旧路一程走回去，去深处与谁作血水交融般的精神汇合。它是地气，也是文化。

这独特的劳作，已成为时光流逝中手工技艺的符号，再没有人去重复它，被隔开与消弭，但能在紧要处一声棒喝，让我们懂得自己的来处，接下来还有别的要发生的感悟。

这像说来说去可以相互捣翻的两出戏，相互间的情节已经含混不清，我们在厘清它们时显然有些惘然，但又是如此亲切，感到什么都没有混淆，一切依然是可以沉浸进去的。

作者简介：

汤养宗，福建省作家协会副主席，出版诗集《去人间》《制秤者说》《一个人大摆宴席：汤养宗集1984—2015》等七种。2018年诗集《去人间》获第七届鲁迅文学奖。

竹与纸

任林举

　　一切注定要从某一个春天开始，也注定要在某一个春天结束。

　　"哐"的一声，大罗山从天而降，落在了东海之滨。

　　我入大罗，行抵山脚之时，正水雾弥漫，细雨霏霏，但想象中的那一声轰鸣早已随时光远逝，千万年之前的海水四溅已不再是眼前雨雾蒸腾的因由。茫茫雾霭，掩埋的不仅仅是"九狮一象"相衔、相拥的巨大山形，也不仅仅是裸露的"龙脊"和隐蔽的"天宫"，还有一个千古未解的谜团——天罗一降，到底罩住了什么？先我之前，早有先人一代代一年年沿"大箩"之壁摸索前行，把岩崖拍遍，把乱石踏平，沧海已桑田，都没有找到明确的答案。而我，也只能怀揣同样的追问在大罗山如梦的雨雾中行走，行走且深思——

　　不知不觉间，就滑出了如梦的雨雾，却依然没走出另一片雨雾，如梦。在瓯海之西，泽雅的一个小村庄，我不得不停下惯性移动的脚步。我不无惊讶地发现，自己已经一脚踏中了时间之轮，一个旋转，回到 2000 年前。时光，竟然也是一个闭合的圆环。

水，就那样从翠竹掩映的山上流下来，却让人只闻淙淙之声，而不见其踪。突然从村头的小溪里一跃而出，则像极了古代袭城的神秘士兵，迅捷地流过石砌的渠，穿过人行的路，一步紧似一步地向低地集结。水所行走的渠，从茂密的竹丛中伸出后，就再也没有打过一个弯，径直伸向了岁月深处，连接着两千前古人惯用的一种机械装置——水碓。众水如潮，待行至水碓的闸口前，已成飞奔、汹涌和咆哮之势，巨大的冲击之力足以让一切挡在前路的障碍发抖。闸门是开放的，水便直接扑向了水轮的板叶。巨大的喧嚣和撞击之声，被转化成水轮的旋转；紧接着，水轮的旋转又被碓杆转化成石杵的连续起落；石杵的夯击之声不断，咚、咚、咚，像催命的战鼓，像不息的春雷，把令人兴奋也令人不安的震颤，传向天空，传向大地，也传向满怀期待的人心和连绵不断的日子。

一片轰鸣之中，水随着水轮跌落，声音渐渐衰微、渐渐消散……而远山又响起了细碎、轻柔的窸窸窣窣，那是雨打竹叶的声音。穿越隐秘的时空，水的来生又在雨水中拉开重演的序幕。而来生，水依然要用一生的心血滋养山上的竹，也依然要乘坐时间的滑梯重返水碓，尽一生的力气推转一只命运之轮。

站在唐宅村的水碓旁放眼远山，远山巍巍，高耸如围，锁住了云，锁住了雾，也锁住了云雾掩映的翠竹和隐隐约约的水声，仿佛连时光也被锁在这封闭的山坳里不得流动。2000 年前的古法造纸技艺、2000 年前的黄表纸、2000 年前的造纸设备和器具、2000 年前造纸人的梦想和信念……一切都如 2000 年前的云雾一样，历经无数的循环、轮回之后，依然在山间萦绕不去，保持了 2000 年之前的形态和面貌。沿地势依次排列的水碓、"纸烘"、烟囱、纸槽、腌塘、腌塘里深深浅浅的蛎灰水都清楚地保留着岁月深处的记忆，都能够见证每一张"泽雅屏纸"的前世今生——

一切注定要从某一个春天开始，也注定要在某一个春天结束。

春雷响起，久旱的山间落下了第一场春雨。雨滴是一个神秘的指令，只有它们才能深入泥土把那些掩耳沉睡的生命唤醒。受到雨水的诱惑，一棵棵懵懵懂懂的水竹还未及醒"透"，便匆匆破土而出，开始沿着与大地垂直的方向在春天里"奔跑"。只是它们现在还太稚嫩了，没有经过足够风吹日晒的生命因为纤维没成、水气太重，还不中用。是的，一定要等到两年，但不能超过三年，三年以上的水竹就已经太老了，也不中用。只有等它们血气方刚、筋强骨壮，体内的纤维长度长足两毫米时，才会有斫竹人拎一把竹刀找上门来。一丛水竹在风中摇曳，是老、少、强、弱交杂的一个生动家族，斫竹人总是要经过一番认真的盘查和遴选，才能选出那几竿最中意的竹，手起刀落将它们斫走。

斫，并不是杀，只是让竹换一个地方活着，换一种方式生存。从此后，它们将随斫竹人远走他乡。刀光一闪，竹与故土的联系被瞬间切断，一缕清气从它们离开的地方升上来，那是一缕永难慰藉的乡愁。

新斫的竹，是刚刚落发出家的细妹，水水嫩嫩的身子、清清爽爽的眉眼，却偏偏要走一程世间最惨、最烈、最痛的苦修之路。和水竹一样命苦的斫竹人，天生一副好心肠，舍不得让水竹一出家门就被丢进炼狱一般的程序，便把竹子轻轻放在自己的肩上，软着、暖着、心疼着，顺着水竹的心思和情绪稳步走回自己的作坊。柔软的竹梢在斫竹人的肩上，一步一弯一顿首，那是竹在向故土拜别，道一声珍重，道一声珍重，此去想必无归矣！

"刷"，这是师傅们早早为水竹备下的名号。不破不立，从此，水竹们原有的一切都将被破掉。不但破掉，它们还要经历交臂历指、水煮汽蒸、千锤百炼、粉身碎骨等等一切惨绝的历练。竹当然已不能再叫竹，那么娟秀的名字会让人想入非非，而不敢触碰；竹也不能再保持原有的身段和品貌，要破相、破身、破圆满。光溜溜、水润润的一杆秀竹，要完成救苦救难、普度众生的沉重使命首先要让自己变得残破、丑陋、低微如不堪的尘土。那么多穷苦的山民在指望着它们活命呢！竹坚忍无声，咬紧牙关舍去那段"虚心、有节"之身，一任那班粗陋器具的鲁莽杀伐——被斧、锯截断，被重物锤裂，被烈日晒干，用粗麻捆扎，而后，便成为一捆捆地地道道的"刷"。

既然已经叫"刷"，就要按照"刷"的运道继续运行下去——投入腌塘，在蛎灰水里长久浸沤。方方正正的腌塘就那么一个挨着一个从纸坊排向远处，两两腌塘间只隔了一个窄窄的石埂。当很多腌塘连成一片时，就给人一种浩瀚如海的感觉，而蛎灰水中隐约可见的"刷"则像一片片竹筏或小舟。实际上，这只是一种错觉或幻象，另一片海是无形的，人们根本看不见，它隐在这些腌塘的"背面"，而只有在另一片海中，这些由竹变成的"刷"，才是真正意义上的"舟"。

夏日里，骄阳如火，从天空里泼下来熊熊烈焰，与腌塘里发烧的蛎灰合力，对堆满腌塘的"刷"进行着严酷的"考验"。

金黄的蛎灰水会不断发出"哧哧"的响声，升腾的烟雾夹裹着呛人的气味，带来了塘底的信息：那些曾经嫩绿的竹已被"杀青"，最后一缕生命的迹象已然消失。但等秋天一到，塘水从金黄变成暗褐，竹子们便可宣告完成了由竹而"刷"的全部"功课"，炼尽了生命里所有的"渣滓"，皮肉、木素和果胶尽绝，只剩下柔软而坚韧的筋骨和干净的灵魂。

咚、咚、咚，当沉雷一样的轰鸣再一次从水碓旁不断响起，这已经是初冬时节。"雷"声里，并不是一竿竿新竹冲破泥土脱颖而出；而是一捆捆"刷"在石杵的锤捣下变成了泥土一样的"刷绒"。这些看起来云朵、棉絮一样的"刷绒"，就是"泽雅屏纸"最基本的原料。它们既是一种纸张的筋骨和皮肤，也是这些纸张的魂魄。

至此，如七十二劫的"七十二道工序"已经大部分完成，历经数月的艰难孕育，终至"分娩"时刻。之后再经过"踏刷""烹槽""撩纸""压纸"等一系列工序，一"张"纸就宣告正式诞生。新造出的纸柔韧绵软，色泽金黄，高贵而低调，形平而质优，虽仍怀有一棵"竹"心，却不再有人能够辨认它们的身世，想象不出它们就来自这山中的泥土。

拣一个日暖无风的好天气，纸农们要把这些新纸运到山上去晾晒——一沓沓铺开，亮闪闪，金灿灿，排满泽雅的山岗，本来翠绿的竹山一日间就变成了一座金色的"纸山"。宛如一个隆重的告别仪式，新纸们最后一次贴近这山、这泥土。当它们把体内最后一缕水汽，最后一丝念想，都归还给这片家山故土之时，它们就会变得如魂魄般轻盈，可以跨越年代和地域之界，飞往遥远的时空——天之南、地之北、国之内、海之外。突然，有一阵出其不意的风从竹林里蹿出，当地的纸农们称其为"鬼风"，"叼"起一张没有压住的纸就飞上了天空，飘飘摇摇，如一只断了线的风筝越飞越高，直至无影无踪……这张纸已经在所有纸张的未来之路上先行一步

阿旺伯十岁入行，从青竹一样的年纪开始，就一年年陪着那些水竹辗转于竹山和纸坊之间，不停地矸，不停地沤，不停地捣，不停地撩，不停地晒，也不停地卖，终于在 70 岁那年突然就走不动了。在最后的一段时光里，阿旺伯手抚一案屏纸，看透了自己的生平。原来，一生竟被水竹所误，生命里的那些血气和力量一开始就已经被命运之刀砍伐，之后便与那些水竹一样，一点点被沤烂、剥离、捣碎、分解、散发到无边的时空……

阿旺伯走的时候，儿子选了一担最好的屏纸做冥币，为父亲送行。那日，正好是一年一度的清明节。"南屏纸，冥间钞，红火青烟绕天烧。"不仅阿旺伯家的屏纸在燃烧，天下所有的屏纸都在燃烧。猎猎火焰将屏纸化为灰烬和向上升腾的烟气，竹的魂和人的魂终于双双超脱了那张符咒般的黄表纸，升了上去与天空里的云会合。云与烟，水与火，在九天之上握手言和，相拥相携；随风而去之后，已不知所往，不知所归。

清明一过，泽雅的山上突降一场豪情万丈的春雨，新雨后，又一茬新竹破土而出。

作者简介：

任林举，吉林省作家协会副主席、中国电力作家协会副主席。曾获第六届鲁迅文学奖、老舍散文奖、丰子恺散文奖、三毛散文奖等。

山水的恩泽

宋晓杰

识字图片是整张的，贴在我家的墙壁上，妈妈在上班和做完家务的间隙，用手指点着田字格里面的字读给我听：人口手上中下大小多少日月水火山石田土……妈妈的眼神儿多么急切啊，恨不得把她知道的一切统统教给我。殷殷。切切。多年以后，我怀揣着无尽的向往、温暖的往事，步步倒退着与妈妈挥别，加入了大人的序列。当然，在沿途经过的路上，那些生字慢慢熬成了熟字，那些伟大母语中最基础的字词像血缘一样跟随着我，意义愈加丰盈而充沛，并且不断开疆拓土，思绪的马儿在苍廓的草原上松开四蹄，恣意狂奔。这是我始料未及的。

——比如，我遇到了"纸山"。

在我的认知中，山都是分量十足的。连绵。陡峭。冷峻。孤绝。或冰封雪锁如珠穆朗玛，或万仞壁立如贺兰。最起码，也是这一块怪石、那一处绝壁，总之峭楞楞、硬邦邦的，一大坨。阻挡脚步，隔绝音讯，空气因此稀薄，人生或许改变。翻过那座山，曾是多少个人生的终极目标或未竟事业。它们是板着面孔的硬汉，讷于言，不为所动。最柔软的，大不了或可拿青翠欲滴的秀女来比拟。可是，怎么也不会想到，山也可以以"纸"为名——那么沉重之躯，命名未免太轻薄了吧。

带着这样的惊愕和不解，我走近了纸山。

纸山，是泽雅的别称。那么，泽雅在哪儿？在温州。

在我的印象中，温州人走南闯北，星散四海，用奋斗的足迹书写着历史，却不知道他们还用具体的纸，书写着属于自己的光荣与梦想。

泽雅常年四季分明，光照充足，温暖温润，雨水充沛，境内溪水纵横，漫山翠竹。自宋朝起，造纸业就已颇负盛名。细究起来，泽雅造纸始于元末明初，民国时期的纸农已逾十万。可以说，泽雅先辈全民造纸，人人会做，从早到晚，从生到死，都离不开纸。"山水泽雅，千年纸乡"，此名不虚。

漫步于展览馆中，仿佛乘一叶扁舟，逆时光的河流，徐徐而行——

人类文明发展的另一种表述，是因不同书面材料的典籍的记录而传承。在纸尚未出现之前，古代各文明的文字载体也因材料不尽相同。纸草、甲骨、金石、贝叶、竹木、绢帛、羊皮等，都曾作为原始书写记事的基本材料。中国古代的造纸原料亦经过了麻纸、皮纸、竹纸三个阶段。

公元 2 世纪初，蔡伦将经过处理的树皮、渔网增加到造纸原料中，提高了麻纸的质量，他因功被封为龙亭侯，"蔡侯纸"因此得名。因该纸成本低、产量大、便于书写，成为造纸技术的一次飞跃。魏晋南北朝时期、隋唐时期，采用楮树皮、桑树皮等造出了皮纸。《桑皮造纸史话》中称"宋代浙江温州地区，造的桑皮纸称为蠲纸"，是浙江三大名纸之一。如苏轼的《三马图赞》、黄公望的《溪山雨意图》、白象塔出土的《佛说观无量寿佛经》、慧光塔出土的《大悲心陀罗尼经》等多用这种纸。潘天寿用该纸作画时赞赏说："笔能走，墨能化，尚有韵味，并不减于宣纸也。"五代宋元时期，用纸祭祀的习俗遍及全国，民间大量消耗纸钱，于是，泽雅开始以竹草为原料造纸，满足祭祀之需。后来，包装用纸、卫生纸成为20世纪温州著名的土特产，销往国内外。温州蜡纸，以皮纸为原纸，涂料加工而成，也做到了"全国四大名牌铁笔蜡纸温州占其三"的高度。

展览馆中，像万国旗一样的纸本排列整齐，有一种隆重的仪式感；又像画家作画时的颜料色块，不知道接下来会描绘出怎样的美好图画、绚丽的生活。

泽雅造纸，以竹纸为重。竹的原料为水竹、绿竹、单竹与嫩竹，以水力驱动水轮舂捣，其流程包括繁复的做料、腌刷、翻塘、煮料、捣刷、捞纸、压纸、分纸、晒纸等步骤。如今，他们依然沿用古法造纸，完全是百分百纯手工制作的传统工艺，从竹到纸要经过百余道工序，其中一些工序、流程比明朝宋应星的《天工开物》所记载的还要古老，堪称传统造纸术的"活化石"。就这样，千百年来，他们就地取材，创造出"溪—水碓—纸槽—民居—山"独特的生产、生活模式。对！到泽雅，最值得一看的就是"四连碓造纸作坊"了。在山水之间，潇潇洒洒地摆开了作坊——天地之间，就是一座大作坊啊！这气氛、这气魄、这气度，不来看一看，怎么知道。

我们参观时，正赶上一位老婆婆在捞纸。她沿袭着传统的流程、复活着古老的技艺，是那么郑重。只见她双膊微曲，双手平衡着筛网从水槽中盛取纸浆，轻轻地，如一碗水端平的姿势——是的！世间之事，不正如这般直观吗。同行的朋友们忍不住撸胳膊挽袖子，一边沿着蜿蜒的石板小路走过去，走到老婆婆面前，一边甩掉冗长的外套，大有一试身手的架势。别说，有几人还真是像模像样，捞上来的纸浆也算平匀，但大多还掌控不好力道。不过，试过的人脸上洋溢着一惊一乍的欢喜，边从小径三绕两绕升上来，边摇头感叹道：太难了！太难了！回头再看老婆婆，她安之若素，一沉一捞，不惊不乱，嘴角含着淡然的笑。流程是繁复的，一站一站走下来，靠的完全是耐心的坚持和时间的宽仁。而今，这等技艺仍能循环往复地得以应用，全赖老婆婆这样的坚守者了。我们还没有从捞纸的欢笑中走出来，一抬头，便看到了一间民间版画工作室。在那儿，我又认识了屏纸版画。

屏纸版画，出于唐宋，盛于明清，以温州（泽雅）冠之以名，是中国非遗温州"三术"（瑞安东源木活字印刷术、纸马雕版印刷术、泽雅屏纸造纸术）元素联姻产物。版画在玻璃罩的柜台里安静地铺陈着，我俯身仔细探看，见其刀法雄健粗犷，线条明快流畅，色调黑白简洁，画面淳朴古韵。见我看得认真，室主人介绍说，屏纸不褪色，不变色，不晕色，吸墨深透，品相如初。而且不含污，不霉烂，不虫蛀，容易管理，经久耐藏。我啊啊着惊喜得接不上话，真的被它吸引了。再看屏纸和活字雕版的组合，确是天然相配的艺术雅品。据说，它以中国"非遗"之名，以"无封顶"的经济价值，在国际文化艺术市场处于飙升状态。小小画幅，大大潜力啊。

转身看时，见墙面上挂着许多这样的画作。比如《连年有余》，类似我们小时候奶奶家墙上贴着的年画。白白嫩嫩的大胖小子，头梳双髻，眉开眼笑，莲藕一般的双膊抱着欢跳翻卷的鲤鱼。荷花盛放，舒展的叶片大如锦盘、美如仙境，叶片上的水珠儿滚来滚去。虽然画是静的，但它出现在哪里，哪里便即刻充满喧腾的喜感，隐藏的喜乐像泡沫一般溢出纸面，眼可见、手可触、耳可闻。也有《财神升帐》这种类型的。财神爷端坐正中，四人环立两侧，面容祥和。猛虎伏于案下，元宝置于桌面——我只认钱哈。民俗的喜兴，一目了然。《喜相逢》则是两个身着长衫的胖娃娃开心对谈，喜色盈面，说什么并不重要，他们开心着，就够了。《鸳鸯贵子》是什么样子？主角当然是一对鸳鸯了，它们深情地对望着。配角是荷花、水草、芦苇，还有看得见的微风。近处的水波荡漾，远处的芦苇倾斜，如何优美、动听的话外音，此刻，都可以忽略不计了。姜黄底色衬以牙白的卡纸、褐框，何等地舒心、养目啊，真是天作之合，与"泽雅"的名字何其相配。

陪同我们参观的吉敏妹妹说，当地要将这些屏纸版画作为泽雅"纸后时代，乡村振兴"的重点项目。哦，我喜欢"后时代"这个说辞，有点儿潮，有点儿萌，有点儿酷，追赶阳光的年轻滋味，嘴角似有笑意，有咖啡的糊香。

不知不觉，天已近午。我们还痴痴地站在山水之间说笑、感叹。不远处的民居前，是谁在笑、在向我们招手？

走过去细看，一群人围拢在一张饭桌前。他们转过身来时，一边用"二指禅"夹着什么吃食往嘴里送，一边大嚼大赞："好香啊！真的好香！"原来，我们要在纸山下吃午饭了。他们正吃着的，是刚刚煮熟的家猪肉。面盆大的铝盆中，白亮亮、肥腻腻的猪肉啊，你一口、我一口，禁不住三抓两抓，一会儿工夫盆已见底。

我们落座。为了让我们更全面地体会泽雅，碟盘里皆是当地的农家菜，杯碗比不得大饭店的华贵、闪目，菜品样貌也并不规矩、整齐，但菜品的味道真是正宗、地道——完全是食材的本味，现在想来还唇齿留香呢。

虽未曾来过，却觉得早已相识。一条漂亮的狗围着饭桌，在我们身边不叫不闹，专注地等着我们轻抚它的皮毛，分片肉给它。那么大一条狗啊，我这个历来怕狗的人都放松了警惕。人与狗，山与水，人类与自然，和谐就是这样子吧。

"有林皆橘树，无水不荷花。"这样的天光水影，不仅养橘、养花、养竹，还养鸟、养虫、养人。我忽然想起，纸山不正是山水的恩泽吗？山，给它翠竹；水，给它润泽——正是山水的恩泽成就了泽雅；同时，泽雅也让山水孕育出不可多得的圣洁之物。所谓相融共生，便是如此吧。行文到此，我忽然明白：纸山之辞，并不突兀，这正是"四两拨千斤"的最有效的别解。一想到它，我竟莫名地想起了力挫群雄的一丝微笑，静静雨夜的一瓣落花，总之，是有分量的"压舱"之物，却与真实的重量无涉。

不消说大罗山层峦叠嶂，瞿溪水波光潋滟，三垟湿地鸥鸟翻飞；不消说商周铜器幽思怀古，瓯窑温润如玉，瓯绣体己温柔；不消说山水诗鼻祖谢灵运，在绿意盈盈的梅雨潭间流连的朱自清、桂花树下温婉的琦君。单单说泽雅如何集山水、人文荟萃于一身，就足够喜悦的了。弘一法师曾赞诵，"树木葱茏、风景殊胜"。泽雅就是一个同质同源的缩影，任取一"滴"，都是一样的"味道"。

纸，在百度中它的解释是，供写字、绘画、印刷、包装等用的片状的东西。多用植物纤维制成。轻薄，没有分量。但是，它也曾洛阳纸贵；也曾一纸文书就宣告了婚姻的终止、生命的终结；也可能是一个工厂的消失、国土如炙脍般被大吃大嚼；也曾是人类经典的种种典藏，让人类松掉枷锁，活跃思想。有人积重难返如坠悬崖，有人面带微笑升上天庭。更多的人，在字里行间舒展眉宇、心旌猎猎，不管身体动与不动，必定心动……也许你会说，那是字的力量，不是纸。"皮之不存，毛将焉附？"谁敢轻视一张纸的作用？何况，"纸"的后缀是"山"？从前，造纸术揭开了人类文明的篇章。现在，纸山泽雅则为这一方灵秀水土再续华章。

——它的传奇，就是它本身。

写这篇文章的时候，我刚刚看到出版社传给我的《渔雁小镇》书稿，它是入选中国作协"深扎"项目的作品集，我之所以舍得花三年时间去"啃"它，是因为事关非遗的传承与挽留。而泽雅之行我看到，泽雅屏纸制作技艺也被列为国家级非遗保护名录。是心灵深处遥遥的呼应吗？老物件是值得信赖的。踏实。安稳。一直活着的旧物件是看得见来路的旧时光、故人，有流荡的气息，有充盈的血肉。或许，这正是泽雅令我感动的一个原因吧。虽然我们远隔千山万水，但于我并不陌生。像吉敏妹妹的茶，余韵悠长。也像她的人，袅袅娜娜的，诚恳而优雅。

离开泽雅至今，我也没有看到我们在纸山下的合照，但那有什么关系呢？它正以另一种方式留存于我的记忆中：老婆婆捞纸的声音，水车歌唱的声音，狗儿奔跑的声音，孩子欢叫的声音……风过竹喧，鸟过无痕。人未动，心已远。只要我愿意，他们一直在。如轻盈的呼吸，被我轻轻含着；如晶莹的水珠，被我轻轻捧着。不可更改，无法忘怀。

无端的，我的脑际总会出现这样的一幕：我们上山！沿着盘桓的山路上山！如一行一行文字，大写着看不见的书卷。停一下，望望天地、人间，便是轻轻点下一个标点——哦，我望见的是所有人的背影，他们勉力前行的样子，正如纸山而今所承载的欢腾岁月和神圣使命，这注定是一部浩繁的长篇……

泽雅，端庄、雅致的名字，太美好了，像一切美好的事物，需净心、净手，棉衫，木几，素笺，竖写绳头。与纸，天生就是绝配。由此，很容易就会想到中国书法、茶、燃着的香、寺、隐者、悠悠的钟声……纸，是自身；山，如笔架。剩下的，就是用心书写了——写下你静悄悄的嬗变，穿时空，越流年……当喧沸的灯火渐次熄灭，当岁月的尘埃落定，在暗夜，你依然如光耀的星辰，发散着属于自身的恒久的光亮。

作者简介：

宋晓杰，生于辽宁盘锦。已出版各类文集 20 余部。一级作家。曾获第二届冰心散文奖、2011 年度华文青年诗人奖、2009 冰心儿童图书奖、第六届全国散文诗大奖、首届"紫金·江苏文学期刊"《扬子江》诗刊奖、辽宁文学奖等。参加过第十九届"青春诗会"和"鲁迅文学院第七届中青年作家高研班"。2012—2013 年度首都师范大学驻校诗人。

泽雅的月亮河

周　聪

在泽雅的村子里，时光仿佛静止了下来。

茂密的竹子把身子伸得笔直，山坡上房屋的后面，远处的山顶上，全是成片的竹林。微风吹过，发出簌簌的响声。竹子从不高声语，只是默默地守卫着村子。那天傍晚去往好友西岸村的老屋，一场小雨突然而至，站在离屋不远的竹林底下，雨水也都被竹叶托住了，雨后，夕阳斜射进竹林，水滴晶莹透亮。竹林里跳出几只母鸡，像是在觅食，同行的友人看见院子里的大锅，眼中满是香喷喷的鸡肉块。

站在院子里，我似乎看见了远处竹林里有一个挥动篾刀砍竹子的少年，他满头大汗，左手五指散开，紧紧地抓住竹子的一端，右手持刀，竹子在咣咣几下后缓缓倒下，沿着山坡滑了下去。少年来到倒下的竹子旁边，拿起刀剔去竹子的枝蔓，然后将竹子堆放整齐，捆好，等大人来将它们驮走。到了中午，弟弟妹妹喊他回家吃饭的声音传来，少年抹了抹额头的汗珠，起身将篾刀放在竹林里，沿着山路，老远就望见从烟囱飘出的缕缕炊烟。吃完中饭，少年又回到了竹林，他把自己的时光都投入这片竹林，竹子就是他的伙伴，在竹林里，少年躲过迷藏，荡过千秋，抓过蜈蚣和蛐蛐，也许，他还在竹林里埋灶做饭，后来少年老了，回想起那些在竹林度过的岁月，他笑了。

水是村子里的哨兵，还没走近村子，远远地，就能听见淙淙的水流声。那些从山顶坠落的水流，撒欢似的冲刷出一条水路，随地势呈阶梯状下降，错落有致。在起伏之处，碇步的出现宛如天工之笔，人与水可以无拘无束地来一场亲密接触。坐在碇步上，将光着的脚丫放入水中，流水拍打着脚掌，甚是惬意。在比较平缓宽阔的水域，有成群结队的鸭子，悠闲地游弋着，就好像在和人们宣示，这片水域是属于它们鸭群的。我在水边不急不忙地踱步，几乎难见嬉戏的儿童，村子里多是些老人和幼儿。这样也好，西岸村的喧闹都是属于水流的，它把整片的安静留给了人们。

在泽雅，人们对水的利用达到了极致，"水渠、水溜、淋杆、淋筒、水扑、堆头、石臼、捣杵、眠牛、淋塘、碓坛……组合成一座碓"，腌塘、水碓，都是人们智慧的结晶。从源头将水流引入小渠，利用地形的落差，借助水力，水碓得以运转。水像是一个听话的孩子，将自己的力量毫无保留地献给了村民。从腌塘边小心翼翼地走过，遇见了一只飞舞的彩蝶，我伸手去抓，它一会儿飞到了塘中间，一会儿落在墙角的草丛上。我们站在水碓旁边，观看着水碓捣刷，这一工序在观看与捣声中被赋予了意义。在捞纸作坊里，一位中年妇女正在捞纸，她神情专注，手法娴熟，全然没有注意到周围人群的嘈杂。女人右手边摆放着劳动的成果，厚厚一沓纸平整地铺展开来，还滴着些许的纸浆。

　　说句实话，我一直对"古法"一词怀有天然的警惕，大多的"古法"只是现代人讲故事的一种修辞策略，或者说是一种颇具商业气息的"标签"，但当我深入了解泽雅的古法造纸后，这种忧虑烟消云散了。泽雅的造纸术，竹子和水是完美的注脚。那些废弃的纸槽屋述说着它的前世今生，泽雅竹纸，有着漫长的历史，据《一张千年纸背后的水土》作者周吉敏所写："我还见过一张落款'清同治四年'泽雅'九寸纸'书写的地契，就是嫩毛竹制作的泽雅竹纸。"泽雅的纸多用来民间祭祀，纸与巫的结合，也增添了一丝神秘的色彩。在纸山的造纸博物馆里，中国古代的造纸术、泽雅古法造纸、其他地区具有代表性的造纸工艺，都得到了详细的展示，确实展现出古人卓越的智慧。我们无意对造纸术进行某种文化意义上的溯源，在泽雅人看来，造纸早已融入日常生活之中了，造纸是他们的生活的重要组成部分，也是他们祖祖辈辈的谋生之道。

　　泽雅的名字古朴，有一种脱俗的气质。《说文解字》里说："泽，光润也。""雅，楚乌也。一名鸒，一名卑居，秦谓之雅。"楚乌是乌鸦的别名，那么泽雅可以理解为带有光泽的鸟了。请教友人，才知道泽雅最初名为"寨下"，温州话"寨下"与普通话"泽雅"发音接近，后来就定名为"泽雅"了。泽雅也有不少好听的地名，七瀑涧、金坑峡、高山角、泽雅湖、西山、龙溪、崎云，用温州话说出它们，十分悦耳。在去往泽雅的路上，我们请朋友用温州方言朗诵诗歌、唱儿歌，虽然我完全听不懂，但是很有一番意味。

　　参观完毕，我们离开了这个安静的小村庄。夜宿"一溪云"民居，离村子并不太远。"一溪云"出自苏东坡的《行香子·述怀》："虽抱文章，开口谁亲。且陶陶、乐尽天真。几时归去，作个闲人。对一张琴，一壶酒，一溪云。"住在"一溪云"，也算是与苏东坡的一种精神邂逅吧。"一溪云"在一座山的山腰，泽雅的山大多种的是竹子，有些山上只有一两户人家。站在"一溪云"门前的空地上眺望远处，对面山上有一座不大的寺庙，只是缺少了点梵音，大约是过了僧人念经的时辰。放下行李后，接到同学的电话，他要来山里接我去市区吃饭。我之前的婉拒显然不起作用，再次接到电话时，他已经到"一溪云"了。同学是湖南益阳人，在温州定居，好在他曾在泽雅挂职工作过一段时间，对这里的山路还比较熟悉。

在同学家里吃饭，满满一桌子的海鲜，他很是高兴，一大早开车去洞头买回来的大龙虾、螃蟹、扇贝，非常新鲜。我向来对海鲜并没有多少好感，并不以为意。吃完饭，恰巧桌上有人过生日，又买来了蛋糕，庆祝完毕，接近十点，我们起身返回"一溪云"，山路坡陡，视线不好，同学将车停在离"一溪云"不远的山腰，四周一片漆黑，我们打开了手电筒，顺着光亮寻找"一溪云"的位置。下山的路并不好走，路两边的杂草伸至了路中间，路面偶尔有蟾蜍蹦跶……一根枝丫从树上跌落，我还以为是蛇，等低下头仔细辨认，在微弱的灯光下才发现是虚惊一场。顺着山路大概走了十来分钟，终于看到了前方的房子和亮光，才确定是真到了。回到"一溪云"，十一点已过，朋友们还未去睡觉，三三两两地在门口坐着聊天，估计是担忧我的安全，毕竟大晚上开车走的是山路，就怕发生事故。我表达了歉意，并告知大家已经安全返回。

我伫立在"一溪云"门口，远处的两座山之间升起了烟雾，月光洒在山间，弯弯曲曲的，像是一条月亮河。月亮河如一条绸缎般轻柔，缓缓地沿着山谷铺展开来，河水由缥缈的云雾汇聚而成，万分轻盈。云和雾在山间的游走，时而散开，时而叠加在一起，婀娜多姿。一阵风吹过，月亮河变得亮堂了些，那银白色的光镶嵌在河岸，像是一片片鱼鳞。没过一会儿，银白色的亮光消失了，月亮河被涂上了一层淡淡的墨，那墨色并不均匀，头部和尾部像是长了两个大黑斑。有朋友拿出相机拍照，却怎么也无法将那份缥缈定格。

在门口闲聊了一会儿，大家就各自回到房间休息。第二天清晨，五点钟不到，耀眼的阳光从窗户里照射进来，像是刀子扎在脸上，火辣辣的。我立马起身，昨夜并没喝多少酒，自然没什么酒意，洗漱完毕，出"一溪云"，对面山上的寺庙又出现在眼前。忽然间，我想要去看看那座寺庙究竟有没有僧人。沿着山路，走了近一个小时，寺庙还在前方，看着距离不远，走起来却颇为费力，这大约就是"可望而不可即"吧。继续走了约半小时，我才发现要去对面的寺庙那儿，估计还需要两个小时。

无奈，中途折返，在往山腰爬升的过程中，我看见了成群结队的蚂蚁大军，它们浩浩荡荡地经过，旁若无人。山上的竹林里传来阵阵虫鸣，倒也悦耳。我浑身是汗，走走停停，没有了出发前的雄心壮志。我还在心里安慰自己，就当是散步，出点汗对身体有益。当我返回"一溪云"时，有同伴起来在餐厅准备吃早晨。

早餐是一碗粉干，汤汁鲜稠，粉干上盖着一个煎鸡蛋，独缺辣椒。吃完早饭，我们便驱车离开了泽雅，离开了这个只待了不足二十四小时的地方。我的心里有一点点失落，用不了多久，那天的经历会在我的脑海里变得模糊不清。上车后，山对面的寺庙出现在我的眼眸，两座山之间的月亮河，也清晰可见。其实它并不是河流，而是几幢老房子，散落在树木和田野之中。可我深信，昨天夜里明明看见的是一条如彩缎般的月亮河，月亮可以做证，夜色可以做证，我也可以做证。

作者简介：

　　周聪，文学硕士，毕业于华中师范大学中文系。现为长江文艺出版社编辑，湖北省作协第二届签约评论家。作品散见《文艺报》《文学报》《人民日报海外版》《中华读书报》《文汇读书周报》《中国图书评论》《儿童文学》《十月少年文学》《星星》《福建文学》等报刊。曾被评为《儿童文学》"2012 年全国十大魅力诗人"。

第二辑

吹台山之梦

松　三

一

上吹台山上见老潘。

从瓯海娄桥街道的东耕村坐索道上，花去四十分钟。山雨欲来，脚步匆匆。在吹台山的最高峰莲花尖，可观瓯海全貌。

吹台山位于温州瓯海中部，呈南北走向，是横亘于浙闽边界的洞宫山的余脉，洞宫山是武夷山的余脉。在吹台山这条余脉中，几座山峰起伏绵延成一条长长的山脊，被誉为温州的"龙脊"。

东耕村坐落在吹台山脚。山脚下，难得保留了一些两三层的旧屋子，水泥面，附有深灰的屋漏痕。屋子后，吹台山碧色掩映。屋子前，人、自行车、小车，熙熙攘攘。近年来，整个瓯海旧貌换新颜，高楼拔地而起，已然现代都市一座。东耕是还未来得及变换的一隅，烟火气四溢。

来东耕的人，不知有多少人和我们一样，是上山去的。

山顶有古寺无量。据记载，无量寺始建于东晋年间，原名无量梵音寺。先为道观，千年来更迭废兴，倒成了佛寺。很有意思。

褪去了朱红的院墙，沿着莲花山尖绵延向上。高处露出屋顶、房梁，雕梁画栋，色彩艳丽，俨然是近几年的手笔。可见无量寺的香火生生不息。院墙一侧，一条宽阔的台阶直直向上，通向山顶莲花尖。我们极力向上张望，雨势渐急，山岚裹住眼前的山峰，腾挪不去。台阶的尽头，白茫茫一片。

老潘来接我们时，雨势更猛。天色喑哑，躲在一条回廊下，听雨水敲打山野的声响，大家的沉默冗长且自然。发现野竹笋，有被折过的断口，想来春季时，这里多是采野味的人。

老潘在吹台山上守着一片民宿。十多年前，他还是一个鞋材厂的老板。厂里做工日夜不停，鞋材的胶，时间一长，直把嗓子鼻子熏得粗粝不爽。看中了吹台山的风光雨露，老潘便关停了鞋厂，此后，日日把时间花在了这山上，盖房子、种树、养孔雀。如今，花树如盖，孔雀成群。

民宿有十多幢，依着山势而建，落在一个山谷里。山谷高处还有另一座寺，叫作白云寺，遥遥可相望。一条山涧从中贯穿而下。八月江南雨季，山涧水涨，轰鸣作响。静山空灵倏忽而别，只剩山涧水的奔腾。我们交谈的声音皆被水声雨声淹没。

山涧旁的亭子里，几只肥嘟嘟的孔雀也在躲雨，如人一般。早有耳闻，老潘在吹台山上养了十多年的孔雀。天气好时，孔雀四处游荡。见人见得多了，有着绚丽多彩羽毛的雄性孔雀，一见山中来客，纷纷上前开屏，比老潘种的花树还招摇。

许多人特地上山来，来见这生灵毫不掩饰的美。

二

听老潘养孔雀的逸事，会想起另一个古老的故事。

弘治《温州府志》卷三中记载："吹台山在吹台乡，高处正平如台。古传王子晋吹笙台。此山广袤二十余里，山之阴属永嘉县境，山之阳属瑞安县境。岩壁峭拔之处镌'不可思议功德'字，盖神笔也。"

吹台山上，因王子晋吹笙引凤的传说，留下吹笙台的古迹。

王子晋原为东周灵王太子，年少时聪颖异常，好静坐吹笙，乐声优美，宛如凤凰的鸣叫。后来，王子晋去往现在的伊洛河一带游历，据说遇见了仙人浮丘生，便跟随前往嵩山修炼，三十余年之后，王子晋在今洛阳缑山驾鹤飞升。

这就是道家"王子登仙"的传说。

王子晋的出生地在河南洛阳。在古时，南北方远路迢迢，这样一位遥远的古人，要从河南来到东海之滨，不大可能。但他与温州的传说甚广，除了瓯海的吹台山，温州乐清意为"乐音清扬"，相传王子晋骑鹤云游至此，叠石为台，引笙吹奏，乐声悠扬，因此得名。

吹台山正因"王子晋吹笙之所"和"高处平正如台"而得名。站在想象里，好像仍能听到遥远的乐声。

如今的吹笙台，坐落着温州电视台的信号塔。有一年，老潘的孔雀飞到这高高的塔上不下来，振翅摇尾，倒也似"吹笙引凤"一个颇具绮丽色彩的呼应。一时成为山中美谈。

只是少了笙。

很多关于王子晋的后世传说，吹笙引凤被误传为吹箫引凤。在乐清的民间和王子晋的传说中，笙完全被箫替代。

在乐清市的乐成街道金溪村，自古当地百姓纪念王子晋，修的庙却叫箫台庙，旁有仙人滩、沐箫泉。箫台庙内供奉"箫台爷，浮丘公，土地爷"三尊神像。其中，"箫台爷"的神像即是王子晋，是当地黎民百姓的守护神。

还有一个可靠的记录，乐清南宋状元王十朋有诗作《白鹤禅寺》："闲上箫台顶，山深喜路通。人家烟色里，古寺水声中。"这首诗中，除了箫台，还有白鹤。中国道家的白鹤信仰，也从王子晋驾鹤飞升开始。

笙箫很不同。说笙能引凤，首先是由笙的外形有长短不同、发音不同的竹管组合而成，长管伸出，如同凤尾。更有传说，说最初的笙为女娲所作，叫作笙黄。笙由此引申为"生"，对应道家的一生二、二生三、三生万物。笙的音色空灵清亮，可模拟山间流水、鸟鸣虫啾，而箫悠远古雅，如诉心下衷肠。

在古人看来，笙是接近神性的乐器。周至春秋时期，笙是宫廷乐奏中常见的乐器。那时候，朝廷有专门的"笙师"，教授笙一类的乐器演奏。《诗经》里有篇《鹿鸣》："呦呦鹿鸣，食野之苹。我有嘉宾，鼓瑟吹笙。吹笙鼓簧，承筐是将。人之好我，示我周行。"笙在敦煌莫高窟壁画中，是宴会、飞升等场景所用的主要乐器之一。壁画中，长管的竹管器主要是笛，另一种带"箫"字的乐器是排箫，排箫由许多竹管并行排列，倒与笙的原理有异曲同工之处。

笙分大小笙，小笙称"和"，"大笙"颇为人所知，就是那东郭先生"滥竽充数"中的"竽"。"齐宣王使人吹竽，必三百人。"

据说，许多人用竽同时演奏，有风雨雷霆万钧之势。今天陕西的道教圣地白云山白云观仍用笙作为其音乐的主要乐器之一。

说笙能拟凤鸣，大约相近些。虽然我们都未见过传说中的凤，但山鸟鸣叫，几乎皆清亮。声响穿云破雾，如雷霆风雨欲来。王子晋便是在这样的"背景声"中，驾鹤而去，留下袅袅余音。

自古以来，音乐在道教中的位置举足轻重。笙是吹台山上的仙乐，是幻境之声、理想之声。有趣的是，在真实的历史中，吹台山的音乐元素确实可考。

南朝宋永初三年（422）初秋，谢灵运来到永嘉郡任太守。山水诗人谢灵运到了吹台山，写道："吹台有高桐，皆百围。峄阳孤桐，方此为劣。""峄阳孤桐"出自《尚书》的《禹贡》一篇，《尚书》为先秦时期的地理书。书中记载，峄山的南坡盛产上好的梧桐，曾作为贡品用来制作上好的琴。峄山的南坡以此出名。峄山还有一面摩崖石刻很有名，秦代大家李斯的《峄山刻石》，这是学书法的入门帖。"峄阳孤桐"四字，后借指好琴。谢灵运的意思是，吹台山上的梧桐用来制琴，比峄阳的还好些。

过了大约八十年，另一位南北朝时期的永嘉郡太守丘迟，在吹台山伐桐制琴，并赠予曾两任吴兴太守的好朋友柳恽。《题琴朴》写道："边山此嘉树，摇影出云垂。清心有素体，直干无曲枝。"后来，"丘迟赠琴，吹台产桐"的吹台山诗意，便一直流传下来。

只是，和峄山的南坡一样，如今的吹台山，已无桐树。如满山仍有桐，是很美的事。小时候，我的外婆便住在长满高桐的山谷中，三四月时，紫的白的满树桐花绽放，绿色阔叶打下浓荫，树下山泉细流空响，间有长尾的红嘴蓝鹊掠过，入坠梦境。

三

老潘在民宿入口的高坡上搭建了一面玻璃平台，登上平台，瓯海全貌尽收眼底。从高处俯瞰，城市被绿色山脉围裹，大雨后，上方云层涌动，黑白灰的云朵如滴水之墨变幻无穷。天空的一角，却露出一抹蓝，蓝色嵌在一片乌云边沿与山坳之间，如一面突如展开的镜子。

老潘说，今年夏季雨水真是多。山上更多，从早到晚，五六种天气。这不，一盏茶的工夫，大雨、狂风、小雨，又出了太阳。傍晚下山时的天光，比午时还亮，照得这座城市的建筑熠熠生辉。

带我们上山的友人想象，如那时海未退，吹台山四周惊涛拍岸，王子晋立于吹笙台，乐声响起，引来五彩斑斓的凤凰。当我们为笙乐所着迷时，这位衣袂飘飘的太子仙人已驾鹤消失在茫茫海上。他去往的是仙人之境。那里没有生老病死，那里开满桃花，那里四季都是春天。

瓯海曾是一片海域。《山海经》中记录："瓯居海中"，瓯海因此得名。这片原本没入海下的岛屿，经过五千年里几度漫长的"海侵海退"地理变迁，和这片土地上的人类活动，逐渐演变成今天的模样。

那位第一次将王子晋"吹笙引凤"的传说引入吹台山的人，说不定想起了《山海经》中的蓬莱、瀛洲与方丈，以此借喻，王子晋从洛阳"来到"瓯海，吹台山从此成为古永嘉郡的"海上仙山"。古永嘉郡人，或是来到古永嘉郡的人，想象去往更遥远的大海上，可以找到仙岛，遇到仙人。

王子晋的故事为何可以走得那么远？

实际上，在"太子飞升"的传说背后，根据相对可靠的历史记载，真实的王子晋早夭，终年只有十八岁。或死于疾病，或获罪而亡，至于飞升的结局，最不可信，却最为历代历朝的君王所推崇，"升仙太子"的封号由武则天敕封，五代时受封为"元弼真君"，宋徽宗又封"元应真人"。

历来君王，多求永生，秦始皇派遣徐福前往海上寻找长生不老之药，是时隔六百年后"太子飞升"理想一次真实却虚妄的尝试。

成书于西汉的《列仙传》记录了王子晋登仙的故事。这本中国第一部系统叙述神仙的传记，记述了上古及三代、秦、汉之间的七十多位神仙的成仙记。其中既有黄帝、老子、范蠡这样众所周知的历史人物，也有补鞋匠、木工、门卒、养鸡人乃至乞丐这样的底层人。书中记录的升仙之途也五花八门，拿仙药来说，就有花草、松果、水玉、云母等等。

但是，比起《列仙传》，我更喜欢诗人笔下的王子晋。

夸赞吹台山梧桐树的谢灵运郡守有一首《王子晋赞》："淑质非不丽，难之以百年。储宫非不贵，岂若上登天。王子爱清旷，区中实嚣喧。既见浮丘公，与尔共纷翻。"纵情山水的谢客与道家自然无为的心境密不可分。诗人向往的，是和王子晋、浮丘公一样，"逃离"喧闹凡间，隐于清净山林。

这首《王子晋赞》，后被唐代张旭写入狂草巅峰之作《古诗四帖》，同时题入的还有庾信的《道士步虚词》的第六首和第八首、谢灵运的《岩下见一老翁四五少年赞》。四首诗，既有求道出世的理想，也有现世的失意。

张旭有著名酒友李白，二十九岁的李白作《感寓四首》，第一句是"吾爱王子晋，得道伊洛滨"，求道心切，第五句"二仙去已远，梦想空殷勤"，却是感叹时间如流水。

十多年后，李白又写《凤吹笙曲》："莫学吹笙王子晋，一遇浮丘断不还。"这首诗为李白访道途中为好友元丹丘饯别而作，元丹丘是位隐士，他在李白的《将进酒》中也出现过："岑夫子，丹丘生，将进酒，杯莫停。"

李白作《凤吹笙曲》时，为公元741年，他四十岁。元丹丘此行，是应唐玄宗之妹玉真公主之邀，共同访道。在少量的记载中，说元丹丘去往山东期间，一度到达过蓬莱仙山。李白这首《凤吹笙曲》，以王子晋吹笙引凤作典故，有祝福之情，也许也有艳羡之意。

李白崇道，又为诗仙。写这首饯别诗时，元丹丘与玉真公主一行从洛阳到李白所在的濮阳，与生于洛阳而求仙得道于伊水、洛水一带的王子晋的路线基本一致。

李白写王子晋，是在写自己。写自己的愿望、失意，如他笔下的桃花明月，王子登仙，是道家色彩浓郁的他所求，也是他浮花浪蕊般的生命力的释放。

李白与吹台山最近的故事，发生在七年后。这一年，李白四十七岁。就在上一个秋天，他开启了一直念念不忘的"南游"之旅。他先至扬州，在第二年的秋天，到了绍兴会稽，凭吊已逝的好友贺知章，进而登天台山，作《天台晓望》："天台邻四明，华顶高百越。门标赤城霞，楼栖沧岛月。凭高远登览，直下见溟渤。云垂大鹏翻，波动巨鳌没。风潮争汹涌，神怪何翕忽。观奇迹无倪，好道心不歇。攀条摘朱实，服药炼金骨。安得生羽毛，千春卧蓬阙？"

这首《天台晓望》的前四句中，有海、有月，有想象的大鹏与巨鲸，豪迈一如从前。一生都在远游求道的李白，这次是他距离大海最近的一次。在空气仍然清朗的古时候，站在天台山顶，的确可以眺望到海。后四句中，感叹找不到神仙的踪迹，又问如何长出羽毛，前往蓬莱逍遥？

李白到了天台山，自然也游历了国清寺，他在这里写下《兴唐寺·天台国清寺》。在这座佛寺中，他也许又"遇到"了王子晋——王子晋已是天台宗的佛法护法伽蓝神。佛龛中，王子晋的塑像一身道教打扮。佛家与道家交相融合，一如吹台山上无量寺由道入佛的演变。

四

海将这片土地让渡给土地上的人们后，山泉注入地表，古瓯海遂成为水网密布的"东方威尼斯"。友人领着我们沿着马路逛塘河。二十多年前，他从丽水来温州定居，当地人皆划小舟出行，下地、看戏、上街、看电影、买东西……那时候，家家户户都有船，人人都通水性。

我们在一座宽阔的桥上下车，走到桥边，向下探望幽暗的河道，塘河水静悄悄。水流在这片土地上悄然隐退，新城高楼林立，道路四通，车水马龙。水流涌动，一种古老的生活方式缓慢消逝，水上生活凝聚成特定的时节。

这一年，瓯海会迎来特殊的九月。中秋之际，第 19 届杭州亚运会的龙舟竞渡将在吹台山下举行。站在老潘民宿的高台上，即可望见山下碧绿的龙舟池。瓯海为中国龙舟之乡，龙舟竞渡的风俗自唐宋始，不曾间断。

我喜欢瓯海龙舟吃粽子的故事——端午划龙舟，中秋也吃粽子。为何？是因划龙舟的人将龙舟划到了天上，天上一日，地上一年，在仙境耽搁半日，回程已到八月半，家人们便特地等待他们回来吃端午未吃上的粽子。

将龙舟划到天上去，是说力气大，划得远划得快。半年归来，还吃粽子。这样虚无缥缈的仙人故事落到这片土地上，展现的是浪漫而又务实的温州气质。当号子声响起，千年来，诞生于海域的"同舟共济"的信仰，一如既往从瓯海人的血脉里迸发出力量与光彩。

我想，龙舟划往仙境的民间传说，大约也和吹台山上的王子晋有一点关系。王子晋从遥远的古代走到现代，身影时隐时现。

八月末，浙江沿海城市迎来开海，渔船竞帆出海。生活在海边的人，仍然在前往大海之时，上吹台山，入古寺，祝祷祈愿，以求平安。

驱车而下时，老潘把车开得飞快。这条路他熟极了，却也是他的心头患。一条羊肠小道，曲曲绕绕，把人晃得东倒西歪。吹台山上路不好走，吹台山上的生意，也不好做。

孔雀养得久了，老潘放任它们自由，山里来回，孔雀繁衍，越来越多，但也都知晓回家。只是偶尔养出一两只纨绔霸道的，占地为巢，只要人一走近，便跳起来扫老潘一脚。老潘是又好气又好笑。

凤已远，山鸟却多，白鹭、山雀，大约是老潘也沾染了吹台山的仙气，它们倒也不怕他。吃他的果子、叼他养的鱼。年年如此。

王子晋的传说，老潘从小听到大。他自小住在吹台山对面山脉的脚下，中年开了民宿，搬到吹台山上来。作为现代人，当然不再相信升仙的故事，也不再有永生的妄想。好在吹台山上的风电雨露能解一些现世之困。坐在他的民宿中，落了雨，山风四窜，云雾四起。等雨停时，心下一片寂静。

老潘说，吹台山是福祉之山。

下山来，一行人穿街走巷，找到一家小小的餐馆吃当地菜。当地人把馆子叫作饭堂。饭堂里，做东的当地友人为我们点一盘当地的泥鳅。他说，瓯海人去往世界各地，都会带一小把泥鳅干磨成的粉，无论到哪里，专治水土不服。

夜晚，我们又来到塘河边，等待一艘来往瑞安与瓯海之间的住家船。这船上载满蔬果，船夫一年四季以船渡蔬果买卖为生，几乎不上岸。我们凑近了看，试图在一幅隐匿寂静的古画里，寻找一抹仍在细微泛起的水波。

作者简介：

松三，原名杨青，作家、出版人。

张耳：翻译《猎人笔记》的人

石华鹏

美国学者华尔特·菲希尔有一个著名观点：世界上的一切都是叙事。菲希尔指出，世界上的一切，无论事实还是经验，都是以某种叙事形式有机串联起来而呈现给我们，而非以独特和零星的形式呈现。

这个观点之所以著名，或许因为两个原因：一是因为它一下子让我们醒悟过来，原来我们生活在叙事当中，而不是生活在自以为的独立而碎片化的世界里；二是因为它一下子便把碎片的世界连缀起来，像缝纫衣服一样，缝成了一件美丽的五彩斑斓的时装，让我们感受到这世界看似分割独立实则有着血肉相连般的神奇。

近期经历的两件日常生活小事，让我对这个观点有了切肤感受，更是让我对菲希尔这个睿智的发现报以掌声。

前段时日我出差温州，福州至温州，乘动车只须两小时，短暂的两小时不会让乘客有旅途煎熬感，从而打消去结识他人来打发漫长的旅途时间的想法。当年乘绿皮火车就不一样了，上车放好行李后就与邻座聊上了，国内国外，家长里短，十多个小时飞快过去，下车时已是老熟人一般了。是否可以说动车的开行终结了多少绿皮火车上的情感故事？上车，放置行李，落座窗边位子，看手机或者看窗外，两小时车程将在沉默中很快流逝。我左肩膀被触碰了一下，我转头，一个瘦弱的女子笑着对我说，大哥麻烦帮我箱子放上去一下，谢谢！箱子有点沉，我也费了点力才放到行李架上。我随口问了一句，什么东西这么重？女子说，家当。她在我旁座落座，我们的聊天由此开始。巧合的是，她是我大学中文系的学妹，低我好几届，此次由福州调往杭州工作，箱子里装着全部家当，也是向福州的告别之旅。我们似久别的友人在动车上相遇了，且邻座，交谈亲切，也很热烈，回忆学校共同的老师，共同的校园……时间一眨眼过去，我在温州下车。加了微信，承诺以后多联系，但此后再无联系。

　　这件事儿想起来还挺有意思的。我和那学妹的动车偶遇和彼此信任的交谈，实则构成了一种神奇的叙事。所谓叙事，即在不同的时间和空间之中建立的关系。福州、动车、学校，现在、过去，我们之间形成了多种关系，陌生人、系友、信任的谈话者，这里边包含了事件的偶然性和必然性，具备了小说叙事的元素。这种叙事佛家称为缘分，远者为缘，近者为因，是人与人之间无形的连接，是某种必然存在中的一种偶然。儒家称这种叙事为"命运"，孔子曰，不知命，无以为君子。道家称这种叙事为"天意"，老子说，道法自然，顺从天意，便是自然。

　　菲希尔的叙事还在继续。

　　我在温州下车，到此参加瓯海区塘河文化采风。一位作家写到，踩在瓯海大地上，脚下都会渗出水来。此言不虚。所谓瓯海，"瓯居海中"也。三四千年前，此地一片汪洋，随着海平面下降，海岸线后退，浅海区逐渐成陆地，沧海变桑田，瓯海小平原形成，继而成今天的样子。海退得再远，水系不绝，塘河、瓯江两大水系伴着诸多支流如血管一样爬满瓯海平原。水，成为这块土地的灵魂。唐代温州刺史张又新有诗云："涨海尝从此地流，千帆飞过碧山头。君看深谷为陵后，翻覆人间未肯休。"说得太好。从海到陆地到村庄到城市，瓯海的"翻覆"何时"肯休"过呢？

登过有着美好传说的吹台山，走过不经意便会与你相遇的温瑞塘河后，瓯海朋友带我去看瓯海乡贤张耳的家。所谓的家已经在"翻覆人间未肯休"的时代变迁中，由名叫叶汇村子的砖瓦大宅变成了城市的叶汇社区，楼宇林立，村舍消失。张耳的村庄和瓦屋没有了，但这个美妙的名字——叶汇——留了下来。塘河两岸种满乌桕树，秋天时落叶铺满水面，汇至三港殿转弯处，河面落叶堆积泛红壮观，谓村名叶汇。我相信，村庄的记忆和历史都留在了"叶汇"这个词语里。

张耳是谁？他们向我说起这个名字时，我一脸蒙圈，没有任何印象。他们说你肯定读过一本书屠格涅夫《猎人笔记》，我说不仅读过，还深深喜欢过。张耳便是《猎人笔记》的译者。这么一说，记忆的"叙事"便勾连起来了，家中那本《猎人笔记》的译者好像还真叫张耳——温州返回福州第一件事找出《猎人笔记》确认，正是。以前读《猎人笔记》，眼中只有伟大的屠格涅夫，忽略了译者张耳先生，今来到张耳故乡瓯海，才重新认识和打量译者，重拾这份记忆，顿觉自己当年的无知和浅见，没有著名的俄罗斯文学专家张耳先生妙笔生花的翻译，我哪能享受屠格涅夫烹饪的文学大餐啊。一个伟大作家的完美译本背后一定站着一个优秀的翻译家。张耳先生承受得住这个论断。

这里，菲希尔所说的叙事再一次出现：二十多年前读过的作品，二十多年后才识作品译者的优秀，且来到译者出生成长之地，向已经离世的他致敬。这种美妙的叙事连接，构成让人意外的惊喜和无限的感慨。

不夸张地说，屠格涅夫和他的《猎人笔记》为中国现代作家打开了另一扇创作之门。鲁迅、沈从文、郁达夫、巴金等重量级作家毫不掩饰地表达屠格涅夫对自己的影响，以及他们对屠格涅夫的尊敬。《猎人笔记》的文体贡献在于：1.既可当散文读，也可当小说读，文体有交互的多样性；2.开创了一人串起多个独立成篇故事又彼此呼应的小说结构方式；3.将小说中风景描写的美推向极致；4.开创了现实主义的一种新形式即诗意现实主义；等等。

张耳先生为《猎人笔记》写了一篇长长的漂亮的"译序"，他对《猎人笔记》赞誉有加，称它是"从生活的散文中看到生活的诗意"。张耳先生认为，《猎人笔记》虽是一部反农奴制的作品，但屠格涅夫的笔法是"诚挚而公正"的，对地主没有恶意丑化，对农民也没有任意美化，抓住人物性格的本质特征，表现了作者对人的充分尊重。或许这也是这部作品拥有世界地位的原因吧。

《猎人笔记》的译本有近十个，丰子恺、力冈、冯春等著名翻译家都有翻译，就个人口味来说，我还是最喜欢张耳先生的这个译本。张先生说："屠格涅夫是一位语言大师，他创作中的语言总是显得那么简洁、明快、清新、优美，读起来确实是一种美的享受。"读张先生的译本，可以感受到屠格涅夫的这种语言精髓。丰子恺先生的译本过于文气典雅，而力冈先生的又过于俗世，只有张耳先生的译本有一种清新明快的动感，这种动感与屠格涅夫对俄罗斯乡村从景物到人物的细节刻画的生动感是一脉相承的。每个人都有自己的可爱之处，露凯莉雅对自己遭遇的乐观、孤狼的严厉和仁慈、雅科夫美妙的歌喉……俄罗斯文学那种辽阔、悲怆、对命运的平静面对的气息浮现于张耳先生的译文中。

张耳先生的张家是瓯海叶汇村的大家族，尊师重教耕读传家的传统一直延续着，他的邻居张忠邦也是从这里走出去的一名内分泌方面的权威医生。朋友说，张耳先生考上北京大学后，得知父亲因卷入一场运动遭到迫害，急忙从北京赶回来，却没能挽救父亲的生命。听乡人说，张先生返回北京后，未再踏上返乡路。

张耳先生很低调，除了他的译作信息外，网络上查不到他的其他信息，一辈子默默无闻，却做出了惊人的翻译事业。网上搜索"翻译家张耳"，关于他的个人信息只有一条：

俄罗斯文学专家、翻译家张耳先生，于2022年12月19日病逝于北京，享年88岁。张先生1956年于北京大学毕业后留校任教，后在中国社会科学院外国文学研究所做编译工作。译著有屠格涅夫的《猎人笔记》、托尔斯泰的《黑暗的势力》、谢德林的《戈洛夫廖夫老爷们》等。张先生几十年深厚的俄罗斯文学的翻译研究与教学经历，使其翻译的作品能够传达出原著的精髓，深得读者好评。

或许，如此的张耳先生，方才代表了一代学人的高尚人格和卓越学识。

作者简介：

石华鹏：评论家，《福建文学》常务副主编。

瓯 柑 记

伍佰下

一只瓯柑的洄游

终于，我沿着你穿行长三角大地的一路，在 450 公里跋涉后，回到你的故地。

"落日放舟循桔浦，轻霞入路是桃源。"

我循着明代政治家张璁那水汽蒸腾的诗句，回到你，一只远游上海的瓯柑，出生和出发的地方。

上海虹口，鲁迅先生常去的内山书店，2022 年秋天站在四川北路街角，变身蔚为大观的"1927·鲁迅与内山纪念书局"。书局对面三十米之隔的水果店，是年春天隐现过瓯柑，便是你的终点，我和你相遇的起点。

上海是满世界的"沃柑"。我却在与一只瓯柑的惊鸿一瞥之间，独独品尝出一种"复杂的甜味"。

甜是甜的，却夹杂着比例含混的些微酸爽、点点清苦。落下胃里，口腔生津，清香不散。

你带来的这份惊奇，之后随着平庸的日子搁浅。直到，橘黄蟹肥时节，我度过浓浓淡淡的疫情，被友人邀约到她安好如昨的故乡瓯海，随口说了句"走到哪里是哪里"，便撞进了一种情境——我竟在无意中，为上海街头遭遇的你，做了一趟逆流而上的洄游。

你的故乡，在水中央。

原是从城中心的塘河"淌"起，由远及近，由模糊到清晰。像卫星地图放大像素般——温州的瓯海，瓯海的三垟，三垟的洲渚之地，小洲上的柑林；交通工具，则由快艇而双脚，由双脚而小车，由小车而水泥船，最后又是一对泥泞地插在淋过秋雨的泥沼地里的双脚。

水泥船的视角最是惊喜。

船愈靠愈近，这边，我还萦绕在童年懵懂时，爬上上海苏州河上一模一样的水泥船，左摇右晃寻找平衡的乐趣中；那边，朋友得意地告知，带我来瓯柑林的唯一理由，是"正逢摘果季"，这时候水中小洲小渚上，无数个同样的你，像红黄的谜底撞入眼帘……

泥泞之地上的柑林之行，辛苦而开眼。

泥泞，是因为你喜欢湿与温，在温州瓯海，就是所谓"温并海，地斥卤，宜橘与柑"。因了唐朝时，温州刺史韦庸开展湖堤十里、疏通温瑞塘河，被海的碱与咸调和了的三垟湿地，便得以滋养最大最适宜的瓯柑水土。

辛苦，是千年后的我，深一脚，浅一脚，裤管带白泥，低头弯腰，为避开与身高齐平的柑树亲吻，每逢失去重心乱抓枝干时，不由一次次摸到沉甸甸的你，为避免让少年的你过早"离乡背井"，我挣扎着用狼狈之姿保全挂果，就算依然擦碰，也让你和同伴们如笨重的风铃被风撞击，颤颤巍巍地点头，并不落下——柑树旁的沟渠里，熟透落下的瓯柑不少，那是过熟后的"自由落体"，好过被莽撞人促迫着果干分离的悲伤。

就在走向"最好看的果"的一路，三垟果农的后代看着我们馋津津的样子，说话了：果子已熟，可以摘；但论到吃，摘下的果子并没有熟。

他的意思是，吃你最好的季节，不在丰收的此时，甚至不在采摘之年。

我于凌乱中有所顿悟和赞同。曾经以为当年春天买到的，是前一年摘下的"迟"柑；到了你的故乡，却发现下一年的春天，才是最当令的吃柑季。

这一切只因为，瓯柑下树后，着急着初食，是微苦的。必须懂得一样事情——等待。

收获季之后，必须挨过有点长的冬天，甚至不妨待到盛春百花怒放之后。你在闲居中，修身养性到身心通透了，才会散发出最足额足份、最丰富厚重的甜。更何况，才下树枝的你，青涩中还蕴藏着看不见的火气，吃多几枚，浮火攻心。而到了元旦后，尤其是端午，最好的果子熬过三个季节，非但转色、转味，而且被岁月淬炼掉了虚火，抚平了心性，开始发散出"降火"的药理。

这时候，忽然领悟到为什么非但有宋人韩彦直《橘录》卷上直描你"风味照座，擘之则香雾噀人"，更有"端午瓯柑似羚羊"的民间说法。看样子，温州人早就懂得了你的好，这种好，是要待时而发，是要懂得隐忍和雪藏，等待苦味散尽，在时间和空间的沉淀里蕴蓄一样事物最好的味道。

孟浪如我，既然已经到了你的故土，还是轻择下一枚，尝试你青春少年的滋味。

舌尖被清泉一样喷出的香气刺激一下之后，忽然就有苦多于甘，又带着一点点麻，直扑味蕾。好一枚"苦柑"！

我是故意用黄皮清柑之苦，为一场关于成长与成熟的等待钤印吗？

这个时候，来不及运出的千万颗你，在柑林里搭起的黑色帐篷里，归拢待发。河上舟舸穿梭，细雨未歇中，种柑人戴斗笠、穿雨衣，空船靠岸，满筐满仓离岸。一条条水泥快艇在大罗山前的水面上来回切割，浮起青绿中间杂黄色的一座座小山，消失于不见尽头的水上白雾——不是忙着去上市，而是带你运去适合的仓库隐居。

离开土壤后，你要甘于"藏在深闺人不识"。每十天半月，筛去烂蒂或烂身之果，悄悄等待一波波出笼的时机。或在元旦，或在立春，最晚则到端午，真正地成为立于天地，从容吞吐香气和甜味的一枚大果。

最适合的日子里，你们终究要离开罗山的隐隐青山迢迢水，离开 236 条河道纵横、161 座岛洲神秘布列的老家，开始向城市、大海、远方远行的一路。

据说，春天新一代瓯柑树花开，气度不凡。春夜黄昏，大罗山、黄屿山或马屿山上看你无死角，如果把大地倒过来当天空，夕阳余光中，你所在大地星星点点。15 天后，你的花瓣就要落地，绿荫掩盖，泥土埋葬，重归寂静。

我不无遗憾地想，那时我应该在上海，一定错过了。

可旋即又没有什么遗憾。新一个春天，新一年端午，我在瓯海错过的花季，却可以弥补于四川北路街角遭遇的你。我不会错过你的金色年华。

只要蓄养和等待。等待罗山净水日夜不息的馈赠，变成你的苦味。等待阳光和充溢的雨水滋养，在一个个身体里发酵，生长成为一种倔强的苦中带甜。

等待一场别离后，我们在另一个维度中相遇相知，识得人生三昧。

"柑儿文"的滋味

读到过一句温州籍台湾诗人琦君的诗："人生原是甘苦参半的，这味又岂不隽永？"

这不无说教味的哲思，想必不是空吟。如果有一个激发的场景，一场不经意的惊艳，我更愿意与此时此地手中的一颗瓯柑文相接。

此时何时？快到腊月将尽，潮寒得让人缩头的年关当口。此地何地？恰是诗人原乡温州的娄桥。

望着山开了好一段车路，我来到朋友租下的一个位于娄桥街道的厂子。爬了两层楼梯，原以为登上的会是机器庞大、声响嘈杂的厂房，却只在一个"非遗百家坊"的牌匾下，一片安静中遭遇了无数枚青皮果子。他们叫它"柑儿文"。拿起一枚闻闻，有清香。若真正吃到嘴里，则是沉重苦味远盖过甜香，难以嚼咽。

我知道早已入了中国国家地理标志保护产品名录而名噪水

果摊档的瓯柑。可手中每颗似金橘大小的瓯柑文，与每年秋冬在温州三垟湿地大量收获、足有中号西瓜大小的瓯柑相比，简直就是个婴儿。

"错了，其实这些小个子才是前辈。"个子小小的厂主金益丰，一身常跑田间的黝黑皮色，为我这个少见多怪的上海客纠错。他的三言两语，让时间回到温湿的五六月。三垟湿地瓯柑林里，众多遭逢生理落果期的瓯柑幼果，细雨般掉了满地。

这个场景，承载着老温州人的记忆，就像小金年幼时那样，常去瓯柑园捡拾这些幼果，送到老香山、叶同仁等药房，那边入药，这边换点零花钱。

当然，也有将瓯柑幼果带回家晒干成为"柑儿文"的。在很多温州人的传统居家"药方"里，常备的瓯柑是用来提防积食及伤风的——此"伤风"非感冒伤风。旧时温州人家喜欢盛饭到院子，与左邻右舍边吃边聊，若遇风头大，极易将风"吃"进，腹胀肚痛。一枚"柑儿文"煮水，喝了即可缓解。而助疗胸胁胀痛、疝气疼痛、乳癖乳痈，也是它特别为老派人称道的"大用"。

掉落的苦涩幼果，与能长成大个的瓯柑相比，堪称"青颜薄命"，显然应是无用之物。让它们自生自灭，或者大刀阔斧地依循"不适者淘汰"、只收大果的理念，似乎也无可指摘。但对这些命运轻贱的小果不离不弃、拾掇善用，温州人已经做了近千年。

我在小金公司货仓门口自办的这家"非遗百家坊"里，看到张元素《珍珠囊》和韩彦直《永嘉橘录》两部古书关于瓯柑文的记载。《珍珠囊》是迄今能找到将"青皮"单独作为一药的

"始载",《永嘉橘录》则实证从南宋开始正式将瓯柑青橘改称"青皮",瓯柑文在温州至少已有 800 多年晒制入药的历史。

看起来,古代温州人拾掇"废物",是因为打开了野生果药的密码。当代农科专家也发现,适宜瓯柑林生长的碱性土壤环境,因为古人清理幼果而避免它们烂在地里形成酸性侵害,秋天大果丰获有了保证,恰是一种懂得维护自然平衡的"善用"之道。

在瓯海娄桥人口中,一声声"柑儿文"仿若在叫一个小孩。"柑儿"显然是指小瓯柑,"文"在温州方言里则有"死亡"的独特意思,顾名思义,"柑儿文"就是夭折的瓯柑幼果。这带着亲切和怜惜口吻的构词和发音,关联着不让它们"所处非地"的举动,显然带着当地人化腐朽为神奇,对湿地生态和自然赐予格外珍惜之意。

我一声声学着"柑儿文"地方发音的当口,小金的茶壶里,一枚"柑儿文"已经随水温欢腾起来。

此时,晒果车间门口,一群娄桥农人分别做着清洗、除盖、空囊工作,破果后的清香,闻得人神清气爽。

一身青皮子的小果,落地几秒,要真正成为"柑儿文",则要几个月。其间,要经过多次去水、暴晒、去虫及密封干藏等工序,靠当代农科生态技术控制每一道环节,精确把握晒制的温度、湿度。获得"新生"的原个青皮,可以存放很久,而且时间越久,香气越浓,药效也越佳。

惜物,是一种自然观,一种生活态度,也是一种朗润精神田地的文化。它不独美于温州,而是早已通过"柑儿文"这枚小果、"青皮子"这件古衣，润泽到更广阔地方的人们。我在《温州文史资料》第十七辑里，看到温州"柑儿文"与上海之间的一段缘分：

温州解放前后，梧埏南西垟一带农民，有一年收集到落地柑干燥幼果 2400 市担（120 吨），由兰溪各药行去 800 市担上货转销东北、华北。剩下二档销上海批发店，因大小均匀，上海浙货市场称为"温匀"，年销售量约千市担（5 万公斤）。过去上海习惯销"潮匀"（广东潮汕一带橙的幼果），"潮匀"横断面果瓤小而取胜，"温匀"则油分足、香气浓。其时，上海鸿记药行邀请行家评价青皮子质量，认为"温匀"质量在"潮匀"之上，从而成为上海市场的畅销货……

当时打动上海的应该就是这样一种"温匀"气质，它有自然天工赐予的秉性，也有慢工细活后天的讲究。

千年后的今日，"柑儿文"已不再"就药言药"，娄桥人惜物的篇章做到了中药药房外。通过小金这样的温州市"乡村振兴领军人才"拔腿田间、创新试制、探路市场，更多娄桥人满满创意和诚意地"接住"瓯柑幼果，小小果儿以更多形态和方式融入当代人的茶饮、小食、文旅世界。

走出娄桥的"柑儿文"，时尚了、变身了，有的成为养生保健的"瓯柑姜茶"，日常饮用可调肠胃；作为炖品作料、颗粒装的"柑儿文"则可去腥、增香，丰富当代餐桌食谱；制成香囊，无论办公桌还是床头，都是大受欢迎的醒脑"神器"；借力当地作家话语创新，将温州话"柑"与"官"、"橘"与"吉"谐音连接，开发成温州特产伴手礼"瓯越大吉"……

又回想起在小金办公室喝茶的场景。杯中莹润玉色的"柑儿文"茶，初茗微苦，回口甘甜，几小盅下肚后，微微出汗，从食道到胃，说不出的温润和舒畅。这个时候，因长年奔波而瘦削成"排骨"的小金，丰甘生态农业科技的年轻掌门人，又递过来一枚冰糖熬制的瓯柑饼。一入口便是柑香四溢，甜里带着有厚度的一丝清苦，吸一口气，都是甜润。

半苦半甘，先苦后甘，回味绵长，对应着一种坚韧而活泼的生命气质，也成了能够联系起特殊土壤里走出来的一众中国人的乡愁。这样一味"温匀"气质、惜物品性，不正合了"丰甘"非遗馆门外一副对子的一联"个中三昧似人生"吗？

作者简介：

伍佰下，作家，曾获冰心散文奖。

寻 龙 记

孙 雯

一

张棡站在一艘不大的舢板船上。

一条龙舟在眼前疾驰而过。船桨击水，锣鼓声骤，周遭呐喊迭起。

人群骚动，本就挤挤挨挨的围观小船，摩擦、碰撞。此时，男子们难免打几个趔趄，女眷则抓住船舷，或是抱紧怀中的孩童。即使如此，他们的目光也未曾有半点移开塘河中的龙舟。

二十余条龙舟往来，原本平静的塘河，无风起浪。激动与惊呼荡起的涟漪，划在水上，也刻在观者的心上。

站在舢板船上的张棡54岁，那是1914年的端午节。他热爱这种世俗的时刻，还将其详详细细地写到日记里。

从1888年至1942年，这位写了五十多年日记的温州教育家，没有辜负自己的志向："立志为记，誓不间断。"

正因如此，后来人可以穿越时光，看到一百年前温瑞塘河的竞渡盛景。

在温州一位朋友的书房里，我读到了张棡的故事。

盛夏，一群友人相聚温州瓯海，落脚娄桥街道——友人说，这里是瓯海的 CBD。

《山海经》记载：瓯居海中。而娄桥，最能给人海的想象。

那天，一行人在细雨中，乘缆车至吹台山顶北瞰，瓯海尽收眼底。稍后雨停云腾，遮挡了高楼与通衢大道，这片山水，似乎回到它数千年前的样子，汪洋中仅有几抹青山。等云雾散去，林立的高楼再度现身，它们在已然消失的河道上，扎根、生长。

城市的发展，驱赶了水，也归纳了水。

温州人知道，有些水以及水上的往事和今天，已经长在了当地人的骨子里。所以，温州龙舟运动中心那片阔大的水域也在视野中，那是一百年前的张棡所不能想象的龙舟赛场，它宽阔、标准，有新的龙腾精神。

二

一百年前的那个端午节，上午，张棡与家人一起吃了粽子、鸡蛋、大蒜，饮了雄黄酒——有众所周知江南端午吃食，也有温州人在口腹之欲上的特立独行，正如俗语所说"重五吃大蒜，读书做高官"；下午，他前往莘塍河看龙舟，三子一女与他同船而行。

张棡停泊的水域叫莘塍河，它是温瑞塘河的组成。正是沿着这片水，他不断北行，将自己的教育版图，自瑞安行至温州城区，自私塾行至现代教育的课堂。桃李三千，他的弟子中，夏承焘这样的词学大师赫然在列。

张棡笔下，那些与龙舟有关的故事，不止于莘塍河，而写满了温瑞塘河纵横的水网。

如果张棡生活在当下，温州龙舟运动中心的人群中一定会有他的身影。

在刚结束不久的杭州第 19 届亚运会上，这里聚齐了来自世界各地的"驭龙高手"。作为观众的张棡，已不必站在摇晃的小船上围观龙舟竞渡，在水畔的观众区，就可以把那些"龙"的追逐看得清清楚楚，他一定会和大家一起摇旗呐喊吧，也一定会在朋友圈记几笔所见所感。

张棡记下的竞渡场景，来得并不容易。

塘河溪流交错，民间竞渡野蛮生长，纷争不断。这也让官方十分头疼。因此，塘河上的龙舟活动，屡次被禁止。

但是，百姓劳苦一年，"行乐时间惟岁晚务闲、上元放灯赛会、端阳龙舟竞渡而已"，如张棡这样的有识之士，对龙舟的利与弊，看得清晰透彻。端午节龙舟竞渡习俗传承已久，当时的执政者，也只得屡禁屡放，并参与其中，设法改良。

这些，也被张棡写在日记中，他曾描述过当时解禁龙舟竞渡的情形——彼时的官方参与组织，以奖牌或锦旗，犒赏胜者。他为后来人留下了温瑞塘河上无数竞渡细节，以及村村落落中，人人踊跃其中的盛景。

三

寻一寻塘河上"龙"的往事，我以为是我的突发奇想。

其实不是。

这次娄桥小聚，我认识了一位笔名为"十三"的新朋友。他是一位写作者，也是抗战史研究者；当然，他自称生意人——和很多温州文化界的友人一样，他们的人生底色既特别又统一。

十三是这次聚会的"大总管"，就是在他为大家做的攻略中，我看到龙舟作为民俗，几乎遍布了娄桥的每一处村镇，它已经进入温州人的日常，但我作为外乡人，难免有好奇之问。

答案恰恰在历史的悠远之处。

近一千年前，也是一个端午节。

塘河平阔之处的会昌湖，有一幢思远楼，三个温州男人在此看了一场龙舟竞渡。

刘镇、甄龙友、许及之，他们都是南宋的进士。会昌湖上的喧腾感染了这三位诗人，于是，最早记录温州龙舟竞渡活动的文学作品产生了。

每人写就一首《贺新郎》——塘河之上，千年前的天气、竞渡的盛况，还有诗人的心情和行迹，展露无疑。

刘镇是个写实派，他写景、写人、写风俗，写"龙舟喋水飞相逐"，以及江面归于平静之后，观者的意犹未尽。

甄龙友也是。只不过，当刘镇看到翠竹和榴花斗红争绿时，他更爱湖上画船与眼前的绿盖粉荷，还在"两两龙舟争竞渡"中，埋藏一些追古抚今的心思。

许及之似乎比他们两个要多愁善感一些，在"湖边鼉鼓"这一龙舟的标配中，他说"回首独醒人何在，空把清尊酹与"，对"独醒人"屈原寻而不得的怅惘，何尝不是诗人的自况。

那个端午节，江南已暑气逼人。这一天，上午晴明，下午落雨。因为，甄龙友提到"暮卷西山雨"，许及之则感叹"新愁不障西山雨"。

如今，会昌湖仍在，西山仍在，只是思远楼毁于大火，又毁于飓风，隐身于历史的烟云。

四

幸好，文字中还矗立着一座思远楼。

南宋学者祝穆在《方舆胜览》中有这么一句：思远楼，刘述建。对西山群峰，瞰会昌湖，里人于此观竞渡。

刘述是湖州人，他曾任温州知州。思远楼应为刘述在北宋仁宗至和年间（1054—1056）所建。思远楼何以一面世便成为古代温州的第一楼？当然也赖于这片塘河之水。据清《光绪永嘉县志》载："会昌湖，在府城西南五里，受三溪水汇而为湖，弥没巨浸。起于汉晋间，唐会昌四年太守韦庸重浚治之。"

当刘述的后任，另一位北宋温州知州杨蟠来到这里时，眼前所见："水如棋局分街陌，山似屏帏绕画楼。是处有花迎我笑，何时无月逐人游。西湖宴赏争标日，多少珠帘不下钩。"他在《永嘉》一诗中，将这里唤作"小杭州"，诗中西湖即指会昌湖之西湖。

宋、元时期，温州的龙舟竞渡多在会昌湖举行，不单文人雅士们会在思远楼观战，百姓也往往为之举家出游。

这样的场景也打动着南宋温州人叶适，他写了一首《端午行》不过瘾，又再写一首《后端午行》，"行春桥东崦岩北，大舫移家住无隙""一村一船遍一乡，处处旗脚争飞扬"——字句之间，有诗人的欣喜，也有大众的狂欢。

而且，在漫长的封建时代，女子们也在围观龙舟竞渡的人群中，获得难得轻松的一刻。

明人侯一麐就看到了这样的一幕："谁家少妇轻回首，忘却临流落翠钿"（《竞渡曲》），端午节，水天相接，龙船密密匝匝，年轻的女子，在这场盛大集会中，左右顾盼，首饰掉落都浑然不觉。

再看清人潘宗耀的《红花谣》，"南塘几日观斗划，与郎隔舟重相遇，看侬衣新人如故"，借一场龙舟竞渡，来一次重逢。诗是男子作，写的却是女儿心情。

千百年前，人群中的那些"小动作"，都被诗人看在眼里，记在诗词中。瓯越人地上，刚勇的龙舟竞渡，因此有了柔润的气质。

五

这片大海荡涤过的土地上，与龙有关的生发，是自然而然的事。

温州境内第一大河瓯江，在永宁江、永嘉江、温江等诸多命名之外，还曾被称为蜃江。蜃的本意是大蛤蜊，但也有蛟龙之说。一则"筝弦化龙"的故事，据说是蜃江之名的起源。

在刺史韦庸治理会昌湖之前，他的一位本家，另一位刺史韦宥，已经在瓯越大地写下一个龙的传说。

那是距今1200多年前的事，韦宥在江畔苇丛拾得一根筝弦，它与普通筝弦无异，只是尺寸略短，他把弦带回家让歌妓装在筝上试听。歌妓将弦在筝上比对一番后放在一边，稍后再看，它竟然蜿蜒而动。众人围观，发现弦上竟有一双明亮的眼睛。韦宥大惊，将其放在水盆，投掷江中。瞬间，风起雷动，筝弦化作百尺有余的白龙，腾空而去。

时隔不久，这个故事就被光州刺史薛用弱写在他的传奇小说集《集异记》中。到了明末，张岱在他著名的《夜航船》里，又把这个故事写了一遍，他的"筝弦化龙"是这么说的：唐刺史韦宥，于永嘉江浒沙上获筝弦，投之江中，忽见白龙腾空而去。

瓯江是龙的渊薮，龙舟在温州的盛行也就不难理解。

在温州龙舟运动中心地下一层，有占地两千多平方米的龙舟文化博物馆，与龙舟有关的一切，这里几乎都能找到。

龙舟纪念的古人，在很多人心目中是屈原。而当我们路过一组古人群雕，友人轻悄悄地说：我们是因为他，勾践。

"竞渡起自越王勾践，永嘉水乡用以祈赛。"明万历《温州府志》的这句话，是迄今所见地方志上关于龙舟竞渡的最早的记载。而在西汉《越绝书》这样的史籍中，可以勾画出勾践与龙舟相关的更多细节。

水乡泽国，在政治、经济以及社会生活中，舟船都是重要工具。越地所造舟船，狭长、桨位众多，可疾行水上。勾践常亲临龙船，看似指挥竞渡，实为操练水军。十年卧薪尝胆，勾践打败吴国，重建越国。为了纪念他，每逢端午节，这里的人们便举行龙舟竞渡活动，祈求平安。平静的塘河中，由此年年浪花翻腾。

六

我们何以记得一千多年前的往事，两千多年前的往事，甚至更为遥远的往事？

因为总有人写下它们，最开始是写一两个人的传奇，慢慢地，那些笔墨承载了大众的生活。

温瑞塘河上的龙舟，一种美在快意的追逐，另一种美在夺目的惊艳。

水上台阁就是后者——龙舟上搭建亭台楼阁，通体彩漆，张灯结彩，戏曲人物穿行其间，乐队演奏之声，绕梁不绝。

一百年前的张棡肯定是一位水上台阁爱好者，他在日记中对这种观赏龙舟的描述，细致入微：

舟内妇女"珠翠罗执，衣香鬓影，掩映其间"，男子"罗衫纵扇，或白拾雪裤，据舷顾盼，荡漾中流"，儿童则扮演艄公和艄婆，分立头尾两端，"舟前头一小童，头戴金冠，双插雉尾，身穿蓝缎洒金蟒袍，面如冠玉；舟尾坐一小童，装扮女儿，头戴珠簇斗篷，身穿湖色纱衫、大红裤子，三寸弓鞋，手执画揖，貌若天仙。"

温州籍作家琦君也在《小仙童》一文中，回忆儿时看水上台阁的盛景：

"有一年闰五月，几个乡的乡长联合举办扩大庆祝端午节，热闹非凡。我由老长工阿荣伯牵着到邻村去看比龙船更好玩的台阁。那是一条高高的平头船，船上是张灯结彩的亭台楼阁。高高的楼顶上竖着一根木柱，上面挂着一块木板，木板上骑着一个小孩，红袄绿裤，圆嘟嘟的脸上搽了厚厚的胭脂粉。鼻梁中一点红珠点，头顶一根冲天小辫子。阿荣伯说那是小仙童，是穷苦人家的孩子扮的。"

这两段旧忆中的情形，应当发生于 1933 年之前，因为在此之后的 80 年，人们未能在塘河上看到水上台阁的影子。

2012 年端午节，台阁复出。

温州作家周吉敏曾在文章中写下那个人们期待许久的时刻：

"台阁第一次下水时，我就在台阁上面。那是凌晨四点，下着小雨，庞大的台阁从丽田河出发，缓缓穿过长长的塘河水域。在漆黑的夜色中，台阁像一个五彩斑斓的梦。台阁行进着，城市也在一点点露出轮廓。到达会昌湖时是早上 7 点多，这座城市刚好醒来。沿河晨练的人们看见水上台阁，不禁个个惊呼。那一刻，台阁浮于水上，倒映于水中，整片水域流光溢彩，东海一隅的繁华富丽，从这座流动的台阁上氤氲开来。"

而且，她见证了这座台阁诞生的全过程："从画图纸开始，到上漆、描画、贴金、木偶制作、龙头制作和安装，涉及木雕、绸塑、鎏金、漆画等几十项工艺，匠人们一点一点复原了历史上的水上台阁。"

而这一切，有赖于塘河女儿林春微的执着。她与好友携手，凭着一张褪色的老照片和爷爷那里听来的模糊描述，以十年之功，打造了四艘台阁，最终在第四艘身上，实现了水上航行的梦想。

至此，元代画家王振鹏所绘的《金明池争标图》，在今天温瑞塘河上，又铺开了另外的画卷。

吹台山脚下有一座三港殿，殿前有溪水环抱，溪畔的榕树遮天蔽日。这是友人特意带大家来看地方，因为它提供了一个早年温州人的生活场景——撑小船，由小溪渡往大河，去耕种、捕捞、从商，或者去往远方。

无数这样的溪流，汇聚起温瑞塘河的水，温州就浮在这片水域之上。而我要寻找的"龙"，在水中，在文字中，也在这个城市的日常生活中。

作者简介：

孙雯，《钱江晚报》主任记者，浙江省作家协会会员、浙江省评论家协会会员。

下 斜

管朝涛

瓯海娄桥下斜村距离海岸线约三十公里，是中国大地三百多万自然村中的一个。在一千多年前，这里还是潮水退去不久的海湾，滩涂水洼交错。随着时间的推移，大部分地方干涸成屿，与密集的水道形成上河乡湿地平原。具备耕作条件后，各族群徙居耕读，昔日沧海变桑田。如今，下斜一带更是车声喧嚣，高楼林立。

我调到温州工作已十二年，常常前往城西南乘高铁。我有上百次经过这个村庄，都被宽阔的道路和快速生长的行道树干扰了视界。只有路过下斜公路桥时，桥引底下探出的树冠和庙宇的斗拱，才让人隐约感觉下方别有洞天。但出行时目的地总排在第一位，你很难把人生中所有的进入视线的土地一一履行，大多地方只能掠过脑海，留下淡薄印记。

也有许多遇见是不期。今年春季里的一个休息天，我在短视频中看到下斜村有一片五彩油菜花"打卡"点。平时视线难以触及的田园，在无人机俯瞰的视角下花景壮观，缤纷靓丽。于是便动了心思领了孩子前去。

目的地的桥边有一条小道，上方有限高栏，小车可以通行。下坡一百米后路尽停车。踏上未曾涉足的土地后，平时桥上隐约可见的榕树，树身在桥下则是另一番景象。它主干魁实，约一人高处叉出三条如巨擘的分枝，次第往上托出层层分枝，枝干纵横交错，密叶遮天蔽日，如巨伞一般庇护着这片土地。这是无柄小叶榕，也是温州市树。它根系发达，在地下盘错伸长的面积可媲树冠。树的根脉是一方的来源，在它的身边，常是某个村落的埠头，是孩童聚集戏耍，是三伏时耄耋老人摇着蒲扇，围树坐而轻语的地方；亦是游子乘船挥手出行，历经沧桑背着行囊回乡，在远处第一看眼见的高物。它在六百年岁月风雨中挺立，坚磐，如今已是国家一级保护的古树名木。树的东北面是庄济庙，又称三港殿，祀奉的是东瓯三江（瓯江、飞云江、鳌江）百姓所敬仰的庄济侯陈逸；东南面是郑氏宗祠，建祠序言写着，郑氏一族从明嘉靖年间从乐清迁徙至此，已过五百年。

榕、庙、祠在塘河边三足鼎立，大隐于高架桥畔。岸边的许多木船被麻绳拴着，其中一艘的一半已沉入水中。此时，桥上一辆卡车呼啸而过，木舟边平静的水面在共振下，泛起了一阵细细的皱纹向外扩散。——那么，主人还记得它吗？还有曾在此世代耕作的人们，如今又搬去了哪里？

走完田园油菜花地，夕阳渐至，日间的温润被带着春寒的晚风驱离，便带了孩子驾车回城。夜晚，饶有兴致地在朋友圈中上传照片加以文字记录。稍许，就有朋友发来资料，看了才知村庄的由来：下斜村早时因东北角有池，以此为名唤作下池（清光绪八年《永嘉县境图》），后以方言音近变为下斜，以村为名的石桥，是早时这一带前往城区的必经之路。平日一同研究浙南抗日战争史的王长明更是告知我，照片上的庄济庙，更是史料中记载的中日莲花心之战的前沿阵地……各种信息，在一次不经意的探寻后翻涌而至，我当即便定了再访计划。

随后我在朋友指引下多次前往，并找到了那座以村为名的下斜桥。桥在榕树对岸的不远处，在城市交通网建设中，它已藏身于高阔的大桥下方。桥柱用的是坚固的黄石条，桥面已灌溉了水泥，容得一辆小轿车或两辆农用车交错通过。与我同龄的村人告知我，这座桥年代并不久远。（1976 年翻建，《瓯海地名志》1988 版）离此一百米不到还曾有一座金锁古桥，据说因战争而拆毁。他年少时，还可从残基上跃入水中游到对岸榕树底下，再往返嬉戏。说话间，他站在杂草丛生的岸边，抬手做了一个合起双掌，跃入塘河分水的动作，然后抬头看着远处浓郁的榕树，身体似乎已随着目光游到了对岸。后来，我们在一九六五年的拍摄的卫星地图中，看到曲折的下斜桥与半座金锁残桥的清晰影像，同时也可看到对岸那棵大榕树枝叶浓郁，黑色成团的照片。

今年五月底，村人郑武克带领我，拜访了九十六岁的老村民郑爱聪。老人住在下斜新建的小区里。在乘坐电梯时，一同上楼的还有不少提着水桶、把着锄头的本地居民。他们用毛巾擦拭着脸上的汗水，兴高采烈地向我们（陌生人）问好，出电梯时还想将其中的瓜、茄送予我们。虽然他们已经深处高楼，但他们并没有离开脚下的土地，依然如原来一般淳朴、热情。相比较当下在城镇化建设中进城的一些人，鲜衣怒马，挥金如土，创造性地过上新的生活后，便迫不及待地想抹去原有的痕迹。在新的环境里，太多的人嗜高阁饮吟，深恶昔日的田园牧歌。我出电梯时心想，如果他们见到这些老农自然的笑容，会不会想到来处？

走入郑爱聪老人的两居室，眼前的情形，很难想象这是一位年近百岁的长者的家——房内一尘不染，物件陈列有序，就连床上铺的被子，也如镜面。其子更是打开衣柜让我们观摩：冬衣、衬衫齐整地挂在横杆上，如士兵列队；另一格柜子中，所有衣物一一被叠成正四方，摞成一个个"豆腐块"。我不禁脱口而出"老人家，你当过兵？"。老人听后笑了，回答道："没有呢，我一辈子都是个农民，自小在这里长大，成年前除了去娄桥乡里之外，没有出过远门；就算是成家之后，也只一次因事划了一来钟头船去过瞿溪。不过年纪小的时候，倒是当过一阵子的'庄稼兵'……"。"庄稼兵？"我问道。

"是，日本来温州三次，曾经到过这里，我们远远见到就跑到地里，等他们走了再出来。十七岁那年，日本人最后一次打温州，并在这里'烂冬'（原意为连绵不绝的冬雨，此处指日本人盘踞于此）。我们的兵也赶到这里来对打，那年秋天打得最凶，一般是下午三点钟开始，先是我们的兵从仙门山上发射炮弹，呼呼地越过我们头顶打向渚浦（内莲花心）那边的日本人。

"一般打到傍晚枪炮声就歇了。——日本鬼子狡猾得很，待在山顶碉堡（实为临时掩体）里面，等我们的兵枪炮打完了，再从山上冲下来把我们打散，这边死了很多人。活着的兵看着都很可怜，穿着草鞋一瘸一拐地从山那边走过来。我划着船去接了回来，一条船最多的时候要挤二十个人，我从下斜把他们送回到驻地玕屿山脚，多的时候一天要拉十几船。

"年纪大一点的人不敢去拉，怕被兵带走。之前我们村里有好几个被抽走当兵，潘文法、陈堂姆、陈宝贤出去了之后就再也没有回来，大概是死在外面了吧！？我年纪小，就我一个人敢划船拉他们，那些兵对我也很客气，没有为难过我，还在船上与我说笑。我算是参加过他们的队伍，所以大家都笑我为庄稼兵……。”

“这就是庄稼兵的由来啊！”同行的人笑道。我则告知他们：根据史料记载，下斜庄济庙确为抗日期间的前线。在一九二二年浙江陆军测量局测图、一九二八年制版《永嘉县城南部地形图》上，村人所讲述的金锁古桥已无标注，可见它在此之前已经被拆毁。在村东北方向约一里之外，另有一座金雀桥（1916 年建，亦名牛桥）。一九四四年九月九日，日军突破天长岭防线后，突入城中第三次入侵温州。从丽水开赴的中国军队节节追击。以八十八军新编二十一师、陆军突击总队第三突击队两个营、暂编三十三师等部分兵温州各处，与据守城内和占据莲花心高地的日军展开反复争夺。其中一部为夺回北面被日军抢占的内莲花心（今旸岙水厂一带），从娄桥玕屿山出发，到达庄济庙一带后，次第通过下斜村与金雀桥，集结于莲花心群山南麓（今景山森林公园），与友邻部队发起进攻，大战据守制高点的日军近一个月，伤亡巨大，是温州有史以来最大规模的抵抗外来侵略战争。

从郑爱聪老人的讲述中，知道这个位于东海一隅的小村庄，在二十世纪最重大事件中，人们和那些小桥、小船所扮演的角色和经历的故事。如今下斜面貌全新，大路宽阔，在窗明几净和呼啸车声中。除了郑爱聪老人，有几人还记得这片土地的往事？

　　不到一个月，还未来得及再访，郑爱聪老人就在一个下雨天里突然离去，当时的挥手竟成永别。他的逝世，也带走了这片土地上一段历史，留下了诸多遗憾。一个村庄过往的历史，能存于纸页影像上毕竟是少数，更需要仰仗于民间口口相传。所幸的是，我们在他最后的日子里，曾有过聆听、记录。这位老人，在九十六年漫长的岁月中，从未远离过这片水土。在他的身上，除了中国人传统的敦厚之外，还有那不为人知的传奇。

　　上周日的傍晚，我再次路过下斜，停车驻足远眺，正值身边晚风轻起，树冠左右荡漾，叶片沙沙声如千人簌簌作语。大雨过后的天空如洗，彩霞明丽。暮色中，我驾车离去，这些星散于瓯越大地上的村庄，石桥，木船在后视镜中渐行渐远。但那些为民族独立前仆后继的身影，却在历史的天空中闪烁着光芒；郑爱聪老人和他们之间的朗朗话语，也遨于天地之间。

作者简介：

　　管朝涛：温州市历史学会抗战史研究中心成员，有作品刊于《西湖》《散文》等杂志。

在 娄 桥

李 晃

抵达瓯海是下午，车窗外高楼排布，并不紧密，是疏朗的，这是多数城市的景观，外人讲不出这里和那里的区别，如今人讲普通话，抹去了自我的标识。难得的是山，那连绵的一线，不高亦不矮，一种愉悦的高度。山伏在视野的边缘，在青灰的天幕下没有虎视眈眈的态度，而是怡然自得的一派镇静。一个人的心再静也静不过山，人的心思也更像水，波澜不惊有之，惊涛骇浪有时，若折中，已是上善。因路线是平行的关系，我与山一直若即若离，这大抵是人与自然的距离吧，也就猜想，这城是背山的，仿佛有了依靠，而海在哪里，却看不见。

住下的地方是娄桥，听人讲，才知晓这一处繁华曾是一片滩涂，后来演变为河沟纵横的水乡，那是高宗避难海上的建炎年、还是谢灵运的永嘉任上？不知道了，说起来总是久远的事，心底留下的却是复杂的沧海桑田的念想，因是偏安的。

我去娄桥的铅锌矿参观，矿区依山而建，属于温州冶炼厂，二十世纪五十年代末开建，至今保留了几栋典型的苏式建筑。

见到这建筑，仿佛就可以明白一段厂矿的历史，甚至一段国家的历史。在贵州，也有许多这样的山间厂矿，一式的灰或红砖的建筑，构建出一个个独特的所在，是微微封闭的，它们曾经耀眼于周边的生活，是自成体系的。王小帅导演有名片《青红》反映这段生活的末期。我见那建筑，也心有戚戚，那布满青苔的墙头，门前的巨型香樟，仿佛就差一句划破空气的呼喊，或铁皮喇叭里的播音，就可以让人回到那火热的年代。

我见的老人老了，老人姓包，有着清癯的面容，颧骨在脸上凸出，看人是虚虚的目光，却带着一种笑意。老人就是厂区所在的村子中人，厂区就在娄桥街道的安下村和何庄村之间，当时尚未有娄桥街道一说，听人介绍，当年这里是三溪区的所在。听名字就知道这里的水系发达。而矿藏的发现也和溪流有关，溪水里泛着银光，从山里冲下来，当地人称为"流银坑"，一种富丽而又具有文学性的名字，从科学的角度，可以知道其中必有蹊跷，于是铅锌矿被发现了。

包老先生讲温州本土话，或许是其中的一种分支，我需要翻译。从老人那连贯的话语中，可以感知他的心绪，是从容、平静的，没有激烈慷慨的部分，哪怕有人翻译说，他是厂里的先进，表现多么好，老人也只是浅浅一笑。那是年轻的时代，共和国年轻，人也年轻。包先生入过伍，建厂招工改变身份退伍军人总有优先权。当年的名额也实在有限，听讲，附近公社，每个公社只有一个名额，可想竞争之激烈。年轻的包先生在一九六九年入厂，初期打矿洞打天井，那是机械尚不发达的时代，艰难可想而知，确也难以相信八小时打两米的进度。那正是人与天斗的时代，壮志与雄心由血肉铸成，滴水石穿。老人讲，矿洞高八十米，一共在这山里开出五个，总长三千米，这数据听来令人一悚，要知道厂矿高峰期也只有两百员工，这是何等的伟力。

包老先生做过班长，想必事业勤勉专心，后变为矿工，亦是不容易的工作。口罩可以戴十二层。这让我瞠目，我一再问，是十二层吗？怎么可以戴下去？老人旁的老人讲，怎么不是，就是十二层呀，没有办法的，只能一层层戴哦。我当即明白这不是虚言，那是刻在记忆深处的符号，以当时的生产水准，一吨矿提炼三十六公斤的数据来看，人力的付出是巨大的，几乎是消耗了。

包老先生一九九九年退休，目前退休金有四千余元。回顾往事，老先生一直表现得镇定，倒是一旁的大妈带着昔日荣光的表情，热情地向我们述说着那段战天斗地的生活，并且，为此自豪。

我们沿着山路往矿洞走，昨夜才下过雨，路面泥泞，矿洞早已废弃，恣意生长的植被遮蔽了往昔的痕迹，我们兜兜转转，发现了轨道的遗存，山沟里的溪水依旧，往山下汩汩流去，流去的地方早已是大片的村落民房。很难想象，当年很多职工是开着船从温州市里来矿上上班的。矿区的办公区和宿舍就在山脚，保留了原貌，没有改动，这里已经成为瓯海区的文物保护建筑，大红的牌子上写着"温州冶炼总厂安下矿区旧址"。可厂子仍在，只是不再出矿。宿舍里竟还住着人，我们走近，看见三位老人正在门廊上聊天，宿舍是两层的小楼，通间的布局，楼上的栏杆想是新漆过，没有锈迹。老人们见我们过来，一个气度不凡的老先生率先和村里的书记打起招呼，自然，说的什么，我们是不懂的。老先生说着说着调门高了上去，好像要控诉什么。这情形我也是熟悉的，矿区老化封闭，带来的是生存和发展的问题。后来问明白，原来老先生曾是老矿长，他就住在这栋宿舍楼里，这让我有些讶异。看他的表情能明白，对厂子的现状是不满和怒其不争的。村里的书记解释了一下，说我们是来采风的，不是"上面"来的人。老人的态度这才缓和，但说起往事，仍带着矿长的气势，不是压迫的，而是自带干事业的那种雄心，这种气质很难从退休多年的工人身上看到，作为矿长，我们当然能理解，也看得出他把矿区当作了家，乃至于退休也没有离开。老矿长真正的诉求我们后来才明白，为什么不继续开采了？这个矿还可以再采的。仿佛身上还有气力，仍能继续奋斗。

老矿长姓邱，剑眉朗目，是我想象中的矿长的样子。

离开之前，我悄悄走到一户人家门前，往里望去，果是直通通的一大间，靠里窗的位置摆着一张床，上面罩着床帐，想是有小孩子居住，其余物件也落得齐整，是简单的，但却不乱，有一份日子里的清爽和整洁，毕竟，能一眼看完的家，是要如此的，不如此，就落了外人口舌了，还有，这关乎尊严。

我们在安下村逛，这里的民居大多保留了二十世纪九十年代与新千年的样式，亦有民国时期的小小洋楼藏身在巷弄里，带着隐士的风范。几处景观的叠加正是当代的面貌。一些街巷里的民居外立面上焊着醒目的铁梯，从窗边这么竖下来，却并不接触地面，离地总有几米的距离，是消防梯吗？不大能看懂，见了好几处，而安下村一带又有着大量的外来人口，想必是为着安全，姑且把它当作消防梯了。小巷里也是有庙的，韩王庙，一种地方神祇，类似族庙的存在，碑刻显示来自清晚期，后经过新的装饰，雕梁画栋，颇有气势，是热闹与庄严的融合，保留了一种属于私密民间和家族记忆的纽带，是本地文化的一个特色。

安下村地势靠山，山是吹台山，是横亘于浙闽的洞宫山的余脉，想必正是我从机场沿路看过来的山，走近了，才知道这山亦不小，且植被繁茂，只名字显得陌生，但亦知道是有来历的，是雅的。光绪年修的《永嘉县志》载："吹台山，在城南二十里，高处平正如台，相传王子晋吹笙之所。"又是一位仙人了，来自灼灼其华的春秋，这位太子喜吹笙，是个音乐家，不仅如此，还尚学凤凰之鸣，这"鸣"就带着仙气了，最终太子乘鹤而去。中国文化里的传统是，对于显耀之人，总要让他有点神迹发生，诸如此类，而仙神，便是最佳的归处，从这里可以看到人的一点美好，因为不如此，就难以使其流传了。我以为这正是民间的善，倒不是讲他们对个体有多少具体的了解，而只是这样保存下记忆，让人后评判，甚至成为审美的化身。所以太白才会写："吾爱王子晋，得道伊洛滨。金骨既不毁，玉颜长自春……"

傍晚时，站在安下村看吹台山，山色一如盛夏，有溪从山中来，汇成了浅浅的流水，流水可通大江，水也经历了寂静与喧闹。喧闹是人的所在，山却成为牵引，与人世保持距离，只不过，山的寂静是自知的，而人的热闹往往带着"梦里不知身是客"的味道。

有一景，我看了又看，是站在一座小桥间，面前是山，山只有一线的景观，因两处被楼房遮蔽，溪水是这天然的界限，划出了布局，而背后是浓郁的水乡情调的村落，浣洗的小小码头上有着巨大的榕树，遮天蔽日，伞盖如云，而流水无声，又加上人人归巢时刻，多少有些寂寥。听讲，这里也有热闹时，是端午划龙舟的起点。一听到龙舟俩字，耳边仿佛响起盛大的锣鼓声与人的沸反，那是十足的热闹光景。只是我多少有些疑惑，这窄窄的水面，可以跑飞快的龙舟吗？可是看到小河对岸气势雄伟、装饰鲜明的三港殿就明白了，不在这里，又在哪里呢。

作者简介：

李晁，1986 年生于湖南，现居贵阳。2007 年发表小说，获《上海文学》新人奖、紫金·人民文学之星奖、《作家》金短篇奖、华语青年作家奖、十月文学奖等，出版小说集《雾中河》等三部。

走出与回归的尽头

万小英

一

走在温州，尽管都是坚硬的实地，但每一步仿佛都能碾出水来，因为地名总是在提醒这里曾经是水的统治。"海""江""溪""汇""塘""屿""河""桥"等字眼在道路、街区、乡村等名字里随处可见，在高楼水泥间，固执地保留了远古的"化石"。

就像瓯海区娄桥街道河庄村，温州的一个普通村子，名字里有海，有河，有桥，表明河上之庄曾经是小桥流水人家。今天的它，已然变了模样。森马集团的大厂区，品牌林立的中国（瓯海）眼镜小镇，驾校的练车场，挤挤挨挨的民房楼栋……河庄有八千外来人员，本村人口两千，但大部分在外面做生意。处于城市化边缘的河庄，虽称为村，其实田地、务农、野趣等农业模式与农村生态几乎不再。这并不是最令人惊讶的部分，让人最震惊的是这一切都发生在区区几年间。时代的翻天覆地，裹挟着人们往前奔，身在其中的人不免有些恍若隔世的感觉：太快了！变化太快了！他们常常仰头望着繁华的高楼，低头脑中浮现出这里曾经的模样——田地里，他们挥着锄头流着汗。

百年榕树静立村中。"无情最是台城柳，依旧烟笼十里堤。"草木的无情，在于"依旧"，任世事沧桑变化，依然姿态不改站在原地。但也可以说，草木的深情，也在于"依旧"，一切皆变，惟我不移，成为守护的坐标。温州的市树是榕树，是的，和福州一样，只是它特指小叶榕。小叶榕在叶形上比之其他的榕树更为秀气一些，但一点也不要小瞧它的韧劲，台风暴雨过境，它总能繁茂如初。听到一个有趣的说法，以温州为界，往北就很难再见到小叶榕的身影。那么，小叶榕替温州绣了一道翡翠的边，或者用坚定的姿态为温州站了岗。河庄百龄以上榕树有三五棵，岁月沧桑，它们依然葱茏又从容，注视着发生在这里的一切。

很少人知道，这里曾经发生过一次对个人而言十分重要的"走出"。河庄有户张姓人家，祖籍陕西凤翔府，后来迁贵州，最后来到这里，当时叫永嘉县吹台乡十六都河庄。到张锦这一代，家族有了起色。乾隆辛卯年（1771），张锦中了武举人，封朝议大夫。可能做得不错，他死去的父亲张兆享，还被追赠了"中宁大夫"的官职。1776 年，张锦的一个孩子落地，就是张瑞溥。他在家里排行老大，为人洒脱开朗。

张瑞溥也走上了仕途。起初在"同知"里的打转，在安徽、四川、重庆等各地当"同知"。同知就是知府的副职，是清朝正五品官员，负责分掌地方盐、粮、捕盗、江防、海疆、河工、水利以及清理军籍、抚绥民夷等事务。大概就是这个时候，张家走出了河庄，移居温州城中。

张瑞溥孔武有力,有智谋。嘉庆十九年(1814),他带领上百兵士,以出其不意的方式,剿灭乱匪的巢穴,竟然破贼四千余人。还有一个长期在官府挂号的"积案"被他破了。巨寇"刘大靴"揪合党羽数千人,横行当地,苦了百姓,多年都无法将他抓捕归案。张瑞溥上任后,艺高人胆大,趁"刘大靴"还乡扫墓之时,独自前往,用计将之擒获。他这般平判乱、擒巨寇的壮举,连皇帝都知道了,特意召见了他,打量之下,对他的状貌称奇。我没有找到张瑞溥的画像,不知他的模样,不过连皇帝都称奇,应该是有过人之处吧。

道光初年,北京天坛要树杆木,那可不是一般的木头能行的,张瑞溥奉命到成都办理此事。他找了两年,终于得到了长十三丈的巨木。十三丈折合一下是四百多米,这可能有些夸张吧。这么长的大木头运回去是个大问题,果然,走到北京通州时,堵住了水运。这个影响就大了,张瑞溥遭到御史弹劾。

道光四年(1824),皇帝召见,升他为湖南粮储道,掌督运漕粮。他起先还很有干劲,但是不久,因为与巡抚康绍镛不合,他萌生退隐之意:"吾官三十余年久,欲退矣。"做了三十多年的官,太久了。于是引疾归里,回到温州。

二

古人的退隐,往往意味着他要开始寻找自己,寻找人生最终的价值意义。张瑞溥从河庄走出,建功立业,算是比较成功,但如果只到这里为止,也就是古代官员普通的一生。说张瑞溥从河庄的"走出"十分重要，并不在于所取得的仕途官职，而是在营营扰扰大半生后，他能够沉淀思索，找到安身立命的本心，将沉潜已久的梦想唤醒，去实现它，完满它。

张瑞溥在温州城建了一座"如园"，这是他袒露心中炽爱的园林，向中国山水诗鼻祖、东晋大诗人谢灵运致敬的方式。这份爱得到了时间的回应，如园已经成为温州的名胜之地。

谢灵运在永嘉（即温州一带）做过郡守，当时有些不得志，所以寄情于永嘉山水。没想到也成了永嘉山水的发现者、传播者，不到一年时间，他游山玩水，写下了二十多首诗，瓯越之地开始走进中原文明的视野。谢灵运在积谷山麓开凿池塘，人称谢池，临池而建的木结构楼屋是其居所"池上楼"，《登池上楼》名句"池塘生春草，园柳变鸣禽"，写的正是这里。北宋温州知州杨蟠规划三十六坊时，将这里划为"谢池坊"。

道光五年（1825），张瑞溥辞官还乡，在"谢池"旧址旁购地十多亩重建池上楼，还筑有怀谢楼、春草轩、鹤舫、十二梅花书屋、飞霞山馆等，取名"如园"。如园如园，如什么园呢？是如谢家之园，也是如张瑞溥心中之园吧。

园内亭台楼榭，曲径通幽，水流潺潺，暗香浮动。晚清封疆大吏、有"中国楹联学开山祖"之称的梁章钜，在这里留下一副楹联："楼阁俯城隅，一角永嘉好山水；风流思太守，千秋康乐旧池塘。"永嘉山水与风流太守相得益彰。

今天，游人们在"池上楼""春草池""春草轩"盘桓，吟诵着"池塘生春草"诗句，满脑子大概都是谢公的风采，恐怕没有多少人会想起张瑞溥这个真正的主人吧。他建园"以存谢公之旧"，就是将千年前的谢公留下，让他的身影与绪怀在这片土地萦绕，让名楼与名句有了具象的依托。这就是温州人对"知音"的报答与缱绻。它所在的巷弄也渐渐成为一条名巷，集聚了"一代词宗"夏承焘、金融家周守良、瓯海医院首任院长杨玉生等名人。

张瑞溥并非只是将如园作为寄情、栖居之地，而是有精神意涵在内。他在如园监督儿子读书，数年不出门。后代在园中生息，出了不少才俊栋梁。

如园第二代主人张应庚，官至广东连平州知州，著有《寄沤吟草》；

第三代主人张志瑛，官至湖北候补通判，署汉阳府通判；第四代主人的大房长子张之纲，成为中国近代著名金石学家；第五代张亦文是我国著名土木建筑专家、教授，二十世纪八十年代参与设计建造开封"清明上河园"主体工程，荣获国家重奖，著有《清明杂谈·从'清明上河图'谈起》；第六代张珍怀，是张之纲之女，是当代著名女词人，著有《飞霞山民诗选》《清词研究》等。

张之纲，晚号谢村老民，童年在如园的"池上楼"度过。父亲赴汉阴府任职，便随父去了湖北，从师皆一时名士。清光绪丙戌年（1886）秋，19岁的张之纲因乡试返回家乡，登池上楼远眺，感慨而抒，其中有句："挂冠还故林，谢公时迹在。筑楼聊登临，水心宅幽奥。高风振歧海，嘉会图山阴。"

张之纲对古文字感兴趣，也很好学。听说浙江瑞安藏书家孙衣言学识渊博，就去求问解悟，并与孙衣言之子孙怡让（后成为经学家、校勘训诂学家、古文字学家、近代教育家）成为莫逆之交。他们朝夕研论，激励共勉，探讨周秦以上古文。光绪二十八年（1902），张之纲中举人，开始仕途。辛亥革命后，在财政部任职。1930年，决意隐退，辞官移家寓居上海，托迹于商贾间，在银行任职。当时他已年逾六旬，叹息道："天地闭贤人，隐隐今其时与！"这是化用《易经》里的"天地闭，贤人隐"，意思是在乱世，贤人隐退匿迹正当时。

三十载宦途，让他感到岁月蹉跎，学无所成。在生命的最后旅程，该如何抉择，找到自己的生命价值？退隐下来的张之纲如同他的先祖张瑞溥，在内心求索答案。他想起了少年时对古文字的痴迷、热爱。

"笺金功亦似镌金，冥索穷搜到惬心。"六十多岁的张之纲开始专研古文字，埋头著述。他在一本书中追忆：在宣南写稿的时候，暑雨连旬，老树荒庭，屋漏尽湿；那时候老妻还在世，昼夜忙着帮他转移书桌帷帐；对这些困难，他处之泰然。这样的笃志为学，让他接连写下《毛公鼎斠释》《契亭金文校释》《周书逸文征》《周书汇会解释注》《说文解字缘隙》等书，成为温州近代古文字考古著名学者、金石学家，下启史学家刘节、夏鼐等人。

"一春镇与病为缘，欹枕听残漏滴圆""墨致义公推卜繇，刀从纤劲察书形"，这是张之纲在上海写给好友刘景晨信中的诗句。那时候在病床靠在枕上，残夜将尽，他还在听着什么。听着什么呢，无人知道，可能是窗外的风声，可能是青铜器上遥远的凿字声，可能是故乡池上楼的梅花飘落声……

1939年，时年73岁的张之纲因病在上海去世。

三

人老归家，中国人讲究叶落归根，魂归故里。

张之纲没有再回到故乡河庄。但是，张瑞溥回来了。史料里有一段："道光十一年（1831），张瑞溥卒于里第，年56岁。墓在河庄。"对张瑞溥来说，有着池上楼的如园，是营造的生命里最美的梦，而河庄，是最踏实的归宿。

不清楚张瑞溥暮年再次回到河庄，是怎样的状态，是否还能在村里走走，或者只能通过窗子看看外面的天空。我想，他一定是可以看到河庄榕树的，那庇护的枝臂，浓密的覆荫，仿佛将整个村子都包容起来了，让人感到无比的安心。

张瑞溥回来了，当年那个带着泥鳅干和灯芯草走的人回来了。河庄的人凡外出求学、经商、当兵等，必要在行囊里装上泥鳅干。泥鳅干的做法特别，用稻谷壳和泥鳅一起翻炒，不易焦，又很香。在外若有水土不服，便吃它，也有将泥鳅干磨成粉末泡水喝。河庄原本水田多，在里面钻来钻去的泥鳅多，所以泥鳅干携带的其实就是故乡的水土。张瑞溥当年离开河庄的时候，肯定是要带泥鳅干的，那代表的是游子的故乡。

那时候的河庄，长着茂密的灯芯草，茎圆细而长直，芯能燃灯。灯芯草用处很多，用茎纺织，可作草席、枕席等；还可作中药泡凉茶，有利水渗湿、清心经热之用，小孩子发热受惊，可以喝。剥灯芯草是河庄祖辈留下来的传统手艺。张瑞溥离开河庄时，一定也会带上灯芯草，它是油灯里的光，是受惊时的药，是安枕的席——这多么像是在形容"故乡"的含义：故乡，就是我们的光，我们的药，我们的席枕啊！张瑞溥这次回来，大概也是躺在家乡灯芯草做的席枕上吧。

张瑞溥回来了，当年那个在法因禅寺顶礼拜佛的人回来了。从前禅寺四周环水，位于水中央的小岛。不远处是凤凰山，相传凤凰一边飞一边下蛋，蛋就化作一溜的岛屿或地块，禅寺所在之地就是其一。法因禅寺据说最早建于宋乾德年间，距今已有上千年，后来经过多次损毁重修。张瑞溥当年离开河庄，肯定有到寺里烧香祈愿吧。禅寺以"法因"为名，大约缘自佛经中一句"法因心起，还由心灭"，一切都是心。张瑞溥在故乡走完生命的最后一程，是心起心灭。

今天的河庄，已经找不到张家的老宅，张瑞溥的墓在哪里，也无人知晓。只有三五座残垣断壁的门台，泄露一些往昔的生活气息，其中是否有一座是张家之宅呢？方形土门的瓦檐台顶上，野草繁茂，砖头上雕刻的花纹，如同没有发出去的历史的明信片。

河庄的桥与河，也模糊了，有时分不清哪是桥哪是路，哪是河哪是溪。法因禅寺也与陆地连成一片了，只有一面环水。泥田没有了，泥鳅也就没有了，泥鳅干不再是河庄临别时的缱绻。剥灯芯草的手艺也正在慢慢变成旧俗传说，河庄只有一户人家还在守着它。

我去潘秀媚大妈家的时候，她外出不在。热心的同村邱崇碎老伯在她回来后拍了视频给我：潘大妈样子素净，手里拿着一把干燥的淡黄色的灯芯草，笑意盈盈。这一下子就让我释怀，尽管很多东西如逝水流迁，已经不存了，但农妇温和的笑，仿佛很多东西回来了。

张瑞溥、张之纲，不，也包括张家，包括无数的我们，都是从家乡走出，在外漂泊、奋斗，很大程度都是在做好别人眼中的自己。张瑞溥是幸运的，在如园找到了自己，"复苏"了谢灵运的诗魂，而且，生命最后一刻叶落归根，回到故乡的怀抱，得了中国人心中的圆满。

更多走出去的人，还是如张之纲，魂梦无依，没能再回到地图上的故乡。不过，他们也在以一种方式找到归宿。张之纲六十多岁拾起少年梦想，钻进了古汉字里，那个时候，他就是回到了少年，回到了心灵起初的地方，那是心灵的家乡。

人的一生，不停地来来回回。为何而走，为何要回，回到哪里，有的人会思考，有的人不愿想。为什么我们总是对故乡充满着不可解的情结，因为故乡就是我们最强韧又最脆弱的心灵——所以，故乡的尽头是走出，也是回归；心灵的尽头是走出，也是回归。

榕树的枝叶此刻在伸展，仿佛岁月的腰肢松了一松。

作者简介：

万小英：中国作家协会会员，福州市晋安区作家协会主席，《福州日报》主任编辑。

东风村：如电影镜头一晃而过

周华诚

知了声嘶力竭地叫，村庄的大树下有人躺在浓荫里午睡。年轻人被热情的村民留在家中喝了半碗高度烧酒，此时摇摇晃晃地走出来，日头也一晃一晃，他一直走到大树底下。这个午后有点悠长，山风吹过来带着植物葱茏芬芳的气息，也带着山边井水的清凉。

想起四十年前在那个叫平天镬的山顶小村庄，七十五岁的老高还是能想起那样的一个夏日午后，记忆里有知了的鸣叫，大树的荫凉，还有一座不知道存在了几百年的小庙半遮半露在古道深处。这样宁静的时光就这样过去了，记忆却依然像放电影一样鲜明。

那时还很年轻的高进新，是扛着八毫米的电影拷贝与放映机来到山顶上的平天镬，晚上他要在山顶上的小村放映电影《三打白骨精》。平天镬，顾名思义，就是一口平底锅，这座山也真是很奇怪，高高的山顶居然有那么大的一块平地，于是一座小村庄就落在了这里，山上有七八十户人家。

晒谷坪上早早摆好的条凳和椅子，见证了高进新的受欢迎程度——小村庄早就传遍了要放电影的消息，人人都像过年一样开心，连山脚下的人们也听说了消息，不辞辛劳地爬上山来。为了占据看电影的有利地形，下午三点，大家就早早地搬出了自家的凳子。日头终于落山了，夜幕如期降临，高进新摆弄着机器，他像是受人崇敬的魔术师一样打开了平天镀不平凡的夜晚。八毫米的电影拷贝开始在机器上转动，光影投射出来，支挂在高处的白色幕布上出现了画面，幕布上的人们开始走动，孙悟空翻起了筋斗云。

电影放映员老高去过许许多多的村庄，平天镀不过是他去过的众多村庄里的一个小地方。他十六岁初中毕业成了一名畜牧兽医，九年后，公社成立电影放映队，他成了放映员。这个工作，他从一九七五年干到了一九八八年。在一个又一个村庄放映电影的时候，他受到了无数村民的欢迎，每到之处，盛况空前，最隆重的时候，甚至有几千人共看一部露天电影的情景，许多人会从十公里外的地方赶来，简直令今天的年轻人无法想象。

那时候的电影放映，同时还承担着宣传和科教的任务，宣传片和科教片放完，才会放映战斗片、武打片、故事片。电影拷贝有三十五毫米的，有十毫米的，也有八毫米的，大拷贝的电影放映效果越好，可以放更大的银幕，八毫米的拷贝相对便携，适宜背到平天镀那样交通不便的小村庄放映。年轻的老高就这样肩挑背扛，带着几十斤重的家伙走遍了一个个村庄。

平天镀这样的小村庄，是后来东风村的一个自然村。平天镀的村民，从九十年就陆陆续续地搬下了山。不只是平天镀，整个东风村也经历了许多次变迁，拆的拆，搬的搬，不再是从前的模样。东风村这样的村庄，是瓯海区巨大变化的见证者，如今它已然是繁华城市的一部分，到处都是林立的高楼和齐整的小区，分布在瓯海大道的两旁。往前回溯一下，东风村最大的变化发生在二十世纪九十年代，东风工业区成为娄桥街道的第一批工业区，人群开始聚集，东风村迅速变得繁华。如今东风村的正式村民人数是一千九百八十人，而在当时，外来务工人员就达到两万多人。每到节假日，四处汇入的人流将村庄的道路堵得水泄不通。家家户户都有房屋出租，仅靠这一项营生，几十万的房租收入就能让村民过上丰裕的生活。事实上当时村庄还聚集了二百多家企业，原来的土地渐渐没有了，很少有人再去土地上种植庄稼，有的土地变成了水泥地，有的土地上长出了楼房。

高进新收起了他的放映机，但是他依然留下了几个电影拷贝以作纪念，《山道弯弯》《乡情》《少林寺》等等电影的名字，和天平镬一样慢慢成为记忆里的存在。六十岁时，老高成了东风村老年协会的会长，放映电影长期积累下的文化素养，使他在这一岗位上得心应手，做了许多实事和好事。老高热爱文化，也热爱这个村庄，每有来客，他很愿意打开手机向客人分享十几年来保存的图片和视频。其中最有意思的，是东风村每年正月十三的重大文化活动，抬菩萨。

作为东风村历史悠久的传统活动，抬菩萨通常由老年协会牵头，每家每户出劳力参与。先是打麻糍。第一天，浸泡糯米。第二天一早，把糯米煮起，盛入石臼中捣。打麻糍要用上千斤米，需要全村人同心协力一起来做。四五口锅，四五个石臼，村民们组成小组，分别围绕着石臼协作，一人捣麻糍，另一人则不断翻动滚烫的麻糍，便于木槌砸下将麻糍打得细腻又有弹性。那些力气最大的男人，都在此时派上用场。那些麻糍将被叠得高高的，像是一座座宝塔安置在菩萨像前。很多时候，人间盛宴都由菩萨与民众共飨，这正是菩萨的温情所在——当这些麻糍供奉过菩萨之后，将被分给村庄里的每一位男女老少，菩萨的福气将让所有人均沾，童叟无欺。

真正的重头戏，则是之后的民俗活动，人们会把菩萨从庙中抬出来，穿过田间小道，穿过人群集聚的路口。老高组织过好几次这样的抬菩萨活动。庙里的菩萨姓甚名谁，老高专门请教过见多识广的"穿龙先生"，这是一位喝唱彩辞的人，各种节日人们要讨个彩头，"穿龙先生"会成为最受欢迎的人——他认为菩萨是李大侯王。为什么我们这里姓李？当年李家无后，陈家儿子很多，就把其中一个儿子过继到李家。李大侯王为本地民众做过许多好事，民众于是把他高高地供奉起来，年月既久，慢慢也成了民间信奉的神明。到了每年正月十三这一天，村民们把菩萨从庙里请出来，大家抬着一路奔跑。跑得越快越好。这是多么振奋人心的一幕，四五个汉子抬着一尊菩萨，快速地跑过村庄，跑过大树，跑过街市，跑过羊群，抬菩萨的人在跑，更多的村民也跟着菩萨跑，烟花爆竹响起来了，铺天盖地，硝烟弥漫，腰鼓队，高跷队，敲敲打打，扭扭跳跳，在这样的热闹劲里，菩萨在轿子上微微笑着，一直笑着，他好像回到了人间，参与到这一场人群的娱乐之中。村里的老老少少都会聚集而来，沿路点香上烛，拜上一拜，完成与菩萨的心意交流。

组织一场活动费力费钱费时间，老高是热心人，总是忙前忙后地操办。这个传承了几百年的活动，老高也希望它能很好地流传下去。老高给我看一段视频，就是正月十三抬菩萨活动中的热闹场面。人们脸上欢笑着，洋溢着满足的神情。老高从前是放电影的，从前他没有摄像机，不能拍录像。直到手机能录像也能随时播放电影的时候，时代的列车已经滚滚向前几十年了。老高说，如果有人能把东风村几十年的日子拍下来，那一定是一部非常动人的电影。

是的，东风村就像是一部老电影，镜头摇摇晃晃，日头也一晃一晃。东风村从一个村庄，变成街道，变成城市的一部分；东风村的村民，从山上搬下来，从土地上住进楼房中；东风村的人口，从本地的一千多人，到外来人口两三万人；喧喧嚣嚣，热热闹闹，年年岁岁，花落花开。现在当我们说到东风村的时候，其实不只是说东风村，而是在说一段漫长的历史，所有参与到东风发展变迁的村民，都成为东风村历史的一部分了，而东风村已经像山顶上的平天镶一样——平天镶还在，平天镶的日子已经消失不见。

作者简介：

周华诚，稻田工作者，作家、独立出版人。曾获三毛散文奖、草原文学奖等。

作为事实的故乡

包 倬

一

2023 年冬，朋友约我去温州瓯海。瓯海我是去过的，而且不止一次。世间所有的行走，都是故乡之间穿梭——自己的和别人的。从西南到江南，初见是一惊一乍，再见是波澜不惊，如果第三次见，那就不是看山看水的事儿了。我必须让自己的目光具有某种穿透性，越过眼前的繁华，抵达高楼的背后。

因为这一次，我要面对的是秀屿社区。

在中文世界里，社区是个新词，使用不足一百年。何为社区？德国社会学家滕尼斯在《社区与社会》一书中指出，社区是"由具有共同的习俗和价值观念的同质人口组成的，关系密切的社会团体或共同体"。滕尼斯的概括很准确，符合人类的群居历史。社区、部落、公社、村寨，其实是同一个意思——人类故乡。而关于故乡，我们总是充满愁绪。

日暮乡关何处是，烟波江上使人愁。举头望明白，

低头思故乡。露从今夜白，月是故乡明。故乡今夜思
千里，愁鬓明朝又一年。年年春日异乡悲，杜曲黄莺
可得知。

为何？因为当我们思念时，我们正在失去。这正是朝涛请
我来秀屿社区的意义。不管这里叫社区还是部落，总之，它是
一群人的故乡。城市这只多足兽，某天将爪子伸向我们的生养
地，轻而易举抹去了往日痕迹。那个接纳我们来到这世界的街
道或村庄，沉入记忆的深井，只在月光皎洁之夜，被打捞上来，
晾晒。这是不争的事实。

现在，坐在我面前的是陈行侠。他的官方身份是秀屿社区
的书记。而在我眼里，他就是一个在秀屿长大的年轻人。面对
正在改变的故乡，我们相信了葡萄牙作家佩索阿的话：写下即
永恒。

记忆像是手中沙。握紧，流失，以此反复，直到某天，伸
开双手，空空如也。而沙已被时光的巨浪卷走。所以趁我们还
记得，在纸上还乡。

1987 年，时代的风里透着清新，万物皆有春天的样子。那
是爷爷辈的暮年，父母们的中年和我们的童年。而我们身处的
时代，百废待兴。对于人民来说，发生在二十世纪八十年代最
重要的事情应该是家庭联产承包责任制。不管你靠山还是靠海，
人和土地的关系转变，让生活有了奔头。时代的硬币在桌上滴
溜溜转着，一面是主动，一面是被动。

我之所以提及 1987 年，是因为那一年的瓯海某地，一农民
将自己刚出生的儿子取名陈行侠。36 年后，我们开车在瓯海的

大街小巷里穿梭，试图在回忆中重塑故乡。我们不由自主地对比我们的童年，而得出结论：西南和江南，两个世界。其间谈起他名字的来由，我们一致认为，这跟金庸的《侠客行》有关。同样是 1987 年，我的故乡阿尼卡，大凉山深处的山村，尚未通电，没书可读。

"这是东村，这是南村，这是西村。"

陈行侠在一幅旧的电子地图上辨认着故乡。那一刻，手机是时光机，屏幕是回忆之门。我们在电子地图上看到的是田地中间的村落，三三两两，抱成团，而不是眼下的高楼林立，车水马龙。这一片土地，原本生长着庄稼，但某天却出了高楼。

幸好我们还有记忆。

陈行侠记得儿时的住所：建于 1984 年的两层楼的砖房。而更早的住宅是带有东西厢房的院子，屋里住着他的父辈们。时代的风吹来，带着摧枯拉朽的力量。似乎一夜之间，新与旧就完成了交替。古老的院子消失，取而代之的是砖房。而在中国的其他很多地方，这样的土屋至今尚存。我忍不住感慨：1980年代的大凉山阿尼卡，还有人住在茅屋里。

推动人类社会进步发展的，正是内心的求新求变。而事实上，温州人敢为人先的精神在 1980 年就开始萌芽。1980 年 12月 11 日，卖纽扣的 19 岁温州姑娘章华妹，如愿以偿地从温州市工商行政管理局领到了第一张"个体工商户营业执照"。

换句话说，早在二十世纪八十年代，地处江浙的农民就在酝酿着身份的转变——从农民到小手工业者。乘着时代的东风，万象更新，在古老的中国乡村，换一种活法。不再向土地刨食，而是靠勤劳的双手，干起了造物的活。

上帝说，要有光，于是就有了光。温州人说，要让普通人足下生辉，于是便有了鞋厂。

而起初并不是这样。规模要更小一些。所以伴随着陈行侠童年的，是小作坊的声响。那时怎么做鞋？他在秀屿社区的办公室比画着，虽然流程熟稔于心，但还是看得我们一头雾水。毕竟，这对来自西南的我，属于完全陌生的领域。

但即便如此，当年陈行侠生活的地方，仍然属于农村。"去温州要坐船，需要很长时间。"他曾有过这样的经历，并一直记得。他和所有孩子一样，兴奋于出门这件事。就在陈行侠出生的那一年，在离温州三百多公里的海盐县，作家余华写下了《十八岁出门远行》，从此扬名文坛至今。

没人记得是谁第一个将做鞋的手艺带回村里。这应该是来源于他们更早时期的走南闯北。陈行侠父母是极好的手艺人，曾一度将家里的生意做得风生水起。一个村庄里的中国经济样板。小作坊变成了大厂，成为家喻户晓的品牌，比如森马集团。

变化令人目不暇接。电话、摩托车、大哥大，渐渐成为年轻人的标配。陈行侠记得自己家买第一辆摩托车是 1992 年，"铃木王，三四万块。"

可是人除了物质以外，还有精神向度。腰包鼓起来的人们，并没有忘记心灵归属地。温州有着全国最多的寺庙。即便到了今天，农民已成居民，可去寺庙的习俗依然未变。老人们去寺庙，未必真去许愿，也有可能是为了见见老朋友，聊聊天。毕竟现如今，人们都住进了高楼里，不再像从前，容易走村串户。

在高楼林立中，还有属于寺庙的地盘。这正是瓯海的包容。陈行侠开车带我穿过这新生之城，穿过他的回忆。我理解那种感觉，像是梦境。那些往事，既像存在过，又像是想象。

我们在一座寺庙前驻足。摩天大楼下的飞檐琉璃瓦。进了寺门，喧嚣远去，向诸菩萨献上真心。这里盛放着陈行侠的童年记忆。"那时候，人们在这里唱大戏。"可以想象的场景：台上帝王将相，恩怨情仇，台下是现实人间，大人在看（听）戏，孩子们穿梭打闹，看大人亦如看戏。如果玩累了，扑通跳下寺庙旁的河里（塘河的一部分），游个痛快。

这塘河里，不光游过调皮的孩子，还有龙舟。我们在瓯海市区路边奥体中心，一座充满现代气息的场馆，龙舟基地在此。在几个月前，这座城市的空气中弥漫着运动气息。亚运会在杭州举办，而龙舟赛的赛场正是在瓯海。为了这一荣耀时刻，陈行侠他们累坏了。这不由得让他想到童年的龙舟。同样是在塘河上，同样是节目的盛大仪式。瓯海的龙舟像人们心里的向上精神，一直在奋勇争先。

"这里是我们的 CBD，这里以前是田。"

这样的说法充满着城市魔幻现实——你只能在高楼大厦的背后寻找自己的童年。这里是什么，这里以前是什么。这里是现代化城市的标志性建筑，这里以前是学校、村庄、是外婆味道，是母亲的呼唤。

"这条路以前很窄，通车的时候我还在上小学。我们还拿着花来庆祝通车。"

"以前我二姨家住在这里。我很喜欢去她家。因为她家有小霸王游戏机。"

像是为了验证陈行侠的回忆，我们去了鞋厂。机器、鞋子、机器一般的工人。一双鞋子的诞生，毫无情感可言，无非是成本和利润的加减乘除。机器运转起来，生活也就有了盼头。某一瞬间，我再次生起感恩之心。若无文学，我大概也是这厂房里的一颗螺丝钉。

面对巨大的变化，我们只能惊叹：时光是个巨大的魔术。这样的惊叹来自短暂的抽离，而如果我们一直身处其中，则会对这种变化习以为常。

变是常道，可故乡是一种事实。那里有我们睁眼看到的，世界最初的模样。那时我们是婴之未孩，命运未知。那时我们以为，故乡即世界。初生于世，只有两样东西无法改变：故乡和父母。你没有生在纽约，而是生在地球的其他地方；你没有生在比尔·盖茨家，而是管另一对夫妻叫父母。懵懂、混沌、迷糊，所谓成长，就是眼前的世界一天天明亮起来。而我们那时并不知道，人活到最后，其实只剩回忆。当我们回忆时，我们说"过去"。事实上，很多事情并未过去，只是沉入了心底。

陈行侠曾外出念书，如今回来成了秀屿的一分子。我们开车穿过瓯海城区，某个瞬间目光越过高楼，抵达远山。

"那里是吹台山，"他说，"我还没有上去过。"

作者简介：

包倬，1980 年生于四川凉山，2002 年开始发表作品。现居昆明，任《滇池》文学杂志主编，昆明作家协会副主席。

离种子最近的地方

草 白

一

    每个从村里出来的人，总会在某些时刻再回到那里去，就像种子落地返回温暖的土壤深处。在长久的离别与短暂的回归之间，村庄的命运发生了翻天覆地的改变，有些被城市直接蚕食彻底消失在钢筋水泥丛林中。文字和影像资料记录了部分，还有一部分存在于人们的口耳相传中——随着时间流逝，这部分记忆迟早会像河面上的雾气消逝殆尽。

    还有一些村子于城市化的"夹缝"中苟延残喘，保留宗祠、古树、河埠头、自留地，保留节日、风俗、饮食、人心，它不是因旅游开发而保存下来，而是高楼、商场和道路造到咫尺之遥时忽地停下，建筑队撤离，推土机戛然而止，停止前进的步伐。

    村庄就此留存下来，却四面高楼围困，宛如四面楚歌。

    村民站于自家窗台前或可望见大楼、高架桥、熠熠闪光的玻璃幕墙，就像望向未来世界。城市的灯火返照在村落的河塘里，明灭不定，好似兵士逃亡途中落下的火光。

村庄从来没有像今天这样，离城市如此之近，随时可以变成其中一部分，却迟迟未能跻身其中。温州瓯海区娄桥街道社叶村就属于此类村落，它们有一个颇具时代感的命名：城中村，位于城市内部，却因各种原因未被纳入其中。

与所有城中村一样，它需要改造、升级和"美颜"。

统一、规划、提升——这六个字成了一切工作的指引，就如引擎之于汽车的作用。

十月的社叶村，率先迎接我们的不是被改造过的停车场、绿化景观、健身步道，而是自然界中的丹桂清香。它们是秋天分发的糖果，人们以鼻子去迎接，其次才是眼睛。道路临水的那侧，一座座橙红、橙黄、朱红之香窟，波浪般跌宕起伏，随着风，随着阳光，随着泥土和草木芳香，扩散至社叶村每一角落——振社东路、荣昌路、增福寺、风水桥，以及村里那株最古老的无柄小叶榕，都沐浴在它的香风里。

社叶村是典型的水乡地貌，有塘河环绕和滋润。村里有小洲。顽皮的孩童可一个猛子扎进去，抬眼便见洲上绿树婆娑的身影。河埠头上至今还泊有水泥船。每年端午节的龙舟队便由太阴宫前不远处的码头启航，划行至开阔的水域，进入正式赛道。社叶村的龙舟叫"瓯海社叶白"，其桨比其他龙舟约长十公分，此设置大概是为了在相对低速时能提供更大推力。

村里公示栏上还贴有龙舟队历年的收入和支出明细，新旧纸张相叠在一起，有种时光流逝的既视感。近前细看，只见上面记录着礼服、蜡烛、点心、百子炮、西瓜、福酒等项目的开销，还有给参龙先生的红包。龙舟在下水前要祭祀和祈福，其中的祈福仪式便由这位参龙先生主持，他会唱曲，会讲民间故事，也懂风俗人情，是祭祀活动中不可缺少的主心骨。

而社叶村的主心骨无疑是那棵无柄小叶榕，过去一百余年里，它像一把擎天大伞庇护着这个村落的清幽与安宁，如今它还屹立在原处，还在恪尽职守。树身下有个石砌的佛龛，留有香火和祭祀的痕迹。属于它的身份铭牌上写着：无柄小叶榕为桑科榕属，树龄100年，平均冠幅17米，胸围236厘米，树高9米。

名为小叶榕其实是株枝繁叶茂的大榕树，好像它的内部生长、隐藏着无数棵小树，它们枝叶相触，枝干盘结纠缠在一起，给人"母树"的印象，似乎随时会有小树从它的身体内部分离出来，从它的枝头掉落下来，落在身边的泥地上，悄然生长。

二

萧伯纳在《萧伯纳的素食食谱》里致敬了一颗种子所蕴藏的生命伟力，"想想橡子蕴含了多大的能量！在泥土中埋入一颗种子，它就会长成一棵巨大的橡树！如果你埋的是一头羊，它只会慢慢腐烂"。

种子的威力无与伦比，所谓核弹级的能量说的就是它。没有比社叶村的村民更懂得如何收集种子，让各种各样的种子长出小苗，长出根茎、叶片与花，最终长出明艳、璀璨的瓜果蔬菜。

这既是工作，也是信仰。早在二十世纪七八十年代，此地的村民便以培育瓜菜的种子为生。可以说，方圆一百公里内土地上长出的瓜果蔬菜其源头大多来自社叶村的苗圃。春夏秋冬皆不寂寞，皆有培育和产出。

春天：可育茄子四季豆南瓜丝瓜之苗

秋天：可育包菜油冬菜芥菜之苗

夏天：可育青菜黄瓜番茄之苗

冬天，气温下降，菜苗减少，存活率也降低，唯有菠菜、韭菜等少数几样可育。

七十多岁的村民陈忠帮老人便是育苗能手。他知道如何取得种子，并将它们以传统的方式培育出来。种子的取法不一，难易迥异。青菜种子是由青菜开花结果成熟后被细心收集起来，而番茄是从果柄处对切，由小勺子挖出其种子。

老人告诉我，"所有种子中属茄子籽最为难取"，因而茄子苗价昂。二十世纪七八十年代，当别的瓜菜苗卖一块钱一捆（五十棵）时，它要卖到一块钱一棵。没有一块钱的人家也可以拿一颗鸡蛋来换。

取茄子籽是门技术活。步骤如下：将老茄子放于盆或罐或木桶里，加入清水直至完全浸没；用石板或木板压住，防止茄身漂浮；浸泡十天以上；轻轻揉搓，至籽与肉分离，茄籽下沉，茄肉及絮状物慢慢浮将上来，并捞出；干燥后保存剩余的种子。

"产量很少，几百个茄子才得到一手心的籽。"陈忠帮老人说。当黑色的籽粒从紫色的茄身中被顺利取出，并于瓶中防潮储存——这分明是一项仪式，如何保存生命火种的仪式。

童年的我本着对生命来源的热切与好奇，窄小的衣兜与裤兜里藏匿过无数籽粒，它们是西瓜籽、向日葵籽、蒲公英种子，花生、辣椒、南瓜的籽，以及那种毛茸茸、黏糊糊，叫不出确切名字的野果的种子。我曾偷偷将它们埋入泥土深处或浅处，并躲在一旁守候生命的"破土而出"，或许过不了几天便将它们遗忘，直到若干天后发出惊呼，发现娇嫩细腻的嫩芽已然长出，并一日日接近浑融完整的模样，宛如见证奇迹的诞生。

黄豆、稻子、土豆、红薯这些，即使不埋进土里，也很容易长芽。那些芽条是果实内部生命活力的转化或绽放。适宜的温度，一点点水分，就能让它们举出葳蕤、生动的叶片。我从它们身上学到诸如新陈代谢、光合作用、等待、生机等词语的含义，它们不再抽象，而被定义为一个个微小而流动的瞬间，共同组成丰收链条中的一环。

我们抵达时，正值社叶村的收获季。不仅丹桂飘香，田野里那些没有去壳的稻粒也飘荡着属于大地深处的香气，并散逸出成熟之物的光芒——赭黄、深褐、浅金以及灰绿，于橙金色的阳光下熠熠生辉。

那些横躺在卧的稻粒，同样由谷种——秧苗——稻谷，一路披荆斩棘而来。任何种植过程中的疏忽都可能前功尽弃、颗粒无收。

在社叶村，生命的来处宛如河滩上的卵石，历历在目。

当处于等待期与缄默期，种子就像随身携带午餐盒子的植物婴儿，自我供给、自我满足；当有了阳光、泥土和水，它们便从休眠期进入快速成长期，好似与大地接通，就此获得汩汩不息的能量之源。

三

那天下午，我们正式访问了社叶村陈忠帮老人的"育苗圃"。

在一切都被缩减的城中村，居然还有这么一块孕育生命的土地。老人育的是油冬菜的苗。经多年摸索，他成为方圆数百公里内种植油冬菜的能手。四十年来，他种过番茄、豌豆、莴苣、茄子、丝瓜……几乎什么菜都种过，惟所种油冬菜最受欢迎。供不应求。于是，这些年，陈忠帮老人几乎只做这一件事，如何让地里的油冬菜变得更为美味。

百度百科介绍油冬菜的单株重 250 克左右，而陈忠帮所种的油冬菜却几近 2000 余克，叶片浓绿肥大，基部膨大，绿白色叶柄粗壮而厚实，含浓郁而芳香的汁液。真是一棵体积非凡的植株。好食者如此形容它们上桌后的口味，粉糯，酥软，清甜，就如霜降后的万物变得平和、柔顺，蕴藏着天然之美。

美味的得来绝非易事，与种了的孕育、土壤环境的选择，以及那个熟悉土地的种植能手都息息相关。油冬菜一年可种三次，从八月至次年三四月份，每茬经四十五天的阳光雨露滋养便可取得收获。

八月育种，种子撒下后，隔月，苗便可移出。

"育苗"过程值得一记。如何为种子营造适宜的温床，是育苗高手首先要考虑的。陈忠帮的做法是，择一块地势平坦、阳光充足、排灌良好、无严重病虫害的通风之地，将肥泥平整后，挖一小坑，坑内填入火泥、复合肥以及种子，并以"帽子"遮阴——以前是稻草，现在则为网购的遮阴网。白日遮住，日落后撤下，并以洒水喷头浇之，是为出水柔和，不伤幼苗。

如此，二十五天左右就可出苗。

瓜果蔬菜的育苗时机也大有讲究，比如辣椒须在十一月之前育种，如果错了时机，即使苗成后移植而出，即使顺利开花结果，后期还是会逐渐萎黄、凋谢，无疾而终。连育种人也无法说清其中缘由，但他似乎又是知道的，知道种子内部所蓄能量是有时间期限的，就像人类所造食品有最佳赏味期。

谈起这些，老人脸上洋溢出一种自信、笃定的笑容，好似这片土地上的发生之事尽在他的掌握之中，绝不会有意外事件发生。花白头发、蓝色条纹上衣，脸上、颈上的皱纹宛如泥里的沟壑，给人一种画像里的感觉。

他的"育苗圃"呈现时间内部的方阵，一垄垄田地以平均单位被划分，幼苗处于各种生长周期内，从五天，十五天，二十天，三十天皆有，一目了然。苗圃现场，我看见一只拇指指甲盖大小的青蛙躲在还未长出幼苗的土疙瘩里，那里泥土湿润、松软，弥漫着土壤深处的芳香，也是微生物和种子的乐园。我想象菜籽躲在幽暗潮润的土里，无时无刻不在酝酿变化，大多数种子在萌芽前都会吸收水分，当开始吸水时，也便意味着一系列复杂行动正在展开。

这是一块处于动态变化中的"苗圃"，也是不断见证奇迹的地方，从无到有，从缄默躲藏的种子到破土而出的幼苗，绿意逐渐加深扩大，直到幼苗长成可独立生长的那一刻。

小时候，我经常路过这样的田地，它们亘古不变，而我一无所知。如今，我才逐渐认知它，绿得黑亮的菜叶、收割后满布稻茬的田地以及堆着火泥的园圃……其中蕴藏的协调与循环，是我迷恋的。

好像在这些土壤深处隐藏着一个深广无涯的世界，人类可从中获取持续的能量供应，大地从诞生的那一刻起，便为动植物准备了这样的温床，只要人们不去破坏它，危害它，此类庇护可将永远持续下去。

四

秋天的大地处处弥漫着丰收的气象，又有一种属于等待者的寂寥。在社叶村，大片处于休憩状态的土地正等待着接收分配给它们的种子或幼苗。

在种子或幼苗到来之前，农人们作着各种准备。

我闻到了燃火泥的气味。田野上，有人把堆叠的稻草、枯树枝、植物茎干和着干燥尘泥一起焚烧，火苗躲在泥土和草根间发出噼里啪啦的声响，它还在灰土的周边游移、奔走，不放过任何可燃物。因为风，也因为阳光，焚烧后的泥土有种好闻的焦味，混合着草木味、土腥味以及形形总总的气味，闻之让人有怆然泪下之感。

这灼热的烟雾也飘散到塘河上，在古桥、河埠头和大树的枝头萦绕、游走，很像水雾弥漫。土地的气息散逸在空中，提醒人们万物的来源与去处。那一刻，涣散的记忆忽然接通童年场景，也是相似的暮晚、古桥头、秋天的风、桂的甜香，只是不见了晚归的呼唤，也没有了游戏参与者的沉浸与恍惚。

我只是路过这里，如果路过的是童年的村庄，大抵也是如此吧。从沉浸者到旁观者，任何可称之为深刻的感悟转眼便消散无踪。惟有燃火泥散逸而出的气味让人无法忽视，为丰收所作的准备如此盛大，盛大到要昭告天下，要人尽皆知，就像戏剧演出。

为了近距离地观察它，我跨过干燥的稻田、长满荒草的田埂，来到焚烧现场。圆锥形火泥隆起在田地一角，白色烟雾像迅疾游走的云急于逃离现场。那气味，让我想到炊烟，可村庄里早已没了炊烟的影子。

这很像土壤本身的更新和置换运动。高温烧灼会提高土壤肥效，改变土块的物理性状，使其颜色变深，增强保温吸热能力。稻、麦、油菜秸秆焚烧后，还能落下钾、氮、磷等微量元素，给土地增加肥力。而高温还能将泥土里的虫卵烧死，以绝虫患。农人总有这样的天赋，知道如何让土壤保持住最佳状态，以迎接种子的着陆。

陈忠帮老人所种的油冬菜，燃火泥为必备肥料，这也是他的耕作秘诀之一。另外一个秘诀便是轮作，油冬菜须种植在丰收后的稻田上，似乎是为了吸取稻粒留下的精粹。当别人也这么做，也使用燃火泥，也种在稻田上，但他们种出的油冬菜却不能与老人相比，酥、软、甜的级别都相差甚远。

"这到底是怎么回事呢？"我们都感到好奇。

老人笑而不答，似乎无法回答这样的问题，在他那里事实便是如此，无需解释那么多。农人将无限热情与心力投注在土地上，土地也回馈农人以深情。再说，他是亲自采集种子、亲自育苗，菜与苗的来路都清清楚楚。老人种了四亩油冬菜，一亩可收五千斤，一年可收获三次。行情好时，收购价可到一块钱一斤。

离开时，我从那张沟壑纵横的脸上再次认出自信与笃定，这是大地给予一个农人最好的尊严与底气，心里有种莫名的感动。

暮色降临，社叶村活动的一切忽然安静下来，桂花的香味也收敛许多。几公里之外的瓯海大道车水马龙，这里却还保留着乡村的幽静模样。有些种子在土里默然生长，有些或许仍在休眠之中。书上说，如果一粒种子真的要休眠，就算气温适宜，土层湿润，它也不会发芽。我不知道自然界中有多少这样甘于休眠的种子，又是为了何种目的才这么做。有一天，当它们集体破土而出，长出一片热烈、耀眼的风景，绝无仅有的存在——光是想象那样的场景便足以让人惊心动魄了。

作者简介：

草白：原名麻华娟，中国作家协会会员。

有烟火气的古朴美

王瑜明

温州去过好几次了，一半山水一半城。我印象里的温州，是一座正在迅速发展的滨海城市。我接触到的温州朋友们，也都是天生就有闯劲的人，走南闯北，适应快节奏的生活。如此节奏的生活中，还有古朴之美吗？

我是个喜欢自然和古意的人。我爱魏晋书法，刻章也喜欢刻出古朴，甚至刻意做旧。温州朋友知道我的喜好，他们说，瓯海的娄桥街道还有好几个古村，虽然是城中村，但去走走看看，一定不会失望。

朋友要带我去的地方，在瓯海区娄桥街道，是一个保存完好的古村。在城市的发展中，那些依山而建、傍水而生的古村渐渐被新城替代，朋友嘴里念叨着的古村，会有多古？

我们开车去，走的是瓯海的东西大动脉瓯海大道。村子"藏"在温州菜篮子农副产品批发交易市场和水果交易市场的后面。村外，建了一个停车场。村子古，但村里的生活似乎是与时俱进的，大部分村民都有车；村里的生活也是活色生香的，沿街"朋友饭店""纸上烤鱼""曾氏老面馒头""古岸头理发店""小霞麻辣烫",店招时髦,吃客不少。

其实,光看村子的外延,一点都不古。但村子确实有个很有古意的名字——古岸头村。来之前,朋友就告诉我,古岸头村被誉为瓯海的"活化石"。我觉得,能被这样定义的,说明村里一定有宝贝。

朋友嘴里的活化石,就是古村的两宝——镜湖双亭,在停车场停好车,我们就开始了古村寻宝之旅,镜湖东亭并不难找。名字里带上了镜湖,那就先找湖。镜湖就是一个很大的湖,因水面如镜而得名。温州的水系是真多,河水穿村而过,我们沿河而走,很快看到了镜湖,东亭就在眼前。镜湖东亭:歇山屋面,盖着小青瓦,亭有双檐,面阔三间,向西一直延伸到尽头的镜湖,东亭也叫镜湖亭。亭身柱子、椅子、扶栏都是木结构,石质底座,最好看的是亭内的顶部,有彩绘,一大多小,这是晚清时期的建筑。亭里有人小憩,也有老人带着孙辈在玩耍。农耕时节,这里也是村民休憩和躲雨的场所。

镜湖东亭往西,是一个阳洞湖心墩,建于新中国成立前。湖中间建有三港扇殿,坐东朝西,四周湖水环绕。在东亭远眺,就像仙家之殿坐落于此,仿佛"孤山寺北贾亭西,水面初平云脚低"的真实写照。

古岸头村的名字里,有"岸头"二字,顾名思义,就是船停靠的地方。温州的水系是真多。古岸头村里,三条小河穿村而过,房屋依溪水而建,村民至今延续着沿河而居的习惯。有河就一定有河埠头,十来米就有一个,临水的台阶上长着青苔。枕水人家,浣洗多在这样的河埠头上。

从东亭望出去,对岸的一棵古树下,是一个很大的河埠头,那里三三两两蹲了好多个浣衣女，这个充满着古意的景致，真是久违了。她们一手拿着衣物弯下腰，把衣物浸泡进河里，然后又猛地向上提起，再在石板上有节奏地搓啊按，泛起"哗哗"的水声、揉搓衣服的声音。除了洗衣，也有人在这里洗菜。看来下到河埠头上洗洗涮涮，是村民们至今仍在进行的日常……脑子里忽闪过一个念头，古岸头指的会不会就是这个村里最大的河埠头？一打听，果真如此，早年，古岸头和镜湖双亭是这里水上贸易往来的重要渡口。

你们是不是还要找镜湖西亭？顺着村民手指的方向，在对岸金丽温高速路下。从湖的这一侧望去，视线被挡住了，很多人因此错过了西亭。过镜湖桥，没走几步路，就来到了西亭，西亭也叫清河亭，西亭中，供奉着关帝，亭柱上有两联："云散山推月，欣平水接天。""镜月横亭印，湖风拂槛凉。"掩在一片绿意中的西亭，宁静又淳朴。镜湖双亭见证了当地交通历史，也为研究地方亭台建筑提供了重要的实物资料。

古岸头村真的有古意，它保留着昔日的古朴和静谧。村里水系多，古桥自然也多。古桥不高也不大，利民桥、镜湖桥……名字简单又质朴。一圈走下来，除了双亭、古桥、河埠头，我还特别喜欢那份藏在古巷中的那份烟火气：浣洗女、旧居石墙的斑驳且有年岁、沿街开着的老店铺。偶然间，我们还遇到了坐在小凳上晒着太阳的老人们，老人们说，这里还保留着一些远古的习俗。

每年村里最热闹的时节，大概就是端午节了。端午，有鼓舞人心的龙舟大赛。端午前，村里先组织龙舟投加开会，拟定龙舟人员的名单。到龙舟大赛的当天，周边几十支五颜六色额龙舟队伍，齐聚村里的杨桐湖，他们就像一条条出海的蛟龙，长长的龙体上，涂满了鳞甲形的花纹。那昂起的龙头，威武无比；翘起的龙尾，直指蓝天。每条龙舟上，都整齐地坐着两排划桨手，他们穿着一色，拿着一式的短桨。龙舟的船头上要站一个人使劲击鼓、敲锣、吹哨。在"咚锵、咚锵"的锣鼓声中，短桨整齐划一，急促地起落，激起一团团雪白的浪花。朵朵浪花中，龙舟飞速前进……

在这里，农历新年过后的二月二吃芥菜饭，也是一件大事，这不仅仅是温州民间广为流传的习俗，更是古村老人很看重的习俗。其实，当地的吃芥菜饭这一习俗，是源自一段清乾隆年间的有趣传说。乾隆是个喜欢微服私访且特别爱往江南一带出巡的皇帝，那天，他到浙南一农户家中，发现了一名饱读诗书的青年。但这青年因为家境贫困，无法进京赴考。尽管家境不好，青年人却热情好客。见有人来访，青年人放下正在苦读的诗书，请身着私服的乾隆皇帝吃顿便饭。可巧妇难为无米之炊，青年人发现，米缸里的米根本不够吃，也没什么菜肴，怎么办？情急之下，灵机一动，计上心来。他让妻先准备开火，自己从后门出去，从菜园里拿来一把碧绿幼嫩的芥菜，煮成了一锅绿中夹白的芥菜饭。皇帝平时吃惯了山珍海味，且时至晌午，早已饥肠辘辘。闻到这芳香扑鼻的芥菜饭，食欲大增，芥菜饭十分清口，他吃得津津有味，还赞不绝口。吃完了，连连打听这绿里夹白的饭是怎么做的。青年人的妻子告诉他，这是芥菜饭，吃了不会生疥疮。这天，刚巧是农历二月初二，从此二月二吃芥菜饭的习俗便传了下来。"芥菜味苦，用来焖饭，代表年已经过完了，大家得做好吃苦耐劳的准备，要为新的一年奋斗了。"讲完故事，老人们又讲起了习俗的寓意，那就是要"奋斗"。

古岸头村留下的习俗真不少，除了端午和二月二这两个比较重要的时节，还有夏季喝爱心伏茶、七月七舅舅送巧食等。对于他们而言，这是生活习俗，但在我看来，这何尝不是历史和文化的接续？

一座古村落，见证的是岁月的变迁，像古岸头村这样有烟火气的古村，如今在温州已不多了。古村各有不同，但都有一个相同的问题：老人、孩子多，年轻人少。详细问起古村的情况时，老人们最津津乐道的，除了一些古老的习俗，就是介绍起村里出的那些名人：光绪年间有名的慈善家张岩成、张志光；光绪年间任江西通判的张兆麟、改革开放后的优秀企业家邱光和、陈恩弟……我觉得一定会有这样一天，古岸头村的年轻人在外创业后重回这里，新旧的碰撞和融合，用文化解开历史的密码、留住古村的韵味、护住她的烟火气。

走出古岸头村，抬头就是高楼林立、灯红酒绿，回头望去，村里的落日光影很美，它述说的是岁月的沧桑和那份古朴之美。

作者简介：

王瑜明，上海市作家协会会员，中国微型小说学会理事，曾获上海新闻奖一等奖。

瓯海不是海

吴佳燕

　　第一次去温州，第一次知道温州有个瓯海区——这应该是唯一保留了温州古称的一个辖区。而"瓯"这个有些生僻的字我是熟识的，在温州作家的文字里。我责编过温州一位作家东君的小说《续异人小传》,2015 年作者到湖北参加"法国文学周"活动，送过我一本他的小说集《东瓯小史》,都是把东瓯作为小说人物故事的安放之所，用一种旧式的腔调或文体去讲述现代视野观照之下的奇人异事。给我的印象是，温州的作家跟他们的文字一样，都有些沉静而古雅。我记得一个有趣的细节是作者曾在送我的书里夹了一片树叶书签，褐色干枯，脉络清晰。上面还有毛笔写的八个繁体字："醉听箫鼓，吟赏烟霞"，出自柳永的《望海潮·东南形胜》:

　　　　东南形胜，三吴都会，钱塘自古繁华。烟柳画桥，
　　风帘翠幕，参差十万人家。云树绕堤沙，怒涛卷霜雪，
　　天堑无涯。市列珠玑，户盈罗绮，竞豪奢。
　　　　重湖叠巘清嘉，有三秋桂子，十里荷花。羌管弄

晴，菱歌泛夜，嬉嬉钓叟莲娃。千骑拥高牙，乘醉听
箫鼓，吟赏烟霞。异日图将好景，归去凤池夸。

所谓"一方水土养一方人"，我认为"东南形胜"不单指
杭州，还可以指整个江浙地区，不但经济快速发展，而且自古
以来文化底蕴深厚。所谓的士大夫传统、乡绅文化、江南气韵、
文人风度，还在这片土地上得以保存和延续。尤其是温州，进
入大众视野的不只有民营经济发祥地和温州炒房团，还有温州
绵延至今的历史文化与一批有才华的作家文人，也恰是温州的
文化发展与经济发展相称的表现。不仅如此，一个地方的知名
度、美誉度不光是靠它的自然资源和地理特征，更是靠其历史
记忆与文化积淀，靠一代代文化名人的书写、积累并形成文化
符号，才得以广为传播并流芳于世。正如武汉的东湖之大虽然
抵得上6倍的杭州西湖，自然生态也保护得完整而有特点，但
是却远不及西湖的知名度，原因就在于西湖的历史文化价值。

瓯海这个地名本身见证了温州历史的发展变迁。沧海变桑
田，村庄变河流，海滩建高楼。

温州古为瓯地，也称东瓯，唐时始称温州，简称"瓯"或
"温"。瓯是一种陶制器皿，约在新石器时代，温州居住着原始
瓯人制作陶器。《山海经·海内南经》记载"瓯居海中"，晋人
郭璞注曰："瓯，今临海永宁县，即东瓯，在歧海中也。"这是有
关"瓯"的最早文字记载之一，也可见远古时期的温州正是海
中的一个个小岛，周围是片汪洋大海。后来随着地壳运动和时
间的冲刷，才有了现在三面环山、一面临海，既有山川、平原，
又有海岛、湖泊的地形地貌。而瓯海区的命名，既保留了"瓯

居海中"的古老历史，为古东瓯国的中心腹地，又得名于瓯江入海的现实地理。

所以我走在瓯海的城市山水间，是从文字走到现实，也是走进温州的传统与现代、历史与诗意里。

9月中旬，正是柳永词中的"三秋桂子，十里荷花"时节，亦赶上杭州亚运会开幕在即，我落地温州龙湾机场，第一次踏上温州这片热土。城市的现代气息扑面而来，高楼鳞次栉比，绿树河流环绕，马路宽阔整洁。信步其间，会发现温州的生活气息也很浓郁。每一个小区临街的铺面都有各种餐饮便利店，马路的辅道上穿梭着骑单车或电动车来来往往的人们，附近还有大型超市、百货商场以及城中的绿化带、小公园、河边步行道，看起来生活非常方便而舒适。然而当地的朋友告诉我说，我们所在的瓯海区娄桥街道这片区域，以前是田野和滩涂。瓯海区政府等建筑开挖地基之时，地下皆是贝壳，五十米左右的底层还有灰色的贝壳，东晋之前为海涂。暮色中他指着不远处的一座高楼说，那正是刚刚封顶的温州第一高楼——希尔顿339。339米的建筑高度不仅刷新了温州城市的天际线，也成为温州城市建设与城市精神的一种象征，而且无法想象的是，温州人是如何在17年间就将阡陌桑田变成了广厦万千。一种现代观念与务实精神支配下的速度、效率，从自然的伟力到人力的彰显，或者说是人的顺其自然、人与自然的合力，最终造成了今天瓯海的城市面貌与生态环境。

让我印象深刻的还有三垟湿地。三垟湿地水系发达，小岛如云，号称"浙南威尼斯"，据说特产菱角、水稻、瓯柑三宝。这对于一个在百湖之城的武汉生活了20多年的人而言并不稀奇。

稀奇的是三垟湿地的独特景观，我在瓯海博物馆第一次看到它的全景图时就大为惊叹。没想到在城市中还有这么大一片自然湿地，纵横交织的河流与形状各异的小岛在全景图上看起来就像被水环绕的井田，或者置于水面上的一块块拼图，保留着瓯海最原始的地貌和瓯人对于来处的想象。而"垟"在温州话中，是"田地"的意思。1600年前的南北朝时期，温州城南一带的浅海湾因泥沙沉积与外海分离，成为水浅滩多的潟湖湿地。后人来此耕种，形成东垟、高垟、后垟（又称南垟、西垟和仙垟）首尾相接的田地村庄，故名三垟。据传明朝朱元璋攻驻温州城后，一日和刘基上吹台山察看地势，偶见鹿城东南一带河流如蛛网，陆地如岛屿，星罗棋布，郁郁葱葱，不禁赞曰："鱼米之乡，宛如神仙境地！"刘基对言："那就称它为南仙垟吧。"后因方言谐音所致，自清至民国称"南西垟"。在战乱纷纷的年代，因三垟河道阻隔，地势不易遭扰，历来是温州人避乱住所。改革开放以后，一些脑筋活泛的村民办起了炼钢厂、造纸厂、皮革厂等小型企业，三垟湿地的生态环境受到破坏。直到后来纳入政府征迁工程，才把这片神奇而美丽的平原水乡保护了下来，并成为市民休闲娱乐的好去处，就像明朝张璁诗中所描绘的那样："落日放舟循橘浦，轻霞入路是桃源。"

三垟湿地每每让我想起武汉的东湖，就像我走在江南水乡的小桥老街无数次想起武汉的大江大湖。同样是人与自然、城市与生态的完美诠释，大家闺秀与小家碧玉，一望无垠与曲径通幽，哪个更有味道？只能是各花入各眼。东湖的全景图是阔大的水面上点缀着逶迤的绿道与星星小岛，三垟湿地小而密的水与岛更像是一种体量相当、彼此依附的交融与灵秀。大江大湖让人豪气干云或者怅然若失，小桥流水却让人心底涌起无限柔情与诗意。或许是一种"生活在别处"的心理使然，让我对瓯海的水形地貌和沧桑巨变格外敏感而惊叹。

有水的地方就有船。温州河流纵横，水资源丰富，市区二大主要水系会昌河在瓯海境内，温瑞塘河大部分也在瓯海境内。到了瓯海我才知道，温州的龙舟文化源远流长，龙舟活动是其传统习俗与历史遗存。"瓯居海中"的瓯越先民散居海岛、从事捕捞渔业，以龙为图腾并"剪发文身""将避水神也"。久而久之，他们把所乘之舟都雕刻上龙的形状，乘坐龙舟以避水害就成为瓯人的一种风俗。后来逐渐融入祈福许愿、酬神娱乐、纪念屈原等活动。流传至今的请神、参龙说唱、龙舟结束吃太平福等活动，都是龙腾崇拜文化风俗的延伸和衍变。清光绪《永嘉县志·风土》载："各乡俱操龙舟竞渡，祈年赛愿。"一直延续至今，久盛不衰。端午节龙舟竞渡列入浙江省第四批非物质文化遗产名录，温州被国家体育总局评为"中国龙舟名城"。龙舟之于温州，是一种文化信仰。尤其在瓯海，龙舟竞渡早就成为一项全民盛事，群众基础广泛，地域特色浓厚，民间俗称"浙江龙舟看温州，温州龙舟在瓯海"，今年又作为杭州亚运会龙舟赛事举办地。

我们到实地踏访，来到会昌河畔。水面开阔，波光粼粼，烟云低垂，远山淡影。不远处有几条龙舟正在水上游弋，是有人在为亚运会比赛做训练，也可以想见每逢端午节，河上旌旗招展、锣鼓喧天、百舸争流，两岸人山人海、人声鼎沸的热闹昂扬场面。瓯海的女作家大朵告诉我说，亚运会龙舟港基地原来是娄桥村所在地，是从温州城东的大罗山迁移过来的李氏家族聚居地，现已全部拆迁。关于大罗山李氏，她写过一篇《隐蔽的李唐血脉》的散文。又一个见证瓯海的沧桑之变的地方，而每一个变化背后，都有一部家族驻留、繁衍与迁徙的人文历史，并与村庄自然地理的变迁形成互文。

河边有棵古老的大榕树，树冠如伞，郁郁葱葱。是小叶榕，不像福州的古榕树，枝干上垂落着无数细长的根须。榕树旁边是三座挨在一起的琉璃瓦古建筑：郑氏宗祠、三港庙、太阴宫。郑氏宗祠是家族祠堂；三港庙和太阴宫都跟沿海地区的民间信仰有关。三港庙供奉的是出海保平安的三港爷，清嘉庆《瑞安县志·祠祀》记载："神姓陈，名逸，字子良，唐时人，世居洪口。幼有力，宅种竹，母令取竹，以两指握之，皆破，今有破竹林。常操舟海上。死后，护海商于风浪中，祀为神。因庙始建于三港，故俗称三港庙，称其三港爷。元朝至正二十年加封'庄济圣王'，故又称庄济庙。"而太阴宫是民间供奉陈十四娘娘陈进姑的，她借助法术斩妖除邪、祈雨救灾、死后显灵的故事被广泛流传，是浙江、福建沿海地区流传最久远、区域最广泛的民间传统信仰习俗。有意思的是，太阴宫的两个门神，画的都是女性，与三港庙前威武的男门神相映成趣。三座功能不同的小庙，在河边一字儿排开而没有违和感。天色忽变，烟云化雨而下，我们到高架桥下躲避。顷刻雨停，阳光照在烟雨朦胧的河面上，湿漉清亮的地上、庙前的石狮子上、榕树上、琉璃瓦上。一道彩虹在我们的惊呼声中悬挂在庙宇上空，就像从远古逶迤而来的一道彩光倏然照进现实，一切变得那么传统而现代，真实而梦幻。

我走在瓯海的现代城市与自然山水间，也走在江南的沧海桑田与思古幽情里。海滨城市也有山，山的那边便是海。坐缆车上吹台山，传说王子晋吹笙之所。无量禅寺，相传许真君曾在此炼丹，降伏孽魔，为民拔难，取佛经"功德无量"而得名。信步森林氧吧，山巅可俯瞰温瑞平原和整个瓯海。有散落山间的各种山庄和老房子别墅为游客提供便利。数目众多的孔雀是吹台山的精灵，怡然自得地静蹲蓬顶或四处游走，对游客的踏访惊扰不以为意。最让我有感觉的是夜晚的梧田老街，典型的江南水乡风格，一个历经沧桑却保留着古风古韵犹如梦境的地方。小桥流水、青砖黑房、临水骑楼、亭台楼阁、小巷弄堂、祠堂庙宇，如一幅幅江南水墨画，在夜幕、灯光与流水的衬托下流光溢彩、别有韵味，恍若穿越在历史与现代、古老与时尚的时空隧道里，特别有文艺范儿和历史感，也特别适合抒情和思古，让我想起杜牧诗云："千里莺啼绿映红，水村山郭酒旗风。"比起武汉的大江大河与气势磅礴，还有什么比小桥流水更婉转、玲珑，充满韵味和个人内心的百折千回的呢？相较于行色匆匆、琐碎庸碌的日常生活，又有什么比夜色古灯下的老街小镇更让人放慢脚步、放松心情、流连忘返的呢？所谓的江南气韵，正在于其温润灵动、精致古雅，是静水流深，也更观照个人内心，一如江南文人的沉静雅正、江南女子的柔情与爽利。就像我此行接触到的两个温州人，热情而充满活力的老兵志愿者十三，正在矢志不移地寻访抗战老兵与烈士遗迹，长发飘飘也衣袂飘飘的一位女作家大朵，一直在从事地域文化写作，让我从他们身上真切而具体地感受到某种丰富多样的江南气韵，也想起上大学时一位古代文学老师说的话："读最古老的书，过最现代的生活。"在我看来，瓯海不是海，却是由海而来、因水而兴，有着古琴古纸青瓷瓯绣造船鞋革等物质与非物质文化遗产，历经沧桑而充满现代感。瓯海这个地方和置身其中的瓯海人一样，都在古老和现代之间，找到一种最适合自己而又开放美好的发展模式与生活方式。

作者简介：

　　吴佳燕：作家，《长江文艺》编辑部主任。

第三辑

我与温州的缘分

李　辉

二十年后，再到温州

时间真是巧，二十年后又到温州。

一九九七年，浙江电视台有个读书节目，与他们几位朋友交往颇深。相约一起前往温州，在楠溪江沿岸，痛痛快快地游玩了好几天。

楠溪江漂流、古村落、李家祠堂……最难忘的是一天下午，我们到江对岸吃饭。我们坐在由竹子搭建的农家菜餐厅上面吃饭。江鲜与青菜，大家开怀痛饮，不亦乐乎。

夜色降临，忽然，我发现下面的江水开始慢慢上升，赶紧放下碗筷，告诉大家，赶快撤离，不然，水位一高，就无法回到对岸了。一次不期而遇的水位上涨，让我们赶快落荒而逃。如今回想，也是有趣得很。

这次楠溪江之行，我穿着一九九五年买的体恤，高兴地照了几张有意思的照片。说来也巧，这件体恤总也穿不烂，二十二年后，它还在我的衣橱里，每年都会穿上几次。

绿茶（本名方绪晓，出生于温州平阳县鳌江镇塘外村，高中时全家搬到温州苍南县龙港镇），他提出一个好建议，希望"六根"都到每个人的家乡去一次，每个人写一篇印象记，写故乡之情，写外人对他人故乡的印象与体验，然后结集出版。书名都想好了——《六根寻根记》。

第一站温州，寻根之旅由此开始。从温州市区，到苍南龙港、矾山，再由龙港前往周吉敏的家乡泽雅。返回温州，第二天，乘船漫游塘河，听塘河管委会主任沿河介绍未来两岸前景。下午前往梅雨潭，在朱自清笔下的那篇美丽散文《绿》，写透了这里的幽静……

一个星期，可谓不短，可是，要想把温州深深体验，远远不够。只有再等机会前来，细细品味。

我们六个人，走进绿茶的旧居，居然还没有拆除。房前田地已荒废，房后的河流慢慢流淌。我再次穿着二十年前的体恤，在绿茶旧居河边高高兴兴拍照，如同当年在楠溪江一样。

寻根，就是如此美妙。

我真的与温州有缘。

"文革"结束，在遥远的湖北随县，参加一九七七年十二月恢复的高考，我有幸走进复旦大学。我们学校的校长苏步青先生，就是温州平阳人（祖籍福建泉州）。记得在校园里，曾经遇到他，和善而彬彬有礼。

苏步青是著名数学家，人文功底却颇为深厚。他在杭州所写《灵隐寺戏题》这首诗，以书法题赠朋友，可见其书法功力："古木参天宝殿雄，万方游客浴香风。劝君休坐山门等，不再飞来第二峰。"

大学四年，开阔眼界。一九八二年一月毕业，毕业证书上的校长签名，就是苏步青。半年多之后，中文系又寄来"学士学位证书"，签名的还是他。可见，我与温州的缘分，早在复旦大学就开始了。

大学期间，我与陈思和开始研究巴金。早在十九岁那年，巴金从成都把一组新诗，寄至上海《时事新报》副刊"文学旬刊"，副刊编辑正是郑振铎。经郑振铎之手，年轻巴金的诗歌第一次在副刊上发表，这也成为巴金最初的文学作品。从此，他们成了好朋友。

从北京到上海，他们的友谊从未中断。遗憾的是，一九五八年，时任文化部副部长的郑振铎，率团出国访问，不幸途中飞机遇难，享年六十岁，就这样匆匆地走了。

巴金心中从来没有忘记郑振铎。一九九八年的年初，我去上海探望巴金，他刚刚完成《怀念曹禺》一文，我拿回来发表在"大地"副刊上。他说，他已经开始写《怀念振铎》。我期待他早日完成，谁想已经九十四岁的巴金，突然病重，这篇文章再也没有完成……

大学期间，郑振铎先生的插图本《中国文学史》是必看之书。我曾爱书话，唐弢的《晦庵书话》与郑振铎的《西谛书话》，也很喜欢。我的大学同窗陈福康兄，以研究鲁迅、郑振铎等为方向。

在为大象出版社主编"大象人物日记文丛"期间，我读到陈福康兄陆续发表的郑振铎日记，便与之联系，希望能纳入文丛出版。很快得到他以及郑振铎公子郑尔康先生的同意。这本日记，恰恰是郑振铎最后十年的日记，截至他遇难之前。

陈福康在《最后十年》序言里写道：

    此书由我的老同学、文史专家李辉先生提议，并得到郑尔康先生同意、支持而编选。李辉兄说，他读到我整理发表的一些郑振铎先生日记，觉得非常有价值，而他正在主编一套日记丛书，因此想了解未出过书的郑先生日记共有多少，能否编一本交给他编入那套丛书。

    我很感谢李辉兄，内行毕竟"识货"。凡是宣传、彰扬郑先生的事，我都是乐意做的。因为正如李一氓老前辈说的：郑先生是"中国文化界最值得尊敬的人"！

    郑先生生前未刊日记，多由我陆续整理发表。早在十几年前，郑尔康先生就已将此任务全权委托给了我。当时的《出版史料》曾连载过，《新文学史料》也发表过一点。但后来，因《出版史料》非常可惜地停刊了，其他刊物又"不识货"，加上整理的难度越来越大，这一工作就停了下来。

    所谓难度越来越大，是因为尔康老师交给我的不是日记原件，而只是缩微胶卷。（郑先生日记原稿，早在他为国捐躯后，就被康生下令收走。后来转到北京图书馆即今国家图书馆保藏。）我家里没有阅读胶卷的设备，我工作的大学的图书馆里也没有阅读机，于是我只得以肉眼直接读胶卷。

    郑先生解放前的一些日记，或写在台历的背面，或写在小信笺上，字数较少，字体又较大，加上当年自己年纪还轻，所以硬是凑在台灯前用双眼（有时加上放大镜）一一辨认和整理出了一些。而郑先生解放后的日记，多写在64开的工作手册或32开的日记本上，所记字数较多，字又写得较小，而北京图书馆的摄影师竟仍然以原件两页摄在一张胶片上，我就根本无法再用肉眼读了。

事实上，即使在阅读机上看也很费力。所以，一直到去年，才将胶卷上的日记转印到复印纸上。这样，虽然仍有很多地方难以看清，但毕竟可以比较从容地辨读了。于是，耽搁甚久的郑先生日记的整理工作，就由我在业余慢慢地再做起来。

按照李辉兄"没出过书"的要求，郑先生解放后的日记是都符合的。这本书李辉兄定名为《最后十年（1949—1958）》。要说明的是，本书收入的是今存郑先生解放后的绝大部分日记，但也不是这一时期的全部日记。这十年是这些日记起讫的年头，其实只有六年，还不满。

由此可见，一本日记的整理，多么艰难！福康兄之功，令人敬佩。

在序言里，福康兄特意谈到巴金发表的《怀念振铎》一文：

郑先生的日记不仅具有极重要的史料价值，而且真切地反映了他的崇高的人格。记得不久前发表的巴金先生一生中最后一篇尚未写完的文章《怀念振铎》

中，巴老动情地说："他从不为自己。""他比我好；他正，正直而公正。"郑先生这种优秀品质，在他生前并不打算发表的日记中得到了充分的体现。

《最后十年》日记出版于二〇〇五年。在此之前，主编"大象人物聚焦书系"时，我特意请福建长乐冰心纪念馆馆长王炳根兄，撰写一本郑振铎的画传《狂胪文献铸书魂》列入其中，于二〇〇四年出版。一本画传，一本日记，郑振铎先生的文化情怀与成就，留存我们心中。

大学期间，学校请王朝闻、赵丹、唐德刚等人来做演讲。没有想到，到北京工作后，我与黄宗江、黄宗英等温州的"卖艺黄家"，有了非常密切的往来。

十一月十九日，我从哈尔滨飞往温州，下飞机后，我微信问黄宗英，她是否出生在瑞安。她发来清晰的语音："我一九二五年出生在瑞安。"不只是她，她的弟弟黄宗洛，第二年也出生在瑞安，后来成为北京人艺"跑龙套"的第一人！

认识黄宗江先生最早，算一算，已有三十多年了。当年，我在《北京晚报》当文艺记者，总在不同场合见到黄宗江。第一次见面，就很开心，完全一位"吊儿郎当"、说话随随便便的老头。

说是老头，其实当时他不过六十出头，和我现在的年纪差不多。但他浑身充满活力，说不完的话，讲不完的故事，如果不打断，他不会停下来。后来，我编辑"五色土"副刊的"居京琐记"专栏，约请他赐稿。

他很快寄来一篇《我的英语老师》。适逢燕京大学的学兄何炳棣归国访问，黄宗江与他阔别五十年，终得一见。一篇短文，由此开笔，勾勒出他的英语学习的教育背景。读此文，才知道他的文笔与众不同，洒脱，天马行空。

一九八七年秋天，我调到《人民日报》文艺部，第二年秋天我们一行人有了一次愉快的龙虎山、武夷山之行。回到北京，我们送黄宗江回家。才知道，当时他住在什刹海的一个胡同小院里，见到了鼎鼎大名的阮若珊。多年之后，才知道，那首脍炙人口的《沂蒙山小调》，是阮若珊作词。

认识黄宗英是在她与冯亦代结婚之后。长达二十多年，我们一直来往。这些年里，我整理过他们的不少书。冯亦代与郑安娜夫妇重庆时期的日记和书信，以《期待的日子·山居杂记》，交由汪稼明兄主政的山东画报出版社二〇〇〇年出版。

同年，冯亦代的日记《悔余录》，列入我为河南人民出版社主编的"沧桑文丛"出版。之后，我为花城出版社主编的"艺术家散文"收录《赵丹散文》。最为重要的，当然是由大象出版社的"大象人物自述文丛"里编选的《赵丹自述》《冯亦代自述》《黄宗英自述》等。

赵丹没有回忆录，只有《地狱之门》一书中，谈论自己编演体验的回顾。我在编选过程中，黄宗英将赵丹在"文革"期间所写的全部交代，委托我代为整理，这成了这本自述中最有分量的部分。

冯亦代与黄宗英短短一两年间的书信，多达五十万字。黄宗英将之送给我保存并开始整理，书名我起为《纯爱》。

半年多之后，冯亦代于二〇〇五年二月元宵节那天告别人世。十一天后，黄宗英在上海的病房里，给远去的冯亦代又写了一封信，向二哥报告他们的情书即将结集出版的消息，写得凄婉而动人：

亦代二哥亲爱的：

你自二月二十三日永别了纷扰的尘世已经十一天，想来你已经完全清醒过来了。你是否依然眷顾着我是怎么生活着吗？今天是惊蛰，毫无意外地惊了我。我重新要求自己回到正常生活……亲爱的，我们将在印刷机、装订机、封包机里，在爱我们的读者群中、亲友们面前紧紧地拥抱在一起了。你高兴吗？吻你。

愈加爱你的小妹

二〇〇五年三月五日

她对我说，这是她最后一次给他写信。我为这封信起了个标题：《写给天上的二哥》，将之作为《纯爱》的代序。

又是十一年过去，二〇一六年十二月三十一日，四卷本《黄宗英文集》出版，在思南公馆举行分享会。

在现场，女儿阮丹青这样说爸爸和姑姑，大家听得开怀大笑："他们的写作是不按套路的。他们就是活得乱七八糟，没章法，没套路，他和我姑姑都是凭着朴素的资产阶级感情在行事，写作。他们就是率真、随性、乱七八糟，把周围人搞得很狼狈，最后当然也被人原谅了。"

丹青说得不错，在我眼里，黄宗江，包括黄宗英，他们的生活从不按常理出牌。活得率性，活得潇洒！

在温州大学演讲与在半书房对谈时，我提到了"卖艺黄家"。黄宗江、黄宗英、黄宗洛、黄宗汉、黄宗淮等，故乡就在温州市的瑞安，这是不可复制的"卖艺黄家"，如果温州塘河岸边，设立一个"卖艺黄家"陈列馆，让他们叶落归根，重返故里，该有多好！

到北京之后，很快认识了林斤澜。当时，我经常采访文艺界，北京作协经常组织活动，两个人通常形影不离。一个是汪曾祺，一个就是林斤澜。两位好酒量，拿起酒杯很少放下来。

我编"居京琐记"期间，林斤澜也是作者。他寄来《收信难》等。一九九三年，我为华侨出版社主编一套"金蔷薇随笔文丛"，有萧乾、汪曾祺、吴冠中、邵燕祥、王蒙、王安忆、舒婷等人，也约请林斤澜加盟。他编好一册《山外青山》，颇为喜欢。

出版时，我在勒口上写了这样一段文字："人们称他为'怪味小说'的代表。他'怪'，并非故弄玄虚故作高深，而是寻求着一种与许多年间流行的语言模式迥然不同的叙述方式。散文同样如此。

悠长的意味，在曲折婉转中，渐渐显露出来。读他的短章，需要静心去品，不必匆忙，不必想得到一时的快感，但在柔和的灯光下，他的文字中会走出一种别致的幽默与感慨。"

书出版后，我请他在扉页题词。他题写的是《西游记》里面的一句话："文不幻不文，幻不极不幻。"想是他写作体验的内心感悟。

七年过后，我为大象出版社主编一套小开本的"大象漫步书系"，再次请林斤澜加盟。这一次，他编选一册《流火流年》，主要写他熟悉的文坛友人，如端木蕻良、汪曾祺、高晓声、陆文夫等。在扉页上，他为我题写一句："似水流年，如火年华。"

林斤澜在此书中，还收录一篇《温州文友》，谈自己阅读一位年轻人所写三万多字的散文。

他说"散文最宜千字文，一上万就不好驾驭了"，可是，后来他又转笔写道："到了这长篇散文后边，竟有几段倒把我的职业病损伤了，进入赏心悦目状态。"可见，他的阅读，被这位温州文友的文章引起变化。

作者是谁，他没有写出名字，可是，在文中，他袒露读故乡的那份浓浓情感，同时也对这位作者的提升抱有期待："从二十世纪七十年代到九十年代，在字里行间，每每为故乡的灵秀而更加思念故乡。这里这个感觉新鲜，那里那个感觉幽默，如果再努把力，再上去一个台阶，那就站得牢靠了。才华已经涌现，偏偏这一步几番春秋也奈何不得。"

这就是一个远离故乡的人，对故乡依依不舍的情感。

我约请林斤澜加盟，他很快打来电话，说有个温州老乡林楚平，新华社资深翻译，写了一组谈翻译的随笔文章，可否收录。当然好。

那些日子，一直对翻译作品有兴趣。后来发现，我买的新华出版社《中国通》，就是林楚平先生参与翻译的。林楚平翻译过列夫·托尔斯泰的《克莱采奏鸣曲》《家庭的幸福》，还有《编者与作者——萨克斯·康明斯编辑艺术》。有这样一本谈翻译的随笔出版，当然是再好不过的事情。

这本随笔集书名为《在花毯背面》。读林楚平先生小序，才知道他与董乐山先生在一起工作多年。他谈到翻译体会：

干了一辈子翻译匠的活，始终没有译出什么像样的东西。现在要把几篇谈翻译的闲文结集出版了，心里真是喜忧参半。喜的理由很简单：敝帚自珍。忧的呢，首先，翻译是门大学问，自己的一些一孔之见，深怕不入大方家的法眼；其次，也怕书卖不出去，让出版社赔钱。但现在既然在写小引了，再说这类话就显得有点虚伪，所以不说也罢。

......

我在翻译方面也未必有什么大的出息，因为除了基本功不够扎实以外，我还缺乏快速泛读的本领。董乐山先生和我共事的时间短而同住一个院子里的时间长。我知道他是每隔十天半个月必到北京图书馆换几本西书来读的。我那时正作为"待处理品"在京郊的一个干校里劳动，有时回城，也曾向他借书来读，总是我一本书还没读完，他已读完好几本，要到北图换书了。这种快速泛读的习惯对于一个译者是十分重要的，因为广泛涉猎西书，你才能从中找到适合国内读者需要而又适合自己翻译水平的书。

在这方面，我服膺吕叔湘先生的理论。吕先生自谦为"业余翻译工作者"。他说，业余译者比专业译者有更多的挑挑拣拣的余地；译不好的可以不译，可以"借取舍而藏拙"。其实这一点对专业译者也同样重要。原作的文字有深浅难易，风格笔调也各有不同。译者在广泛阅读的基础上再做选择，译起来才能游刃有余而不致"小鸡吃绿豆——强努"。

试观吕先生的译品，总是那么从容、精致、隽永，令人读来几不疑为译文，而觉得是先生的原作。读这样的译文才是一种真正的享受。但对于这样的翻译有礼貌，我只能"高山仰止，景行行止，虽不能至，而心向往之"而已。这么一想，心情也就平静多了。那么，这几篇闲文就算我跟翻译结缘的一点纪念吧。

《在花毯背面》不少文章耐读。林楚平下面这段谈两种文化翻译的碰撞，颇为有趣：

> 翻译是两种文化的碰撞，常常可以看到两国人民的智慧的火花。他们在语言（也是在思想）上或者不谋而合；或者貌合神离；或者其说不一，其意相通；或者竟有不可以传译者。在翻译中看到这种种光怪陆离的语言现象，岂不是译事的一乐？
>
> 少儿呼父母为爸爸妈妈、阿爸阿妈、爹爹大大等，不独中英两国为然，古今中外，大率相同，盖取其发音之便也。拟声词如 bang 状"砰"的关门声，rumble 状车行隆隆（辘辘）声，pit-a-pat 为劈劈啪啪作响，chirrup 为唧唧虫鸣，hiss 状流矢声、飞弹声、嘘嘘声、蛇行声，rustle 状微风飒飒、衣裙窸窣、黄叶沙沙、落木萧萧，whistle 状口哨声、汽笛声，whisper 为低语、耳语、密语。更有巧者，"唱"chant、"碰"bump、"拖"tug（tugboat 即拖船）、"费"fee 皆音义相同。"粉扑"与 powder-puff，"角落"与 comer，"理"与

reason，"鲁莽"与 rude，"黄脸婆"与 a wan—faced wife 均有一半音义巧合。

中英两种语言在语系上相距甚远，但在构词上竟有许多类似之外。如 pell-mell（乱七八糟），topsy-turvy（七颠八倒），hurly-burly（吵吵闹闹），helter-skelter（慌慌张张）等等，都使我们想起中文里的类似构词法，如窈窕、伶仃、朦胧、玫瑰、橄榄、驰骋、活泼等等。又如"人非木石"，英国人也说 Man is not a stock nor a stone. "血肉之躯"近乎英语之 Man is made of flesh and blood. 王维诗"独在异乡为异客"，《圣经旧约·出埃及记》有谓 I have been a stranger in a strange land. "一将功成万骨枯"，英谚也说，What million died that Caecar might be great. "盗亦有道"近乎英谚 There is honour among thieves.

多年过后，再读，依然有趣。

打电话去问林斤澜女儿，她说林楚平也走了。一代又一代为温州传承文化的人，渐渐远去。这便是历史。

历史却一直在温州人心中。千百年来，多少生于斯长于斯的人，多少在温州来来往往的人，都曾留下他们的足迹，用漫天星辰映照这片天空。

前辈已远行，郑振铎、苏步青、夏鼐、夏承焘、琦君、"卖艺黄家"……温州人的故事需要后人继续讲述。

二十世纪九十年代，"九叶派"诗人、温州人唐湜先生，曾从温州寄来信件，谈他的近况：

李辉同志：您好！

在沪曾听好友耿庸、满子们谈起您，他们曾与我分属两派，却是无话不谈的好朋友。我也拜读过您的一些大作，十分痛快！去年在《读书》上又拜读了您的《瑞典汉学印象》，更十分欣羡您能畅游欧陆。今晨植芳老来信，才知您在报社！

故友陈敬容生时曾与我谈及她有一些手稿、诗作在马悦然教授处，深表怀念，曾嘱我有机会赴欧去拜访他。当时我刚出版了几本诗集，如《海陵王》、十四行诗《幻美之旅》等，嘱我寄几本去，我也曾寄了一次，但遥无回音，不知他有否收到。可能邮路当时较为混乱，沈从文先生就寄丢了不少东西。

过了年我可能到西班牙，小居小女家一二年，希望能在欧陆畅游一番，也很想去瑞典一游，不知马悦然先生仍健在否？生活情况如何？现居何处？可否告知一二。我于一月中旬赴京签证，当去您处面谢！

匆此即颂

近安！

弟　唐湜　12.13 于温州

（1993 年）

走进温州，欣喜地看到，这里的朋友正在倾注心血，一口深井接一口深井地挖掘下去。方韶毅、孙良好、周吉敏、绿茶、黄传会、陈河、张翎、杨祥银、……一大串名字，他们用口述，用寻访，用研究，各自不同的方向，各自不同的写作形式，叙述发生在这片土地流传千百年的故事。

十一月二十三日上午，坐在船上漫游塘河。我设想，或许几年后，两岸会有一个接一个的书店、博物馆、沙龙，如珍珠一般将这条塘河串连。这是温州成长的过程，留存于民间久远的记忆之中……

这就是温州历史！这就是一代又一代的文化传承！

作者简介：

李辉，1956 年出生于湖北随县（今随州市），1982 年毕业于复旦大学中文系。他曾在《北京晚报》担任记者和副刊编辑，自 1987 年起在《人民日报》担任编辑，专注于文学传记和随笔写作。李辉的作品包括《胡风集团冤案始末》《沈从文与丁玲》《萧乾传》《黄苗子与郁风》《沧桑看云》《在历史现场》《和老人聊天》《百年巴金——一个知识分子的历史肖像》等。他的散文集《秋白茫茫》曾获得首届鲁迅文学奖，而他的传记《百年巴金——一个知识分子的历史肖像》获得了 2004 年中国图书奖。

瓯 食 记

王雪茜

一

永嘉城外，细雨微落，绵而短，弱而疏。悄然簌落，又悄然止歇，忽落忽歇间，听雨的人内心不由起了些微惆怅，而塘河在雾气中起起伏伏，柔媚中透出平和豁达的气象。倚窗望去，一树千层红垂在眼前，仿佛一团红色的雾，遮住了大半视线。朋友说，对岸就是南宋名家叶适的故居。

我猜，此处或曾叫作水心村。"若挹风光当豪馔，岂同经史作寒菹"，想必，叶适以水心居士自号，在开门授徒、递传永嘉学说之余，也遍览过永嘉山水，亲尝过瓯地美食吧。

对我来说，每到一处陌生的地方，美食的诱惑总甚于美景。"任何一种爱，都比不上对美食的热爱真切"。朋友说，温州古名东瓯，临东海，瓯菜可是中国八大菜系浙菜的四个流派之一，海鲜尤为特别。我从小在海味中泡大，听到海鲜二字就仿佛找到了精神的同频之地。有海风处，自然格外吸引我。

朋友住在瓯海区，瓯海区位于温州西南，听名字就颇有古意。上古时代，属于"瓯"地的一部分。环山又环海。早在《山海经》里便有"瓯居海中"的记载。果然，城区内河道纵横，古桥密布，时光流转处，岁月的痕迹隐于不言，细入无间。

先是一盘"江蟹生"。这是温州生食中的绝对王者。江蟹正是我从小吃到大的梭子蟹，我家乡叫飞蟹。"江蟹生"则是生的梭子蟹，倒装句。冷鲜做法。温州方言保留了许多古汉语的特征，包括发音和语序等，听起来既有古韵，又诗意盎然。温州方言喜欢倒装句，古今温州人在方言中实现了深层共振。这种耳朵上的乡愁也自然绵延到了饮食文化中，成了舌尖上的暗号。比如温州人吃早餐叫吃天光，午餐叫吃日昼，晚餐叫吃黄昏。春秋战国时期，瓯越地区的语言是古越语，与当时的"汉语"不相通。唐宋几次大的移民潮，尤其是南宋迁都临安后，唐宋官话融合进了温州方言。尽管如此，温州方言仍旧是最值得鉴赏和玩味的方言之一。

美食的记忆，无疑也是一种文化记忆。

南宋祝穆《事文类聚·介虫·蟹》中有句："北人以蟹生析之，调以盐梅，芼橙椒，盥手毕，即可食，目为洗手蟹。"南宋高似孙《蟹略》中亦有记载，"蟹微糟而带生。今人以蟹沃之盐、酒，和以姜、橙，是蟹生亦曰洗手蟹"。洗手的工夫，便可食用。可见，当时连宋高宗都喜欢吃的"洗手蟹"，当是"江蟹生"的前身。

美食之欲，古今同胃。

一只活梭子蟹先被冰块冰两小时（切割时蟹肉不懈），再被精准切分成数小块，均匀淋入白糖、米醋、姜末、生抽、胡椒粉调制的汤汁，摆盘后撒上葱末。一招一式，毫不马虎。摆上餐桌的"江蟹生"，蟹肉莹白如玉，汤汁如瑕点缀，只轻轻一吸，蟹肉便滑入口中，不粘壳不带腥，鲜美甜润。从形到色，古意浓郁，堪称美食中的艺术品。食客举手投箸间，亦不觉敛了粗气，仿佛也成了艺术家。

在泽雅参观古法造纸时，心底时时涌起四个字：敬惜字纸，而在瓯海的餐桌上，我想到的同样是四个字：敬惜海味。

到底是江南啊，到底是南戏故里啊，连饮食都裹着温润儒雅的书卷气。

不觉神思恍然，想起先前在五马街戏台下，看到一女子在角落里长袖舒展，唱词旖旎柔婉，如傍晚的樱花飘落，不疾不徐，听得人心里有了蜜意。南曲清音，宋韵瓯风，不知不觉也吹进了瓯海人的日常生活吧。

即便是蒸蟹，瓯海人也一丝不苟。主材是一种青蟹，温州人叫蟳蜅，蟳蜅是古汉语里海蟹的名字。大概是东海特产吧，我在北方没有见过。外形与黄海出产的赤甲红有些类似，但并不是同一品种。清蒸蟳蜅是筵席的主打菜，也是一道贵菜。将两只蟳蜅拆成碎块后，摆成一圈，将两只蟹盖覆在上面，浇上含有肉末的辅料汤汁，蒸熟。每一小块蟹肉，都被汤汁浸润，香味四溢。蟹头与白萝卜或冬瓜一起煮汤，汤汁奶白，别有风味。八月时，蟳蜅膏体丰满，最为肥美。当地有"八月蟳蜅抵只鸡"的说法，可见其丰富的营养价值。

我居住的小城南临黄海，东接鸭绿江。在我的家乡丹东，待客之道比较生猛，不管客人来自何处，若上蒸蟹，必是一人一只，吃完整只飞蟹，眼看着接二连三上桌的美食，亦只能望而兴叹了。老辈人说，数年前，黄海鱼虾蟹像麻雀一样多，渔人不甚惜，吃蟹只扯两只大螯肉，余者皆抛入海里。现今，蟹虽少且贵，豪横的吃法却一直传承了下来。

生腌梭子蟹，我们的做法是整只生腌，先准备半盆盐水，再将两三斤蟹洗净倒入盆中，放点生姜、花椒等调料，腌数小时。上桌时，数只蟹张牙舞爪挤在一只盘子里。与"江蟹生"相比，因带壳整腌，蟹肉入味慢，鲜味便打了折扣。食用时，筷子成了赘物，须两只手齐齐上阵，掰盖扯腿，丢三弃四，弄得蟹汁淋漓，潦草狼藉，虽快意不已，吃相却着实不雅。

瓯地食蟹文雅，辽东吃蟹豪放。在辽东，素有"武吃"一说，那么，瓯地无疑是"文吃"了。我不由想起一则典故。南宋俞文豹《吹剑录》中载：东坡在玉堂日，有幕士善歌，因问："我词何如柳七？"对曰："柳郎中词，只合十七八女郎，执红牙板，歌'杨柳岸，晓风残月'。学士词，须关西大汉，铜琵琶，铁绰板，唱'大江东去'。"以词风之分来喻食蟹之别，倒也不算离谱。

二

一只舟形小盘里，数张圆形薄片白白的，呈花朵样绽开，中间一只红枣恰似花心。旁边配一小碟酱油醋。酱油醋是温州人的独创，酱油和醋按照一定的比例调制，既有酱油的鲜味，又有醋的香气。在温州的餐桌上，酱油醋是必不可少的蘸料，酱油醋简直是温州菜的灵魂搭子，似乎万物皆可酱油醋。在瓯海盘桓的日子里，我迷上了这种蘸料。酱油醋成为我对温州最牢固的记忆。

正是传说中的温州"鱼饼"。"从今分钵供鱼饼，日与随钟具一斋"，我只在宋代诗人李石的诗句中读到过这种食物。夹起一片鱼饼，蘸一点酱油醋，吃起来不仅毫无鱼腥味，反倒有丝丝淡淡的甜味，鲜嫩香滑又有恰到好处的弹韧劲儿。

相传在上古时期，舜帝南巡，陪伴左右的潇湘二妃舟车劳顿，无心茶饭。一渔夫奉上自制鱼饼，令二妃重振食欲。自此，鱼饼广为流行。据说光绪的爱妃珍妃每餐必食鱼饼，御厨们根据其所授配方，制成清宫中一道名菜，便是珍妃鱼饼。只是，沧海桑田，人间起伏，旧时妃子腹中爱，已入寻常百姓家。

温州鱼饼的做法并不简单。先要去掉鱼头和鱼皮，剔除鱼骨和鱼刺，将鱼肉刮出，再将刮出来的鱼肉与适量五花肉一起剁碎，直剁到鱼泥起筋，有了黏性，才将少许姜汁、黄酒、盐、白糖、淀粉、蛋清等配料加入搅拌，并不断揉搓、抓捏、摔打，直至鱼泥出现胶质感，此时，在手掌中沾点水，将鱼肉泥做成长条形或者椭圆形的饼，用大火蒸十几分钟。出锅后晾凉，切片，蘸酱油醋即可。有的温州人会将鱼饼先放入油锅里炸至金黄，再放到蒸锅上蒸，鱼饼的香气会更浓。

在温州，一餐饭绝不能没有鱼。温州人一年吃掉了全球70%以上的东海大黄鱼。即便是"夏至大烂，黄鱼当饭"，温州人做鱼，也绝不敷衍。在乐清，朋友请我们在他工作室吃清蒸鲻鱼。坐在工作室的阳台上，面对着波平如镜的湖水，喝茶看山。雨丝若有若无，雁荡山的山脚下，寂无人影。覆盆子红色的果粒星星般闪烁在草丛里，一只拖着长长尾巴的红嘴蓝鹊，悄无声息地从湖边的香樟树中倏地闪出来，又藏入树枝间，只留几声清脆的鸣叫。水汽蒸腾起来了，河对岸的雁荡山如一幅水墨画，挂在雾气中，时隐时现。虚无缥缈间，似乎有绰约的仙子，驾云而去。今夕何夕，得闻清音，得观仙境？

"来吃鱼喽！"朋友的呼唤将我拉回烟火人间。鱼肉鲜嫩无比，配菜竟然是梅干菜，这令我很是意外。在我们这里，只有做红烧肉或扣肉类才会配梅干菜。大概是鲻鱼肉香过于鲜腻，需要梅干菜调和一下吧。

温州的海鲜，配料不拘一格，可姜丝，可肉末，可梅菜，可萝卜。有一家的鱼丸挑在竹签上，鱼香中夹杂着一丝土豆的香气，一问，果然鱼丸油炸时，外裹着一层土豆泥。

温州海鲜包容性、开放性极强，又兼具冒险性，如同温州这座城市的性格。温州是浙江省人口流动最大的城市，外来人口数量庞大。随意踱进一家小菜馆，你都会听到不同地域的方言，这也使得温州美食兼具南北方特点，既有北方的大气，又有南方的精致。并且，温州人也是最早拥有海洋文化基因的人。向海而生，餐风宿水，聪明、灵巧、外向、冒险、创新，已成为刻在温州人骨血里的记忆。

譬如鱼胶冻。对我来说，鱼胶是一种陌生的食物，尽管我在海边长大，吃过无数的鱼，却不曾知道鱼身上有此等宝物。朋友说，鱼胶营养价值极高，美容又养颜，当地女人坐月子都要吃鱼胶滋补。主料是黄鱼胶或鮸鱼胶，加水煮化成薄浆状后，自然冷却成晶莹剔透的"冻"，切成小条状，拌上酱油醋，鱼胶冻在酱油与醋的双重夹击下，着实是愈加爽滑清凉。

在我看来，对某座城市的符号和标签化，在你进入这座城市的内部时，固化的词语形成的记忆，就会被新的有你参与、与你有关的记忆所替代，旧的城市形象就会自动抹掉了。对个体而言，每一座城市，都是一个多面体，更是一个巨大的谜语，而"美食，是人类文明的桥梁"。

去逛有名的白石会市。集市沿河绵延，河边的枫杨树不声不响地结它的种子。我想起小时候，常跟在舅舅们身后，用木棍打下枫杨的种子，拿回家喂猪。所谓他乡遇故知，植物也好，食物也罢，自然都是故知的一部分。河边更多的是琼花，一树树摇曳生香，摇得整个河道都是香的。四月，在温州，每一条街巷都是香的。

逛累了，寻一家平常菜馆。一盘盐焗蛏子，一盘清蒸小鲳鱼。温州名为蛏子的，在东北叫小人仙，而我们所说的蛏子，是另一种与小人仙长相类似的贝类。这大概就是"橘生淮南则为橘，生于淮北则为枳"吧。印象里在南方吃过的清蒸鱼都过于寡淡，鱼肉和汤汁都素白无色，激不起一点食欲。记得年少时，在杭州的餐桌上，第一次看到清蒸鱼，被那白惨惨的样子吓了一跳，无论如何都不敢尝。

我们东北口味偏重，无论什么鱼，都喜欢用大酱炖，配料也驳杂，啤酒、糖、醋、料酒、大蒜……一股脑丢进锅里。配料多，大抵是因北方的鱼腥气重。以前，东北很少有饭店做清蒸鱼。近几年，各类清蒸鱼也常出现在菜谱里，只是，我们这里的渔船，通常在远海作业，一次出海一两个月，大部分鱼类捕捞后都会立即冷冻，等运到饭店的后厨，鲜味就钝了很多，已不适合做清蒸鱼。

这盘清蒸小鲳鱼着实令我刮目相看。鱼肉入口像冰激凌一样滑嫩，又不失紧密度。配料寥寥，只几粒枸杞和葱花点缀。

汤汁不咸不淡、不浓不浅。与我惯常吃过的鲳鱼味道迥别。仔细看，又似乎是同样的鲳鱼。

朋友说，温州的饭店都是活鱼现杀。温州本就是一座海中建起来的城市，以前家家出行，靠的都是小渔船，小码头更是星罗棋布。鱼捕捞上来，都是活蹦乱跳就运到市场。海鲜最讲究一个"鲜"字。只有用最鲜活的鱼，才能探到清蒸鱼的鱼魂。

一方美食傍生于一方历史和一方语境，承载着一方的地域信息和人文价值。地方美食同时也是地方史。我国的海岸线很长，从辽东半岛一直延伸到两广地区。俗话说一方水土养一方鱼。不同地区的海鲜差别很大，既有南北之别，更有海域之分。我国的四大海域中，我家乡所在的黄海和渤海一样，都属于北方低水温海域，出产的是冷水海鲜，海鲜生长周期长，肉质更紧实鲜美，但腥味也更重。

温州所临的东海，位于黄海和南海之间，融合了南北两地海鲜的特点，使得温州海鲜既保留了北方海鲜的鲜美，又冲淡了北方海鲜的浓腥气，更有一种淡淡的甘甜，这种淡而不薄的个性既熨帖了四方脾胃，又像它的方言一样，相对独立。

三

沿塘河南行，一家菜馆隐在绿植中，指路牌下写着一串菜名。不禁驻足细看，单是看名字，已令我控制不住自己的想象力了：敲鱼汤、鱼籽咸菜、海蒜汤、酒糟田鱼、烤虾、沙蒜炖甲鱼、盘香鳝鱼、牡蛎炒蛋……

"春天鲥鱼最时令，五月鲈鱼味正醇。八月桂花大黄鱼，冬日鲫鱼头戴金""雁荡美酒茶山梅、江心寺后凤尾鱼"。方言食俗、风土人情、历史变迁，市井日常都融进了美食中，不仅仅只是同乡人相认的密码。

美食亦是人文，是另一种角度的文化叙事。

毒舌作家王尔德说他讨厌那些对美食不认真的人，认为他们都是肤浅的。我想，如果他去过温州，一定会喜欢温州人，因为温州人对待美食真是认真又细致。

小花螺要敲碎了炒，已然让我吃惊。瞠目结舌的是，长度只有一厘米、指甲盖大的海锥，竟然是去壳炒。因其小，我们称海锥为海瓜子，难以想象，用大头针将海锥的肉挑够一盘，需要多少时辰。可想而知，厨人得有怎样的耐心，对食物要怀有怎样的敬畏与热情。现代人多食快餐，尤其年轻人，很少花工夫去琢磨一餐饭。吃，真的是一种生活态度，更是一种久而不衰的热情。人活一世，名可抛，利可弃，唯有热情，不可以消失。

温州美食里蕴含着的一腔热情，是古城的积淀、涵养和风气。

南朝宋永初三年（422）秋，太子左卫率谢灵运被贬为永嘉郡（今温州）太守。永嘉地处东夷，海隅荒僻。可家世显赫、生性热情的谢灵运并未隐居不出，而是"肆意游遨，遍历诸县，动逾旬朔"。他脚著谢公屐，"裹粮策杖"，登野山，泛孤屿，尽情地以诗句描绘永嘉的奇山异水，"涧委水屡迷，林迥岩逾密""乱流趋正绝，孤屿媚中川""灵域久韬晦，为与心赏交""池塘生春草，园柳变鸣禽"……

养在深闺的永嘉山水，惊遇知己。

山水诗鼻祖同样是温州海鲜的美食向导。当谢灵运坐船经过大罗山，信手便写下"扬帆采石华，挂席拾海月"的经典名句。石上之花，海中之月，意象新异，却并非虚幻之美，而是有据可查的海产品。

三国沈莹撰写的《临海水土物志》中已对"石华"和"海月"有所记载："海月，大如镜，白色，正圆，常死海边，其柱如搔头大，中食。""石华，附石生，肉可啖。""石华"为龟脚，明代典籍中有"龟脚，一名石蜐。生石上……如海藻亦有花"的句子。"海月"即窗贝。沈莹是吴国人，很可能居住在江浙一带，其记录的海物当是温州物产。明代冯时可《雨航杂录》中对此有呼应，"海月大如镜……乐清甚盛"。

遥想一千六百多年前，谢灵运在海上巡视乐清湾，途经方江屿，品尝乐清牡蛎时，必遥襟甫畅，一扫不遇之苦闷。在《游名山志》残文中对乐清牡蛎大加赞赏："新溪蛎味偏甘，有过紫溪者。"

其实，温州牡蛎的代言人非王十朋莫属。王十朋，温州乐清人，南宋著名政治家、诗人，宋高宗亲擢状元。绍兴十八年（1148），王十朋参加礼部省试落败，乐清学侣万先之送他百余个牡蛎，他写《和南食》以谢，"岂为饮食欲，实见亲旧情"。绍兴二十三年（1153），王十朋从临安太学归，同窗送来牡蛎，王十朋作《周光宗赠蛎房报以溪莼》以记，既言"江湖佳味属吾曹"，又言"僮仆往来毋惮劳"。王十朋的太学同窗刘长方因未知瓯地牡蛎之味而叹惋不已，王十朋便作《刘长方自豫章寄书称鬻焦蛎房之美恨未知味书一绝以寄之》一诗，介绍乐清的牡蛎，并邀其游宦归来，亲自来品尝。王十朋在《继志篇·食》中说父亲王辅也是资深牡蛎爱好者，"海味则嗜蛎房，凡带壳者皆嗜之"。

据《南史》谢灵运本传记载："每有一诗至都下，贵贱莫不竞写，宿昔间士庶皆遍，名动都下。"连大文豪苏东坡都成了谢灵运的小迷弟，有诗为证，"自言官长如灵运，能使江山似永嘉"。

很早就读过苏轼写温州柑橘的句子，"燕南异事真堪记，三寸黄柑擘永嘉"。据说苏轼最喜欢吃温州的柑橘。想想也是，不然他怎会专为温州的柑橘写一首诗呢？在五马街的水果店里，我们买到了传说中的柑橘，味道甜甜的，夹着一丝苦香。店主说，温州的柑橘摘下时，是苦的，要贮存一段才能入口。贮存越久，味道越甜。柑橘里裹着的，是食物的秘密，更是人生的智慧。

苏轼是文学史上有名的美食家，自嘲为"老饕"。他在任湖州知州时，好友丁公默在不远处的温州附近做官，苏轼便给丁公默写了首诗，丁公默高兴之余，以蝤蛑回赠给苏轼。苏轼又乘兴赋诗一首，名为《丁公默送蝤蛑》。当我读到"半壳含黄宜点酒，两螯斫雪劝加餐"句，苏子仿佛就坐在我面前，峨冠长须，手持酒樽，以蟹黄下酒，以蟹螯里雪白的肉下饭，沉醉在温州蝤蛑的鲜味中。

王十朋在绍兴府签判任上，亦收到过同僚送来的蝤蛑，王十朋作《答赵抚干（伯椿）》以寄。说自己临食而起鲈莼之思。正如梁实秋在《雅舍谈吃》中所言："偶因怀乡，谈美味以寄兴。"

自谢灵运后，慕名来温州的墨客诗人摩肩接踵。李白、杜甫、孟浩然、文天祥……温州成了诗人的繁盛之地。当浓郁的诗情与俗世的烟火相逢，饮食，就变成了一场思想的碰撞、灵魂的对谈。"关乎人与他人，人与自己，人与器物，人与自然。在最终极的意义上，饮食关乎的，是时间和天地。"

饮食关乎的，又岂止是时间和天地！

作者简介：

王雪茜，中国作家协会会员，一级作家。辽宁省散文委员会主任。在《中国作家》《天涯》《北京文学》《上海文学》《散文》《山花》《作家》《作品》等国内诸多文学刊物发表大量长篇读书文化随笔及散文，多次入选《散文选刊》《散文海外版》《年度散文50篇》《中国当代文学选本》等选刊和选本。曾获第十一届辽宁文学奖。著有散文集《折叠世界》《时间的折痕》。

塘河风物小记

刘　威

温州有好水。

温州塘河似天罗地网密织温州城几乎各个角落。

从西山脚底下出发，乘一艘快艇，自西向东，再由北往南，沿塘河河道观温州市井。舱内冷气开得足，船老大端坐前舱，以后背示人，不时拿方言回头叮嘱一两声。舱外是三十好几度的高温暑天，热力披洒而下，而我们在浪花前面逃离。清凉的世界倒是可让人静下心来，好专注捕捉快速掠过眼前的河岸、树木、亭台、老宅、溅起的浪花和穿梭于浪花与丛林间的鸥鸟及苍鹭。

船行速度如此之快，只是行于一条城市内河之上，却给人遥遥无尽头之感。好奇心怂恿，打开地图，蓝色的水线如毛细血管，看不出什么破绽。但以两根手指轻轻推开比例，方见塘河河道网络，细密有序，像蛛网又不似蛛网，尤其到河网发达处，轨迹几乎是规整的，横竖交构，像速写板上勾勒的岩石的轮廓，遍布城市中心，泽被其土地，滋养其子民。

城市有水，是极好的。有湿气，有地气，肉身滋养，灵魂润泽。温州又有一好，近海。白天暑气再肆虐骄横，敌不过日落后的海风。太阳渐渐西隐，温度降下来只是须臾的事情。海上日升，海上风起，海上升凉意。对这燠热再多的无可奈何也有尽处，只需期待每日的黄昏。有期待，有希冀，这期待和希冀都能达成，是人生多么有盼头的一件事，能圆满一天的不安和焦躁。

塘河所经之处是瓯海区，新旧风格交杂，不缺自然的风光、现代的建筑，城市文明推进的痕迹也随处可见。水岸这边或有荷池半里，樟柳丰茂，各种神庙道观颜色丰富，偶有脱落的墙皮昭告着久远的年代，另一边就是公园步道，酒吧工作室，还有尚未拆除干净的脚手架和粉了一半的新墙。老得直不得腰的宅子，几层矮矮胖胖，层层叠叠，挤挤挨挨，从目光的缝隙里挣扎着冒出半个头来，给你看见乌青的翘檐和灰白墙上朝下蔓延的灰绿色藓渍和水痕，都一闪而过。目力可及之处，一间摄影工作室也装饰成船的模样，小门紧闭，外面栽一排木栏杆，有几朵月季攀爬其上，还挂着几只橙白色硬邦邦救生圈，朝气充沛的样子。快艇带起水浪起飞，激撞两岸，形成巨大贝壳样的一扇扇水花，贴着河堤擦过去，复又落入水里，一圈圈慢慢洇开去。

有人说塘河是国内的水上威尼斯。这似是美誉，我却并不那么赞同。虽智者乐水，但水大可不必距人如威尼斯一般之近在咫尺。咫为八寸，威尼斯的人和水自然名副其实。但我以为，人不可离了山水，山有阔抱之心，水生灵性，但要有距有分。距是距离，分是分寸。任何美好的事物都可葆有一分距离感，有敬意，有感佩，能生出美好。亵玩的距离易生疲倦心。温州人和山和塘河水的距离，推门可见山，推门可见水，但都深深远远，浅浅近近，是相得益彰，是恰到好处。

千里塘河如网，网罗了岁月，网罗了时光，也网罗了温州人的生命和血脉。

据说这里的神庙供奉着陈十四娘娘——因为出生在正月十四，故名。陈十四娘娘除妖护民，催生扶幼，有大德，已被温州沿海祭奉数百年。当地每年都有祭祀活动，逢"陈十四娘娘出巡"的祭祀活动更是壮观空前，大锣开道，礼炮齐鸣，队伍浩荡，所经之处无不张灯结彩，年节一般。定点处还有戏台搭唱，唱戏的地点也有讲究，有庙宇宫观，有社区广场，更有趣者，一棵大榕树或柳树下分搭两张戏台子，两家戏班斗戏，功底高低分晓于台下看客数量。只是这样的场面可遇不可求。民众好这口，常常为了听戏自觉凑份子请戏班来唱，所以这搭起的戏台还有"额子戏"一说。"浙北弹词，浙南鼓词"，温州有鼓词，多颂唱陈十四娘娘，因此这戏台唱的就多是"娘娘词"。

当年陆游来到温州塘下的赵宅，见盲先生负鼓唱词，也有感慨。有放翁公诗为证——"斜阳古柳赵家庄，负鼓盲翁正作场。死后是非谁管得，满村听说蔡中郎。"本地的朋友给我看一张手机里存着的相片，一位老太太，样貌干净，腰身挺拔，端坐，两手分执鼓箭和三粒板，用鼓箭敲击鼓和牛筋应调唱和。老太太据说已七十上下，一字不认，却能将通篇鼓词烂熟于心，和人以现代工具交流起来时，直言称"莫打字，只语音，我不识字的"。因为不识字，想到她光是各种曲目记词一项的本事，也是令人啧啧称奇。

旧时人家并不一定全聚于大树下听戏，那时河网自然，现代文明参与得少，水系清明，人水和谐共处，无须思虑污染事宜，就都各自驾船泊于岸边，一声声悠长的"船开咯"的方言号子悠扬于河面，拉开台上人吟哦的画卷。柳枝轻摆，河风拂面，榕树博大的气息盎然，树下戏台上鼓词声声婉转，岸边人听得入神思绪萦徊，那一派临河临风或坐或立的闲散风光，虽已不复存在不可复制，却深刻入人脑海里，令人向往不已。

　　暮色四合，人身上的热气跟随暑气的消退也慢慢凉了下去，屋外的蝉鸣欲盖弥彰，但唤来的是遥远处海风送来的阵阵凉意。我们在一处"家烧"馆子坐下，开始吃夜饭。和长沙的土菜馆类似，这儿的家烧说的是百姓人家日常烹调的常见烧法，突出的是家常风味。一碟碟轻巧灵动的菜式逐一上得桌来，本地朋友一一介绍：鲨鱼肚，葱烧海瓜子，清蒸带鳞鲤鱼，节虾——因为记不住介绍的什么节虾，怕以讹传讹，通通以节虾称之——家烧青蟹，红烧水潺，梅干菜烧泥鳅，泽雅盐卤豆腐，葱油秋葵，长豆角炒茄子……青青绿绿的一桌，看着就已养眼入心。海瓜子小小一粒，撷来送到唇边，只须轻轻一嘬，半个小指甲盖大小的蛤肉已入口，轻快滑入肚内。鲤鱼带鳞，我很不能理解，湘人少食鲤鱼，吃鲤鱼多为产妇下奶，还须去鳞抽筋才能祛腥。我试着夹一小块，放入嘴里，软烂鲜嫩，并无泥腥味道。水潺是浙南独特叫法，材料就是龙头鱚，龙头鱚通身一条主骨，肉身柔若无骨，又并无肥腻之感，入口即化，风味独特。梅干菜烧泥鳅就更得我这湖南人的心了，泥鳅不同湖湘常用煎炸烧法，像是只略微煸了煸，保留了软嫩的肉质，但梅干菜咸鲜香，泥鳅肉和梅干菜两相浸润，各自吸收了彼此的好处，入口来只觉得一盘子的分量一人吃都少了。长豆角茄子看相颇佳，一个豆绿,一个茄紫,极少量的油脂并未破坏茄子的本色,还能让茄子软烂适口,足见烧菜师傅的用心。盐卤豆腐则是当地泽雅镇的特产,豆腐以盐卤取代石膏点卤制成,质地较石膏豆腐紧致,可切薄片烹饪,豆香保留得也更多些,色质乳白,两面煎至微微变黄,吃到口里满嘴的豆香,爱不释口。

提到泽雅,想起其名字的由来:泽雅位于瓯海区西,原名"寨下",源于泽雅老镇所在地名曰"寨下",因为温州方言念"寨下"和"泽雅"同音,就讹误成现在的"泽雅"。方言读"寨下""泽雅",声音柔软婉约,带着戏腔,我跟着学了好几遍,气息轻吐,从舌尖迸出这两字来,犹如身上不知何时已披上一层戏装,兰花指尖尖,腰身婉转如杨柳,已然要唱出一段来的样子。嘴里念着"寨下"的方言,心里想着"寨下"二字,似更有其妙处在;但"泽"水"雅"美,联想起泽雅当地瀑布、水库、涧溪、清潭、山泉、幽池,各种水的千姿百态,妖娆可怜,又深觉"泽雅"有如神传,又哪里是讹误呢,简直当之无愧。

泽雅镇上还有美谈。1995 年,汪曾祺曾往泽雅采风,当地一个叫月靓的小姑娘被请来照顾汪老的行程,一路十分周到。汪老亲切地叫小姑娘"月亮",还写过一篇纪念文章《月亮》发在次年 2 月的《钱江晚报》上。后来汪老给人写字时顺带也给月靓写了个小条幅:"家居绿竹丛中,人在明月光里。"月靓惴惴地请汪老为自家小餐馆也题个招牌,汪老一口答应下来,想起自己主创《沙家浜》时剧中的"春来茶馆",就挥笔题下"春来酒家"四字。去泽雅路上,我们特意绕去看看,也想沾些老先生的文气。酒家两间窄窄门房,站在门口一览无余,几张桌子留出的窄窄过道直通后门小阳台。阳台也窄窄的,下面便是一处溪涧，山水哗然，蝉鸣相和，有少男少女在溪水边嬉戏。一个女孩一只拖鞋落入溪水里，被冲出去老远，她的小男友踩着石头蹦跳着追过去等在拖鞋顺水下来的地方，矮下身子，小心伸出去一只脚，用脚尖勾住漂过来的那只粉色拖鞋，再远远抛给提着一只脚摇晃着等待的女孩。我们在上方看得笑出声来，心里羡慕着爱情美好的样子。折返回屋内再端详，竖条纹的木板墙上就挂着春来酒家的匾幅一块，只是内里换了复刻件，落款当年十月汪曾祺字样，因为时隔太久，挨着山水，扯了湿气，已有霉渍浸在里头。

瓯江蜿蜒往南往西，就是开阔一池碧水的泽雅水库，我们在那附近的山里又吃到了几道美食。吃饭的馆子蜿蜒曲折，"行欹斜兮得路"，是半山一个略隐蔽的院子里再顺着石阶走上去二十米。那几道菜，一道是清蒸斑鱼，一道是番薯粉丝瓜汤，还有一道是清炒马齿苋。原本以为在市区里已经吃到各类鱼之精华，到了泽雅山里，吃过这道溪水里捕捞上来的斑鱼，才觉得鱼鲜的尽头在此无疑了。长沙明明也有好水，城市里一江两河，湖水库坝池塘无数，长沙也有好鱼，只是此番同温州一比，居然就给比了下去。温州可食用鱼类品目繁多，洋洋洒洒各种做法。长沙可烹制出好味道的鱼却不太多，只是一种鱼有数种做法。鲜也是鲜的，但需要姜片紫苏青椒祛腥提鲜，口味也更爽辣些。而泽雅这道清蒸斑鱼，明明只是淡水品种，肉质却细腻滑嫩如同深海冷水鱼。以筷子掰开鱼身，肉质紧实不散，块块如同蒜瓣，又如绸缎滑腻，夹起一块鱼肉，蘸少许碟盘里的酱油，送入嘴里，鲜香异常，似乎还隐约有胶着的黏感，除少许葱香，吃不到其他作料的怪味。番薯粉丝瓜汤，断句要断在

"粉"字后头。比起湖南这边的红薯粉，这儿的粉条更宽厚些，番薯的材料应当放得更多，所以夹起来吃起来都觉得粗糙感多一些，口感其实更稳重了。汤里搭衬丝瓜和散煎的鸡蛋，清淡温和又饱肚。

苋分人苋、马苋，人苋就是现在的红苋和青苋，马苋就是马齿苋。汪老在其《故乡的食物》中说马齿苋少有人吃，在我家里却是从小吃到大的一个夏季时令小菜，一碗清炒马齿苋端上来，就觉得亲切。只是在家吃的都只是妈妈做的凉拌马齿苋，马齿苋的酸味保留得多。而这碗清炒马齿苋，大概因为烹炒方式，酸味淡下去不少。夏季食马齿苋，有腹沉之人嚼草吃青的豁然开朗。

菜式清淡有菜式清淡的雅在。油盐感觉让人身体沉重，人气朝下沉；口味清淡者，人气上升或平和，身轻如燕，健步如飞。所见塘河两岸的栖鸟逐鸥和苍鹭，山林中蹁跹的长尾鸢，餐风露，吸灵气，栖良枝，因此更是带着这样的气息，叶风霜月。

温州人的样貌很端庄，端庄里有正气，所以端正。大抵天时地利，所以尽沾文风山息水气，一人一食，一草一木，一花一露珠，都眉清目秀，眉目舒展，眉间见风云，眉目里喜笑颜开。老少皆如此，让人生想亲近的心。温州人烧的菜好吃，约莫也是这个原因。好看的人无丑字，端正的厨子断做不出难吃的菜。这样的论断似乎明显有我的偏倚之心在里头了。可毕竟就连沈从文先生也说，临水而居的人，河也好，海也好，总会让人多些机会凝眸人生远景，可放大希望和人格。

那日刷到一个视频，一小哥安坐树下，身后有青山环抱。

面前一原木墩做茶台，一只扁壶往一只半开口朴朴素素金属罐内倒入山泉水，拈一撮茶叶放入罐中，再依次放入一块拇指大小黄冰糖、几颗青葡萄干、几粒殷红枸杞；再用竹签穿起一颗大枣，放入面前火塘，以炭火烘烤至皮焦，掰开焦枣，露出嫩黄枣肉，枣香已被炭火逼出，遂投入水中；又取干桂圆一枚，不去壳，只拿牙签在上面戳出利索小洞数个，也投入罐中水里。一切备好，金属小罐以铁丝绕圈扭出两只"耳朵"，架于火塘上烧至沸腾。此时将这罐色泽棕黑温厚的茶水倒入面前平平常常小碗里。金属茶隔漏出茶汤，不成型不成线不规整不守规矩不讲章法，煮茶人却一口抿入，滋嘬有声，复从旁一小碟里，拈一颗佐有小鱼干和干红椒的香脆花生入嘴，滋嘬，咔嚓，咔嚓，滋嘬。观者没有食指大动，也垂涎向往。再看定位，温州人士。

永嘉大师说，"以出世之心做入世之事"。

由此想，概温州人，温州菜，温州风致，大抵如此，随心所欲后自成天地。

作者简介：

刘威，青年作家，文学编辑，高等教育学硕士。中短篇小说、散文等作品发于《清明》《上海文学》《青年文学》《绿洲》《鹿鸣》《滇池》《青年作家》等刊，有作品被《中篇小说选刊》《散文海外版》《散文选刊》转载。

塘河之魂

李秀龙

对塘河古韵新姿神往已久，端午节前夕，来到塘河，领略塘河风情，感到非常有幸。每年都要隆重举行的龙舟赛，即将开始，巨大的祭台上摆满了最丰富的祭品，我的心已为之震撼，那显示出塘河人对逝去的祖先、前贤、勇士的怀念与敬重，也显示出塘河人对美好未来的热切的向往与期盼。三支龙舟队队员们意气风发，勇往直前的精神和信心溢于言表。比赛开始，队员们奋力划桨体现出的力量美、韵律美，更是感人至深！

我们避开龙舟赛的主河道，乘船沿着四通八达的支河道自由前行。我想，这样能更多感受塘河水系的丰富与千转百通，以及沿岸自然风光和劳作、生活景致的多姿多态吧。在乘船前行观览的过程中，迎面扑来葱茏的树木、成规模的高低楼房、学校的校舍，当然也有形单影只的简易小楼居所、房间不多的小小客栈……自然感到，随着时代的发展，人们多被带入了另外分工详细的工业化劳动场域和更加舒适、现代化的居住空间，两岸边，人们生存、劳作的气息已经淡去。

之前读到过塘河沿岸生活、劳作的一些民俗记载，也曾经搜寻到一些塘河老照片，给我留下非常深刻的印记。乘船观览塘河，眼前的各种景象，实际上与我脑中生动的民俗生活以及塘河老照片的影像是叠印在一起的，它们共同组成了塘河一段生动的变迁，共同组成了塘河人与岁月一起流淌不息的人生。老照片没有颜色，都是黑白的，但在我脑中，它们不仅是有颜色的，而且是充满生命的质感的。那里显现出或让我想象出塘河人各类劳作的生动细节，塘河人各态生存的种种艰辛，与人分享、售卖劳作成果的喜悦，更透露出塘河人生命的力量，透露出塘河人对幸福生活的期盼和创造美好未来的信心。

　　时代的发展，无情地冲刷、荡涤着过去，使过去尘封在了记忆中。可喜的是，也是随着时代的发展，人们的文化建设意识重新复苏并不断得以强化，塘河古韵的焕发为现今的塘河更增加了无限的魅力。乘船前行，我们总能看到，两岸文化古建筑的修复、文化新建筑的崛起，不仅有时间久远的佛塔、石碑石刻、老门台，还有新建的寺庙祠堂、博物馆群、文化展示馆、文化公园，当然不用说恢宏的"伯温楼"等等，其越来越多赋予的浓郁的文化氛围，都令塘河这条文化之河，尽显古老而又常新的风采。

　　塘河之行，此景此境，也引发了我许多关于文化与人生的感受与遐想。我总感到，文化建设不仅是指文化设施的保护、修复以及新建，文化建设也不仅是重新讲述古代先民、古代名人的伟绩和文化成就，包括讲述在整个中国文化中具有极其重要开创意义的中国山水诗、中国南戏的骄世成就。文化并不是一种知识和氛围，文化背后是人，是先民或今人真实的生存、真实的心灵，这里储藏着人们生存的丰富的秘密、储藏着人们心灵的鲜活脉动。我想，感受丰富、深厚的文化韵味、文化氛围，更是体味、感受古今塘河人那种独特的生命过程、生命追求，那种独特的世界认知、命运认知，那种独特的心灵世界、心灵想往，那种独特的精神气质、精神品格。我总是习惯于，穿过外在的文化设施、文化成就、文化风俗，去细细品味那些秘密和脉动。此次塘河之行，身浸塘河文化之中，在我，突出体会到的却是与古今塘河人生命和心灵的一次深切贴近。

考古学家的大量工作，已让我们感受到了塘河一带早期瓯人的生命智慧。两晋时期，塘河水系的规模初成，进一步彰显出了塘河人，顺应、借助自然的恩赐与伟力，开拓、创建自己生存空间、美好家园，融入自然又超越自然，与天地合一又坚韧不拔的可贵精神。

天地不仁，以万物为刍狗。面对大自然的严酷，面对族群的聚合，塘河人的命运必然是充满艰辛、充满困苦的，但塘河人知道，命运只能掌握在自己手中，必须靠自己勤劳的双手来写就自己的命运。让我感受很深的是较早年代始，塘河人对佛教的亲近。千年的白象塔、慧光塔，被誉为"东方维纳斯"的彩塑菩萨立像等等，都映照出塘河人一种独特的精神品格。

佛教，自然是人类的一种宗教，但其实我们首先更可以将其理解为是人类的一种智慧，去除一些个别信条，其中蕴含着对世界、对生命、对命运、对精神的许多高远、深刻的观照。我自然非常感兴趣，为什么许多塘河人对佛教思想情有独钟？我想，这里面不仅有某种"偶然"，一定也藏着某种"必然"，而且本身也体现出塘河人把握世界、把握自身命运的切切努力与非凡智慧。

人降生于世界，就不仅无法回避生存的严酷以及生存之苦，而且无法回避精神之苦、心灵之苦，这是人们都自然能深切感受到的，但许多塘河人却能从佛教思想的启示中领受到一种既"直白"又深邃的智慧。因为的确，世间之苦绝非只是来自自然，来自自然的钳制与灾祸，而更多还是来自人类；并且，每个人的世间之苦，也不仅是来自他人，可能更多、更根本地还是来自自己。这样，如何提高自己心灵的觉知、精神的境界，实际成为面对世间之苦、减少世间之苦、战胜世间之苦的关键意识、关键智慧。我们都可以清晰想象到、真切感知到，发现、理解、服膺佛教智慧的许多塘河人，克服自己的劣性、克服无限膨胀的狭隘欲望，不断提升精神品格、开阔精神境界的虔诚努力。塘河人显然也体会到了佛教智慧高于许多其他宗教思想的"高明"之处，那就是，人所追求的至善境界，并非死后才能达到，而是只要努力，在有生之年就有可能获得，这可以说不是神灵的恩赐，而是自身现世生命努力、精神努力的成就。只要有一种对世界、对命运、对人性的智慧觉知，改善自己的心灵，付出心灵的努力，只需认认真真、扎扎实实地生活在现世，就有可能实现生命的福乐、精神的福乐。我想，的确，对佛教智慧的理解正是能帮助我们对一代代塘河人人生和心灵世界的深入理解吧。

塘河人的生命世界、精神世界中，儒家思想实际影响也非常大。那么，在塘河文化中，或在塘河人的心灵中，佛教思想和儒家思想是"矛盾"的吗？我觉得并不矛盾，相反还有深层的一致。因为佛教思想更多关注对世界及人生命运的整体审视，关注精神最高境界的修得；而人的现世生存目标的实现，人的生存团体的和谐凝聚，还是都需要积极入世奉献的精神，都需要谋划全局而又能具体设计的现世智慧。儒家思想中，"修身、齐家、治国、平天下"的"修身"，实际既联通着佛教那种更高更超拔的智慧，又指向着在现世建功立业的务实努力。可以说，高远的心灵境界与脚踏实地奉献、谋求现世福祉，两种努力，都融入了塘河人平凡而又可贵的精神结构之中了。在宏伟的"伯温楼"，我看到了遒劲的大字"文章经国，谋略济世"，这是对一代文士、一代名相的崇高赞誉，也是塘河人崇尚的品格和精神的写照。在此，我实际更多联想到的不仅是历代名士、文官值得称颂的现世功业，而且是普通塘河人所普遍葆有的，那种用自己的智慧和双手书写自己的命运，造福自身也济邻济世的朴实人生。

塘河岸边还有很多古代楼台亭阁、老街、传统民居、名人故居值得复原，但当然，文化，绝非仅仅是知识或历史，它们不是化石、不是博物馆的珍藏品，不是死去的，而始终是鲜活的，因为先民、古贤们的心灵与今人是相通的，他们的精神从来不是尘封于古迹之中，也不是尘封于他们的诗文作品或功业之中。那种精神始终影响着今人，它们就关乎着今人的生命追求、关乎着今人的精神智慧。塘河人代代传续的那种生命追求、精神智慧，可以说就是塘河之魂吧。

作者简介：

李秀龙，河北省作家协会副主席，《长城》杂志主编。

瓯游杂记：从南海到瓯海

李　宁

瓯，小盆也。

这是《说文解字》里的解释。

多年前，对"瓯越"的"瓯"就颇有兴趣。一时不太理解，为什么温州这个地方，简称是"瓯"。瓯，原来指土窑烧造成一种泥陶凹状容器。五千年前的温州市出产"瓯"，大家呼名其地，称这儿的住户为"瓯人"。这是一种解释，也符合中国古代的指称习惯。但后来看温州的地理环境，有一种偏安一隅的安稳，山海环绕，可不是一个小盆状的放大？顿觉"瓯"颇为传神。

瓯是泥陶的，金瓯则隐喻疆土之完固。中国第一首法定国歌是《巩金瓯》。查出处得知，这是出自《南史·朱异传》：我国家犹若金瓯，无一伤缺。从金瓯，到"瓯"，温州，也可谓是犹若金瓯，无一伤缺。此行前往瓯海，是温州四大主城区之一，古属"瓯地"。温州古称瓯，瓯江口习称瓯海。瓯海上古时代属"瓯"地之一部分，《山海经·海内南经》有记载："瓯居海中"。瓯海之名由此而来。

我自南海而北上瓯海，共同的海洋地理环境在中华文明共同体内，勾连起更加紧密的连接。文化学者刘刚李东君伉俪有《文化的江山》皇皇巨著，其中即将出版的第八卷，以"近代化与中国大航海"为题，讨论中华海洋文明。就此话题，庚寅春天，在海南岛，单正平老师召集"从勾践到郑和：中华海洋文明的历史轨迹"研讨会，孔见、曹锡仁、韩少功、阮忠等群贤毕至，讨论深邃，灼见真知。令我印象深刻的是，刘刚先生提出了古越国分内越和外越，勾践复国的力量很大程度来自外越，即在当时沿着海岸线的群岛上，很长的岛岸线，如舟山群岛、琉球群岛、台湾岛，一直到海南岛等。而温州，也是一个内越和外越力量兼容并蓄的地方。直至今日，海外侨民是温州发展的一支重要力量。

在瓯柑入库的时节，来到温州，来到瓯海，游塘河，品瓯柑，阅人文。几天的时间虽短，却收获颇丰，温州，从"东方的吉普赛人""东方威尼斯"等标签化的印象，变得更立体丰富。时隔数月，坐在海口，依然想起在温州的种种。朱自清在温州留下名篇《温州的踪迹》，其中一则《绿》记录梅雨潭而成名篇。他另有一册《欧游杂记》，记录他1931年留学英国，漫游欧洲的见闻。我化用他的书名，写上一则"瓯"游杂记吧。

瓯海之行，以瓯柑见物产之丰饶。瓯柑，也是这次出行的由头和主题。乘坐农家简易的水泥船，行走于温瑞塘河曲曲折折的航道里，走上河道中的小岛，踏入一眼不见尽头的瓯柑林，翠绿的枝头挂着金黄的瓯柑，在地头的仓库里，则到处是满坑满谷的瓯柑，有一种令人心生欢喜的丰饶感。哪怕细雨绵绵，依然不以为意。此时正值小雪节气，同行的本地朋友介绍，瓯柑刚采摘时候，并不是最甘甜的时节。可以一直存放到春节甚至端午而并不腐坏。越放久，则越甘甜。然而本地朋友们口中的不甘甜，我们一行外地的朋友，却并不觉得，都纷纷表示，倘若再放几个月，不知道得是如何的美味了。怪不得南宋张世南在《游宦纪闻》中感叹"永嘉之柑为天下冠"。而南宋抗金名将韩世忠长子、永嘉太守韩彦直编著的《橘录》（又名《永嘉橘录》，是世界上最早、最完整的一部柑橘学术专著）三卷，对温州柑橘品质之优，赞誉备至。

水果常常成为一个地区的地理标识。在物流和网购发达的今天，瓯柑的这种极耐储藏的特点，使他明显与其他柑橘类水果有所区别。在全国性市场流通的，似乎以广西沃柑为多。市场配置的要求，必然是那些能够迅速生长流通的商品。至于瓯柑这种从小雪放至端午才能品其最妙的物产，"端午瓯柑似羚羊"，实在是耐心得令人感动。如今药品发达，瓯柑的药用似乎没那么重要了。但如果端午时节，你恰巧来到瓯海，能吃上一两个瓯柑，那简直是一件太幸福的事儿。

瓯柑历久弥新的甘甜，令我想起海南的一种水果——绿橙。瓯柑的味道里承载着时间的重量，而绿橙则传递一个朴素的道理——"果"不可貌相。我长自北方，过去对很多农产品丰收和成熟的理解，往往是以颜色变金黄来辨认。而绿橙哪怕已经成熟，外皮依然"只此青绿"，你无法从外观上予以分辨。但剥开外皮，内瓤则是细腻红润多汁的肉质，一样的甘甜。品尝这甘甜味道的同时，还教会你一个道理，柑橘并非只有金黄色的才是成熟，柑橘也可以存放上数月而依然甘甜。

瓯柑历久弥新，塘河源远流长。

洛河和伊河在家乡偃师境内汇聚成了伊洛河流入黄河，这是黄河下游最大的支流。洛水虽然也不算小，黄河虽然也不算远，但长于中原豫西的山地里，对河流的见识和理解就免不了狭隘。更不用提什么运河，那只是历史书本中一个抽象的概念。而且中国的运河，也几乎只有一个"京杭大运河"的概念，运河，就是宏大、悠久、笔直。

直到来温州，来瓯海，才有了一个"塘河"的概念。直到坐上游艇，在温瑞塘河的河道里飞驰，才实实在在感受着运河的气息和味道，运河也可以是细腻、曲折、优美的。我不由得去了解塘河，了解温瑞塘河。

塘河，指人工河，堤岸垒成的河流，后泛指人类修筑的河流。不同于运河通航、灌溉、供水、导流功能，主要为抵御洪涝灾害及潮汐。塘河的称呼多出现在东部沿海。

温瑞塘河位于瓯江以南、飞云江以北的温瑞平原，是温州市境内十分重要的河道水系，分属于鹿城、瓯海、龙湾、瑞安等"三区一市"管辖。

温州是山水之城。水有大小。大是东海和瓯江，小是塘河。前面谈到"内越"和"外越"，如果说所谓"外越"是那些通过海洋散落到世界各地，在海外讨生活的温州人，那么"内越"则就是在水网密布的塘河两岸，创造着文化和历史的温州人。这种内外的力量，大小的互补，构建着一个立体丰满相互支撑的温州。

温瑞塘河纵横交错，勾连四方。他运载、哺育、保护着温州，他是温州的"母亲河"，也是"东方威尼斯"这个称谓的来源。现代化的车轮滚滚，很多实用性的功能被更多的方式替代了，但温瑞塘河作为景观的本身，作为文化和生态功能的重要载体，就是一种很重要的作用。

我们在温瑞塘河水道里飞驰的时候，两旁的景色变换，恍惚间回到千百年前的这边土地上的生活。《早春塘河》诗曰："芳郊惊蛰后，洞壤蛹能掀。绿水平春岸，红葩发晓园。鱼游鳞暖耀，鸟骞翙晴翻。潊径行人静，偏怜过楫喧。"（《载敬堂集·江南靖士诗稿》）那是何等美景。

物是人非。那些塘河上曾经丰富多样的桥，大多也在历史中湮灭了，只留下断壁残垣，留下的历史，也被时代重新塑造。将军桥，即是如此。

将军桥，位于瓯海景山街道和鹿城区城郊乡交界处，跨勤奋河，是上河乡通往温州城的必经之路。将军，是唐代温州的守将龚炳，又称龚欧涛。自三代起，为政者能造福一方的重要体现就是能够治水。从大禹治水，到李冰父子的都江堰，再到苏堤白堤，那些为百姓带来实在好处的功绩，也成了流芳百世的好名声。龚欧涛将军也是如此，他到温州任职的时候，温州城西南没有什么像样的水利，百姓饱受旱涝之苦，龚将军心系百姓，疏浚河道，变水患为水利，解百姓之苦。龚将军后遭叛军杀害，百姓建庙以祭祀，据温州当地学者谢公望的考据，将军庙，建庙之始就称"将军庙"。而将军桥起初并不叫"将军桥"。弘治《温州府志》卷五《桥梁》行春桥，点校者称在龚将军庙前。光绪《永嘉县志》卷之三《建置志·桥梁》城外诸桥："行春桥，在西山下，久圮。"乾隆《永嘉县志》"俗名将军桥"。从上述两志所记载分析，编纂《弘治温州府志》时，唐将军庙前的桥叫做行春桥。两百多年后，编纂光绪《永嘉县志》时，将军庙前的桥已经变成介福桥了，并且由于桥建在将军庙前，人们习惯都称呼为将军桥。久而久之，人们心目中就失其本名而只知其为将军桥的了。特别是改建后的大桥，更是名正言顺叫"将军桥"了。

将军桥，当初如同大多数塘河上的桥一样，是石板桥，1971年改为钢筋混凝土结构。管朝涛兄开车载我们从这桥上过，今日看来，已经是很普通的一座桥，然而想起这背后的故事，仍有一种历史烟云的沧桑弥漫心头。

慎终追远，民德归厚矣。

将军庙已是往事，龚欧涛将军纪念馆却已重修。我们来到瓯海的任桥村，在龚将军后人、龚中和书记的带领和讲解下，了解龚欧涛将军的事迹。龚书记本身在改革开放的大潮中，实现了个人的财富自由。但他并不满足于只是个人经济的改善，他要做这个村书记，要为集体做事，进而通过重修龚欧涛将军纪念馆，追寻宗族和文化之根。

恕我对温州有一种刻板印象，精明、能吃苦、善于牟利，几乎都跟经济相关。此番到达瓯海，才了解了此前并不知晓的温州人的品格。

在龚欧涛将军纪念馆，我们看到的是慎终追远的美德。在燎原社史陈列馆，我们则看到了温州人敢为天下先的品格。1956年5月，中共永嘉县委在雄溪乡燎原高级社（今属温州市瓯海区）进行农业生产产量制试验，由此在浙江首创"包产到户"。这种探索之领先，在六十多年后看来，令人尊重，而瓯海人对于这段历史的珍藏，也令人慨叹。

在三溪中学校内的琦君文学馆，我们又感受到瓯海对文化的敬重。琦君是籍贯瓯海的台湾当代女作家、散文家。直言不讳地讲，在文学成就和影响力上，高于琦君者，大有人在。但就对作家的尊重和影响力的发掘而言，又没有多少地方能出乎其右。这一项成就，周吉敏兄功德无量。琦君文学馆、琦君散文奖，一项项极具影响力的举措在她大力推动下都逐一落地，"琦君文化"，也成为瓯海重要的文化名片。

还必须提及的是，塘河文化促进会的存在。在其他地方也见过不少类似的机构，大多数印象平平，没有特别突出的事迹。但塘河文化促进会的诸位朋友，他们爱护生于斯长与斯的这片水土，爱护这片水土本身和生长的文化。通过这样的一个机构，这样的一个民间协会，实实在在承担了很多本来应该是编制内的工作，以水滴石穿之韧劲，建构瓯海之文化与精神。这样一种不计付出的努力，也是瓯海人的归厚品格。

作者简介：

李宁，评论家，《天涯》编辑部主任。

来时莫徘徊

李 晁

上了码头，日光正隆，视野可达河流背后的远山，那是一线山脉，俯身如兽，伏在城市边缘，形同屏障，屏障里的地方被称作瓯海，河就是塘河。

这是我第一次来温州，作为实际的地理范畴，我对温州可谓陌生，却读过不少温州作家的作品，这能否称得上对这一地熟悉，我不知道，因这是纸上的印记，来源于人，与在地风景无涉。可环境与人的关系，又有种缠绕，这是孕育的土壤，什么土壤站立什么人，确定何种品格，有种种因素，但其中恒定的部分是我们不可遗漏的。

河流就是环境中一种恒定的坐标。

我说不清自己与河流的关系，到底建立了怎样的亲密。我自小迁徙，可穿越来穿越去，还是在水边，资江、湘江、培江，乌江，再到南明河，几段河流串联起了人生，带着漂泊的意味，在故乡消失时，这一处处河流组成了不确定的命定之地，是我要经历的。

见河心喜，在我是自然而然的。

　　塘河有着人工的痕迹，是人在城市格局中顺应变化的作品，可推之古早，若无人提醒，我也着实看不出有何斧凿的印痕。可不难知晓，城市建立之后，人类与河流的关系会逐渐发生转变，它不再像流经乡村的河流那般自然，它面临着被改造的命运，甚至在水系发达的城市，河流的支系会受到被填埋的命运，徒留下一个名字被后人沿用。审视当下的城市河流，会发现，河流在城市里的自然属性正在消退，我们不再自然地饮用流经城市的河水、不再浣洗、不再捕鱼、不再游泳，甚至我们在城市建筑密集的区域，都无法天然地走向河流，因它早早被河堤隔离起来，如同园林被不自然地制造，又试图表现自然，这是一种人为的圈禁。从这一种角度，我们看河流的作用还剩下什么，是否只是单纯地沦为一道景观？而这样的拉锯和陌生化，是否让我们警觉？当我们提出河流的景观模式时，我们已然落到了一个反面，一个镜像之中，不是我们发现河流，而是河流一直在发现我们、凝视我们，乃至高超地表现我们。

　　好在，我看到的塘河不是这样的，塘河是活的，它以自我的身姿与活力宣告了这一切是自然的默许。

　　河面阔绰，有人垂钓，友人不耐阳光，速速登艇，我还踟蹰片刻，想多望一望这山水，因为身在码头。

　　码头是离别之地，而江岸送别又是古人最钟情的方式。我曾买过五代董源《夏景山口待渡图》的复制画心，那是迤逦的山，河岸边有松，加上茅屋一座，意蕴悠远。茅屋现在是很难见到了，时代刷新了与人相关的景观，可渡口码头的意味不论古今，被保留下来。

　　如今我看山水，不论画作还是实景，总升起离别意，各种送别里，场景不同味道不同。譬如唐人句"渭城朝雨浥轻尘，客舍青青柳色新"，它在城边上，咸阳城外送一送，没有意思，城郭里尚有人间浊气飘来。而江岸送别，逸趣就大了，宋人唱"念去去，千里烟波，暮霭沉沉楚天阔"，多么美，兰舟频频催发，同样一去不返，水路总难回头些。因这里头有一种决然，决然的事物总是直击人心的。

这么想起李叔同，想到他的《送别》。那是飘摇年代，大雪天，沪上名诗人许幻园门外叫出李叔同和叶子小姐，"叔同兄，我家破产了，咱们后会有期"，说完径自而去，李叔同泫然泪下，写下此歌。这一刻像什么呢，想起探春，同样家破，身不由己，却无半点恓惶，"竟上轿登程，水舟车路而去"，这是不同的脱身，却有着相同的决然，而决然之下的"来时莫徘徊"，便成为美好的愿景。

快船划过塘河水面，击起急流，两岸的市声被螺旋桨的声音遮盖。江南的河与城市有一种亲密感，几乎无间，水面也略比堤岸矮些，那些桥便是明证。诸友在艇里聊天，我到甲板上拍照，背对船头，几张照片的工夫，等我转身，艇里立时传来惊呼，一个桥洞已然吞没了船头，我埋头蹲下，桥孔的水泥顶正从我脑尖掠过，恍如刀切。这刺激的一刻，让我对南方的桥有了认知，几乎是贴着水面过去的，想来我在贵州见到的桥，立于高峡之间，动辄百米，屡屡刷新世界纪录，真是两个天地了。

一船人谈古说今，两岸的寺庙——我以为的寺庙——更见证了古风的遗存，直到作家周吉敏女士说，那是神庙，祠神。是男神女神皆有，男神的庙为殿，女神的庙为宫，其中就有位陈十四娘娘。光听名字就知是古时叫法，让人想到妈祖这样的神祇。有资料显示温州有六十四位本地尊神，占庙一百六十四座，如杨府爷、陈府爷、林泗侯王、陈九明王、戴四侯王、温琼元帅、翁徐二埭主、朱氏仙姑、薛三府君、徐三太尉、保生娘娘、陈杨二府爷、东瓯郡王、诚意伯、吴九司台等等。历数下来，这些神祇之名，似有可靠的人物来源，被人铭记，从这个角度也可以看出温州的宗祠文化蔚为大观。神祇的确立，是漫长的过程，这过程里有着对先祖的崇敬，更有着民间人家的暖意，因这神不是天外来的，而是本土本地所生所养，来得亲切，有着血脉之联。这可不就像这塘河的水流，联通了千家万户，既是日常的景观，是整个社群社团的生活依靠，又上升为了神祇的所在，带着性灵之光。

"旧时王谢堂前燕，飞入寻常百姓家"，说的是时间的沧桑，不仅讲物是人非，在塘河岸，那些旧时的"王谢"也找到了庙堂，这是种安慰，提示出人的来路。我来的时节里没有燕子，却有苍鹭沿河低飞，它们穿越了这家和那家，但它们从不偏离河道，河流正是它们的家。

船不停，不知觉就出了城，远去的是楼宇，新来的是田畈，杨柳一枝，独立岸边，就有了古意。从这里到东海不远了，塘河的一个作用也才得以显现，可惜我们见不到潮汐的涨落，不能感受水天一色的风光，只有艇外的世界变得陡然阔大。远山不动，亦是巍峨的，山的巍峨不在海拔，还在于气势。山水总是一体，山要远观，水宜近，远则视线容易扩散，使观者变小，让世界显大；近则可以身临，让人有进入之法。这是山水的妙意，它产生包容，包容里又有气势。所以看山水画，如同隔岸，画家率先留出了观者的位置，一切恰好，不远不近，亦远亦近。从这一角度，山水是自由的，是世界本身的投射。

水色里一时山摇水动，船就要靠岸了，靠岸的地方也很有讲究，乃塘河八景之一，想必总要见楼了，什么楼，伯温楼。上得楼顶，才知登临的妙意，如今人操纵无人机，有着视野的俯瞰。经人介绍，脚下的片片村落民居竟是岛屿与岛屿的连接，这一片全是岛。我即刻拍下一张照片，是山湾里的一幕日常，民居从山间蔓延至河边，呈一个大大的"U"字，岸边有小小的码头耸立，停着三两艘木船，一派山围水也是水围山的景象，山水的两端皆望不到尽头。

一时想到一幅画。

我以为吸引人的画，能从主题反映的某一个具体季节邀请观者对其他季节进行想象。谢时臣的《虎阜春晴图》激发的正是此种邀请，包括人的活动，都给出了丰富信息，它显现的是流动的生活样态，提示我们别种季节里，物与人的不同。但此画唯一撼动人心处，是宫殿楼宇背后的异峰，借以挂轴的表现形式，山峰的存在增添了画面的气势，会看到这是隔江的山色，甚至可能不属于在地的景观（譬如亦可换作此刻的伯温楼景），山是仿如海市蜃楼般的远处仙山，它与此岸世界分隔了热闹与距离，它建立了视觉的制高点和思想的延伸点，在烟云拦腰间，一种独立于世的神秘力量便流淌出来。甚而可以说，没有此峰本幅作品必将流于平庸，因余下的画面更多是技巧的彰显。但同时，此峰也显现了自我的非自然性，山崖虽耸，但久观之，仍压不住山下的俗世生活，因它的具体和可铺展，它也暴露了自身的单薄与突兀。这一薄一浓的两极形态——山峰随时可能被遮蔽，而山下的生活永不会被遮蔽——并列画中，既显现了画面的一体性又让人明显感知两者的差异与不融洽。而最好玩的是，就在两种力量拉扯视觉乃至精神焦点时——究竟是山峰作为象征之物必然压盖俗世生活，还是俗世生活抢了山的生气，表现了与孤峰对立面的人间的热闹——它们都被一股神奇的力量消解了，乃至能彼此容忍，但又随时要显露角力的矛头。这力量殊难解释，只好想象，这是画家画下它们时的理由，不论是信手还是深思熟虑。

我拍下来的照片，当然是局限的，不能与目力的连贯相比，还因为我——只缘身在此楼中，若远远拍来，就更像了。于是怀着欣喜把照片晒到朋友圈去，有朋友问，可是到了榕江？贵州的榕江我还没有去过，只老实作答，这是温州。尔后引来一片赞誉，有说温州好，有说是宝地。我自然惊奇，也感到宽慰，我们这山里人总是知他处的好的。

在楼上绕楼，偶听扩音器里传来兵器之声，乒乒铿锵，我笑言，还没到雁荡山，就有兵气啦。

作者简介：

李晁，1986 年生于湖南，现居贵阳。2007 年发表小说，获《上海文学》新人奖、紫金·人民文学之星奖、《作家》金短篇奖、华语青年作家奖、十月文学奖等，出版小说集《雾中河》等三部。

塘 河 记

赵柏田

塘河之行是十一月初在杭州西湖就约下的。那一夜的西湖，下点小雨，灯影里有黛青色的山影，恍恍惚自己就是四百年前的湖山主人，只觉山是我的，湖是我的，那身边巧笑着的女子，也是我的。总盼着月底的塘河快快成行，惹得小远兄笑我，南风一夜渡塘河。其实在我，顶想看的倒不是河，而是看看河之人。我早知道，这次的旅行，台湾的郑愁予先生，那个写出"我达达的马蹄是个美丽的错误"的诗人要来，多时不见的柯平、庞培、黑陶要来，还有江西、兰州、山东的兄弟要来。他们到浙江，其实我也算得半个主人的。

似乎西湖的夜风还吹在耳侧，那一切来得如此周致，竟好像是，景已暗换，而心情还是那一夜的心情。

晨光中，船泊在小南门码头，解缆未行。一夜朔风，风日正好。一入舱内，就被桌上一盆水果惊着了。葡萄、橘子、香蕉，也就寻常果品，当船身侧转，向南行去，沿着水面衍射而来的一缕光线穿过船舷，正好投在了那一盆美果上。金黄的橘，紫红的葡萄，都还带着乡野的露水汽，然则日光之下，如此静穆灿烂,看去也都是人世间的好。

《山海经·海内南经》上说,瓯居海上,想上古时,这里是极南极偏之地。最晚不过南朝宋之前,今温州城区瑞安、平阳一线以东,即是茫茫海域了。温州的原住民,有说春秋时从越地徙来,也有说是良渚文化的一支,从上源好川,随流而至。我竟暗喜前者,因越地一说,至少与我住的宁波有点干系。温州一城,全赖三条主河化育,自北而南,瓯江、飞云江、鳌江,塘河襟连前两条水系,实是当时生民开垦的运河。说是开垦也不甚恰,它实际上是阻止海水入侵的一道塘堤,故与海岸线平行,略呈南北向。堤内注水,可行船,可灌溉,可阻海侵,可见人生天地,智慧非天生就有,都是环境造成。想与人说,一船笑语哗哗,半句跌入河间。

就连宋时博学多知的学者陈傅良,都说南塘"不知起何时",可知这河,来历甚久。此地有百里坊,典出唐温州刺史张又新《百里芳》一诗,说的是南朝永嘉太守王羲之,夏日驰五马出行,往看荷花,时南门街衢两侧为河,奔驰百里,一路皆清芰香气。张诗甚好,录于此,也可见当时政治清明,实合周公之礼:

　　时清游骑南徂暑,正值荷花百里开。民喜出行迎五马,全家知是使君来。

河一路逶迤,往西偏南,经得胜桥、吴桥、三板桥、南塘、丽田、梧田至白象。若再行20余公里,出茶山、仙岩、丽岙、塘下,便到瑞安东门了。瑞安,是那晚西湖同游的小远兄的老家，清末一代经师孙诒让的玉海楼就在此城，心里崇敬，反而惴惴，不敢轻易言往。但我知道，终有一日是会去的。

河水汤汤，映着朝云，并着尚带水汽的阳光。日影投于水，如一瓣湿润的唇。哪是瞿溪的水，哪又是雄溪和郭溪的水，一时委实难辨清。沿途有桥，有河埠，有喧腾的老街，皆初冬南方景致，平和里沾着喜气。有人于河干桥墩讲朝廷，亦是油米酱醋起头，尽皆人间底色。船近白象，有人遥指远处山影，说是吹台山。时日光下射，水汽上蒸，山影葱茏一如水墨。周灵王太子王子晋吹箫飞升的游仙故事，我是早晓得的，亦知乐清灵峰之上有箫台，犹如刘阮在天台，都是登仙的古迹，只是一直不知吹台山在何，不意竟在塘河上无意见之。

绵软如织锦的水光里，也是有着兵气的。这兵戈之声，不是来自北宋，啸聚处州的方腊那一众寇，而是汉时，此地的东瓯国与今福建一带的闽越国。那时候的生民，大抵都还是剪发文身、错臂左衽的。司马迁《史记》里有"东瓯列传"，对这两小国的恩怨述之甚详。开篇说道，"闽越王无诸及越东海王摇者，其先皆越王勾践之后也，姓驺氏，秦已并天下，皆废为君长，以其地为闽中郡"，秦亡后，东瓯的驺摇佐汉抗楚，汉兴后复位东海王，不意后来被拖入七国之乱那一潭子浑水，后又与南边的闽越国连年纷争，两小国终被汉武帝灭国、内迁。故国陵阙，尽作汉家山水，于今野草桥边，都是旧时王孙了。

船的一侧，偶或有水榕树，成片是瓯柑林。墨绿的叶间，秋实缀枝，作金黄色小灯笼状，枝重委地，亦颇可爱。有农人背了一肩的果子到河边，脱至光膊，农人劬劳，竟似不畏西风，把果子又装满船去。

称之瓯柑，自是因这种果子产自瓯地。这几日总听得有人叫它大吉，想是大橘谐音。作为橘子的一种，它的个头自是偏大的。瓯地巫风盛，祭神作供果，叫声大吉，也是讨个口彩罢。此果古称黄柑，作为永嘉土产，每年九十月间，岁例进贡，唐开元时，天子于上元夜会见亲近大臣、侍从，餐黄柑拜赐馈遗，号曰"传柑"，这般景象，也是久断了的古风。东坡有诗"三寸黄柑擘永嘉"，把此果与"云泽米""雪坑茶"并置，都是君家上好之物。又有诗专述"传柑"，写此果滋味，冠绝人间草木，有"侍史传柑御座旁，人间草木尽无浆"句。也有说宋时叫海红柑的，想是藏之久而皮色转红，再加产地近海之故。

我于此果，原本无感，一口之下，甜中微作苦辛，清而不腻，味蕾上滚过一阵奇异的风，竟好似万水千山的跋涉，一下到此，都卸下了一般。船上还有橘子糕，也与我孩提时母亲给吃过的一般清凉无异。这瓯柑和橘子糕，就是我的玛德莱娜小点心了。每个人都有他自己的玛德莱娜小点心的，它藏在时间的皱褶里，总无觅处，就像人与人的遇合，总是不经意间方有邂逅。相遇，适我所愿，《诗经》里这句，说的是人与人浮世里的那一点情分，也是人与物的。

于是欣然去登塔，想着这浮屠总能见证些什么。塔是河干的白象塔，说是起自唐贞观年。其实登与不登，塔都在那里，七宝楼台和着塔基下的人，都已定影在心的底版了，时日愈久，或可沉淀愈深。可堪登者，是因为它是新塔，吃得起重，且人人都上去了。老的唐塔——其实也不再是，是北宋咸平年间至明嘉靖、再至民国多次重修了的——拆除正好五十年了。

从中空的塔身盘旋而上，东是大罗山，西是凤凰山，其下

塘河如练，论地势自是极好。我总疑惑，不知身处几层。设若
一人独自登临，我怕是不会有这样的兴致。可见我名为好静，
实爱的还是人间热闹场。终至七级，恐高者已抱壁颤抖，汗不
敢出。意念里的白象慧光，杳无踪影，只在听人说起五十年前
塔身里出土的北宋漆器、木雕、青瓷，佛像，印经、舍利子时，
才有那么一闪。

作者简介：

赵柏田，小说和随笔作家。1969 年 8 月出生于浙江余姚。
中国作家协会会员。浙江省作协签约作家。在各大期刊发表作
品 200 余万字，入选多种选刊、选本及年度排行榜，部分作品
译介到国外。曾获"十月"散文奖、2000 年浙江省青年文学之星、
全国大红鹰文学奖等。致力于思想史及近现代知识分子研究。

瓯 域

黑 陶

刚刚收获的、青涩瓯柑的强烈气息，在空中形成云朵，然后，又沉坠下来，深深浸润：山脉、溪河、海洋、古桥、城池、寺观、石塔、祠堂、街巷、船只。

在浙南，在山海交错、城乡参差的复杂瓯域，我的手，还触摸到古代龙舟开裂的木骨，触摸到停泊海船锈迹斑斑的、巨大冰凉铁锚。

刚刚收获的、青涩瓯柑的强烈气息，在空中形成云朵，然后，又沉坠下来，深深浸润：山脉、溪河、海洋、古桥、城池、寺观、石塔、祠堂、街巷、船只。

在浙南，在山海交错、城乡参差的复杂瓯域，我的手，还触摸到古代龙舟开裂的木骨，触摸到停泊海船锈迹斑斑的、巨大冰凉铁锚。

微苦、败火的瓯柑，像大颗大颗的星。

在城中临河的百年老房子窗口，会看到整条的水泥船上，全部装载了满满的碧青瓯柑。

滚挤的瓯柑，微苦、败火的星团，要等到午夜，才四处溅射它们年轻的汁液。

只有鳗鲞沉默。鳗鲞具有的，是沉默、坚硬的咸香。我曾在黄昏前夕的蒲鞋市独自行走。

蒲鞋市的蒲鞋，被谁全部买走了？只剩下：沙县小吃。晶钻奶茶。燕皮馄饨。苗家酸汤。

社区老年活动室内，是弥漫的烟雾，是坐着打牌和站着围观的衣服臃肿的老人。而狭窄街弄之中，放学的小学生们像新鲜的落叶，纷挤，杂沓。我逆流而行。

街角，烤饼摊突然升腾的火焰，烫人，却是隐忍。

火焰映照的，是一座北斗古城。生命晚年的郭璞。晋代风水大师。卜城。滨海古城。连山而成北斗形状的城池：华盖、松台、海坛、西郭四座山，是"斗魁"（斗之四星）；积谷、翠微、仁王三座山，是"斗构"（柄之三星）。

坚固如桶，牢硬似铁。

海潮汹涌的午夜，城池，闪耀鱼腥的北斗七星光芒。

瓯域的塘河，以巨大吸力，吸我独自靠近。山、田、市井、乡镇间蜿蜒浑浊的粗壮血管。"温州文化的母体"。

长度为"七铺"（一铺为十华里）的巨大浑浊血管。由斗城向南，经过如下幽暗的房间——

茶院寺。梧田。白象。帆游。河口塘。塘下。莘塍。九里。瑞安白岩桥。

初冬近午的塘河岸边，此刻，一位骑电动车而来的青年，用抛撒出去的长线滚钩，从河水内部，扎起了一条硕大的、拧扭跃蹦的银白花鲢。

我走过龙方桥。已经陷在污水、梧桐树枝和低矮连片民居之间的龙方桥。

局促的农贸小集市。粮油店。油条摊。哺乳的卖鸡蛋妇女。推拿。针灸。海南香蕉：5元3斤。长脚盆外成堆的深栗色的荸荠皮。鱼鳞。剖鱼男人喷吐的弥漫烟圈。散落的发臭垃圾。彩票。回收旧手机。"皖P"开头的破面包车。晒太阳的老人。快餐店刚刚摆出的、方形不锈钢盘中切成两半的成群煮熟海蟹。

屋脊上有彩龙和神仙人物的古刹祠观，在散发幽暗、枯萎的渺远荷香。

我读到一个人在回忆里的叙述：

"友人徐君，住居塘河之南塘街……逢到端午节，徐君就来邀我到他家去看龙舟竞渡。他家门前的河面很宽阔，容得下十三四只龙舟竞渡。那天，我坐在他家楼上朝河的窗口，看着河面上有六只颜色各异的龙舟，分成三对在互相追逐争斗。龙舟上的锣鼓声、呐喊声震耳欲聋，两岸观者人山人海，助威的鞭炮声、鼓掌叫好声不绝于耳。于是，划龙舟的人劲头就更足了，用船桨把河水拨得浪花飞溅，整个河面犹似银河倒泻，白花花的。斗了一会儿，划龙舟的人有些力乏口渴了，就慢慢地荡着桨，把龙舟靠拢埠头，双手捧起河水喝。'塘河的水很清，南塘街的居民都吃塘河水，我家也一样，要用水时，就挑起水桶到埠头挑来用。'徐君这样说。"

塘河。浑浊的血管之上（由瞿溪、雄溪、郭溪之水汇成的河流，原来是那么清澈！），曾经有过那么多的船：

航船。花船。河满船。新花船（盘汤）。舴艋舟（青田船）。公婆船。卖水舟。拖船。拗罾船。螺蛳船。戏班船。炮船。竹筏。火轮船。挖泥船、采菱盆。

运往城中的是：番薯丝、稻谷、茶叶、烟叶、甘蔗、木炭、白石泥。

运返乡间的是：化肥、水泥、煤炭、日用百货。

河流之上的船舱内部，有我如此熟悉的童年所见的面孔：唱鼓词的面孔，拉琴人的面孔，卖膏药的面孔，变魔术的面孔⋯⋯

"香烟要否？瓜子要否？橘子水要喝否——"

"香喷喷的大饼，甜酥酥的油蛋，不吃别后悔，啊——"

"刚炸的油条，热乎的馒头，要吃趁热，啊——"初冬的太阳光下，塘河迎亲船上绸被面的闪光——有富贵牡丹、龙凤呈祥、鸳鸯戏水图案的、艳丽绸被面的闪光，已经看不见了。

只有如盖的大榕树依然青碧。缕缕的气生根垂拂。此地，已是榕树能够正常生长的中国最北缘。

巨大的树伞底下，摊铺着肮脏的喷绘塑布。

一群人在围观——摊满碟片的喷绘塑布上的图像和文字是：天下奇闻，绝对震撼！一碟抵十碟：人妖变性、东莞扫黄、人猪杂交。

河边。黯色的、交织着过去和当代气息的黯色长街。

墨池坊。书圣。东瓯王。敬鬼。悬棺。石棚墓。谢灵运。文天祥。白象塔。活字印刷。瓯塑。仙岩寺和慧光塔。群山。海潮。弘一法师。泽雅纸坊。温州蠲纸。瓯窑。海上丝绸之路。南阁牌楼。重修南塘碑记。玉海楼。刘基庙。龙舟台阁。永昌堡。叶适墓。唐代独木舟。利济医学堂。永嘉城：东庙、南市、西居、北埠。顺溪古宅。赤溪五洞桥。芙蓉村。妈祖宫。廊桥。

温州重修南塘记。帆游。青云桥。二十八宿井。乐清。永嘉。瑞安。文成。泰顺。平阳。苍南。洞头。鹿城。瓯海。龙湾。

一张新鲜的红纸上，是用淋漓墨汁写就的通知：

经塘西陈圣观管理人员决定三官忏于二〇一五年十月十六日（公历 2015 年 11 月 27 号）星期五上午在陈圣观前大殿二楼拜忏，中午大殿楼下就素餐。敬请各位信众互相转告，准时到堂拜佛求安康。

特此通知。

塘西陈圣观管理组启。

正是拜忏的日子。人群纷杂。陈圣观院内，一辆崭新的红色"保时捷"跑车驶过我的身边，停在观殿墙边。一位脸部美白过度的女性和一位病容的中年妇女，从车中钻出来。红色闪耀汽车旁边的观殿墙上，雕刻着"三国"内容的图案，注明这个故事的雕刻文字是：

"三顾茅庐"。

头顶，一长列老旧的火车，隆隆驶过塘河上的桥梁。它的重量和速度，使得桥堍两侧两只已经褪色的纸扎龙头，震颤不已。

纸龙近旁的桥身上，描写有这样的字迹："剃宝贝满月头发"。"理发：老中青。已移前 70 米"。

一个潦草的箭头，指明了移前的方向。

在河边看得见火车桥梁的某家小吃店内我坐定。店主——一位曾经就读于附近普济寺小学、热情却又不失自矜的小伙子，

为我端上了一碗热腾腾的、他的传统手艺:

温州猪脏粉——肠。血旺。米线。碧青大蒜叶。

悠久古老的浓香,依然,尽在热腾腾的碗中。

在瓯域全境,三条矫健的中国青龙,从西面绿植深郁的山间窜出,蜿蜒,腾越,飞游入东面低处的太平洋(血管一样的塘河,紧紧连接着其中两条青龙)。

腾越、飞游的龙,在深夜无人时,会奋力遨游嬉戏于黑蓝星空;而白昼来临,它们,又总是好脾气地安居、奔腾于倾斜陆地。

它们渴望深渊的海洋。它们迫切地,想要饮到海水中珍贵的盐。

三条矫健的中国地方青龙:瓯江、飞云河、鳌江。

我骑着它们。它们布满龙鳞的肌体滚烫。它们的心跳,像天空的星辰一样,有力、激越,咚咚震响。

作者简介:

黑陶,中国作家协会会员,无锡市作家协会主席。出版有散文集《夜晚灼烫》《泥与焰》《漆蓝书简:被遮蔽的江南》《中国册页》《绿昼:黑陶散文》,口述史《二泉映月》,诗集《寂火》等。曾获诗刊年度作品奖、江苏省紫金山文学奖。

龙舟的故乡

练建安

福州北行，坐动车，约2小时，就抵达了温州南站。

温州位于浙江省东南部，东临东海，西接丽水，北连台州，南邻福建宁德。

《山海经》说："闽在海中。"同样，《山海经》也说："瓯居海中。"瓯海，就是温州，又称鹿城。这里历史悠久，远可追溯到公元前2500年的新石器时期。夏商周漫长岁月，为百越东瓯。公元前221年，秦始皇统一中国，划分天下三十六郡，此地属闽中郡。东晋太宁元年（公元323年）建永嘉郡，唐上元二年（公元675年）始称温州。

温州与福州，500余年同属闽中郡，同为国家历史文化名城。闽浙山水相依，关系源远流长。

机缘巧合，应邀采风。2023年9月16日傍晚时分，我从福州第一次来到慕名已久的温州。出南站，抬眼看去，这里的植被、气候、高楼大厦、车水马龙、霓虹灯闪烁，与福州似无多大差别。不过，我注意到，杭州第19届亚运会龙舟比赛将于下月初在此举行。温州大街上，多见一些有关"亚运""龙舟"的宣传画和广告标语，大赛氛围浓厚。从南站前往龙舟运动中心的道路旁，一座巨型龙舟雕塑，格外引人注目。浪花翻腾，龙舟竞渡，"中国龙舟文化之乡"和"杭州第19届亚运会"标识闪闪发光。

夜晚，我们徜徉于温州娄桥步行街。但见流光溢彩，熙熙攘攘，人们多半显得安闲自在，优哉游哉。街边有一条河，河边有一幢明清江南风格的深宅大院，土墙老旧，楼上木窗临河，景致颇有意味。温州文友说，这是一处古法酱油作坊，产品经塘河远销海外。说话间，这条塘河之上，不时可见三二条"独木舟"在灯影依稀中悄然而来倏忽而去。文友又说，他们并不是专业运动员，是民间龙舟爱好者。他们在日常训练。

赛龙舟是我国端午节最重要的习俗之一，普遍活跃于南方诸省。北方靠近水域的城镇也有类似习俗，以划旱龙舟舞龙船居多。

福建多龙舟。夜赛龙舟，是福州三溪村的独特民俗，全国闻名。

赛龙舟的起源，有纪念伍子胥，纪念曹娥，纪念屈原，祭祀水神或龙神，等等，诸说不一。一般认为，其起源远可追溯至春秋战国时代。近现代以来，赛龙舟活动随着华侨华人的足迹，遍及世界各地。2010年，赛龙舟列入广州亚运会正式比赛项目。2011年，赛龙舟列入第三批国家级非物质文化遗产名录。

温州河网密布，150余条大小溪河，水量充沛。有"八十里荷塘"之称的温瑞塘河是温州龙舟竞渡的最佳河道。

温州人热爱龙舟，创造了诸多全国乃至世界之最。据温州龙舟协会资料记载："温州龙舟水平在全国名列前茅，从二月二

'龙抬头'开始活动，一年中有 2000 多条龙舟下水，全市各县（市、区）有 100 多个龙舟俱乐部。在 2015 中华龙舟大赛暨温州龙舟文化节活动中，温州 203 支队伍（运动员 8702 人）参赛，创下了'参赛队伍最多'和'参赛人数最多'的两项吉尼斯世界纪录。"

我国古代吴越族有"断发纹身"习俗，信奉龙为保护神，盛大的祭祀活动围绕龙图腾举行。温州民间以龙舟为"五月真龙"，每年端午节前后划龙舟，以祈求风调雨顺、国泰民安。

温州龙舟"竞渡"习俗最早的确切记载是明朝万历年间刊行的《温州府志》，其中说："竞渡起自越王勾践，永嘉水乡用以祈赛。"另据《越绝书》等古籍记载，吴越争霸时期，战败者越王勾践卧薪尝胆，大量建造舟船，"形同龙身、划行快速如飞。"每年端阳前后，勾践亲自坐镇指挥，操练水军。这就是"竞渡"的由来。此后，温州龙舟竞渡勃兴。"一村一船遍一邦，随处旗脚争飞舞。"南宋永嘉学派大师叶适在《后端午行》中描述了这一盛况。据地方文史专家考证，明代之后，温州龙舟竞渡开始有了纪念爱国诗人屈原的社会功能，持续兴盛。明永嘉姜准的《岐海琐谈》记载："自城市以达都鄙，里社丛祠，各置龙船。"赵钧《过来语》被誉为"清代浙南社会生活缩影"，其中写道："本岁闰月，龙舟甚多，兼之邑有采舡，游人更盛。"

温州文友介绍说，旧时，会昌河沿岸，村村端午划龙舟。各庙宇设有香官神，专管划龙舟。龙舟"上水"前，先要祭神，龙舟归去叫"收香"，斗龙结束叫"散河"或"洗港"，把龙舟翻转，次日再翻正，抬到庙中保管。龙舟一般用杉木制作，颇为考究。船首安装木雕龙头，船身漆绘彩色鳞片。各乡龙舟，都有固定颜色的旗帜，与龙头、龙尾和船身颜色一致。有红龙、白龙、黄龙、青龙。第一天，白龙下水；红龙最迟下水、最早上岸。南塘水面，以莘塍东堂庙的龙舟最为尊贵，叫大青，是为龙娘。其他龙舟入水前，必须到达东堂庙朝见。

温州龙舟的种类有大龙、小龙之分。大龙有十八档，两旁划手三十六人，加鼓、梢、锣、旗、唱神、托香斗六种执事十二人，共计四十八人。小龙船身十三档，划手二十六人，加船面管旗一，后梢二，唱神一，司鼓二，掌锣二，托香斗二，共计三十六人。

据《中国龙舟争霸赛竞赛规则》（中国龙舟协会 2020 年版）规定：参赛队公开组各队限报 26 人，其中领队 1 人、教练 1 人、鼓手 1 人、舵手 1 人、划手 20 人，替补队员 2 人。这与传统规模相比，少了许多。

温州十三档龙舟，到底有多长？温州文友说，手头一时没有详细资料，不敢妄言。不过，网上有资料，中国龙舟协会规定：龙舟长度为 18.5 米（由龙头至龙尾），允许误差 5 厘米；船身长度为 15.5 米，允许误差 3 厘米；龙舟宽度为 1.1 米（中舱最宽处），允许误差 1 厘米。

温州永嘉上塘、下塘一带龙舟，闻名遐迩。楠溪江龙舟竞渡，场面浩大。可以想见，楠溪江蜿蜒十里，两岸青山，古村白墙黑瓦，而彩旗飘飘，浪花飞溅，锣鼓喧天，欢声雷动。这是何等热闹的景象。

龙舟竞渡盛况，现代人可以通过影视镜头、高清图片细细欣赏。不过，在一些人看来，古诗词对于赛龙舟的描摹，独具令人心驰神往的艺术魅力。唐诗曰："鼓声三下红旗开，两龙跃出浮水来；棹影斡波飞万剑，鼓声劈浪鸣千雷。"明诗曰："共骇群龙水上游，不知原是木兰舟。云旗猎猎翻青汉，雷鼓嘈嘈殷碧流。"泱泱中华诗国，"竞渡诗"不胜枚举。千百年来，剪纸、木刻、雕塑、图章、绘画、书法、音乐、舞蹈等等，何处没有龙舟竞渡的倩影？

龙舟竞渡有一种文化特质和艺术气韵，深藏在我们炎黄子孙的心底。

"看龙舟，到温州。"近年来，温州着力弘扬龙舟文化，赛龙舟这项古老运动又重新焕发出勃勃生机。2011 年，温州市首届龙舟大赛召开。2012 年，国家体育总局授予温州"中国龙舟名城"称号。温州龙舟队参加中华龙舟大赛等系列赛事中屡获佳绩。2020 年，温州市瓯海区被命名为"中国龙舟文化之乡"。

现代龙舟竞赛如今已是一项全球性运动，在五大洲的 85 个国家和地区蓬勃开展。温州是全国著名的侨乡之一，68 万温州人遍布 131 个国家和地区。中国南方诸省区的华人华侨们将龙舟文化带到了海外，发扬光大。

据报道，美国旧金山曾举办十三届龙舟大赛，温州籍青年组成加州温州五马龙舟队参赛；欧洲活跃着一些由温州侨胞组成的龙舟队，积极组织活动；温州海外龙舟基地先后在西班牙、意大利、法国成立。温州龙舟从瓯海塘河划到了地中海，从地中海划到了塞纳河上。

2021 年 8 月 3 日，在东京奥运会皮划艇的比赛场上，作为展示项目，中国龙舟划入了奥运赛场。这标志着龙舟已经启动了入奥程序。

2023 年 11 月，杭州亚运会龙舟赛事将在温州举办。亚运龙舟划进温州，吸引着世界体坛目光。国际龙舟联合会主席迈克·托马斯特寄来贺信，盛赞博大精深的中国龙舟文化。

文友说，温州河里有水龙（水上龙舟）、地上有地龙（板凳龙、龙灯）、空中有天龙（龙头风筝）。据悉，当地美食界正精心准备打造一款"龙舟宴"。龙舟文化，是温州的一张金名片。

鹿城龙舟基地、瓯海龙舟基地、龙舟文化主题公园，无疑是温州金名片上的"一道优美的风景线"。

鹿城龙舟基地位于温州西湖（会昌湖）。龙舟基地在会昌湖水上公园的基础上改造而成，占地面积3060平方米，长500米、宽72米、深3.5米的6条龙舟比赛赛道，可同时容纳30多艘龙舟停泊、竞渡。基地设有观赏台、点睛台、龙舟阁，台阶之间，五块大型祥龙浮雕气势恢宏、栩栩如生。龙舟广场，绿草如茵。

瓯海龙舟基地即杭州亚运会龙舟赛事基地（温州瓯海奥体龙舟运动中心），位于瓯海中心区南单元。据了解，这是全国乃至全亚洲最高端、最标准的龙舟体育运动综合体，总用地面积1052.2亩，水上龙舟比赛基地赛道水域总长1200米、宽130米、深3.5米，按照亚运龙舟比赛的标准建设。

龙舟公园在会昌河三河交汇处。公园有藏舟亭、眺舟亭、同舟亭、同心文化长廊、龙舟文创主题馆、台阁展示厅、文化传播和拓展培训中心，蔚为大观。台阁展示厅为水上台阁（彩舫），木制，高三层，形似亭台楼阁。此建筑形制为温州独创，弥足珍贵。2013年，温州水上台阁入选浙江省第六批非物质文化遗产名录。

漫步鹿城，我们时时感受到丰厚的龙舟文化气息。文友说，温州的一条龙舟在端午节参加龙舟竞渡，划手们划得太快了，片刻就把对手们远远抛在了身后，消失在塘河之上。七夕节到了，星汉灿烂，牛郎织女相会。温州上空，一条龙舟忽然从天而降。原来，他们划到天河上去了，划啊划，划到七夕节才划回来。故事浪漫美丽，民间传说有极为丰富的想象力。

我们被多次告知，亚运龙舟赛下个月就要来啦。朋友啊，你莫要错过了机会哦。看龙舟，到温州。

与我国南方许多濒临大江大海的地方一样，温州，是龙舟的故乡。

作者简介：

练建安，中国作家协会会员，《台港文学选刊》主编。

塘河的灯

乔 叶

行走温州的日子里，印象最深的便是塘河的灯。

那日飞机落地温州，已经是下午五点多。和所有的城市一样，进城的路上有点儿堵，到了酒店已经是华灯初上。晚饭后，由温州作家吉敏陪同，我和诗人庞培先去赏南塘夜景。

南塘，见名知义，城南之堤塘也。它是南塘驿路和南塘河的起点。南宋淳熙十三年，彼时的温州政府以全民之力整治疏浚长达七十余里的七铺塘河，修缮石堤，铺设石板，此堤塘是谓"南塘驿路"。而驿路旁边，连接温州和瑞安的那条七铺塘河，后来被称为永瑞塘河——永嘉到瑞安，现称温瑞塘河——温州到瑞安。温州，很久之前的爱称便是永嘉。

人们都说，塘河是温州的母亲河。行旅多年，到过各处，我亲近过太多的母亲河。济水之于济源，湄江河之于湄潭，青衣江之于雅安，沱江之于凤凰，嘉陵江之于重庆，湘江之于长沙，更遑论岷江、珠江、赣江、澜沧江、雅鲁藏布江……至柔至刚的河流，是大地上一切生灵的母亲。塘河自然也是。不说别的，单看温州市区这些桥和路的名字便可知晓：河西桥，漫水桥，望海桥，通济桥，矮凳桥路，金桥路，金丝桥路——我没有笔误，这两座桥确实只是一字之差。对了，还有一条信河街，此街名我在温州作家哲贵的小说里经常读到，一直以为是虚构的，到了温州才知道，原来在地理意义上讲，它还真是非虚构。

也许是因为下着小雨的缘故，夜色里的南塘很安静。河边的建筑一望而知都是崭新的，且是中英文双语标识，很是洋派。逛了一会儿，庞培说想去看书店，大吉便陪着我们来到她相熟的书店。有意思的是，书店就在塘河边，书店的名字也叫"塘河"。因本名谐音章鱼，店主的诨名便是八爪。他穿着一身棉睡衣，正自在地听歌喝茶。

书店是二手书店。这种店其实很考量店主的学识和眼力，庞培的倾情投入很快证明了八爪的道行。我素来不学无术，便只和八爪聊天。问他怎么想起开一家旧书店的？纸质书的状况已经是江河日下，纵使再下功夫，想在二手书上赚钱也是火中取栗。八爪淡淡地说："喜欢啊。开一家小书店一直是我的理想。"书店两边，麻将馆里的声音哗哗地响着，他又说"隔壁孩子也问过我这个问题，我告诉他，我不想让你长大了之后，童年的记忆里只有麻将馆。"

这是个书痴。他笑言，前些日子去台湾，别人观光，他买书。别人逛街，他买书。别人去吃小吃，他买书……所以他的书架上，佳品荟萃，韵致缤纷。且看看这些书目：人民文学出版社最早版本的《莎士比亚全集》、朱天心《猎人们》《董桥散文》、房龙《宽容》、清少纳言《枕草子》、陈冠中《事后》、贺卫方与章治和共著的《四手联弹》……简直是四海纳贤。当然对于温州他也是衷肠一片。《永嘉县志》《温州方言志》《瓯越语语汇研究》《温州乡村 60 年发展变迁》《温州歌谣初探》《瓯文化论集》《温州海关志》等等这些探寻温州本土各种风貌的专著应有尽有。本土作家琦君的作品自然也要隆重展示:《梦中的饼干屋》《青灯有味似儿时》《此处有仙桃》《妈妈银行》《琦君读书》等一一在列。他爱戏,戏曲类的书也琳琅满目:张世铮《我是昆剧之"末"》,李子敏《瓯剧艺术概论》,徐慕云《梨园外记》,《关汉卿戏曲集》俞为民、洪振宁主编的《南戏大典》,陈万鼎《元代戏班优伶生活景况》……因他的收藏齐全,温州无论官方还是民间都经常来他这里寻书,他也经常捐赠一些书出去。

那天晚上,我们在他的店里叙话至深夜。随后两天的行程,又跟着他行走到了温州城的细节深处:探访瓯剧班子,赏析摩崖石刻,到犄角旮旯的店铺里淘宝……桩桩件件,皆有民间趣味。而大吉所安排的行程,则皆是温州博物馆、南戏博物馆、朱自清旧居、城西路老教堂等经典之地。于我最深刻的印象,则是去白象塔。

那天到达白象塔时,已经是半下午了,没有什么游客,很冷清。南宋时期,温州是东南佛教的重镇,白象塔即是标志性的遗存,塔内出土的《佛说观无量寿佛经》残页,是当今尚存的最早活字印刷本。2010 年,塔内还有一枚舍利子惊现于世……眼前的白象塔默默无声,它还有多少不为人知的秘密呢?

塔不可登,塔旁的塘河文化博物馆倒是容得我流连了一会儿。馆内图文并茂地梳理了塘河的历史和人文,渔业、农业和航运业的脉络清晰可见。

"这里展示的都是塘河生活……"活泼可爱的大吉积极地兼

职着解说。大吉的相貌是小家碧玉，写作上的精气神却有大格局。来到温州之前，我刚读了她的新著《斜阳外》，原以为会是一本小女子之书，待到读完，则让我想到《人民文学》弘扬的理念：人民大地，文学无疆。《斜阳外》印证着大吉的足迹，一字一句都让我看到，她的娇身媚影就这样执着地行走在这片土地上，深度探寻着属于足迹的文学疆域，底蕴丰沛，行文端然。

塘河生活？嗯，这个词让我心有所动。原来，在温州，塘河不仅是一条河，而是一种生活。或者说，塘河本身就意味着生活——白象塔的旁边也是塘河，在温州，哪里都有塘河的环绕啊。

离开白象塔，我们便沿着塘河岸边散步。岸边一派烟火气息。无论走到哪户人家门口，都能闻到饭菜的香气。无论走到多么背街的角落里，都清清爽爽、干干净净。居家的人浣洗的衣服就搭在桥栏杆上，红红绿绿，生机盎然。大吉说，这里所居的本地人家多是留守的老人和孩子，成年人都在外奔波。而住在这里的成年人，又多是在温州打工的人。

如此流转，何其辛苦。但无论如何，房子里有人温温热热地住着，这就好。

河里很规律地种着一方方的美人蕉，盛开着红艳的花朵。据说用来净化河水很有效。美人蕉，又叫虞美人。虞美人是宋词的词牌名，想起这个词牌，我就会想到李煜那阕："春花秋月何时了，往事知多少。"由此想到北宋，想到汴梁，想到如今的开封，开封旁边的黄河……宋词的词牌，在塘河上悠然生长。船来船往，水波一层层荡开，她们就随着波澜摇曳，风情万种而不自知。塘河和黄河，就此在我的意识里隐秘相通。

"暮从碧山下，山月随人归。却顾所来径，苍苍横翠微。"喜极了李白的这几句诗。而现在，走在白象塔下的塘河边上，暮从塘河下，灯火依次起。却顾所来径，波光潋滟明。

且行且止。不知不觉又是夜晚。回城的路上，大吉请我到一处名为"农家小院"的地方吃饭。饭店里虽有农家风情，却是去芜存菁的农家风情，装饰天然而不粗糙，菜肴简单却又清新，可见老板审美趣味的不俗——中国的韵致就是如此，往往会看到，一些很不堪的酒店却很爱叫什么国际大酒店，而一些腹藏珠玉的地方却会有着特别平朴的面貌，起着特别平朴的名字。

在等菜的时间，大吉熟门熟路地带我走到后院，去看藏灯阁。馆主是大吉的朋友，别号青灯先生。这个温州人酷爱灯——准确地说，是灯具。有一则关于他的故事流传甚广，几近佳话：2007 年的某天，他在一个上海人那里发现了一枚温州光明火柴厂的"十文"牌火柴标，此标产于 1924 年。青灯先生从此念念不忘，多次求购，那人不予。执着的他每去上海必去访那人，如是三年，终于得偿所愿，拥有了这枚"十文"。如此这般，聚沙成塔，集腋成裘。几年过去，青灯先生则是集灯成馆。如今，他的藏灯阁里，已经有了上万盏灯。为了供养好自己的灯，他在前院开了这家农家菜馆。

我想象着青灯先生拿到那枚"十文"的神情，一定小心翼翼、如护珍宝。或者，如护一朵风中摇曳的火焰。可是火柴标，能算是灯具吗？我疑惑。又一想，既然火柴是灯，那火柴标怎么就算不得灯具呢？

从没有见过这么多的灯：羊角灯、狮灯、锡灯、马灯、宫灯、煤油灯、酥油灯、汽油灯……它们或玲珑精致，或简约省净，或妖娆娇俏，或端庄安详，或华丽飘逸，或诗酒风流，虽是形态各异，核心的功能却是共通的：默默地储藏光明。从汉代到当代，这些没有点燃的灯具，组成了一部光明简史。我毫不怀疑，在某一个时刻，如果需要，它们一定会情如热血，让幽暗沉郁的黑夜瞬间透亮起来。

他为什么这么爱灯呢？我又疑惑。再转念问自己：莫非你不爱灯吗？不由得想起，有一位敬爱的师长过生日，我曾发的短信："祝昼清夜静，心灯长明。"这是给他的祝福，也是给我自己的。

也便释然。

灯光，灯光，灯，即意味着光。灯光，总是需要的。房子需要它，道路需要它，人更是需要它照亮身外和心内的黑暗。而某个地域人文历史对它的需要，就体现在一个又一个人身上。——我之前以为塘河就是一条河，现在才知道它更意味着人，一代又一代可爱可敬的人：谢灵运、王羲之、玄觉、叶正则、黄公望、弘一、琦君、苏步青……当然也包括诸多为温州人文输入赤诚热血的当今之士。我相信，无论温州对于他们是常驻还是暂居，是故土还是家园，他们的深迹，皆是、正是或必将是塘河上熠熠闪烁的德厚流光。

不由又想起孔子。事实上，只要想到灯的话题，我就会不由得想起他。"天不生仲尼，万古如长夜。"这是古人的喟叹。此句史载朱熹，朱熹又说自己取自唐子西。而唐子西则在自己的文字中很严谨地注明："蜀道馆舍壁间题一联云：'天不生仲尼，万古如长夜'，不知何人诗也。"于我而言，著作权是谁都不重要，重要的是这句话说得好。遥想孔子所在的那个时代，混乱，蒙昧，厚颜，粗粝……仲尼如灯，一个民族最原初的精神黑暗，就是由这盏灯开始照亮的吧？

——道路漫漫，晦暝不期。无论如何，有灯就好。

作者简介：

　　乔叶，女，河南省修武县人。曾获茅盾文学奖、鲁迅文学奖。

纵身入山海

曹雪萍

从温州回来，次日的早上，犹豫着上了秤，双厨快乐，一百克都没长，那一路我可是吃了红烧鲨鱼皮、蒸鳐鱼、酱鸭舌、石斛炒蛋……这是温州留给我的余味，如风，穿过你的身体，不留下痕迹。

出发之前，我对温州的认知仅仅停留在人类学家项飙的代表作《跨越边界的社区：北京浙江村的生活史》。众所周知，"浙江村"主要经营服装生产批发，五金电器等，如今已成为华北最大的服装集散中心。于我而言，某种意义上，温州繁荣的小商品经济或多或少遮蔽了其文化的多样性和丰富性。

在去纸山的车上，友人吉敏用温州话无意间吟了一首《春晓》，让人秒回宋朝，众人纷纷拍手叫绝。有吴语区南极语之称的温州话既有古越语也有古楚语，当然还有唐宋以来的中原官话。这也就是为何温州话被认为是历史上最丰富的方言之一。诸如："乖"温州话对应到普通话是"香人"，"囡女"是"院主"，"早餐"是"天光"，"午饭"是"吃白昼"，晚饭是"吃黄昏"，"夜宵"是"吃夜厨"。时间感被萃取到了日常词汇里，雅致、含蓄，瞬间就被温州方言的日用之美惊到了。《温州方言志》还解释说，温州话有较多的古音类差别，声母保持古清浊系统，浊音分明，声调多为古四色。甚至也有人指出温州话战时或许可以当作密码用，就像《风语者》里一样。

温州古称瓯，瓯江口习称瓯海。据《山海经·海内南经》载，"瓯居海中"，瓯海之名由此而来。打破我偏见的第二站是塘河。我们从鹿城区小南门码头坐快艇游塘河，天气好得就像是日本动画片导演新海诚喊大家出来玩。遥想当年，北宋时，沿塘河遍植莲藕，有"八十里荷塘"之称。悠悠塘河水，贯穿于温瑞平原，全长 33.85 公里，两岸芦狄丛生，垂荆齐水，榕树的枝桠上白鹭小憩，远处的小山上有庙宇与人家。一个多小时后，我们才到了岛上的伯温楼。伯温楼比照黄鹤楼而建，结构为外五层内九层，从九层观景台俯视，塘河水系四通八达。据说没有铁路的时候，船只宛若水上巴士，运输纸张、海鲜、杨梅等各种物产，随着陆地交通的发达，昔日热闹的塘河安静了下来，继续为两岸的农田默默灌溉，人沿河而居，温润富足。

刘伯温是温州的历史名人，神机妙算，力助太祖一统江山，开创大明盛世，素有"三天下诸葛亮，一统江山刘伯温"之美誉。为弘扬刘基文化，刘氏后裔自主众筹三千余万元，历时八年建成了伯温楼。最有意思的是，在这座古典建筑里，有一盏巨大奢华的水晶吊灯，让人有一种走错片场的恍惚，还以为是误入了英剧《唐顿庄园》。友人小声嘀咕了一句，或许某个刘氏后人就是做灯具生意的，索性捐了灯呢。细想了下，好像也不无道理。

散文家琦君是温州的文化名人。她的故里瓯海区泽雅镇庙后村，素有"温州西雁荡"之称。竹涛绝耳，石板路上有青苔，拾阶而上，只让人想立刻脱去鞋子光了脚走上去。有人在石缝下找螃蟹，有人戴着草帽在钓鱼，有小朋友在趟水嬉戏。同行的友人说，小时候，她爸爸也常常带着一铁桶的螃蟹回家，就听到螃蟹用小爪子扒着桶壁往外逃，悉悉索索的。这里的桥也别具风情，让人难忘的是，桥是一块块石头，嵌在水中央，还有一个好听的名字，跰步桥。人走上去的时候，一步一摇，摇曳生姿。

就在琦君老家对面的弄堂里，有一座正在修缮的祠堂，神像还用红布包着。意外的是，在祠堂的对门，有一间教堂，老人们有的在打饭，有的在唱赞美诗，教堂朴素而神圣。站在祠堂和教堂中间的空地上，让人神游，何为选择与包容，何为美好生活。

一直以来，温州人也被称作"东方犹太人"，这当然和温州人擅长经商不无关联。但早在 1876 年，《烟台条约》后，温州成为通商口岸，传教就受到当地政府保护。英国人苏慧廉 1882 年将《圣经》翻译成了温州话版。到 1949 年，温州有教堂 628 座，教徒八万余人。现在的温州，有 1/7 的人信基督教，堪称全国比例最高的基督教人群。

步入村口有一座青石牌坊，书有"崎云山水"，横跨在溪流上的是登云桥，始建于光绪年间，亭柱上刻着"七寄树头栖黄燕，登云桥畔听溪声"，"泉从石飞听有奇响，松与云合溢有灵光"的对联。桥北边有凌云亭，亭柱上刻着"青山不墨千秋书，绿水无弦万古琴。"崖刻、对联就像古人留给我们的面包屑。在那一刻，我们在亭子里闲聊，喝着啤酒，吃着黄瓜，和古人心意相通。

就在这片村落转角的祠堂门上贴着威风凛凛的门神。定睛一看，旁边一扇门上竟然还有一对女门神，英姿飒爽。事实上，温州民间的太阴宫或陈十四娘娘宫门前画女门神，历史悠久。在瑞安鲍田的娘娘宫大门前就画着六位娴熟端庄的女门神，画师董志远先生对此的说法幽默、有人情味，"娘娘是女的，让男的守门头，总不好吧。"当然，《娘娘传》（温州鼓词）也唱过男门神，那是陈十四娘的结拜兄弟，庐山老母派来帮娘娘斩妖除蛇的黄、袁将军，一般出现在门壁上。

在村子的路口，还有一棵"七寄树"，已有八百余年的树龄。最神奇的地方在于红豆杉的树杈间寄生着枫树、漆树、榆树、桂树、松树、香樟，藤蔓婀娜，温州友人"十三"介绍说，数百年间，不同的鸟儿衔来了不同树的种子，居然就在一棵树里孕育生长，彼此关照，风雨与共。

树有树的命，竹有竹的妙。我们到了纸山唐宅村，去纸博物馆领略了纸的历史与文化，甚至从《天工开物》开始记录的造纸过程。参观了从竹到纸的造纸工艺，竹纸生产需要经过竹、料、刷、浆、纸等五个环节，十多个步骤。纸农娴熟地演示着捞纸的过程，抬着纸帘，在水槽中左右晃动，纸浆附着在纸帘上，纸的好坏、厚薄、纹理都在这一捞一荡上。村里至今还保留着当年的水碓，它是利用杠杆和轴轮原理，木槌自动运作，锤击竹子的粉末，省去人工的气力。不远处还有高高烟囱的建筑，那是当年用来烤纸的。感兴趣的人还可以去拓印的小店，体验拓印。

从纸山回来后，我突然对《里山资本主义》有了阅读兴趣。

纸山和里山形成了一种镜像，彼此映照。这本书的主旨是当日本人隐隐感到资本主义已经走到了极限，研究地域经济振兴的专家通过走访了日本三千余个村庄后，提出了一种振兴乡村和地方经济的战略，希望能够消除不安和不满，这就是改变日本人生存方式的"里山资本主义"。作者认为，解决社会发展的瓶颈，如"里山资本主义"提供了一种新的视野和生活方式的可能性，让读者从不同的角度审视自己的生活和未来。

温州标签之一的重商传统其实长久以来也有着难以逃脱的误读。温州的生意经不在于宏大叙事，一锁一灯即可入账。孔非力的《他者中的华人：中国近现代移民史》里有披露，在1990 年代，集体主义盛行的时代，32 岁以上、80% 的温州男性都有去外省闯荡过的经历，人人都在实践自由迁徙。往深里探究，温州至上而下有一种"对抗"集体主义的传统。让人难以想象的是，在意大利纺织重镇普拉托，温州人占 10%，创办了约 6500 家企业。俗话说"温州人不打工"，开个早餐铺子也好，经营一家卖密码旅行箱的工厂也好，自得其乐。某种程度上，看似温州人有一种实用主义心态，其实心态的背后有着温州人对自由的践行，也许是因为他们依山傍海，山与海赋予了温州人这样的性格基因。就像波伏娃所说，人不是生而自由的，而是变得自由的。对自由的渴望让人类想要的不仅仅是"好的事物"，也不仅仅是"好的决定"，而是一个完全属于"我自己"的决定。

晚上，我们住在一溪云，在山间的一个民宿。饭后，下起了小雨，友人在露台上聊了一会儿，轻声唱起了歌儿，"月亮在白莲花般的云朵里穿行，晚风吹来一阵阵欢乐的歌声，我们坐在高高的谷堆旁边，听妈妈讲那过去的事情……"歌声远远地飘向山谷深处，萤火虫一样，星星点点。

温州友人对瓯海、纸山、苍鹭、榅树，就像老朋友一样，如数家珍，熟悉且情深，让人想起叶芝的诗句"他教我从容看人生，一如堰上长青草"。

试想，如果桥不再凌驾于水上，如果门神有男亦有女，如果人可以向树学习，那或许我们可以呼吸到更多自由的空气，纵身入山海，如风随行。

作者简介：
　　曹雪萍，现就职于中信出版社。

温州记忆

于晓威

一

我们去看梅雨潭。

这次来温州，说实话，能看到梅雨潭，对我来说是一个偏得——因为我压根儿就不记得朱自清笔下的梅雨潭，原来在温州。

还记得小学时读《语文》课本，在漫长而懵懂的少年时光中，叶圣陶的《记金华的两个岩洞》和陈淼的《桂林山水》等篇什，是与朱自清的"梅雨潭"一同进入我的记忆中的。只不过，叶圣陶和陈淼的文章，题目就点明了地点，使人过目不忘，而"梅雨潭"，我只是记住了里面的美，以及隐约闪现的许多情怀，至于它处在哪里，确实不记得了。

庄子说："天地有大美而不言，"又说："行不知所往，处不知所持。"这固然是一种大的境界，然而于我，简陋就是简陋了。得知梅雨潭就在温州，这种邂逅，反真是有了意外之美了。

天气很热，不过循着台阶和林荫道，我似乎老远地就感受到了一股雨意，梅雨潭呵梅雨潭。一行人当中，我走在最前面，一种可笑而紧张的氛围逼迫着我，我要率先看看梅雨潭究竟是怎样的"潭"。在群山夹峙的小路中，我很快便看到了梅雨潭的路标所示，紧走了几步，率先映入眼帘的是一股小溪。难道这就是梅雨潭吗？直觉告诉我这不是的。然而当我用目光逡巡四周，确实再没有发现任何跟"水"有关的物象，我便禁不住仔细打量起那条小溪。它太小了，也太短了，如果说这就是一个潭，那我还真是宁愿相信。世间名实不符的事物何其多哉，我又何必为方物大势而见怪一隅呢？更何况，就如同我看过的某些瀑布一样，季节和雨量的差别，是会产生瀑布景观的天壤之别的。朱自清当年看过的潭，跟我此时看过的潭不一样；我昨天看过的潭，可能跟今天看过的潭也不一样吧。

同伴们大概不久就会跟上来了。我内心想，待他们上来后，我说："啊？这就是梅雨潭啊。"事情万一真的如此，那他们会不会跟我一样失望？事情万一不是如此，那他们该如何笑话我？于是我不甘心，再次看着周围，发现不远处有一个山石夹洞，试探着走了进去，可是没几步，视觉便被屏风样的巨石挡住，无路可循，于是只好踅身出来。

碰巧一位女士领着她的小孩子，也在寻梅雨潭。她跟在我身后，我连忙摆手："里面不通，走不了的。"

眼见着对方也一脸茫然地退回去，我只好再次无奈地打量着那条小溪。一瞬间我想了很多，默默地掏出一支烟在吸。我想，即便是这条不大的小溪，那么浅，那么细，跟我儿时家乡门前山林里的一抹小溪别无二致，那又怎么样呢？"山不在高，有仙则名，水不在深，有龙则灵"，朱自清来过这里，那就是沧浪之水，濯缨为幸啊，它毕竟不是我家乡林间的小溪。

就在这时，又有几位游客顺着我刚才去过的山洞，走了进去。他们走进去，半天不见出来。我立刻回悟到什么，马上跟进去。啊，果然，那道屏风样的巨石，只不过确实是由于视觉原因，挡住了道路，当你真正走到它面前，才蓦然发现紧贴在它的右侧，是有一条细小的空间，容许你从那里走过去的。走过去，不待脚步到达，便豁然觉得别有洞天，梅雨潭，俨然已经在你眼前了。

这就是梅雨潭。它真美，真绿，真静！几道从悬崖跌落下来的瀑布，聚在这里形成一个不需移目、便盈盈可视的深泓，宛如一块碧玉，镶嵌在山体间。而我刚刚看到的小溪，不过是它从石缝间流淌出去的溪水罢了。我呆呆地注视着它，那跳溅在潭面上的瀑布的水滴，在潭面上形成无数的点纹和涟漪，倒真的像是梅雨的雨滴落在上面，让人周身也感觉是湿濛濛的。

梅雨潭不负我。我回头重温了一下朱自清写过的梅雨潭，文章里分明写到的是："揪着草，攀着乱石，小心探身下去，又鞠躬过了一个石穹门，便到了汪汪的一碧潭边了……"那个石穹门，便是我看到的石洞，而朱自清当年的草杂石乱，只不过如今被修葺整洁了。

同伴们跟上来了，我与他们一起欣赏梅雨潭。我觉得梅雨潭已经穿越了时空。同伴里的散文家周吉敏和王雪茜，不知何时，站在自清亭镌刻着梅雨潭文章的碑文前，一起大声地诵读着上面的课文《绿》，"我第二次来到仙岩的时候，我惊诧于梅雨潭的绿了……"。她俩清脆而认真地诵读着，于我看来，是那么童真。我在旁边默默地听，便在她俩的诵读声中，我想到了小学的一些事情，我甚至还能清晰地记得，我坐在教室的黑板下面，从老师的讲课当中，第一次从这篇文章里学到的生字和生词，比如"几绺"，比如"倏地"，比如"皱缬"……它们与日后的无数文章记忆，如野草般丛集积累，潜移默化，让人懂得什么是美和善。

记忆是那么偶然，但是又那么顽强。我们已青春不再，我们都经历了什么，梅雨潭沉默不语。它像一只天眼，更像是一盘日晷，亘古地陪伴着芸芸众生。梅雨潭给我带了生命之悟，但是于浑然和无形的大象之中，我又不知道我悟到了什么。

她们俩一字不落，直到将碑文放声读完，便在她们婉丽的音韵声中，我的眼眶几乎湿润了。

二

夜里，细雨霏霏，我们去逛五马街。

五马街是温州旧城的古街道之一，相传始于东晋，唐宋沿袭，清代命名五马街。

原因大概就是，东晋时的著名文学家和书法家王羲之在永嘉做过郡守，出乘五马之车，喜欢流连于此，所以后人称之为"五马街"。

如今的五马街，路上无马，亦无车，改为步行路。沿路漫行，两边均是鳞次栉比、灯红酒绿和光怪陆离的高大建筑，没有人会质疑它们所具有的现代性，但同时，这些建筑当中，又夹杂着许多历史遗迹和著名的老字号商楼。温州，便在这岁月显影的街道中，掀出它蒙太奇般的容貌的一角。

我知道，读一座城市，就是融入一座城市，并与之形成心灵交感的互动。它可能是来自一个眼神，也可能是某一个细节，甚至可能是一种声音。记得英国作家毛姆说过，他如果要了解一座陌生的城市，可能不必走更多的路途，他只消在某条街角坐一会儿，喝杯咖啡，端详一下来往的人群，就会捕捉到这座城市的文化和灵魂。

我没有毛姆的本领，因此除了现实，我还需依靠回忆或文化的记忆。在我看来，既然著名历史学家和哲学家克罗齐说过，"一切历史都是当代史"，那么有关文化的记忆，理当也都是现实的一种。

我在极力捕捉着，哪怕是一丝微不足道的气息。我想，王羲之走过这里，谢灵运也走过这里。那年的风，也许此时此刻，从相同的方向在吹动着路人的衣角，而树木不觉。在五马街的北侧，有一家沧桑的旅馆，八十年前张爱玲曾在那里短暂居留过二十多天。她为"岁月静好"而来，却因"世景荒芜"而去。据说她黯然离开胡兰成的那天，也是细雨霏霏。时代的冷雨和人心的凉薄，于今天已形成另类的审美感喟，这终是有幸还是不幸，我不得而知。

在一处空旷地带，低立着一面镂刻而成的温州旧城地理图谱，我忍不住驻足探看。这才知道，温州在三千年前，还是一片无垠的大海，经过岁月衍变，海水褪去，成为渔村和渔港。这张《温州城池坊巷图》，便是再现了一千多年前温州古城的模样，那真是可称山水古城，"一坊一渠，楫舟必达"，而我们连日来所居的住处——瓯海区，那方美丽的现代化城市区域，更是以十年之短便创造了人间奇迹，由出必行舟，变成了高楼大厦林立而起、万千汽车应接不暇的"海上花园"。这不叫沧海桑田，还有什么叫沧海桑田呢？

温州人造就了温州奇迹，这一点都不亚于深圳奇迹。尤其，温州作为原住民城市而非现代移民城市，它能从自身的历史文化风尘中蝶变而出，突破着旧有的经济模式，支持并贡献了中国改革开放以来的经济总量，启发着更广阔的现代性思维，这，似乎比深圳，更加难能可贵了。

雨稍停，我远远地看到一处亮着灯光的所在，走近一看，原来是"温州宋代科举试院展馆"。它不张扬，亦不显得落拓，就那么温暖地混迹于无数高大建筑当中。这里面，展示的是宋代温州所有的状元、进士和其他高科学人的历史遗存和事迹。由此可知，温州历代文科状元人数竟达全国之最，其风头之盛，可谓一时无两。

展馆不收门票。临出馆时，有立于门侧的馆内年轻女服务员替我取来雨伞。我看看天时已晚，忍不住问她："还没下班？"

"我们是晚上九点下班。"

"哦。"我暗暗吃了一惊。

"是因为过了一般的五点钟下班时间，到了晚间，你们就不收门票了吗？"

"不是的，这里是公立的，也是公益的。"

"每天都开馆吗？"

"就算是吧，"她笑了一下，"周一闭馆，周六和周日不休息的。欢迎您常来。"

我的目光移向五马街外。附近，就是温州第八中学。温州第八中学校址原是温州师范学堂，由晚清国学大师孙诒让创办，后改为浙江省第十中学，朱自清来温州就在这里任教，于今是著名的古风建筑，蔚为大观，但就是在这里，在如此被视为尺土寸金的奢华地带，温州第八中学仍在这里办学，并培养着无数朝气蓬勃的学子。

我似乎懂得了温州。懂得了温州的文化，以及对文化的尊重。这种懂得，想必也一定成为我未来一个恒久的记忆。

作者简介：

于晓威，1970年生。一级作家，辽宁省作家协会副主席。曾任《鸭绿江》杂志主编。在《收获》《十月》《中国作家》《钟山》《上海文学》等数十种文学刊物发表中短篇小说一百多万字。作品数十次被《小说月报》《小说选刊》《中篇小说月报》《中篇小说选刊》《中华文学选刊》及各类小说年选转载。著有小说集《L形转弯》《勾引家日记》《午夜落》《羽叶茑萝》《陶琼小姐的1944年夏》，散文集《微暗之火》，长篇小说《我在你身边》等。获第九届全国"骏马奖"，十月文学奖，曹雪芹华语文学大奖，辽宁文学奖，辽宁省优秀青年作家奖，《民族文学》年度奖等。

在塘河上

马　叙

让黑夜降临让钟声吟诵

时光消逝了我没有移动

————【法国】阿波里奈尔《蜜腊波桥》

"我们大家都坐在船上没动"。这是一个在诗坛消失已久的诗人牛波的一句诗。这一句下面是副标题——古老的波涛。我想，牛波的启示是来自十九世纪末二十世纪初的法国象征诗人阿波里奈尔的《蜜腊波桥》。

我们大家都坐在船上没动。——我读到这句诗是在二十世纪八十年代中期，一九八六年，内蒙古出版的《诗选刊》杂志。当时选登了牛波一组有关河的诗，我唯一记住了这一句。三十年了，时光如水流过，每当我置身水上，我就会想起这句诗。这是一句符咒般的语言，每当我置身水上，我，包括身边同船的人，都验证了这句话的存在。仿佛每人身上一直都携带着这句话，无论你在哪里，做过什么事，有过什么样的经历，只要有一天你置身于水上，它就会符咒般地呈现。

当我十年前与十年后置身于同一条河流的塘河上，完全被这句诗的语境所笼罩——我们大家都坐在船上没动。也同时被更深处的阿波里奈尔所笼罩。十年前，一个深冬的下午，走水路从温州去往瑞安，从南塘码头上一条船，船上已坐满了人，我跳上船的瞬间，船左右摇晃了一下，待平稳下来，看到一船脸色平静的乘船人。船离码头，船头切开平静的水面。众人坐着。开始都没话。——我们大家都坐在船上没动。塘河，在这之前，一直是一个名词，温州人发这个词时，我会听成"荡禾"的音，这条河，自温州至瑞安安阳，33 公里。温州人发河的音，先重后轻，后音是绵长的，与绵绵不绝的流水相似。同船的人中，大部分是塘河两岸的村民，他们中有一部分到仙岩镇，有一部分到丽岙与塘下镇，他们坐船是为了方便运输大宗货物，这些货物若乘汽车携带极为不便，放船上方便，也省心许多。这些坐船人与朱自清写梅雨潭的《绿》毫无关系，他们是生活的民众，他们也许是无意中避开了"绿"这一文人意象，他们从未想到过文学史中绿这个意象与篇章。也不会想到"我们大家都坐在水上没动"这么一个关于诗的表述句。但是，此时，一船的人，都沉默，只有机器在响，只有船在移动。船上有孩子，时间一长，孩子坐不住。有两个孩子站起，先是摇摇晃晃地在船舱里走动。继而想跑而没能够跑起来，船与孩子来说太狭小！与在陆上相比，孩子在船上的走动也简直是没动。当他们长大成人，就继续他们的父辈，真正地坐在船上不动，耐心地等着到达目的码头。关于白象塔的传说中，有一段民间口述记录文字："冬天，一高僧急速上船赶往瑞安，小船到南湖，天已黑，划船人把船泊到榕树下，打算在这过夜。高僧问，船不走吗？划船人说，夜里河道不通，若走会出事（有俩精怪常常一夜里在河中打斗）。高僧听了说，我有办法，你放心走就是。划船人好半天才解下缆绳，小心地划着船又开始朝前行。"塘河的这一古老传说，与古老的波涛相呼应。传说是久远的，这是时间中的一条绵长的河流，流经民间，汲取沿途的民间生活经验，及内心的愿望，自古至今，一直流下去。那些民间叙述者，仿佛坐在船上，一动不动，任故事这条船向前行，或往回溯。这些坐着不动的民间叙述者，往往会不断杜撰出高僧、方士、术士及人妖同体等人物。而叙述者口齿冷静，俯视故事中每一个人物，若不喜欢其中的某一人物，在下次，下下次，再下下次，逐渐地在叙述中用讲述改变着这一人物的命运。这些民间叙述者是真正在时间的船只上坐着不动的人，他们任由时间的河流流过，不动声色地改变着故事中的某些细节、情节乃至某一故事中的人物。在二十世纪八十年代中期，我曾经在白溪一带搜集过民间故事与歌谣，往往同一个故事或同一首歌谣，会有多种讲述方式，主人公的命运在不同的叙述中会有不同的命运，同一个人物，或一直活在故事中，或是在最后被害而死，或会死而复生。因此我相信塘河白象传说，也肯定会有多种讲述，只是我所读到的仅仅只是其中的一种。

塘河的每一段河流，都会有自己的各种民间传说，在那次乘船的若干年后，我确实又读到了关于塘河的沿河的多种传说。对于这些有关河流的久远传说，我仅仅是一个倾听者，更近乎一个时间的过客，但是，我仍是在船上坐着不动的人们中的一个，一切盛大的事物包括河流的民间传说，组成了一条经久不息的绵长的时间的河流。当船继续向前，我又重回到了我们都坐在船上没动这个语境上来。

　　塘河继续向南流经丽岙、河口塘、塘下、莘塍、九里，再向西至瑞安市城关安阳东门白岩桥。因我对两岸村庄的陌生，使得我这次有一种虚构般的旅行，因受到诗歌表述语境的影响，我像一个想象分配器，向时间分配河流、榕树、拱桥、河埠，同时也向河流分配时间、语言、诗意。而这种想象的虚构旅行，很快被船上几个即将下船的人打断，他们挑起满满的货物，站在船头等着船只靠岸。他们上岸后，船又再次向前行进。剩下的人，重又进入我们大家都坐在船上没动这个诗句的表述之中。重又进入流水如此平静、时间如此深邃的近似于虚构的水上旅行之中。河流、榕树、拱桥、河埠，塘河的特有意象再次依次进入视野继而继续向后退去。

　　时隔十年，2015 年 11 月，再一次来到塘河上。这一次来的有各地的作家、诗人。仍然是从南塘河码头上船。这一天几乎是小阳春。而阳光明媚的日子使得乘船更像是一次水上虚构。在这样的时刻，人一上船就显得恍惚如梦。因为这时刻，我想起了阿波里奈尔的《蜜腊波桥》。这是一首写水上时间的不朽之作。河水有着困倦的波澜，阿波里奈尔写下的诗句：

> 我们就这样手拉着手脸对着脸
> 在我们胳膊的桥梁
> 底下永恒的视线
> 追随着困倦的波澜
>
> 让黑夜降临让钟声吟诵

时光消逝了我没有移动

有些时候，我总是反复朗读，这一首诗，这一首诗中的这固执的两行诗句——"让黑夜降临让钟声吟诵，时光消逝了我没有移动"。同样的，在这一次的塘河之行中，每当我们的船穿过一座河上的石桥，我的内心就会响起这两行诗句。塘河两岸的榕树没有冬天，仍然那样翠绿，仍然那样茂盛，坐在船山上的人，是诗人、小说家、散文家。有来自台湾的郑愁予先生、颜艾琳女士，以及大陆的柯平、但及、赵柏田、陆春祥、江子、习习、赵瑜、郑骁锋、黑陶、庞培、陈原、池凌云、指尖、周吉敏、郑亚洪、诺山、南宪伟。在船上的时间一长，语言少了许多。这一次的船上，缺少了当地乘船的塘河村民。于我们而言，散落在塘河两旁的村庄与它的村民，是这条漂流的本身组成部分，他们是时间、历史、土地、河流的所在。每一个河埠都通向一座或两人座或更多的村庄，每棵大榕树后面，都有着一个丰富绵延的村庄史，每一座拱桥都联结着塘河两岸的人际、伦理。而船上的我们是过客。我们大家都在船上坐着没动，而在这一瞬间，时间已然流逝，河水有如爱情消逝：

爱情消逝了像一江流逝的春水

爱情消逝了

生命多么迂回

希望又是多么雄伟

让黑夜降临让钟声吟诵

时光消逝了我没有移动

　　船在河上缓行，切开水面，船两旁水面的水痕呈楔形，无限向前。这一天阳光是如此之好，它照耀着河流两岸的村庄、行人，照耀着我们脚下的这条静谧的河流，照耀着时间塑造出来的一切细节。越是这样的日子，越是这么明媚的阳光，越是有一种忧伤，它是关于时间，关于时间中的事物，关于时间中的人际情感，尤其关于消逝了的爱情。我看到我们中间有突然沉默的人，这是太明亮的事物深处的一道影子，这是一道忧伤的影子，有关爱情或亲人，或有关更遥远时间里的那些已然消失的事物。沉默的人，他与她，一切往事都早已被阿波里奈尔以及更早的诗人吟诵过。塘河流经数千年，当我们到来时，它已被现代文明所改造，在南塘街一带，上古往事早已无迹可寻，现代旅游与消费成了南塘河的当下事实。这些明亮的事实，缺少阴影与深度，它们多像塘河上的漂浮物，永远浮在时间的表层上，使得原有的忧伤变成了沮丧。

　　　　过去一天又过去一周
　　　　不论是时间是爱情
　　　　过去了就不再回头
　　　　塞纳河在密腊波挢下奔流

　　一个世纪前的诗句，读来如昨日才写下，关于时间，关于爱情，如此切题与新鲜，时间这条河流在永恒地流逝，这是阿波里奈尔，这才是不朽的写作。塘河居民也是塘河文化人八爪说，塘河沿岸至今还有民间戏班，偶尔会在河边村庄搭台唱戏，他曾数度跟随戏班做田野调查。这是至今与河边大榕树同在的存于塘河时间深处的旧痕迹，但是，随着现代化进程，这旧痕迹也将荡然无存。如今，我们都坐在船上没动，古老的波涛永远如新，而人口迁徙，村庄变迁，沿途居民一代代更替，离第一次塘河之行已整整十年，而下一个十年也将很快地过去，我们坐着的船正渐渐在时间中风化、朽坏下去，如果不抓紧回忆远逝的爱情，不抓紧回忆那风中的唱戏声，即使我们仍然坐着不动，很快地将会连回忆的能力也消失殆尽……

作者简介：

马叙，原名张文兵，1959 年生，现居浙江乐清。毕业于南京大学中文系，中国作家协会会员。1982 年开始文学创作。写作诗、小说、散文。作品发表于《人民文学》《十月》《中国作家》《大家》《当代》《作家》《天涯》《莽原》《江南》《诗刊》《星星》《美文》《散文》《布老虎散文》等刊物，作品入选国内多种文学选本，出版有文学专集 9 部。

永远的母亲河

张 翎

很高兴能在这里和故乡的朋友们见面。我们今天的话题是河流和文学，河流从狭义来说是指水域和水域在地表的涵盖面积，从广义来说指的是一个人的故土和文化营养。世界上许多古老的文明都和河流有着密不可分的联系，比如说尼罗河和古埃及文明，恒河和印度文明，黄河和中原文化等等。在工业文明侵入人类生活之前，择水而居是农耕社会的一种基本生存方式，这也是为什么一个丰饶的城市基本是环绕着一条水源充足的河流发展起来的，比如泰晤士河之于伦敦，塞纳河之于巴黎，黄浦江之于上海……而一个奇怪的例外是北京—北京并没有一条出名的河流，所以几朝的皇帝都要动工兴修大运河。河流在工农商和军事上的重要性，已经有许多人探讨过了，而我今天想谈的是河流和文学的关系，尤其是河流在我个人的写作路程中留下的印记。当然，我指的是河流作为故土文化营养的部分，或者说一个人的早年生活记忆对后来写作的影响。

我想在这里和大家分享几位知名的作家对故土河流的联想。智利诗人，1971年诺贝尔文学奖得主聂鲁达曾说过这样的话："我在这个镇上长大，我的诗是在山川与河流之间孕育出来的。河流从雨中获取了自己的声音，就像树木一样，它将自己浸润在森林之中。"（I grew up in this town, my poetry was born between the hill and the river, it took its voice from the rain, and like the timber, it steeped itself in the forests.）

美国作家马克·吐温在他的回忆录《密西西比河上的生活》中也曾说过："当我在小说或传记中发现一个栩栩如生的人物时，我通常会对他产生温暖的个人兴趣，因为我觉得我们似曾相识——我在河上遇到过他。"（When I find a well-drawn character in fiction or biography I generally take a warm personal interest in him, for the reason that I have known him before—met him on the river.）

美国著名诗人兰斯顿·休斯在一首题为《我认识河流》的诗中，这样说过："我认识和宇宙一样古老的河流，河流早于 / 血液在人类血管中的奔流 / 我的灵魂变得深沉如河流。"（I've known rivers ancient as the world and older than the/flow of human blood in human veins. /My soul has grown deep like the rivers.）

非洲有一句流行谚语，是这样说的："无论河流已经如何丰裕，它依旧渴望成长。"（"No matter how full the river, it still wants to grow.）

这些人用不同的比喻说明了河流在他们生命中产生的灵感和作用。而河流在我的生命留下了什么样的轨迹呢？

藻溪：我的前史

　　藻溪是第一条对我的创作生命产生了重大影响的河流。可能听众中知道藻溪在哪里的人并不多。它从前处于温州的平阳县境内，如今被划分在苍南县，它是一个镇名，也是一条溪流的名字——镇名源自水名。其实我不在藻溪出生，也不在那里长大，在二十九岁之前，我甚至没去过那个地方，但它是我生命中的前史。藻溪不是我的故乡，只是我父母辈出生和度过童年青少年时光的地方。我父亲是矾山人，我母亲是藻溪人——这是邻近的两个镇子。矾山有一个明矾石矿，当年出产着工用民用的明矾石。这些矿石需要经由藻溪的水路运往他乡。我父亲是矾矿的人，经常在藻溪走动，于是就遇见了我母亲。他们之间发生的事，是另一个有意思的话题，而他们相识的最直接的后果，就有了哥哥和我。我和藻溪的联系，完全来自我父母一辈从小给我讲的故事。这几年中国文化圈子里一个时髦的话题就是口述历史，事实上远在"口述历史"这个词成为时髦用语之前，我父母辈的亲人们早就已经在年复一年日复一日地身体力行这个传统了。我童年少年时代听到的许多故事，使我对矾山和藻溪这两个地方，产生了强烈的好奇心和眷恋感。

　　我第一次来到藻溪，是在 1986 年初夏。在我马上要踏上遥远的留学旅程之前，我第一次来到了母亲的故乡藻溪，为两年前去世的外婆扫墓。乡下的族亲领我去了一个破旧不堪的院落，对我说：这原来是你外公家的住处。原来分新院旧院两套宅院，中间有一座小石桥相连。后来大火烧了新院，就只剩下了旧院。旧院又经历过土改和公社化等等运动，被农会乡政府都征用过。我走上台阶，站在厚厚的木门前，用指甲抠着门上的斑驳油漆。我惊奇地发现，最上面的一层漆之下，隐隐露出来的是另一种颜色的漆。而那层旧漆之下，又是另外一层更旧的漆。那一层旧漆底下，就不知还有没有别的漆了。每一层颜色的漆，大约都代表着一个时代。每一个时代大约都有一个故事。我走到了多年前被火焚烧过的宅院遗址，看见的是满目荒凉，只有一棵一百多年的罗汉松，还孤零零地站在那里。后来族人告诉我，这树原来是雌雄两棵，大火烧了一棵雌的，就剩下了这棵雄的。我又看见了大火之后遗留下来的一扇窗洞，看见了窗洞上面遗留的一段罗马式小廊柱，当时很惊奇，心想我的那个曾外公到底是个什么样的人呢？竟能在一百多年前的穷乡僻壤里，设想出这样欧式的房子。

记得那天是个风和日丽的日子，天蓝得几乎让人心酸，树和水的颜色都非常明丽。老宅前面有一条窄细的溪流，在阳光底下闪烁如金线——这就是那条已经在我的耳膜上磨出了茧子的藻溪。我那个后来成为温州城里赫赫有名的大人物的外公，原来是在这么一条小溪边出生的。择水而居是人类的天性。外公的父母辈在藻溪生下了外公，外公长大了，心野了起来，就沿着藻溪往北走，在一条叫瓯江的河边停了下来，于是我的母亲和她的九个弟妹们，就在瓯江边上生活了。而我也就在这个叫温州的城市里慢慢长大。我长大了，我的心也野了，我也想和外公那样去看看外边的世界，于是就有了后边的许多故事。

那一次的藻溪之行我还去了母亲家族的祖坟。除了外婆，墓地里其他人的碑文对我来说几乎是完全陌生的。唯一的印象是那些没有名字的女人，或是正妻，或是填房，或是侧室，以一个××氏的符号，毫无特点地掩埋在一代又一代的岁月积尘里。就是在将近三十年前的那个夏天下午，我的心被这个叫藻溪的地方温柔地牵动起来。我很想知道在我祖先建造的那样一个宅院里，曾经发生过什么事？他们一代一代人在从乡村往城市的迁移中，到底经历了什么样的伤痛？只是那时我并不知道，那些粗浅的感动要经过一二十载的漫长沉淀，才会慢慢地浮现在我的文字里。当然，我的小说背景里的藻溪都是通过想象虚构完成的，因为我不在藻溪出生，也没有在藻溪生活过。但我的文学想象有一个厚实的现实基础，它就是我父母辈的故事。假若我的小说里记载了藻溪这条河流，那是因为我的父母在我童年时给我讲述的那些故事已经为我构建了一块肥硕的想象土壤。

瓯江，九山河：我童年和青少年的记忆

假如说藻溪是我的前史，那么瓯江和九山河就是我童年和青少年时期的记忆。我在温州度过我的童年少年和部分的青年时光，可以说是一个地地道道的温州人。三十年前的温州并不是现在的温州，不通火车，不通飞机，甚至不通长途汽车。那个闭塞的小城和世界的唯一联系，是通过海路。在那个物质和娱乐生活都很贫乏的年代里，我和哥哥常常做的一件事，是跑到瓯江的河岸边上，静静地看水。那时候瓯江边上还没有出现

水泥构造的堤坝和桥梁,人和水之间并无阻隔。记得儿时我静静地坐在江边,看着远处水变成了天的地方,情不自禁地想到:远方是什么样的?那里的人是怎么生活的?我对世界充满了好奇。瓯江给了我对外边世界的第一丝憧憬。也就是这一丝好奇,带领着我走出瓯江,走过东海,走到太平洋。瓯江是我对世界的探险的起步线。

在这里我不得不提到另一条河流在我生命中烙下的印记,那条河的名字叫九山河。我年轻的时候正好遭遇一个非正常时代,所以十六岁就辍学了,后来在温州西郊的一家小工厂做了车床操作工。从我家到工厂,无论是骑车还是步行,都会经过九山河。我沿着九山河一天两趟一去一回地行走了整整五年。再后来"文革"结束,我参加复习准备高考,给我们补习英文的老师就住在九山河附近。一周好几个夜晚,我们都会骑车经过九山河,去老师家中上课。一九七九年是我生命中最为重要的一年,那一年我的命运发生了一个最为重大的转折——我考上了复旦大学外文系。九山河是见证我青春岁月和生命变迁的一条河流,所以它后来频频进入我的小说并非意外。

我至今非常怀念二十世纪七八十年代里人们对知识文化的追求和渴望。那时温州的文化圈子比比皆是,年轻人最时髦的交友方式是读书,一本好书可以使素不相识的两个人顷刻成为好朋友。那时我还非常年轻,在温州城里的几个圈子里进进出出。一个圈子是自学外语的圈子,那个圈子的朋友每天身边带着英文单词卡片和简化了的英文名著,黎明时爬到华盖山松台山上练习英文口语。还有一个圈子是文学圈子,大家都有各自的工作,但在业余时间里拼命读书试笔。内心并无太多的功利愿望，只觉得对时代的巨大变迁心怀一些萌动的激情。这批人中有人后来成了真正作家，比如陈河和鲁娃。还有一个圈子是准备自学考大学的人。这批人都是被"文革"耽误了正常学业，抓住工余的每一个瞬间，疯狂地复习功课。后来他们中有许多人自学考上了大学，如今在世界各处做着各自职业里的栋梁。这几个圈子有时是相互交汇的，有时分别活动的。那个年代年轻人聚集的时候，对文化艺术知识的向往追求是占据一切的话题。时隔三十年，温州如今已成为全国闻名的富裕城市，故乡的人们不再需要为衣食住行担忧，遗憾的是：文化的话题却渐渐丢失在对话中。我很小就有一个文学梦，当时我一心想考的是

中文系，可是父母对"文革"的余悸还没有消除，害怕我会陷入麻烦，便坚持让我报考医学院。经过许多轮漫长艰难的讨价还价，我们终于达成了一个妥协：我不学医，也不学中文，而是利用自学英文的优势，去报考相对安全的外文系。至今回想起那段历程，我依旧会后怕：假若我屈从压力而报考了医学院，我不知道是否世上会少了一位小说家，但我肯定知道世上一定会多出一名庸医。

尽管我进入了复旦大学的外文系，我仍旧有着严重的中文系情结，总有些身在曹营心在汉的意思。那个时候的复旦中文系，真是一个热闹的地方，出了许多在后来中国文坛上影响巨大的人物，包括后来成为著名学者的陈思和教授和伤痕文学创始人卢新华。记得那时由于发表渠道的艰难，中文系的学生写了小说，总是以大字报的方式抄来贴在墙上。我那时个子很瘦小，75斤重的小人，怎么也挤不过比我高大的同学，所以都得趁大家去食堂吃饭的时候，才能钻到大字报栏跟前看上一眼。

轮到我进校的时候，已经错过了卢新华的《伤痕》，却赶上了陈可雄的《杜鹃啼归》。那时候的世界还没来得及精彩起来，人和文学之间，是一种没有阻隔的赤裸相对。记得我看《杜鹃啼归》时，一边看，一边流泪，觉得心里有一样东西被唤醒了——那是灵魂。

虽然那时是阴差阳错地进了外文系，现在回想起来，我一直为这个美丽的错误庆幸，因为外文系给了我第三只眼睛，使我有能力不用借助翻译而直接进入了一个更大更广的文学世界。在我来到复旦之前，我只在温州生活过。后来来到上海，我才意识到瓯江之外还有那么大的水域。那时我想上海大概就是世界的极致了，那几年里复旦给我的教育让我看见了上海不仅不是世界的终结，上海仅仅只是世界的开始。我对那个广大的世界充满了向往，却知道，我可以抵达那个世界的唯一途径，是用我的知识。渐渐地，我把心收回来了，把我的作家梦藏在心里很深的一个地方，知道总有一天我会把它掏出来的。只是当时我没有意识到，这一天是在那么多年，在我行了那么远的路之后才来到的。

安大略湖：我的今天

后来我大学毕业，一路北上到北京，三年后就出了国，一路漂流，离故乡越来越远，离外边的世界却越来越近。如果让我来总结这些年海外生活的经历，第一个跳进我脑海的词就是搬家。我的经历似乎总是和搬家联系在一起的。出国的头十年里我尝试过各种各样的职业，在很多城市都居住过，到现在大概总共搬过二三十次家，有时一觉醒来，竟不知身在何处。记忆里似乎永远在把一屋子的东西简化成两只箱子，提着上路，然后再把两只箱子的东西，发展成一个屋子。这个过程循环往复，直到1994年，才最终在多伦多定居下来，成为专业听力康复师。

我离开了瓯江黄浦江东海，越过太平洋，最终在一个叫多伦多的城市安定下来。那个城市有一条湖叫安大略湖，是美加边界的五大淡水湖中的一个。"安大略"的名字来自印第安语，是"闪光的水"或"美丽的水"的日子。在天气好能见度高的日子里，你开车从坡下往上开，会感觉一汪蓝水从地面上往下扑过来，几乎要淹没一条街。我在安大略湖边生活了二十一年，它让我看到了童年和青少年时期做梦都没有想到过的景致，它也教会我一个简单得几乎有些残酷的真理：他乡就像是一门外语，我们可以通过后天的学习来亲近它掌握它，可是它永远不是故乡，因为故乡只有一个——正如母亲只有一个一样。

我把我的作家梦存放在我的行李里，从上海带到了北京，又从北京带到了北美。可是我却是在来到北美十年以后才开始写作的。英国有一位著名的女作家叫弗吉尼亚·沃尔夫，她说过的一句至理名言，对我影响至深。她说一个女人要成为一个作家，首先要具备两样东西：一是500英镑的年收入；二是一间属于自己的房间（A room of her own）。她并不真在谈论金钱，也不真在谈论房地产，而是在说一个作家应该具备的独立经济空间和思想空间。她的这句话一直被后世理解为女权主义的宣言，其实对我来说，它仅仅是一句务实而智慧的忠告，因为我始终认为，衣食无着的状态是无法写出心灵之作的。在出国的头十年里，我一直在为生计奔波。直到我成为职业听力康复师，进入一种比较安稳的生活状态，我才开始动笔。一个作家面临的两大陷阱，就是过于贫穷或过于富裕。如果过于贫穷，在衣食无着的境遇里开始写作，就难免要为稻粱谋，去写一些自己并不情愿写的东西；如果太富足，又可能对人对事失去敏锐的同情心，触觉变得迟钝，从而丢失了写作的初衷和锐气。我出版第一本长篇小说的时候，已经过了四十岁，似乎已经丢失了创作力的最好时光，但是这个拖延却并不都是坏事。当我在海外开始比较认真持续地写作的时候，我已经相对安全地度过了最初的适应期，新移民对环境突变而产生的激越控诉情绪，以及对事物一些较为肤浅的观察和反应，都已经在这些年的沉淀中变成了较为理性的，心平气和的叙述。

这就是我个人的生活历程。我的创作经历和我的人生经历似乎有着密不可分的重合性。我不是说我善于书写个人经历，事实上我的小说大部分离我的直接生活经历相隔很远，自传性的成分不多。我说的"重合性"是指我小说里汲取的文化营养来自我的人生轨迹，套用一句聂鲁达的话：我的小说从我的河流里获取了声音。

二十世纪九十年代中后期，我结束了长达十年的留学生涯，成为一名拥有美国加拿大两国行业执照的专业听力康复师，终于卸下了维生这副千斤重担，开始捡拾我的作家梦想。积攒了几十年的激情喷涌而出，从1998年到2005年，一口气写了三部长篇小说《望月》《交错的彼岸》《邮购新娘》，以及《雁过藻溪》等一系列中篇小说，前面的三本书今年被浙江文艺出版社再版为《江南三部曲》。这几部作品都是以藻溪矾山温州为背景。江南故土一个世纪的历史风云，藻溪瓯江九山河所见证的悲欢离合，似乎都写在了笔下。但我的江南不是纯粹的江南，我的藻溪九山河和瓯江里，已经混入了安大略的湖水，所以那个时期我的小说总是在探讨两岸行走的题材。主人公也许是中国人，也许是外国人，他们总是渴望在不是家乡的地方找到精神家园，他们始终处于"在路上"的状态。

我的江南蜜月期大概维持了十来年。再好吃的东西吃多了就要腻味，我开始对江南文化产生了一种不自觉的抵抗。我反感江南狭窄的街道，反感拥挤的居住环境造成的人与人之间的逼迫感，反感人群密集的地方常会发生的背后的叽叽喳喳，反感连绵不断的阴雨季节，甚至反感我的故乡竟然没有一座可以站得高看得远一些的山。总之，以往我习以为常而且喜欢的东西，突然就变了味。其实想起来，这就是我写作的叛逆期，只不过我创作的青春期发生在了我生命的中年期，是一种错位。可是我一生都是错位的，我并不恐惧错位。就在江南三部曲写完之后，我突然热切地渴望脱离狭窄的江南街景，进入到更广阔的空间。我把这个阶段叫作"北方"阶段，其实不见得是地理概念上的"北方"，而是说我向往着江南之外的另一片空间。这期间最有代表意义的作品是《向北方》和《余震》。我想在这里来分享一段《向北方》的片段，这个片段很能代表我当时的心境。《向北方》里的主人公陈中越是一个厌倦了都市生活，渴望去地广人稀的北极圈生活的听力康复师——当然他和我仅仅是拥有相同的职业，他并不是我的假身：

中越对北方的向往，最早的时候，其实只是一个模糊的概念。

中越出生的年代，正逢越南在轰轰烈烈地打着仗。中越三四岁的时候，跟着院子里的孩子们看过一部越南电影。电影的内容有些模糊，依稀记得是一群面黄肌瘦的南越儿童，在飞快地削竹桩。电影的插曲，他却清晰地记住了。这首插曲词语重叠，音韵反复，极容易上口。用现代流行音乐的套路来重新诠释，其实就是"蓬擦擦"最简单的变奏。

向北方，向北方，南方的孩子盼解放。

向北方，向北方，南方的孩子盼解放。

向北方，向北方，南方的孩子盼解放……

这是中越一生里学会的第一首歌，是记忆的大筒仓里垫在最底层的一样东西。后来长大成人，筒仓的内容不断地增加着，溢失的却总是那些堆积在最表层的东西。而最底里的那首歌，却已经化了血化了骨，再难剥离了。虽然那时他对南方对北方都毫无概念，那首歌却是最早点燃了他对北方的模糊向往的。

后来，他的小舅和二姑，都是知青，都去了东北的生产建设兵团，时时有信来。那时父亲还在，饭桌上，母亲就念信给父亲听。信都是些诉苦的信，他半懂不懂地听着，只记住了他想记的部分，比如康拜音割也割不到头的田野，比如看不到一丝云彩的地平线，再比如比棉被还要厚的遮了天盖了地的冬雪。这些信使他对北方的模糊猜测开始具备了一些实质的内容。

再后来，他就发酵似的飞快长大了。初三的时候，他就已经是个一米八零的大高个了。裤子永远太短，鞋子永远太紧，门框永远太矮，嗓门永远太粗，学期品德鉴定上永远有"希望改善同学关系"的评语。开学分组的时候，没有人愿意做他的同桌。学校野营训练，没有人愿意和他睡同一张床铺。除了在运动场上，几乎没有一个地方可以容他舒适地摆置自己的身体。他觉得自己是一头高大笨拙的熊，小心翼翼地行走在江南精致而错综复杂的街景习俗人情中，举手投足间随时都可能碰碎他所遭遇的一切，不是他伤了人，就是人伤了他。江南的城郭像一件小号的金缕绣衣，他轻轻一动，就能挣破那些精致的针脚。少年的他开始感觉到了轻巧的南方压在他身上的千斤重担。

于是他越来越渴想他从未经历过的却又永远不能割舍的北方。北方的大。北方的宽阔。北方的简直明了。北方的漫不经心。北方的无所畏惧。

这种叛逆心态维持了几年，又渐渐过去，在这个过渡期里我写了既不是江南也不是北方的系列华工小说《金山》《睡吧，芙洛，睡吧》等，然后似乎又沉静了下来，回归到故土的主题。虽然又回到了江南的街景，但是我感觉这个江南已经不是从前的江南了。这个江南里已经没有了过去两岸相观看，东西方行走寻找精神家园，以及文化冲突、留学的艰难、移民如何落地生根这类的话题了。这个江南已经成了比较纯粹的故土写作。而且，现在这个江南的河流里流淌的水，已经夹杂了许多外乡的气味和颜色。这个江南街景里的人物，已经和从前那些较为软性的江南人物有了差别，他们具备了我经历过的许多的地方的精神气质，他们是江南和北方文化的混生物。这个时期比较具有代表性的作品，是去年推出的长篇小说《阵痛》，和今年即将出版的长篇新作《流年物语》。在这两部小说里，我最大限度地动用了我的故土记忆积存，藻溪九山河和瓯江，再次成为小说的背景。

现在还是回到我们的主题——河流对一个作家的创作历程的影响。一个作家生活过的河流越多，他对世界的认识就越立体复杂，他的作品可能就会越不纯粹，越无法归类。我的故乡不再是纯粹的故乡，她已经是此岸和彼岸中间的一个第三国度。我的根在移民的过程中被拔了起来，却又没能彻底落在那片新的土地上，总有一些根须浮在第三个想象国度里，对气候变幻特别敏感，始终不肯安歇。我想这就是我的创作冲动。我已经无法改变我失去了根的客观现实，我只是希望这种无法落地的感觉，能带着我写出一些视角不太一样的东西。我知道无论我走得有多远，母亲的河流将永远是贯穿我小说创作的灵感和动力。

作者简介：

张翎，浙江温州人。复旦大学外文系毕业，1986年赴加拿大留学，分别在加拿大的卡尔加利大学及美国的辛辛那提大学获得英国文学硕士和听力康复学硕士学位。

作品多次获得重大文学奖项，包括第七届"十月文学奖"、第二届世界华文文学优秀文奖等。她的中篇小说《余震》被改编成电影《唐山大地震》，获得了包括亚太电影节最佳影片和中国电影百花奖最佳影片在内的多个奖项。

第四辑

罗山有梅

任林举

　　一双神奇的大手，从不可度量的高处伸出，在东海边掬一捧蓝蓝的海水。千年一瞬，沧海桑田，当漫漫时光悉数从指缝间流逝，当初那捧晶莹剔透的蓝便幻化为无边无际的绿，而那双始终保持环护姿态的手，则凝成一座环形山脉。于是，与东海岸拥有着相同走向的温瑞塘河以及这古老河流以乳汁、以血脉滋养孕育的万千风物，便尽皆在大罗山的股掌之间。

　　人间四月，芳菲已尽。山上粉红的杜鹃、蔷薇以及山下黄亮的油菜已香消色散，花期过后，安分地守着子房，静待之后的发育和成熟。季节进入了一年中难得的安恬、宁静而又明媚的时段。梅雨季的脚步虽已迫近，但阴郁、缠绵的湿冷气息还没有漫过罗山的门槛；偶尔会猛烈袭来的飓风，此时，则刻意收束了心性，远远地徘徊在海域深处，并没有确定自己的去向和行程。

　　就在这时光循环轮转的空隙，就在这万类竞相登场亮相的间隔，太阳般炽烈、星星般繁盛的杨梅在大罗山绿色的海洋里燃起了生命之火，成功占据了仅属于自己的时段。在芒种之后，端午之前这段时日里，杨梅是大罗山区最引人注目的主角，是唯一，而不是之一。悄无声息的酝酿、经年累月的韧忍，终于将黯淡修炼成华彩，将苦涩修炼成甘甜，将无边无际的孤寂修炼成平静而不失奔放的旷达。农历的四月下旬，大罗山区的杨梅便进入成熟期，开始由青转白，又由白转红，像无声的潮水一样，以一种沉稳但不可阻挡的步伐，从山脚下慢慢涨上来，一直蔓延至罗山的最高处。再向上，就是蓝色的天空和洁白的云朵了。一周后，漫山遍野的绿涛中，到处闪耀着它们红色的光泽。杨梅非花，却鲜艳、绚烂如花。

这是一个恣意绽放的时刻。为了这一年一度的盛装出场，从上一个意兴阑珊的端午，它们就已经做好了走向再一次涅槃的一切准备。是的，上一个端午。当山上的杨梅果光鲜水润、娇艳欲滴时，山下的果子已经开始由红变紫，色泽一点点黯淡下来。宛如完成了角色使命的演员，退出舞台的时辰已到，不管内心有多少对机缘的珍惜和关于韶华易逝的遗憾，也不管是否真正得到过人们的关注、欣赏、品尝和赞叹，都不能继续流连、恋场，而是利落地收起自己的行头和把式，转身退去。这是对生命法则和某种天意的尊重。紫，是浓度最高的甜和颜色最重的红，也是杨梅们生命里全部能量和情愫的集中迸发。最后一声无声的呼唤，对于那些有心或无心、有缘或无缘、原地等待会迟迟赶来的人们来说，都只是一声哀婉的道别。已经没有继续等下去的时间和机缘啦！风过处，即将过季的杨梅如雨，洒落一地。

纷纷攘攘的采梅人，踩着季节的节奏，追着杨梅的色彩，从山脚一直追到山顶。一拨拨来了又去，去了又来。有人逢上了杨梅的红，有人赶上了杨梅的紫，大多数人都把目光和心思用在了杨梅今生的色泽和味道上，却也有个别有心的人偏偏要关注杨梅的来生，避开热闹，攀得一个落去果子的杨梅树枝，仔细观察，禁不住"呀"的一声惊叹。原来，一枚杨梅果的来生从每年的农历五月就已经开始了。上一茬果子还没有全部落尽，枝头的花序就已经开始显现、孕育，米粒大的花苞虽依然微小，但看起来却丰盈饱满丰盈。

杨梅们似乎都深晓时间和生命的法则，它们并不急于求成。仿佛有意无意的顺应，也仿佛刻意执着的坚守，它们总是把花、果的整个生长期拉得十分漫长，近于引而不发，进程异常迟缓，如妇人们的十月怀胎，每天一点细微的变化，让人无法察觉。有人认为杨梅无花，可以直接坐果，那是一种可笑的误会，那是因为他们根本不了解杨梅的天性和禀赋。这大罗山里安静的居士、植物中的忍者，总会给人太多的意想不到。即便到了可以稍事张扬的季节，花絮成熟、花苞绽放，它们也会把一件美好的事情在某一个夜深人静的晚上悄悄完成，不予外人知晓。也许，只有这克制、内敛、低调的品质，才能成就最终的激情似火。

大罗山的杨梅常与桂花、杜鹃混杂在一起，交错生长。如果拟人，便堪称罗山三姐妹。从树冠和树形上看，它们的差别很小，粗心的人多会把它们混为一谈。如果不是开花、结果的季节，只有行家和懂得的人才能通过从叶片上的细微差别辨别出它们的身份。几种树的叶子都有一个共同特点，那就是每一条嫩枝的最顶端都有七八片叶子聚成一簇，如手掌般向外张开着，不同的是桂花的叶片稍宽，而杨梅的叶片稍窄，至于杜鹃的叶子，虽然和杨梅的叶子相似，但叶片上生满了细细的绒毛。

三姐妹形似而质异，拥有着不同的心性与境界。进入梅雨季节之后，杨梅就沉寂下来。挨过六月的阴郁和七月的风雨，到了八月初秋，山上的桂花异军突起，兴冲冲将整个大罗山系据为自己的 T 台。桂花高调，第一朵金色的小花总是要从高山之巅开起，自上而下，汹涌澎湃地展开芬芳的风潮，短短的十天八日，整座大山尽被桂花的芳香浸染。当桂花们尽情地陶醉在自己的辉煌时段，杨梅却缄默着，它们并不拥有自己的芳香。没有人知道桂花的最后谢幕，是缘于寒风的逼迫还是自己的兴味索然。随着桂树的花谢香残，冬天乘隙插入它冰冷的足。一冷冷到转年的二月，龙抬头之后气温也随着抬起头来，就到了杜鹃的季节。"断崖几树深如血，照水晴花暖欲燃。"杜鹃亦无香，但开起来却恣肆狂放，无所顾忌，因风而舞的妩媚，也招蜂，也引蝶，热闹喧嚣，那是春天里一场最具蛊惑性的色彩盛宴。而杨梅，依然心平气静地黯淡着，也许因为并不拥有动人心魄的芳香和色彩，便自以为没有张扬的理由；也许是因为心思、志趣本不在此。于是，悄然完成一场平淡无奇的花事之后，便将生命里的全部能量凝注于枝头的小小青果。

此时，山下的温瑞塘河正依凭它纵横交错的庞大水系，向峰峦叠嶂的罗山，向山系中有名和无名的所有子嗣，展开母性的情怀——千百年来，衰微复兴盛、流逝复回归、枯萎复丰盈、浑浊复清澈的温瑞塘河终没有放弃对两岸生命的滋养、哺育。微风拂过，碧水微澜，不断平复又不断泛起的涟漪、波光是塘河不曾止息的牵挂和情义。山知道，树知道，山间芸芸的众生命都知道，此后，清清亮亮而又甜润甘醇的塘河水，将以直接的、间接的、隐秘的、渗透的和量子纠缠的方式，自低处的泥土和石头孔隙，自高处的天空与流云，自天地间广阔的吹拂与深远的凝注，直抵骄阳如火的山间和既需要阳光照耀又亟需水分滋养的漫山杨梅。于是，一颗颗拥有着太阳的形态和情感，也拥有着水的灵魂和心性的精灵，在茂密树丛间点起了一盏盏晶莹剔透的灯笼，照亮了山麓，也照亮了季节。

三代侍弄杨梅的李家阿姊，早已抛下自家那几亩山地进城做起生意，只是从父亲手里传下来的 20 棵老杨梅一直不肯转手。30 年的树龄，对于一棵杨梅来说正值盛年，每株七八十公斤的产果量，算起来也不算一个太小的数目，但她已经多年不靠杨梅牟利。她依凭着自己的体会和参悟，认定自己的杨梅是所有杨梅里最好、最独特的，卖多少钱一斤都是贱卖。既然卖字加在心爱的杨梅身上是一种屈辱，索性就不卖。为了不暴殄天物，她决定无偿送人，分享，像分享一个人的爱心和好品质一样。分享对象包括相邻的梅农、亲戚、同事和远方慕名而来的各路朋友。季节一到，她便放下城里的事情，俨然一个地道的梅农，拎着竹篮带着人，一趟又一趟上山，由低及高，由大及小，由红及紫地采摘。为了分享，为了让更多的人品尝和赞美她的杨梅，她以挥霍的心态向外奉送自己认定的天赐美物。

李家阿姊拎着装满杨梅的竹篮行走在梅园小径上，总是难抑胸中时常涌起的万千思绪。想当初如果不是因为那段特殊的经历，也不会失去继续求学的机会而成为一个大罗山区的普通梅农。这一生最大的遗憾是没有像同代的幸运儿一样，堂堂正正地上一回大学，以至于每每看到那些学生妹来公司里竞聘，内心里都免不了泛起一阵莫名的波澜。世间万物皆如是，哪个不希望自己内在和外在美好的品质被认知、接受和赞赏呢！明眼人都能看出，原来李家阿姊内心里有一个化不开的情结，她是希望人们能够真正了解、懂得和赞赏自己，就像她了解、懂得和赞赏她的杨梅一样。

作为一种常见且产量巨大的水果，杨梅除了用于鲜食之外，还可加工成糖水杨梅罐头、果酱、蜜饯、果汁、果干、果酒等，以提高其商业附加值。然而，大罗山下的塘河人却不太在意这些，他们似乎更在意杨梅的品和味。自古以来，他们就给品尝杨梅这件事赋予了更多的精神内涵。杨梅成熟季节，懂行的人会备上一小罐清水，加些许食盐，将熟透的杨梅，放在盐水罐子里渍一下再吃。"玉盘杨梅为君设，吴盐如花皎白雪。"借盐的相助之功，杨梅将深藏于内在的真味释放无余。

也有人另辟蹊径，以杨梅制酒，以期那把有色的火和那把无色的火能够完美结合，祛除秋冬季节的湿气和寒凉。一般来说，杨梅酒有两种，也就是说，杨梅与酒的融合方式有两种。一种是以优质的白酒浸泡新鲜杨梅。这样泡制出来的酒，色泽鲜红，杨梅的香气消失在酒的芳香和辛辣之中，却将果子的酸和甜留在酒中，以佐证另一种生命形式的存在。这是实体与实体、生命与生命的交融。还有一种方式，是以杨梅果作为原料，直接加曲酿酒。这样酿制出来的酒透明无色，摒除了杨梅前尘的酸、甜和颜色，单单留住了固有的一缕芳香。梅也无色，醇也无色，共舞于天堂般透明的水里，这已经是灵魂与灵魂的交融。

一种事物介入或进入另一种事物，总需要冒被消解或消融的险，喝酒也一样，需要勇气。一壶杨梅酒入胃，原本鲜艳的液体也好，透明的也好，似乎都能使饮者面若桃花。鲜艳虽则鲜艳，却渐渐地醉了。醉了就分不清是酒进入自己的灵魂，还是自己的灵魂进入了酒里。这时，再看逶迤千年的温瑞塘河，似乎也有些摇摇晃晃了，而河床里的每一道碧波，都拥有了让人更加沉醉的魔力。

作者简介：

任林举，吉林省作家协会副主席、中国电力作家协会副主席。曾获第六届鲁迅文学奖、老舍散文奖、丰子恺散文奖、三毛散文奖等。

老僧耐得从头问

穆　涛

　　衮衮群山俱入海，堂堂背水若重闉。

　　怒号悬瀑从天下，杰立苍崖夹道陈。

　　晋宋至今堪屈指，东南如此登无人。

　　结庐作对吾何敢，聊向樵渔寄此身。

——《宋史》内外的陈傅良

　　这是宋代学问家陈傅良写仙岩梅雨潭的诗。

　　陈傅良是浙江瑞安塘下镇人，在瓯海仙岩梅雨潭边创办仙岩书院，讲学授徒。现在的仙岩积翠峰下还有重建于明代的陈傅良祠。仙岩与塘下是鸡犬两相闻的近邻。一个人写家乡，写身旁的物事，绕开情感中的亲与切，直抒认知层面的高与阔，应该是隐喻着别同一般用意的。这首诗的前六句，在我读来是作者的心境自况。而用作结诗的后两句，是他的价值观。他的人生取向不是构造学术的光明塔，而是烛照渔樵苍生。

　　陈傅良是南宋时期的重要官员，官至中书舍人兼侍读，直学士院，同实录院修撰。中书舍人是中央朝廷的核心机构中书省的职事官，执掌草拟诏书文书，是皇帝的心腹近臣。原为虚职，宋神宗元丰改制后，执掌实职，"分治六房（吏、户、兵、礼、刑、工）随房当制，事有失当及除授非其人，则论奏封还词头"。舍人一词，始见于《周礼·地官》：

> "舍人，掌平宫中之政，分其财守，以法掌其出入。政谓用谷之政也，分其财守者，计用其用谷之数，分送宫正，内宰，使守而颁之也。"

秦汉时，舍人由财务官转为政事官。太子、皇后、公主均设置舍人属官。隋代设置起居舍人，记天子言行，唐代设置通事舍人，掌宫廷朝见引纳。宋神宗元丰改制，中书舍人成为朝廷的要职。侍读，陪侍皇帝读书，或为皇子授课，这是很高的学术待遇，等同于皇帝的文化顾问。

陈傅良是一代大儒，是巨擘级人物。《宋史·儒林列传》给他的学术定位，"傅良为学，自三代秦汉以下，靡不研究，一事一物，心稽于极而后已"。

另一位大儒，他的弟子，同入《儒林列传》的叶适，这么描述从学时期陈傅良的风度，"公未三十，心思挺出，陈编宿说，披剥溃败，奇意芽甲，新语懋长。士苏醒起立，骇未曾有，皆相号召，雷动从之。虽縻他师，亦藉名陈氏。由是，其文擅于当世。"

陈傅良著述丰茂，行世之作有《诗解诂》《周礼说》《春秋后传》《左氏章指》等，这些著述在今天看来属于冷僻枯燥的学术范畴，但在中国古代却是显学，不仅是精英的文化学，还是热门的政治学，位于治国理政的核心地带。从汉代开始，我们中国开辟创新了一条政治主航道，以儒家的智慧作为治理国家的指导思想和理论基础，即"罢黜百家，独尊儒术"。这是帝制时代了不起的制度创新。用现代的眼光去看，具有两个层面的进步价值，一是在治国理政层面崇尚儒家学说，但不废止道家、法家、黄老等其他学说在民间的研究和流布，允许学术上的百花齐放，在学术的相互比较中，使国人充分认识到儒家思想更有益于国家的长治久安。再是以制度化的政策结构局限了皇帝的一言堂。这种局限不是直臣上奏式的，而是成形了一种管理机制。这一项政治改革是由汉武帝亲自主导出台的，中国大历史里把汉武帝称为大帝，有一个基础性的认知，就是尊敬这位皇帝把中国传统文化融会贯通于中国政治。

汉武帝当年做了两件很具体的事，都是深度影响中国历史进程的。

一、选定儒家的五本核心著作《诗经》《尚书》《礼记》《易经》《春秋》确立为"五经"。由此，儒学被上升为国学。设立"五经博士"，五经博士相当于今天的院士，是国家级学术权威。

二、以儒学学说作为治理国家的指导思想，理论研究是重要的，同样重要的是在实践层面得到充分应用。也就是说，用儒家学说治理国家，各级官员尤其是主官，要做儒学的行家里手。汉武帝当年最重要的一个决策，是改革官员的选拔方法，推出"察举制"。察举制是一种半推荐半考试制度，每个县向郡（省）推荐读书出众的人才，政审标准也非常人性化，"敬长上、肃政教、顺乡里、出入不悖（无犯罪记录）"。郡守经过严格考核后把人才推荐给太常（九卿之首，掌理国家意识形态，兼太学最高领导），"得授业如弟子"，在太学经过一年的集中学习之后考试，考试范围就是"五经"。"一岁皆辄课，能通一艺以上，补文学掌故缺"，通识一经，即授官职。汉代的地方和中央均设置"文学掌故"职位，相当于办公室文秘和地方志岗位，"其高第可以为郎中"，通识三经以上则被重用，可以分配到中央机关任职。"即有秀才异等，辄以名闻"，这一期学员中五经皆通的学霸，由皇帝签署表彰决定，使之闻名全国。后来的皇帝，把女儿赐嫁给状元，是奖掖杰出人才的升级版。为预防郡县官员在推荐人才过程中弄虚作假，这个政策还有严格的退出机制，"其不事学若不材，及不能通一艺，辄罢之，而请诸能称者"。一经都不通过的，不仅罢学籍，还要追究推荐人的责任。

"察举制"到隋唐以后完善为"科举制"，一直袭用至清朝末年，这项文化与政治兼容的"国考"制度，成为中国古代政府选拔官员的主要方法。

"国考"用书，也随时代变迁而有针对性地调整和增加，以西汉时的"五经"为基础，到东汉时是"七经"，增了《论语》和《孝经》，唐代是十二经，实际上只是增加了一部辞书《尔雅》，把《春秋》和《礼记》两经进行了扩容。分别由一部扩为三部，《春秋》扩为《春秋左传》《春秋公羊传》《春秋穀梁传》，《礼记》扩为《周礼》《仪礼》《礼记》。唐代重视《春秋》和《礼记》，着眼点在于官员们到岗位之后的工作实际，《春秋》是史书，"孔子著春秋，乱臣贼子惧"，旨在以史明鉴，以古照今。《礼记》是规矩之书，"礼"的含义即是礼制规矩，由一本扩容为三本。"三礼"构成中国人的规矩大全，涵盖着天地之间四季时序的规矩，朝廷上下的齿序规矩，社会各领域的架构规矩，宗族血缘以及婚丧嫁娶的伦理规矩。中国古代政府重视国家的规矩建设，下大力气构建"礼仪之邦""规矩之国"的文明内核。这样的认知基于一种政治理念，官员的工作重心是督导国民遵守规矩，因而需要对各层面的规矩有充分的认知。如果官员们无视规矩或不知规矩为何物，会导致国家体系的失重与失衡。

到了宋代，又增加了《孟子》，至此而成我们今天讲的儒家"十三经"。这十三部书是儒学思想的核心著作，还是宋代至清代的国考用书，古代官员的集体知识结构，是有清晰明确的价值取向的。这项以国考选拔官员的制度，使儒家的典籍著作，得到了完整性传承，即便是元朝和清朝，由少数民族担纲治国的时代，也没有失传或断流。

从"察举制"到"科举制"，还有一个重要的闪光点，就是废除了贵族制，底层老百姓可以通过读书改变人生命运，给平民百姓带来希望的亮光，是这项制度的现代价值所在。一个时代里，如果普通百姓没有了希望感，失去了奔头，这个时代就危险了。

继汉武帝刘彻之后，汉宣帝刘询又把这项制度向前推进了一步。由政治层面推向世俗生活，使儒家思想落地生根，进入中国人的日常。公元前51年（汉宣帝甘露三年），在长安未央宫的皇家图书馆石渠阁，召开了中国大历史里首次"全国精神文明建设会议"，史称"石渠阁会议"。

"石渠阁会议"的核心内容是由当年的二十三位大儒，具体讲论《五经》异同，既规范《五经》的学术标准，同时从《五经》中找出基本原理，用以指导人们的日常行为。这次会议的规格非常高，由丞相主持，汉宣帝做学术判定。由汉宣帝做学术判定，担任裁判长，是最高规格，但汉宣帝到会只是听会，并不讲话，大儒们据已所擅长，各抒己见。会期比较长，开了一个多月，大儒们充分讲述自己的观点和主张，最后形成154篇奏章《石渠议奏》。可惜此书已佚失，只是在唐代的《通典》中有部分收存。

自"石渠阁会议"以后，形成了一个官场传统，官员们深究《五经》的核心内存及相关典籍要义，据此著书立说，以彰显自己的政治认识地位。也就是说，古代官员之间，是以对儒学的研究深浅，较量水平高低的。《宋史·儒林列传》中评价陈傅良，"傅良为学，自三代秦汉以下，靡不研究，一事一物，心稽于极而后已"。这样的学术盖棺定论，就是中国古代官场的政治水平定位。

陈傅良的代表著作，《诗解诂》《周礼说》《春秋后传》《左氏章指》，是对《诗经》《周礼》《春秋》《左传》的研究心得，是文化学，同时也是古代政治学范畴的。

陈傅良出身寒微，九岁时父母双逝，在祖母抚养下长大，年轻时在家乡教授私塾，门人弟子众多。中进士后入仕途，最初因刚直不阿屡屡受挫，居要职后仍特立独行，不改初始。《宋史》记载了他的三件事，两次不奉诏，一次哭谏。

"而明年重明节，复以疾不往，丞相以下至于太学诸生皆为谏，不听，而方召内侍陈源为内侍省押班，傅良不草词。"

这一段文字的背后，隐着心酸的宫廷秘史以及奸邪小人的肮脏伎俩，还有陈傅良的大义凛然。

这个故事充满了戏剧性，我先交代一下背景。宋高宗赵构在国家危难之际登基，于1138年定都临安（杭州），成为南宋的首位皇帝。1162 年禅位于养子赵昚，是为宋孝宗。1189 年，赵昚效行养父宋高宗，禅位于皇太子赵惇，是为宋光宗。但宋光宗赵惇心胸狭窄，而且性格懦弱，又有一位权势欲极旺盛的皇后，对已经禅位的太上皇颇多猜忌，时常以生病为借口不去请安。太上皇和皇帝之间生出嫌隙，致使朝纲不稳。"重明节"是赵惇的生日，按宫廷律制，赵惇在自己生日这一天，必须去太上皇处感谢父恩，丞相以及群臣集体上谏，但赵惇仍称疾不往，并且下旨擢升太监陈源为内侍省总管。陈源人品恶劣，是两君不和的主要挑拨者。

"傅良不草词"，陈傅良不仅拒绝起草给陈源的任命诏书，并且上奏章，慷慨陈词：

> "陛下之不过宫者，特误有所疑而积忧成疾，以至此尔。臣尝即陛下之心反覆论之，窃自谓深切，陛下亦既许之矣。未几中变，以误为实，而开无端之衅；以疑为真，而成不疗之疾。是陛下自贻祸也。"

宋光宗见到陈傅良的这番肺腑之言，有所醒悟，准备启驾赴太上皇处，大臣们也兴奋高兴，赶紧朝列于殿上，做好了迎送出宫的仪仗准备，在这个节骨眼上又突发事变：

> "书奏，帝将从之。百官班立，以俟帝出。至御屏，皇后挽帝回，傅良遂趋上引裾，后叱之。傅良哭于庭，后益怒，傅良下殿径行。"

宋光宗刚走到大殿的御屏就被皇后挽回，陈傅良上前拽扯光宗衣裾，遭到皇后厉言呵斥。情急之下，他在大殿放声痛哭，皇后更加恼怒训责，陈傅良愤而离殿。《宋史·儒林列传》中的这段记载，将一位刚正老臣的形象鲜活生动地展现出来。

《宋史·宦者传》中对陈源的下场也做了交代，"以离间君亲，乞行诛窜"逐出宫，"其后源等卒听自便"，相当于削职为民。此外还有一句记载，让人读了则有五味杂陈之感，"亿年（陈源的太监同僚）养娼为别业，源在贬所与妓滥，俱与淫媟闻，人疑其非宦者云。"陈源原来是假太监，被罢职逐出宫后，常年生活在一个妓院里。

我们中国的正史史书，司马迁发明的"纪传"体，有一个不太方便阅读的写作特点，分别记述人物和事件，《本纪》述帝王，《世家》述诸侯和特别贡献者，《列传》述大臣及各方代表人物，《书》（《汉书》之后改为《志》）述天文、地理及社会主要领域，《表》述历史沿革序列。此外，还据史家的政治判断，将重点领域人物类编入史，贤臣入《循吏传》，恶臣入《酷吏传》，奸臣入《佞幸传》。皇后序列入《外戚世家》（《汉书》之后改为《外戚传》）。汉代以儒学治国，特别设置《儒林列传》，其他学派弃而不述，是《史记》及中国史书的重要漏项。这样的体例设置，如果想了解一个人物，仅仅读他的传记是不够的。凡入史的人物都是有重要影响的，涉及多个社会层面，比如重要的大臣，在自己的传记之外，帝王的《本纪》中会有涉及，记述社会重要事件的《书》或《志》中也会涉及，还有与大臣关联的人物，比如《陈傅良传》中的上面这两段引文，不读《外戚传》和《宦佞传》，就不会明晓皇后和陈源这两个人物。尤其是陈源的奸佞行径，是陈傅良"不草词"的主要动因。

陈傅良的另一次不奉诏事关大儒朱熹。

朱熹年长陈傅良七岁，是同时代的两位大人物。庆元二年（1196年），朱熹被一位监察御史（相当于今天的监察干部）弹劾。这份弹劾罗织罪状，捕风捉影，既斥朱熹为官不修，为学从伪，还进行人身攻击。"又诱尼姑二人以为宠妾"，"家妇不夫自孕"（朱熹长子于1191年卒，指儿媳妇夫亡自孕，意指朱熹"扒灰"）。《宋史·朱熹传》是这么记载的，"二年，沈继祖为监察御史，诬熹十罪，诏落职罢祠。"这一年，朱熹六十六岁，他看透官场苍凉，身心俱已老迈，对这些肮脏不实指控超然物外，仅仅写了一份《落职罢宫祠谢表》呈上，只谢罪，不申辩。"臣熹言：臣前任秘阁修撰、提举南京鸿庆宫，今年五月十三日已该满罢。至二十七日，伏准尚书省庆元二年十二月札子节文，臣寮论臣罪恶，乞赐睿断，褫职罢祠。奉圣旨，依。"

陈傅良对此坚决不奉诏，不拟草词，并且进言："熹难进易退，内批之下，举朝惊愕，臣不敢书行"。陈傅良大义直言：陛下您旨意下达后，举朝惊愕，我不敢拟旨。

"难进易退"是陈傅良对朱熹的文化判断。这句话出自《礼记·儒行》，鲁哀公问孔子两个问题，儒者的衣着有什么不同之处吗？儒者的日常行为是什么样子？

孔子的回禀中有一段话，"儒有衣冠中，动作慎，其大让如慢，小让如伪。大则如威，小则如愧。其难进而易退也，粥粥若无能也。其容貌有如此者。"

孔子说，儒者的衣着如常人，举止慎重，在大事上谦让，给人倨傲之感。做小事守己，让人觉着不实在。处理大问题如履薄冰，面对小问题一丝不苟，好像心中有愧。让儒者主动给

自己争取点什么是犯难的，但放弃些什么比较容易。儒者的日常状态，自谦如无能之辈，儒者大概就是这种样子吧

在陈傅良心中，朱熹就是孔子定义的儒者风范。陈傅良的这个态度吃到了苦果，被列为朱熹一党。"御史中丞谢深甫论陈傅良言不顾行，陈傅良遂出朝提举兴国宫。明年察官交疏，削秩罢。"秩是薪俸，削秩即削职。

四年后，1202 年，陈傅良官复原职并获任命"知泉州"，任命为泉州最高行政长官，但他此时早已风轻云淡，请辞不就。皇帝心有恻隐，再授集英殿修撰，进宝谟阁侍制，相当于授予一个终身教授的名誉身份。能让皇帝加封这个荣誉，可以显见陈傅良为人为官的高古与自洁。

"老僧耐得从头问"，文章的这个标题引自陈傅良的另一首诗《登祝融峰喜霁》，录全诗做此文虎尾：

仰止扶藜龚发苍，恰当风雨暗三湘。
为谁一阔天无际，及我重来日未央。
江过数州多曲折，山缘长亩半青黄。
老僧耐得从头问，问到吴门竟渺茫。

作者简介：

穆涛，鲁迅文学奖获得者，《美文》主编。

仙岩宫商羽

陆春祥

此刻，我聆听，仙岩的山水在歌唱，我心中的宫商角徵羽，1—2—3—5—6。

两亿年前的地动山摇之后，浙东南沿海有了一块巍峨的岩石，上古黄帝行游至此，就不愿意走了，在此潜心炼丹修炼，后乘龙升天，这块岩石就成了仙岩，它带着仙气灵光而来。此刻，我聆听，仙岩的山水在歌唱，我心中的宫商角徵羽，1—2—3—5—6。

宫

仙岩的宫音，由瀑布发出，它自碧潭飞跃而下，梅雨潭，雷响潭，龙须潭，寂静和喧闹，它们已经歌咏数亿年，它们和石头一样古老。起先，瀑布的听众，似乎有些单调，只有群山，青葱的树木和花草，还有那些来来往往的飞鸟。宫声有时激昂，有时沉闷，不过，无论谁来听，它都十二分的卖力，特别是雨天，它的喉咙更响，雨越起劲，瀑越响亮。

千万年的等待之后，仙岩的瀑，终于等来了一个书生，让它名扬世界。

书生叫朱自清，真的是白面，清瘦的脸庞，圆圆的眼镜后面是炯炯的双目，北京大学的高才生，浙江省立第十中学（温州中学前身）特聘教师。1923 年 10 月的一个下午，天气薄阴，朱书生和友人马公愚、马孟容等一起游仙岩，就被梅雨潭的绿和瀑布深深"惊诧"，他在梅雨亭上观瀑探绿，坐了差不多一个下午。我在温州四营堂巷 50 号朱自清旧居读到马公愚 1964 年的回忆，马先生说，那次去仙岩，朱老师面对那潭水和瀑布，激动不已：这潭水太好了，我这几年看过不少好山水，哪儿也没这潭水绿得那么静，这么有活力，平时见了深潭，总未免有点心悸，偏偏这个潭越看越爱，掉进去也是痛快的事，这潭水是雷响潭下来看，那么凶的雷公雷婆怎么会生出这样温柔文静的女儿？

2019 年 10 月 26 日下午，也是薄阴天气，我和一帮友人一起去仙岩看绿，浓郁的桂花香味直钻人的鼻腔，我也在梅雨亭上坐了好久，我自然是想体验朱书生的《绿》，听瀑布如雷的轰鸣，看那个"十二三岁的小姑娘"。

"小姑娘"叫"女儿绿"，是朱书生的"爱女"，算来已经九十六岁了，但并没有长大，依然活泼，顽皮，喧闹，天地间整个大舞台，似乎就只有她一个人在尽情挥洒。

"小姑娘"是一位名人了，六十多年来，中国几代读书人，人人都要认识她，和她纸上交流，体验她的童真童趣，体验朱书生的惊喜。"小姑娘"都被朱书生用形容词铺排尽了，我词穷，不再描写。

"小姑娘"生在僻静的仙岩山，时静时动，一副巨人的嗓子让世人震惊，这嗓音，是整个仙岩山的主音，她主宰着山的一切。

商

仙岩有积翠峰，层峦叠嶂，积万千绿色于一体，峰下的仙岩寺中传来商音，抑扬而凝重，又略带悲悯的忧伤。

仙岩寺，始建于唐贞观年间，到了唐大中初年，慧通禅师从浙东四明山云游到此，开基建寺造塔，后世尊其为开山祖师。北宋初年，得法于天台宗的遇安禅师，应邀来此主持全寺事务，他苦心经营，四方信众云集，僧众曾达三百余人，一时为浙南丛林之最。宋大中祥符二年（公元1009），吏部侍郎姚揆奏请宋真宗赐"圣寿禅寺"，自此，仙岩寺就有了另一个大名。

占地面积达两万多平方米的仙岩寺，殿堂楼阁轩，林林立立，僧人们念经的声音，富有节奏和磁性，余音绕梁。徜徉在这千年古寺里，人会立刻安静下来。寺院东侧，有一口泉叫珍珠泉，和寺一般古老，我们看泉，泉底水草清清，泉水和梅雨潭水同样清冽，它是僧人们的饮用水源，有阳光的正午，它会冒出和珍珠一样的气泡，汩汩有声，泉名因此而来。现代科学告诉了我们其中的原理，珍珠气泡是池中的绿色水草，通过太阳的光合作用散发出的氧气而成。

仙岩寺前有溪，清流淙淙，那是瀑布集体下山后乖乖排队集合而成，溪叫虎溪，也和寺有关。遇安禅师，别号楞严，又称伏虎禅师。据说，有一日讲经，仙岩山上突然下来一只大虫捣乱，众人吓得四散，遇安禅师则沉着呵斥，那畜生竟然听懂了，坐下来认真听讲，最后成了遇安的坐骑。哈，有奔驰有宝马不稀奇，有老虎坐骑才算高手。我在笔记里读到的伏虎禅师，却不是遇安，而是另一个，北宋汀州开元寺的高僧惠宽，呵斥畜生的话差不多一样：孽畜，休得妄动！若听经，头三点，尾三摇，席地而坐吧。所以，我听到楞严师这个驯虎故事，只是笑笑，但我想，一个地名，总有它的来处，至少是一种期许，这期许中，寄托了人们的某种希望。

钟声阵阵传来，这又是商音吗？

出仙岩寺，回望大门匾额上朱熹题写的四个金字"开先气象"，是夸寺的历史悠久，还是赞仙岩的山水呢？我想两者皆有吧。

禅声中，我和朱熹一道，去止斋祠，拜访陈傅良。

羽

鹅湖大辩论后，朱熹的道学和陆象山的心学开始显山露水，两派都属唯心主义。前者客观，"存天理，灭人欲"，万物都由理派生，宗师为北宋的二程兄弟，朱是集大成者；后者主观，强调"宇宙便是吾心，吾心即是宇宙""六经皆我注脚"，王阳明"知行合一"继续发展其学，成"陆王学派"。两派都对后世影响极大。与此同时，强调事功的"永嘉学派"也非常著名，和道学、心学几成鼎立之势。陈傅良，就是永嘉学派承上启下的重要人物。

陈傅良字君举，号止斋，南宋乾道八年（公元 1172）进士。陈家境贫寒，九岁时父母双亡，靠祖母拉扯长大，但他极其聪明，博学多能，跟随老师学习，将老师的学问发扬光大，著述甚丰。

永嘉学派为陈傅良的老师薛季宣创立，叶适是集大成者，叶适小陈傅良十几岁，和陈是同乡，在为陈傅良写的墓志铭中，这样讲述了他们亦师亦友的关系："余亦陪公游四十年，教余勤矣"。叶对陈老师评价极高。

三派各做各的学问，朱熹怎么会去访问陈傅良呢？现有资料表明，乾道九年，朱熹是为写一本《伊洛渊源录》的专著，特地去找温州寻材料的，虽观点不同，但不影响朋友关系。朱熹这一次出访，不仅玩得很痛快，还和陈傅良有了很好的交谈。各种资料都指证，朱熹和叶适、陈傅良，关系都非常好。陈傅良为推荐叶适曾上书直言："以臣所见，当今良史之才，莫如朱熹、叶适"（《辞免实录院同修撰》），不是真相知，不会这么评价。

此时的陈傅良，考中进士后，授泰州教授，但他没有到岗，仍然在仙岩书院教书。他反对性理空谈，将薛老师的事功学派，进一步深化挖掘，重视学习和现实的结合，济世匡时。我想象着，两个观点不甚相同的人，是怎么愉快交流的，碰撞辩论也是学习，一定是友谊让他们彬彬有礼。

我在陈傅良祠前伫立，祠的正门额匾上，用青石刻着"经世致用"四个字，两边的对联很是荣光："南宋文章第一家，东瓯理学无双士"。荣光，是因为对联乃南宋光宗皇帝所赐。

陈傅良的讲课声、士子们的读书声，声声朗朗如羽音，就如虎溪的涓涓山泉，柔和温婉，它们穿越南宋的时空，从书院里飘出，让人听来字字如锦：通事务，经世用，农工商并重，重视解决实际问题。我一下恍然，为什么温州人一直具有创造性，原来它源出永嘉学派提倡的事功主张。

多—来—米—梭—拉，如果仔细谛听，仙岩山的宫商角徵羽，五音齐全。《皇帝内经》有"五音疗疾"，也就是说，音乐是可以治病的，一曲终了，病去人康。

和朱自清一起去仙岩看"女儿绿"吧，再听听圣寿禅寺的晚钟，听听陈傅良经世致用的讲学，身心两安。

作者简介：

陆春祥，中国作家协会会员，浙江省作家协会副主席，浙江省散文学会会长，鲁迅文学奖获得者。

梅雨潭、仙岩寺与陈傅良祠

邵 丽

> 儒释道三家会于一处，在佛家明心见性，到儒家乃格物致知，复返道家，则返璞归真。游一处而得此三妙。

我想，大多数人和我一样，不知道陈傅良何许人也。即使在温州，除了当地文化人，一般人也未必知道他是何方神圣，更不知道陈傅良祠在哪里。

我们这次来，主要是看梅雨潭。知道梅雨潭，主要是因为朱自清先生写的散文《绿》，他写两次到梅雨潭的所观所感，写出了浓得化不开的绿，写出了女儿情态的绿，当然，也写出了朱先生的爱与惆怅。朱先生曾在温州中学教书一年有余，写了四篇散文，后汇编成册，书名叫《温州的踪迹》，《绿》是其中一篇。

梅雨潭隶属瓯海区仙岩街道，距离温州市区约二十公里。

南方的深秋并不感觉到冷。爬一段山，身上刚好热到要出汗的程度，在路边通风处站一站，秋风微凉，很快将热气刮走。

正是爬山的好时节。从酒店出发，坐五分钟左右的车就到景区门口了。进了门，距梅雨潭只不过两百来米。小径一波三折，有平地，也有坡，坡也不陡，更不长，相当乖巧和贴心。路边有一条溪流相伴，使寂静的山中增添了不少热闹，也多了许多自然的情趣。这是南方和北方的最大区别，北方的山少水，就像一味逞强的莽汉。而南方，有山必有水，更像"最是那一低头的温柔"的少妇，显得是如此的有情有义。

梅雨潭自然是好到一言难尽。朱先生所写的绿，依然存在，依然温婉动人，依然沁人心脾。但梅雨潭打动我的，是她的幽静。幽静不是纯粹的静，那是一种让人的心灵更熨帖的安然。她被群山抱在怀里，四周有茂密的绿植簇拥着。瀑布垂挂下的唰唰声和风吹拂万物发出的呢喃声交织在一起，更像大自然的喃喃细语，这就是所谓的天籁，是人类心心念念的心灵之歌吧。声音蔓延开来，又迅速被四周的群山吸收。它们来于大自然，又迅速回归于大自然。那么从容，又是那么决绝。

这个时候，如果没有人的声音，你会觉得自己已然进入大自然的深处，进入自然的内核。水流的声音和风拂植物的声音不断在下沉，一直沉到脚底下，悄悄地走了，然后又有声音悄悄地升起来。而人便和群山融为一体，变成山的一部分。这个时候，你仿佛猛然醒悟了，又去认真仔细地打量南方的山。它是多么的善解人意！山一般都不巍峨，不像昆仑和祁连，没有给人压迫感，也没有绵延不绝的孤独。恰恰相反，南方的山大多是清瘦的，是儒雅的，也是收敛的。就拿梅雨潭所在的大罗山来讲，它属于括苍山余脉，延绵几十公里，在整个温州也算是一座大山了。但是，你看到这山时，即刻就会感受到它的善意。即使入山后，也不会迷失自己，依然是有信心的，甚至是信心倍增的。你会无端地觉得身上有用不完的力气，能与这座山有一次完美的交流。这种交流不是征服，不是盛气凌人的，不是争锋相对的，更不是剑拔弩张的。而是一见钟情的，是你情我愿的，是和风细雨的，甚至是含情脉脉的。

梅雨潭就像这座山中的一颗明珠，一颗翠绿的明珠。而我在山中，在梅雨潭边，感受到的是飘然物外的宁静，忘却了山外还有一个世界，一个纷纷扰扰却让人爱恨交集的世界。

从梅雨潭下来，路过山脚下一座寺院，名仙岩寺，也称圣寿禅寺。据同行瓯海区文联的朋友介绍，圣寿禅寺是北宋大中祥符二年真宗皇帝敕赐的，山门门楣上悬挂的"开天气象"匾额，据说出自朱熹之手。

宋真宗，那可是我们读书人的亲人！虽说他是守成之君，但他的"书中自有黄金屋，书中自有颜如玉"，的确是最给读书人长脸的金句，所以我对仙岩寺陡然增加了几分亲切感。步入仙岩寺，大约是下午三点半，大雄宝殿传来僧侣做功课的声音。那声音笃定，深沉，透着一种让人沉潜的魔力，仿佛他们就是这样轻声细语地给世界安排了秩序。来寺院的人都屏声静气，而寺院的地面也一尘不染，连落叶都被扫归一处，安静地伏在一边，似乎也在静静地聆听佛号。我们沿着石阶往后院走，一路上见到僧人和寺院里的杂役，他们个个面带微笑，神色安然。我们在寺院里的那段时间，很少见到游客。似乎这是一个被遗忘的世界，或者说，这个世界的安静与从容，多少显得有些突兀，突兀得让人吃惊，让人心暖，也让人难以置信。

绕了一大圈，还是要说到陈傅良。出仙岩寺右边小门，约五十来步，便是陈傅良祠。查了一下资料，陈傅良的老家不在仙岩，而在温州瑞安塘下镇。塘下镇就在仙岩隔壁，陈傅良祠为什么会建在仙岩，而且就在仙岩寺边上？

有史料梳理了陈傅良六十七年的人生经历。他三十六岁考中进士，授迪功郎、泰州州学教授。但他未赴任，继续在家乡教书。让我略感惊喜的是，在当时，考中进士后，在家教书是可以领半俸的，相当于现在的基本工资吧，生活还是有保障的。

陈傅良应该是个很好的老师。南宋大儒叶适后来在他墓志铭中写道：公未三十，心思挺出。又说他：虽縻他师，亦借名陈氏。他未中进士前就当起了老师，后来当了官，一旦被罢官回家，就毫不犹豫又拿起教鞭。他在仙岩教书时间大约在淳熙十一年（1184），那一年，他接到当湖南桂阳军知军的任命，那可是标准的地厅级领导干部。但他一直拖到1187年才到任，这期间他在干什么？就在仙岩教书。由此可见，这位老先生是多么喜欢当老师啊，连比知府规格还高的大官也不想去当了。难怪他后来名列《宋史·儒林传》。

而朱熹来仙岩见陈傅良，给仙岩寺的山门写匾额，应该是在1194年以后的事了。那时陈傅良"又被罢官了"，他回到老家，将自己的居室称为"止斋"。退休的意图很明显，而且，他此后确实没有再"出山"，的确止于此斋了。

陈傅良在给宁宗皇帝当中书舍人时，帮朱熹讲过好话。中书舍人是专门给皇帝草拟诏书的官职，是皇帝"身边的人"，他为朱熹说好话，皇帝也是"给面子"的。朱熹到处讲学，路过此地，来看看"曾经的朋友"，也是应该的。况且朱熹和陈傅良也可以算是"同出一门"，他们的学问都源于程颢程颐两兄弟的

"洛学"。从北宋到南宋，经过一百多年的演变，形成了以朱熹为首的理学，以陆九渊为代表的心学，还有以叶适为代表的永嘉学派。而陈傅良是永嘉学派承上启下的人物。有意思的是，只有永嘉学派变成了一门经世致用的学说，也就是后来我们所谓的唯物主义哲学。我想，温州这块土地上能够诞生出永嘉学派，永嘉学派也肯定在很大程度上影响温州这片土地以及生活在这片土地上的温州人，两者必定有内在的关系。温州人的务实、勤勉和通透，不知和这有没有关系，也不知道有没有学者做过这方面的研究。

我觉得更有意思的是，把陈傅良祠放在仙岩寺隔壁，当时的规划者肯定是有着缜密的思考的：他们代表着中国文化的两个方向，一实一虚，一现世一来生，实与虚最后却又归于统一。而距离他们两百多米的梅雨潭，却更像他们共同的邻居，完全可以作为仙风道骨的道家之所在。儒释道三家会于一处，在佛家明心见性，到儒家乃格物致知，复返道家，则返璞归真。游一处而得此三妙，确是一桩幸事乐事。

作者简介：

邵丽，中国作家协会主席团委员，河南省文联主席，河南省作家协会主席。创作小说散文诗歌两百多万字，部分作品译介到国外。中篇小说《明惠的圣诞》获第四届鲁迅文学奖。

山 水 禅

金仁顺

仙岩留下了弘一法师的光顾流连的印迹，倘若山水能言，估计也要叹一声，幸甚！

初听仙岩、瓯海，这两个名字，很像一副对联。越品越觉得有意思，有意味。

瓯海是小海，或者说，一小块海，配着仙岩，熨帖得很。"仙岩"之名，自然是有些来历的。此仙是轩辕黄帝，大神。传说大神在此地修成正果，羽化成仙，乘龙飞天的时候，估计要用力蹬地借势，故而当年大神炼丹、飞升之地，巨大岩石拔地而起，恨不能借力追随而去。仙岩之名，由此而来。至于说到此仙岩形似轩帝侧颜，凌风而立之语，那就是附会了，用流行的话说是：想多了。

山不在高，有仙则名，水不在深，有龙则灵。仙岩有一潭水，梅雨潭，没有龙，却有点睛之笔——朱自清的《绿》，写的就是梅雨潭。

"我第二次到仙岩的时候，我惊诧于梅雨潭的绿了。"开头结尾都是这一句。以前读的时候没觉得怎么样，真到了潭边，把这篇文章重新读过——

第一次到仙岩，到梅雨潭，我惊诧于朱先生的《绿》，写得如此之好！

我们也是在秋季的薄阴的天气来到梅雨潭边，也是微微的云在我们顶上流着，岩面与草丛都从润湿中透出几分油油的绿意。我们也是写作的人，却没有任何描述的冲动，"眼前有景道不得"，我们能描述的，朱先生已经描述过了。

既然有景道不得，就说点儿闲话吧。

瓯海，或者说温州，古时名为永嘉。永嘉太守中，出了个谢灵运，"自言长官如灵运，能使江山似永嘉。"提起谢灵运，得先说说他曾祖辈的谢安。

谢安是个大才，故事很多。他和王羲之是好朋友，王谢两家都是东晋豪门望族，"旧时王谢堂前燕，"里面的"王谢"，就是指他们两家。谢安年少时，风采神态清秀明达，青年时期风流倜傥，名闻天下，他醉心于与当时的名士名僧交游，寄情山水，吟诗弄文，酷爱清谈。曲水流觞这种雅宴，于他们是日常，于历史就是传奇。谢安40岁前没认真当过官，他40岁时，谢氏一门日渐式微，他才萌生了出仕的意愿。

谢安才华横溢，名满江湖，当官居然也当得风生水起。著名的淝水之战，全靠他运筹帷幄，以7万兵力，打败苻坚的15万大军。捷报传来时，谢安正在与客人下棋，看一眼捷报，不动声色，继续下棋，客人追问，才淡淡一句，"没什么，孩子们已经打败敌人了。"淝水一战，谢安名垂千古。他多年隐居东山，甫一出世，便是惊世骇俗。

谢安的侄子谢玄，当年是淝水之战的重要指挥者，谢安是后台，谢玄等人是前锋。谢玄的儿子名不见经传，但这个儿子生了谢灵运。

谢灵运小时候跟谢安一样，钟灵毓秀，聪慧过人，是"含着金汤匙"或者"衔着宝玉"出生的，家底丰足，人脉深厚，生活富裕。他和谢安一样，喜好游山陟岭、纵情山水，他游山玩水时阵仗极大，随从过百，逢山开道，遇水凿湖，为了爬山方便，还设计了最早的登山鞋，被后世称为"灵运屐"。

正如钱钟书而言："人于山水，如'好美色'；山水于人，如'惊知己'。"谢灵运"好美色"，寄情山水，作诗百首，留存几十首，永嘉山水因此名闻天下；永嘉山水亦不负灵运，"惊知己"，成全了这位中国诗歌史上"山水诗"第一人。山水与灵运，堪称是人与自然的一曲"高山流水"。

谢安与谢灵运，都与山水有缘，却发心不同。谢安隐于山水间，顺势而为，修炼心性，韬光养晦；谢灵运于山水，却是扬，大张旗鼓，热烈而激昂。山水是谢安的一盘棋，下这盘棋如安天下，雄才大略；谢灵运孤高自恋，迷在山水阵里，生了指点江山的心。私心里，谢灵运可能总想超越谢安，或者至少，可以复制谢安的神话。为此，他走了和谢安截然不同的路，谢安年少时即深谋远虑，远离朝堂，朝堂却放不下谢安，对谢安心心念念；谢灵运一直少年心性，争强好胜，恃才傲物，对朝堂也是撒娇的，总觉得朝堂应该像对谢安那样地对自己，甚至应该"更加"重视自己，没得到朝堂，他便学谢安，在永嘉山水间徜徉，"江南倦历览，江北旷周旋。怀新道转迥，寻异景不延。"后来他造反，打出的旗号是："韩亡子房奋，秦帝鲁连耻。本自江海人，忠义感君子。"自视若此，他始终没明白，朝堂对他的珍惜和放纵，只不过是因为他的才华和诗名，宋文帝对他"唯以文义见接，每侍上宴，谈赏而已"。

山水如禅，领悟决定了结局，东晋谢氏两个最著名的人物，都于山水中流连盘桓，领悟处却截然不同。用白居易《读谢灵运诗》中句子总结：谢安是"吾闻达士道，穷通顺冥数。通乃朝廷来，穷即江湖去。"谢灵运却是"谢公才廓落，与世不相遇。"相不相遇，其实是选择题。谢安年过40才出仕，一出便是东山再起；谢灵运秀才起兵，把自己推向了末路穷途，死时才49岁。"大必笼天海，"谢灵运做不到，掌控不及，但"细不遗草树"，落实于永嘉山水，落实于诗句，倒是所言不虚。谢灵运仕途坎坷，但文学史上，成为山水诗鼻祖，为后世李白、杜甫这样的诗坛大家推崇备至，光耀永存，永嘉山水和谢灵运，是两不辜负，互相成全。

这次在圣寿禅寺，意外看到弘一法师纪念塔。才知道原来弘一法师跟温州也颇有渊源，他在杭州出家三年，来到温州，第二年拜庆福寺住持寂山和尚为依止师，"吾以永嘉为第二故乡。"除了庆福寺，他还住过江心寺、仙岩伏虎庵等寺院，足迹遍布永嘉寺院。他的佛学体系和弘体书法都在永嘉形成。此后常住福建，也时时往来永嘉。

永嘉还真是好山水，佛心禅性，弘一法师是20世纪上半叶中国文化界的传奇，戏剧、音乐、美术、金石、书法，都有超高建树，在俗世引领风潮，光华万丈；一旦进了佛门，洗尽铅华，笃志苦行，皈依自心，超然尘外。僧俗都做到极致，为世人景仰赞叹，连鲁迅先生都感慨，"朴拙圆满，浑若天成。得李师手书，幸甚！"仙岩也留下了弘一法师的光顾流连的印迹，倘若山水能言，估计也要叹一声，幸甚！

弘一法师有言："以虚养心，以德养身，以仁义养天下万物，以道养天下万世。"瓯海，仙岩一行，山水有禅意，此言为偈语。

作者简介：

金仁顺，吉林省作家协会主席，著有长篇小说《春香》、中短篇小说集《桃花》《僧舞》《纪念我的朋友金枝》等多部，随笔集《时光的化骨绵掌》《白如百合》等，曾获得骏马奖、庄重文文学奖、春申原创文学奖、中国小说双年奖、林斤澜文学奖、小说月报百花奖，作家出版集团奖、小说选刊短篇小说奖，人民文学短篇小说奖等，作品被翻译成英语、韩语、日语、阿拉伯语、德语、蒙古语等语种。

瓯海踪迹

向 迅

一

那一日，他起了个大早，沿着一条人迹罕至的马路行走，隔着一道围墙，眺望几里地之外被烟云笼罩的一脉拔地而起的山色。

携带雨水的云雾，像怀有身孕的巨型哺乳动物，迈动毛茸茸的四肢，拖着沉甸甸的肚腹，游走在棱角分明的山谷间。他想象着，那座大山在眨眼间不翼而飞，留下一片空白。这不是没有可能。你看吧，"白象似群山"，在温瑞平原上奔跑；拱顶般的背脊上，海的波浪哗哗翻滚。

路边间或植有一丛木芙蓉。花团锦簇的日子已然远去，但仍见得到蝴蝶羽翅般灵动的花朵，扑闪在枝梢。还有上海来的朋友不识得的栾树，深绿树冠间挂出一串串浅红灯笼和黄橙橙的花儿。但他无暇旁顾。

昨日晚宴上，他知道了，这座他在灯火阑珊时分瞥见的山，叫大罗山；二十多年前被他记住就再也没有忘掉的梅雨潭，就藏在它的怀抱里。在那篇不足千字的文章里，朱自清在首句就交代了梅雨潭的确切地点——仙岩，但他从来没有把梅雨潭与温州联系起来。

说起温州，他最先想起的，是一位大学同学。这位籍贯温州乐清的插班生，立志成为世界上最伟大的推销员，课余逢人便神秘地打开黑色手提包，推销价格昂贵的日用品。这位早早就穿上职业套装，脸上挂着职业性微笑的同学，给他留下了特别深刻的印象。这位同学、名扬天下的温州皮鞋和后来名噪一时的温州炒房团，让他误以为温州是一座遍地皮鞋厂遍地老板遍地推销员的城市。

而这个早晨，他漫步在环境清幽的仙岩一隅，眺望着烟雨里象群般涌动的大罗山，想象着令朱自清先生惊诧的梅雨潭的绿，掰着指头默数着一长串熟悉的名字：林斤澜、张翎、陈河、王手、马叙、钟求是、吴弦、哲贵、东君……不禁惊诧于自己的浅薄和温州人文底蕴的厚重了。

不过，他转念一想，其实也没有什么好惭愧的。谁叫你们温州人给人留下的第一印象，就是我家里有皮鞋厂啊。

二

沿一条清溪而上，刚到得仙岩寺山门，他便在心底大喊：好字。只见那门上高悬一块厚重的漆黑匾额，匾额中嵌四个镶金大字——开天气象。有一种能让雨天变晴天的气势。右侧落款：晦翁书。晦翁是谁？众人皆问。

朱熹。哦，朱熹，南宋理学家朱熹，那个主张"存天理，灭人欲"的朱熹——居然能写出笔力如此雄浑、气象万千的大字！

这几个斗篷大字，让他莫名想到长沙岳麓书院山门外的那副嚣张跋扈的对联：惟楚有材，于斯为盛。想到岳麓书院，他不禁又想到一件事：

乾道三年（1167），时年三十七岁的朱熹听闻主讲岳麓、城南两书院的张栻得衡阳胡宏之学，专程自福建崇安前往长沙，与张栻在岳麓书院"会友讲学"，展开学术辩论，"一时舆马之众，饮池水立涸"。"朱张会讲"，成为岳麓书院办学史上的大事和流传至今的佳话。

而同样的佳话，据说也发生于仙岩。

绍熙二年（1191，一说也是乾道年间），朱熹跋山涉水到仙岩书院探访永嘉学派学者陈傅良，两人通宵达旦进行辩论。朱熹的此次纪行，想必与淳熙七年（1180）和永康学派代表人物陈亮首次会面时的感受一样，"数日山闲从游甚乐，分袂不胜惆然"。而"开天气象"以及"溪山第一""东南邹鲁"等墨宝，正是朱熹此时留下的。

不过，也有不嫌麻烦者，爬梳枯藤般索然无味的文献，然后说：朱熹和陈傅良虽通信有年，但直到绍熙五年（1194），两人同在京城为官时才见上面。若这一考据站得住脚，那么，绍熙二年的会面从何说起？若此番会面属于后人杜撰，那几幅铁证如凿的墨宝，又该从何解释？若见不到朱熹造访仙岩的确切文字记载，这大约算得上一桩公案了。

当然，这是后话。

这一日，他打一把雨伞，尾随几位友人，亦步亦趋地穿梭于这座肇建于唐贞观年间、后被真宗皇帝敕赐为"圣寿禅寺"的浙南名刹。时隔一年，许多事情恍若烟云，早已不知飘向何处，再也无法检索重拾，可他仍记得仙岩寺刻设于唐大中年间的吉祥陀罗尼经幢，植于明代万历年间的两株罗汉松，充满说教意味的流米岩，风过之时，香入五脏六腑的桂花……

迈出寺院侧门，是一片躯干绑缚着绳索的日本樱花，树根处的泥土尚且新鲜，当是刚植下不久。但举头一望，挂着雨珠的枝杈间居然零零散散开着几朵弱不禁风的樱花，他惊奇不已，以为遇到神迹。半月后，他到南京牛首山游玩，在通往佛顶寺山门前的那一溜陡峭台阶上，再次遇到樱花，他才摇头：

或许是全球变暖的气候，让植物们内分泌失调，混淆了时令。

三

1923 年秋，朱自清和好友马公愚等一行四人，从温州城出发，结伴同游仙岩。他们闻够了仙岩寺的桂花，然后攀着埋伏于翠微岭中的陡峭山道前往梅雨潭，吸了一肚子负氧离子，满载而归。次年二月，朱自清写出了那篇传诵至今的《绿》。九十七年之后，也是秋天，他和四五位友人，循着朱自清的足迹而来。当然，也是循着谢灵运、李缯、司空图的足迹而来。也是循着许多同时代人的足迹而来。

细雨中，他一边小心翼翼地攀着陡峭湿滑的台阶，一边开着小差——"我第二次到仙岩的时候，我惊诧于梅雨潭的绿了。"

为什么不是第一次呢？难道不应该是第一次吗？估计是出于修辞的考虑，就像鲁迅笔下那两棵著名的枣树。后来，他看到一个说法，觉得有些道理。说的是，朱自清携家小来温州后，最初租住在大士门，但没过不久，大士门遭遇火灾，他们不得不另迁他处。朱自清第一次来仙岩，想必与此事有关。你的水再绿再好看，也没法让一个心情不好的人惊诧。

好在不是夜里。途中多见巨石，如狮虎猛兽埋伏丛莽。古人手握锤子和凿子，把诗文或诸如"洗眼来"一类充满禅意的字眼刻于石上，铿锵有声，时有火花从巨石上迸溅而出。那是文明对蛮荒之地的驯化，巨石因此背负了巨大的精神负担，再也不敢造次。有趣的是，在时间的流逝中，写诗的人消失了，刻字的人也不见了，唯有字留了下来。字是浮出时间之水的岩石。

说话间，梅雨潭已近在眼前。还真是一口好潭，绿水如茵，没有人不喜欢，难怪朱自清先生念念不忘。那瀑布也生得好，周遭水烟弥漫，"四时梅雨"之说想必正是因它而起。还有不怒自威的轩辕岩，建在那苍鹰翼翅上的亭子，都恰到好处，真正"可诗可图"，可见造化的神奇与古人的妙眼。

只是，我们不远千里而来，看的其实是谢灵运的梅雨潭，是朱自清的梅雨潭，是《绿》中的那个女性的梅雨潭，而往往忽略了现实中的梅雨潭。即使是，看的也是比梅雨潭多出来的一点东西，或者说是溢出梅雨潭的那一点东西。他站在那苍鹰的翼翅上，倚着栏杆，望着那一潭绿水胡思乱想。

这时，有人招呼吃哈密瓜了。那是他们一行人即将离开仙岩寺时，恰好碰见了住持，而住持手中又恰好抱着一只哈密瓜。住持将这只来自吐鲁番的哈密瓜赠送给了他们。没有水果刀该如何下手呢？来自上海的一位女士，别出心裁，从随身携带的包里掏出一把胡桃木梳子。他们就用这把梳子的木齿杀了瓜，像吃江湖饭那样，每人捧一块，站在亭子里吃将起来。

好甜的瓜。吃瓜群众满嘴流津，欢喜地说。

四

"我第二次来瓯海的时候，我惊诧于瓯海的美了。"

第二年六月，正是火热的天气，当他再次来到瓯海时，这个句子忽然就从脑海里冒了出来。就像那一天，他们一行人泛舟温瑞塘河时，从河边榕树的树冠里或草丛中突突飞起的一只白鹭。说起这条河，他并不陌生。他曾在刘氏后人集资修建的伯温楼上见过，却没想到这条河竟像陆地上的街衢一样四通八达。也正是这条河，让他意识到，温州也是江南水乡。

这一次，他还去了泽雅。作家周吉敏的故乡。此地原名"寨下"，泽雅是"寨下"温州话的译音。这个名字典雅的小镇，埋伏于蓊蓊郁郁的西雁荡山的丛莽之中。他们沿着多急转弯的盘山公路，溯一条波涛汹涌的河谷而上。山里的雨水多，脾气也大，说来就来。行到中途，就有一场大雨噼里啪啦地砸下来。

河谷对岸，风雨中涌动着的是一片接一片的竹海；河边，是一座紧挨一座的造纸作坊。周吉敏介绍，这泽雅的山里保留着中国最原始、完整的古法造纸术之一。也因此，泽雅的古法造纸，有"中国造纸术活化石"之说。以前，泽雅家家户户都造纸，人人都会造纸术。而现在，专业纸农已经很少见了。

他还去了朱自清旧居。当年大士门失火后，朱自清一家搬到了四营堂巷 34 号王宅屋。这是一座有围墙的老式两进平房，前后有院子，厢房外有花墙将大院子隔开，自成小庭院，环境清幽。他们在这里生活了一年多时间。正是在这里，朱自清写下了散文《绿》和《月朦胧，鸟朦胧，帘卷海棠红》。

1924 年 2 月，朱自清只身去宁波任教，但为了节省开支，把家眷留在温州。到了宁波后，他又写下了《白水漈》和《生命的价格——七毛钱》，连同《绿》和《月朦胧，鸟朦胧，帘卷海棠红》，辑成《温州的踪迹》。1925 年 5 月 21 日，他在给马公愚的信中写道："温州之山清水秀，人物隽永，均为弟所心系。"

他记得，迈出朱自清旧居时，烈日当空，头晕目眩，有点恍惚。不知道为什么，他忽然记起去年九月，参观陈傅良祠时，在陈列厅看到的一只螳螂。

那只螳螂停歇在一个闪烁着五线谱图案的电子荧屏上。起初，他以为那是一只假的螳螂。没想到，当音乐从五线谱上缓缓流动起来的时候，那只螳螂竟迈动碧玉般的四肢，沿着荧屏的边沿走动了起来。那步态，简直像是在跳华尔兹。

哦，一只懂音乐的螳螂。

作者简介：

向迅，生于 1984 年，中国作协会员。已出版散文集《与父亲书》《谁还能衣锦还乡》《斯卡布罗集市》《寄居者笔记》等多部。曾获林语堂文学奖、丰子恺散文奖、孙犁散文奖、冰心儿童文学奖、三毛散文奖及扬子江年度青年诗人奖等多种文学奖。现供职于江苏省作家协会。

三顾梅雨潭

黄　风

仙岩山下的你，望见仙岩山上的你，走在林荫道上。

那是4个多月前的你，准确地说，是去年12月27日的你。现在你瞭到他的时候，他黑T恤的后背已经湿透，等翻下山脱掉外套的羽绒衣，T恤后背上的湿会渐渐现了原形一样，变成白色的地图。

在遥远的晋北，你老家雁门风沙里，数九天的冷正掠过积雪的原野，深入村庄走街串户，把屋上的炉烟薅走。撵烟的狗叫声，热气腾腾地蹿起，在半天空追赶一程，一头扎下后，冻得硬邦邦的鹅卵石一样。

温州却如你老家的春天，那天的天气你后来查过，是"8℃/18℃"，黑夜比你老家的白天还暖和。让你耳朵不禁走神，听到布谷鸟，听到楼铃，在老家田野上一唱一和。

仙岩山上自是郁郁葱葱，但毕竟大冬天了，许多树衣不蔽体，甚至寸丝不挂。你满眼的葱郁被打折扣，像仙岩山穿褪了色的碧罗衫，但色褪得不均匀，深一片浅一片。

天空枝叶疏朗，阳光翩翩而至，四六成群了，寻觅花的踪影。你听不到鸟语，风也来得稀少，即使来了也小心翼翼，怕脚下一不留神，惹得落叶大惊小怪。那会把阳光蝴蝶吓一跳，把风自己也吓一跳。

小路两侧的山坡上，铺了一层落叶，生出的腐气很黏人，扒在你鼻尖上飘来晃去。带着一丝半毫的甜味，你想它或许不是甜味，是虫虫豸豸冬眠的鼾息。一夜鼾息攀到碧叶上，早晨一定会结成露珠，滴溜溜拽大了，从中看到虫豸做梦的憨态。

最亮你眼的是芒萁，一大片一大片，要长满一面山坡，或一团一伙的，簇拥在树周围，窝在路边的旮旯里。雨洗过一样，把落叶比衬得更加腐败，或说落叶是它的棉被，睡足了钻出来。被你盯久了，像偷了几宿懒觉，一副含羞草的样子。

但那一路的风景，不过是"捎带"。去年 12 月 27 日的你，与今天仙岩山下的你一样，千里迢迢而来，要看的是先生笔下的梅雨潭，还有"女儿绿"。

从仙岩山上，翻到仙岩山下，又扎到仙岩山上，傍午的时候，你见到了梅雨潭，见到了"女儿绿"。你是寻着路标，左顾右盼了，在工人的指点下找到的。去梅雨潭的路正维修，斧凿声叮叮当当，落到岩壁上的弹回来，跑到高处林中的沉没了。

除了三三五五戴安全帽的工人，并不见什么游人。仰望见一个亭子，路标指示是"自清亭"，你在网上也见过，但在先生《绿》中不曾"读过"，便硬要怀疑它是"梅雨亭"。你没有先往亭子去，而是从一条旁逸的小径，急切地去见梅雨潭，弯腰经过一个石穹门，不知它是否就是先生当年"鞠躬"经过的。

把自清亭当成梅雨亭时，你对自己"哦"，那就是梅雨亭？

站到梅雨潭前，你又对自己"哦"，这就是梅雨潭！

急切的心情，轻描淡写了，你与梅雨潭，老相识似的握了握手。

像《绿》中描述的，瀑布"镶在两条湿湿的黑边儿里"，一如从前"白而发亮"，但显然没有先生来时水大，没有你从网上照片见过的水大，浅浅地分作两绺，贴着发黑的岩面流下，背后石罅中枯黄了的草都能看到。激荡也激荡，但不是"飞花碎玉般"，看不到一朵朵先生见过的"小白梅"。

落入潭中倒是"乱溅着"，只是紧挨崖根底，乱溅的局面很小。局面外的水，依旧四平八稳，"松松的皱缬着"，而且绿得也不酽，远谈不上"醉人"。"女儿"的身影，你肯定无从见到，便想她会不会变成美人鱼，潜到了潭深处？

你心缭缭的，生出些些许许失望，努力掩盖着，如潭中一枚黄叶，漂起来按下去。不按下去的话，就轻渎了什么。转而四顾了，你才发现周遭景色也和别处一样，大冬天免不了萧条，让潭中的绿瘦了。

显然你来得不是时候，再过四五天就元旦了，而先生是秋天光顾的，一个天气"薄阴"的日子。至于网上照片，那更是旺季拍的。你明白了，便觉得梅雨潭，老相识已其次，更像一位慈祥的长者。

那"皱缬着"的，是他温和的微笑，一漾一漾变成簇浪，涌着你的眼际。你心辽阔起来，愿望却又执拗了，郑重地告诉他，你还要来。

　　你的愿望由来已久，越过 40 多个年头，在瓦松披着秋风的屋顶下，少年的你和同学们端坐了，众口一致朗读着。语文老师左手拎着教鞭，右手捧着阅读资料，围绕三排课桌间的过道，一步一晃地领读。

　　三间高大的教室曾是祠堂，每年初秋一过就冷了，巴掌大的蛾，晚自习点起灯来，不再从屋梁上蝙蝠一样现身。但你们忘记了冷，阅读资料摆在面前，跟随语文老师朗读其中的《绿》，跟随先生"第二次到仙岩"，去逛梅雨潭。

　　与装订在一起的其他课文一样，是用 16 开粉连纸油印的，作为初三语文补充阅读资料，厚厚的人手一册。语文老师只领读一遍，然后自己去看，做一大篇习题，谁朗读时不专心，还有生字要问，就会啪啪吃教鞭。

　　也就是从这天起，你对梅雨潭，对"女儿绿"，产生了向往。你老家是不讲"潭"的，你小时候连这个字都没听说过，只讲水库水洼，那梅雨潭到底是个什么样子？

　　盛夏的水库水洼，把周围的绿荫沉浸了，你去耍水的时候，一个猛子扎进去，便呼隆隆穿个绿洞。而且那沉浸的绿荫，还会跟着太阳长。比如下午，水库水洼西边的绿荫，会长满水面，一直长到东边去，追着东边的绿阴长，最后与夜幕长到一起。原本浮浅的水边，渐渐无底了，和深处一样黑暗，让你担心会有绿毛水怪爬上来。

　　你不晓得梅雨潭的"女儿绿"，与老家水库水洼里的绿一样不一样？先生尽管笔下生花，用语文老师的话讲，描写得"详细、形象、生动"，可你总还是隔膜，像雾里看花。

　　课文的注解说，仙岩在浙江瑞安。可浙江大了，瑞安又在哪里？语文老师也说不清，似乎又知道一点，说就"温州那一块儿"。你和同学们把头埋在《地理》书的地图上找，找见了"温州那一块儿"，在千里之外的大海边，其余的都没找到。

　　语文老师都没到过那么远的地方，你们就更不用说了，最远只去过县城。再就是周日，跑到镇上的火车站看火车，远远地迎接火车来了，顺着阳光下的铁轨，又远远地目送火车走了，直到眼睛被远山挡住，然后用心接住眼睛，跟着钻到山那头的火车继续奔跑。

　　跑得虽比去县城远多了，也能到达"千里之外"，可你们还是想象不出瑞安呀或温州的样子，更想象不出仙岩，想象梅雨潭就成"天方夜谭"了。

　　往后的日子可想而知，哪怕天之涯海之角，也能从电视里、网上、手机中看到。瑞安特别是温州的面貌，就像天下人熟知的那样。把昔日少年丢在老家村口，背负少年的目光，一程一程走过来的你，自然也目睹了仙岩，目睹了梅雨潭。

　　但你又不满足了，认为那并非亲见。曾几次打点行囊要来，临行都被打搅了。或因事到了浙江，离温州明显不远了，却又阴差阳错地错过了。

　　去年12月25日，你来温州参加一个活动，活动第二天下午就结束了，你返程的飞机是第三天晚上的，有一白天的空余时间。机会不言而喻，你对自己说，这次再不能错过了。以前来浙江都跟温州无关，这次却直奔温州，梅雨潭近在一步之遥。

　　像第一次到别的城市一样，初来乍到的陌生像粉红女郎，总让你眼花缭乱。动身之前，你也做了点"攻略"，但还是不敢相信自己，又不愿打扰当地朋友，搞不好得陪自己一天，便决定打出租车去，司机肯定熟悉梅雨潭。

那天一早吃过饭，你在酒店门口拦辆出租车，说去梅雨潭。司机吞吞吐吐，你以为是钱的问题，便对司机说不用打表了，他觉得多少合适，就要多少好了。当然了，前提是他不能坑你。司机挠着头说，不是那意思，不是那意思，是他认得仙岩，不认得梅雨潭。

在温州跑出租，居然不认得梅雨潭，你很是吃惊。司机一下脸屈了，说不认得就是不认得，他有什么办法？你看司机是个实在人，不忍下去再打车了。司机便告诉你，他是安徽人，来温州打工多年了，仙岩他真跑过，可就是不识梅雨潭。

转而笑道，不过不要紧，咱有导航嘛。最后对你说，今天上午都给你了，拉你去看完，再拉你回来。他也顺便看看，熟悉一下这个地方。

至于钱嘛，到时候你看吧，差不多就行。

谁知那天导航太热情了，大概是见你俩"土包"，连梅雨潭都没来过，想让你俩多看看，便导了"左道旁门"。"旁门"是一个偏僻的小铁栅门，在门一侧的围墙上写着"梅雨潭景区入口"，隔着"左道"的另一边，向上望去是一片黑苍苍的墓地。

4个多月后，兑现你上次留下的许诺，又来到仙岩，你才发现那天导航热情过度。这次是温州朋友专门安排的，车直达景区停车场，从朋友介绍中，也从《景区导览图》上看到，上次你同出租司机绕了很远的路。从小铁栅门进去的西边，一直绕到东边来，经过雷响潭、黄帝池、三皇井什么的，直到山下的三姑潭，过了三姑潭又绕上去。

那天看完梅雨潭，你俩又顺原路返回去，因为司机的出租车，停在那小铁栅门旁边。比来时还卖力，你黑 T 恤的后背又湿透一次。朋友眼迷惑了，眺望着仙岩山半山腰，半捂了嘴笑道，他们来梅雨潭，也没走过那么远的路啊。

听了朋友的话，你豁然兴奋了，他们没走过的路，你走了。走错路肯定不好，一万两万个不好，可错路上也有风景啊。况且你也不是走错路，仅是多辛苦了几步。

与 4 个多月前相比，那些衣不蔽体的树已换上新衣，与其他树浑然一体了。仙岩山绵绵苍苍，山上山下一派"繁荣"。让你记起那句老话，"季节不饶人啊"，更不饶山水草木。枯由不得它们，荣也由不得它们，一切要听季节安排。

季节说，冬天该走了，冬天就得走。

季节说，春天该来了，春天就得来。

给赤条条的树带来绿装，给凋谢的花枝送来花朵。许多你上次没有看到的，也不可能看到的，当时还在冬天那头遥望的花，现在如先生《春》中的桃花杏花梨花，"赶趟儿"地热闹了。树上的争奇斗艳，地下草丛里的，"像眼睛，像星星"。

去年 12 月 27 日来了，你多见的是工人，几乎不见游人，这次来了却倒个儿了，各色衣着的游人，花一样稠繁。曾经叮叮当当的斧凿声，耳朵连一声半声也找不到了。你想它们会不会"春眠"了，盖上虫豸冬眠过的落叶？

"春眠"了的斧凿声，一定也如虫豸做梦，梦见自己落到岩壁上的弹回来，跑到林中的沉没了。阶石上一道一道的凿痕，被夜露一点一滴浸润了，"闻润"的地衣正蜗牛一样爬上石阶来。

经过黄墙环抱一池青波，沉浸千年梵呗的圣寿禅寺，你很快就到了三姑潭边。比去年初次见面，三姑潭自然绿多了，碧沉沉的水面上白雾缥缈，你想那就是变幻的三仙姑，就是包孕她们的传说。仙飘飘的传说，可冒挂到树梢上，缠绕到草尖上，也可被鸟衔一缕带走，被蜘蛛拖一丝结成网。

在三姑潭旁边，你与朋友们邂逅了先生，汉白玉雕塑的先生，坐在一块石头的一端，像刚从梅雨潭下来，思绪还为水牵绊，四处作着比较。北京什刹海的绿杨似乎太淡了，杭州虎跑寺旁的"绿壁"似乎太浓了。"其余呢，西湖的波太明了，秦淮河的水又太暗了。"

或在聆听纤腰束素的三仙姑唱语，他能给梅雨潭写篇《绿》，为何不能给她们三姑潭也写一篇呢？要么是，在痴迷石头另一端刻的两行字：

> 我送你一个名字
> 我从此叫你女儿绿

坐在石上的先生，你去年来了并没有碰到，与你的"印象"相比显然嫩了点，就像温州的"后生儿"。可事实上，先生那会儿还真不大，不出二十五六岁的光景。

你对先生的"印象"，也就是胸中的他，是经历了40多年，一节一节"成竹"的。在祠堂读书的时候，你脑子里描摹的先生，跟语文老师的形象差不多，身着灰色的陈旧的中山装，上衣小口袋里卡着一支钢笔。时常云遮雾罩，叼一棒用旧书纸卷的旱烟。

直到你离开祠堂，把少年的你丢在老家村口，慢慢有关先生的见识多了，你才拿掉他嘴里的旱烟，才给他戴上民国眼镜，换上民国长衫。

与先生打过"招呼"，你便先朋友们一步，前往梅雨潭了。原本不是的，你觉得"难得一见"先生，想在先生身旁多待会儿，甚至想从他唇边找到点"吻着她了"的口红，从他长衫上找出几朵溅下的"梅花"，可心与愿违，又像上次那么急切了。

但这次你没有先去潭边，而是先去了梅雨亭，再去了自清亭，然后才到的潭边。上次你看罢梅雨潭，又返上去看自清亭。当然也看梅雨亭了，"踞在突出的一角的岩石上"，看后可笑了自己半天。你脑子有时很犟，傻不拉叽的，就拐不过弯来。

两亭游人不断，传来的瀑布声，被喧闹团揉了，一拨一拨揉碎。在1994年才建的自清亭里，围着三面刻《绿》的石碑，有的在拍照，有的埋头细看，有的大声朗读着。

> 我的心随潭水的绿而摇荡。
>
> 那醉人的绿呀，
>
> 仿佛一张极大极大的荷叶铺着，
>
> 满是奇异的绿呀。
>
> 我想张开两臂抱住……

你也夹在其中，在别人的朗读中，碑上的字迹漫漶起来，形象了的《绿》铺天盖地。三面石碑变成旋转门，你轻轻地推转了，一面一面涌现的，是明月共潮生的大海。

用不着你说，别人也猜到了，4个多月过去，梅雨潭肯定大不同了。但早不"隔膜"，早不"雾里看花"的你，却无先生一样的"惊诧"，梅雨潭本就那样的。

先生写梅雨潭是1924年初春，你与它纸上相遇是1980年中秋，而涂鸦这篇文字是2024年夏天。在那个已遥远的中秋，梅雨潭其实就在你脑中定格了，并非你曾说的什么"天方夜谭"。季节的变化不过是假象，你拿季节说事也不过是借口。先生的形象可以随你的见识改变，梅雨潭却是不可以的，否则如你前面说的，"轻渎了什么"。

梅雨潭就是先生被刻的文字，不能再动斧凿了，一斧半錾都不行。如那"东家之子，增之一分则太长，减之一分则太短"。硬要有什么变化，让你妥协一点的话，那便是绿依旧，"女儿"该长大一些了。原来"十二三岁"，现在长成"十四五岁"，或"十六七岁"？

最多也就那个样子，不会长得再大了。像三姑潭的三仙姑，你觉得"女儿"已成仙，成仙了要拿仙日来计算，不能拿俗日来计算。若拿俗日来计算，从1924年至今，"女儿"早成期颐老太了。"天上一日"，人间几十年几百年，甚至上千年啊。

长大了一些的"女儿"，瀑布是她披泻的秀发，她背朝着碧潭浣发。她面向的也非悬崖峭壁，而是瓯江外的大海，也就是你在自清亭下，推转"碑门"看到的万顷波涛。水天相接处，杕立的是扶桑，扶桑深处住着踆乌。

也就那一刻，准备离开梅雨潭时，你突发贪念，要带一块"女儿绿"回去。它的形状方方正正，像块豆腐那么大，水晶果冻一样颤动，但不会稀里哗啦地溏了。最好是一个神奇的"水立方"，有魔力加持着，哪里都能摆放，甚至飘在天空中。

把它带回去，送给你还守候在老家村口的少年，对他说"水立方"里面，仙岩山怀抱的那"汪汪一碧"，就是他要看的梅雨潭……

作者简介：

黄风，作家，曾任《黄河》主编。

微雨轻云入梅山

王剑冰

一

早就听说瓯海的茶山杨梅出名，今天就随几个朋友一起上茶山。茶山属大罗山系，最早可能因茶出名，后来又以杨梅取胜，或可说明这山的底蕴好。沿途见到三五成群的上山人，也有人摆了一篮篮杨梅在道旁，不少人唇边沾着鲜红的梅汁咧着嘴笑。六月是热烈的，杨梅促成了这种热烈。

一直以来，人们似乎不大喜欢温和的东西，有词叫酸甜可口，看见"酸甜"口中就汁液翻涌。酸中带甜，甜里含酸，那滋味，或就是杨梅的滋味。古人不也说过：众口但便甜似蜜，宁知奇处是微酸。即使是熟透的杨梅，当时不觉得酸，吃多了也会倒牙。要不怎么会出现"望梅止渴"呢？无论是哪种梅，如果只是甜，解决不了渴的问题，曹操将这个玩笑开大的时候，萎靡的士气立刻发生了变化。小时候看到这里，对"梅"有了深刻印象。

我生活的北方不产杨梅，物流不像现在这么便捷，也就从没见过杨梅什么样子，更别说享口福。直到后来工作了，到了南方，才第一次见到久存于心的渴望。杨梅，这可人的小果，不像荔枝也不似桂圆包着裹着，它毫无遮拦，柔柔的、绒绒的、弹弹的，将美好裸露出来。你都不忍下手去抓，即使去抓，也不忍多抓，抓了也只小口小啜，轻唉慢咽，满含欣爱。而后还要舔舔擦擦，余味无穷的样子。这同品尝其他果实截然不同，使人带有了优雅的举动，带有了江南的意味。

杨梅，是一种适合谈情的果实。

在杨梅下来的季节恋爱是幸福的，六月骑着一夜雨声而来，女孩的发辫上别着梅果与蝴蝶，一跳一闪地走在雨巷中。谁说"今天入梅"，梅像一个节日，把欢快的路重新走一遍，透明的初夏雨花飞溅。孕期的茶山上，果实饱满。上到高处你就看吧，漫山遍野都是绚烂的红艳。

"微雨轻云已入梅，石榴萱草一时开。"陆游就是仰着头在这一带发的感慨。却非是连阴雨，下一会儿就停，反而生出更加的燥热。人们才不管这些，抓紧时间抢摘梅子。

我们来到洪岩村，跟着等我们的老李一直往山上走，很快进入了一片梅林。林子一股股的清香，那是梅独有的味道。一树一树的红梅果，跟中原的大枣差不多。到处都是抢摘梅子的，听见说笑，却不见人，人都被树遮住了。老李说，梅子成熟也就十天左右，不抢摘就会烂在地上。

熟了的梅子已经开始掉落，远远看去，每棵树下都有一片红润，像是铺了一层红毯。仰头时，便有杨梅落下，这里那里噼噼啪啪地响。声响带着一种疼痛呢。

二

正在树下往坡上走，听见有人说话：别走了，在这儿摘着吃吧。声音从绿叶间筛下来，脆生生的。树上站着一位女子。

我停下与她说话，知道她在一家服装厂上班，杨梅熟了，请假回来帮忙。问她名字，她竟说姓木，叫木小梅。小梅穿着白底素花衣裳，盘扣像小小的梅果。说话时她已经从树上下来，开始摘下面枝干上的。

天空显现出一块白色的云池，云池周围镶一圈蓝色的裙边。小梅说就怕下雨。下雨也摘吗？当然，不摘就都随着雨水落在地上，那可真成了梅雨。

我为落在地上的杨梅可惜。小梅说，以前哪能看着落，都是在树下做了篷子，落就落到篷子上。现在条件好了，收成也高，不大在乎了。我小的时候吃不到杨梅，家里摘的梅子直接卖了换粮食。

小梅说母亲偶尔带回几个生果，尽管酸得要命，孩子们也会一番惊喜，抢着放到嘴里去。那个时候，一家也没有几棵树。小梅说她的一个亲戚，家里连一棵杨梅都没有，看到人家孩子吃着杨梅就馋。后来生活好了，终于吃到杨梅了，贪婪地能一口吃下一把。后来镇上举行吃杨梅比赛，他去参加，总是得第一。

小梅的话把旁边树上的人都逗笑了。我知道，凡是从苦日子熬过来的，才能体会到那种"贪婪"。我说现在杨梅产量多了，吃不完卖不完怎么办？小梅说做成杨梅酒啊，那可是人们饭桌上的最爱。母亲还会腌制杨梅，放上盐和白糖。还可把杨梅晒干炒炭研末，做杨梅散，这些都能和肠胃、治食积。

小梅是个见过世面的女子，上过大专，外出打过工，为了同丈夫在一起，就回来在镇上做，这是婆婆家的梅林。我问茶山梅何以有名，小梅说，咱这里有五百年的栽培史了，茶山梅不光是甜，果实也好看。小梅顺手摘下一颗晶莹剔透的杨梅，说你看，茶山梅红中带紫，果蒂处是浅绿色的，你听说过"红盘绿蒂"吧？就是专指咱茶山梅。你摘一颗尝尝？

我摘下一颗玛瑙般的果实，甜中带点儿微酸的汁液立时溢了满口，而后那股冰爽润滑顺流而下，直侵肺腑，感觉整个人都被酥麻。小梅又将整个篮子递过来，笑着说，抓了吃吧，来咱山上都管够。

一时想起谁的诗："若使太真知此味，荔枝焉得到长安？"是的，杨贵妃只是享用了岭南的荔枝，她不知道还有另一种圣果，遥远的江南把这种独有的酸甜藏得深深，一个个驿站也躲过了不少劳烦。

小梅说，风头梅更甜。风头梅就是最顶上的梅，却由于树枝子脆，很难摘得。老李的老伴，就是想摘风头梅摔伤了手臂。还真是应了那句话，世上任何美好的东西，都不会轻易获得。

我想知道杨梅开怎样的花。这下把小梅问住了，她敞开嗓门冲着那边树上的人喊，那边的回话也不确定。小梅说，还真没有在意过，都说是年三十晚上开花。

小梅这样一说，感觉这杨梅灵性异然，家家户户欢乐的时刻，它便也在山上悄悄地绽放了自己。

三

告别小梅往上走，上面还是层层叠叠的梅林，间或有泉水在林间叮叮淙淙地流，随手捧了喝，清爽无比，有时水中落下几颗红果，阳光一照，显出一溜彩虹。

梅林隐藏着山峦。雾气涌起，像哪里升起的炊烟。在梅林里转，你会回到唐宋，遇见无数诗人骚客。他们带着各地的口音，乐在平仄里为杨梅写传。

"杨梅今熟未，与我两三枝。"两三枝即可解馋念。

"聊将一颗变万颗，掷向青林化珍果。"连我也有这般想法啊。

我看到的杨梅，是李白苏轼他们看到的杨梅，也是王鲁彦看到的杨梅，它一次次将沉睡的时间点亮。梅雨谭在不远处绿着，瀑布轰鸣，瓯江在前面徜徉入海，朱自清走了多少年，他还在文字里说着喜欢这里的话。

我在六月，我在梅的世界里，在梅的诗情画意中。

我要一个人在隐秘的林间安静一会儿。我带着满身的尘埃，不知道纷扰的世界里，还有这么一块净土。这是杨梅造就的，杨梅也在安静中。杨梅不愿惹尘埃。

不远处有一个水潭，那是山泉聚集的地方，聚满了，再溢出来，流到下面去。鸟从林间飞到那里，年轻的水鸟一声声地叫，叫来了另一只，双双飞上了天空。这些梅中不安分的精灵，划亮了起起伏伏的茶山。

梅林里一天，顶世上一年，我相信，任何人都会有同感。

你看他们一个个吃着喝着笑着，仰躺在水边、树下。我知道，我们只是过客，而茶山是永远的，我们走后，茂密的枝叶间，还会长出嫩红的晨曦。

作者简介：

王剑冰，河北唐山人，中国散文学会副会长，享受国务院特殊津贴。在《人民文学》《收获》等报刊发表作品数百万字，著有《绝版的周庄》等 45 部。

仙岩记

李 浩

　　"学以致用"的理念即是由他提出——他提出，他
践行，他也应用于教学。

　　我是在北方尽已萧瑟的时节去的温州仙岩，朋友给出的理
由让我难以抵挡其诱惑，他说，约我去"仙岩看绿"。说实话那
时我并没有将这个"绿"和梅雨潭、和朱自清脍炙人口的《绿》
联系在一起，我完全忘记了朱自清在散文的第一段就提到了仙
岩——让我心动的是单单的这个"绿"字。温州，在我的印象
里它是一个财力雄厚、商业发达、高楼林立的"经济之都"，发
达而繁荣的经济或多或少会"挤占"山水田原，它还会有多少
的"绿"可以看可以如此大张旗鼓地看？
　　我倒是想看看，仙岩的绿，有怎样的美和特殊。
　　来至仙岩之后才知道自己在地理上的孤陋和麻木，原来我
所"熟知"的梅雨潭就在此处，原来此处的美早已被世人所知，
原来，仙岩的风景区是连绵、聚集的，它有着太多的故事和
逸事。

甚至，在这里，我们或许可以找到温州人之所以成为这样的温州人的"根源"，至少是影响着他们心性和意识的起点之一。

来仙岩，看绿，梅雨潭当然是一个必须的去处。一路拾阶而上，我们也是先到的梅雨亭，在那里，有一块专门的石碑刻有朱自清的《绿》，对照着文字看景倒也别有滋味。这绿，不是树而是水，是水的深度——朱自清写得荡漾，他毫不吝啬地使用着带有华美感的汉语来描述这一潭美丽的水……"只有面对可怕的深度，才会有美丽的湖面"——这句话是谁说的？尼采？在梅雨潭，向水面那份晶莹而透澈的绿望去时，我忽然想起这句话。梅雨潭的绿意之美，其实更在于它的深，这个深和水的透联在一起便构成了平静之美和荡漾之美。同行的朋友还向我们介绍八仙曾经至此，看，这里是何仙姑留下的，而这里，则是铁拐李……当时我也未曾在意，而事后想想，倒是别有滋味。中国的名山名川向来多传说多故事，仔细品味这些传说故事你会发现它其实"迷信"的成分很少很少，更多的是趣味，更多的是想象的魅力，更多是"能和神仙遇在一起"的向往。中国的神话传说多有亲近感和烟火味，他们参与着人间事务而且时有力不能及。不然，铁拐李怎么会因为路滑而在梅雨潭边摔跤呢？

水声响彻，一条瀑布顺山间流下，它用较高分贝的响声提示自己的存在，可是，它的喧哗感却对梅雨潭构不成特别的影响，对它的绿构不成特别的影响。它反而显得平静，或者说更为平静。"岩上有许多棱角；瀑流经过时，作急剧的撞击，便飞花碎玉般乱溅着了。那溅着的水花，晶莹而多芒；远望去，像一朵朵小小的白梅，微雨似的纷纷落着"……我想起刚刚的阅读，微雨的感觉立即湿进了衣衫里。

山脚下，有一座很是著名的寺院，它也是一个游览的好去处——前往梅雨潭必须经过这座禅寺，"看绿"和"问禅"完全可以在同一日下午一起完成，它们之间的联系似乎也异常微妙，完全可以当作一体来看。

我们是先游梅雨潭，再至仙岩寺。仙岩寺是它的俗名，它应称为"圣寿禅寺"——据说是北宋大中祥符二年宋真宗的敕赐——也就是说，它和皇家还有些渊源。和皇家有些渊源的寺庙多宏伟气派，占地广博，仙岩寺当然也不例外。同样来说佛教在中国的流传更多呈现为道德敬畏、生活信仰和智慧交锋，它的"迷信"成分其实很少很少。中国古时的文人和官员为什么迷于禅宗？因为禅宗的故事、公案更多的是智趣，给人以启迪，让人心静。千百年来，这种安妥，心静，成为中国心理的普遍底色。

禅寺坐落于积翠山下，前面的寺门、天王殿等几进建筑建于开阔的平地，而大雄宝殿则倚山而建，借助山坡的高度使它更具气势，也更有极目远眺、心因旷达而神怡之感。

这里的传说就更多了。

始建于唐，在历代不断被毁又不断重修的圣寿禅寺似乎具有某种的象征意味，它象征被时光带走的，也象征在时光中依然耸立的。没错儿，时光和岁月会将诸多的事与物带入到消逝，甚至会一遍遍摧毁掉它的旧痕迹；但我们也同时看到，有些的事物，有些的情感和别的什么，会坚韧到我们难以想象，时间无法真正地带走它，一有适合它就会重新地发出新枝，冒出新芽。是的，在这里我谈的不是宗教，而是事理，是那种使民族和他们的文化得以延续的内在之根。

寺门外有溪流，流动有声。寺门口，据说原有朱熹所书的"溪山第一"的坊表，可惜现今已不复存在。寺中树木葱郁，它们的粗大丰茂本身即有几分古意，那些新鲜的叶片仿若也能看出对时光的"穿透"。在寺中远眺，则可遥见慧光塔，它是北宋时期的旧迹，至今保存完好。从院中看去它仿佛是寺的一部分，是一层让人更为宽阔的延伸。而如果，在寺中喝茶——

它当然会别有滋味。

在圣寿禅寺一侧，建有陈文节公祠——中国建筑讲究移步换景，每前行一步都应有恰适的、极有美感的"看见"，在我看来圣寿禅寺、陈文节公祠当也属是这一美学的典范。圣寿禅寺，墙体为略有古旧感和庄严感的黄色，而陈文节公祠则主调黑白，在远处望去也极为显眼，却又与周围的每一处每一色相协调、相呼应。陈文节公祠，原称止斋祠，是祀奉宋代儒学大师陈傅良的。陈傅良，永嘉学派的代表人物之一，"学以致用"的理念即是由他提出——他提出，他践行，他也应用于教学，史书上说他"从游者数百人"，在那个时代这可是一个不小的数字。然后，那些学以致用的学子们开枝散叶，从而影响着江浙一带尤其是温州一带的风气……

在陈文节公祠，我们一边仔细观看有关陈傅良的生平展板一边感慨，温州何以如此，陈公何以如此。它的确让人思忖，值得思忖。在我看来我们的国人喜欢走向两个极端，要么极为高蹈抓住道德的、政治的、哲学的概念反复咀嚼目中毫无烟火，要么极为世故只认生存中的利益计较。而陈傅良则不同，陈傅良的"学以致用"则不同。他是在两个极端之间建立桥梁的人，他是既能仰望星空也能俯身大地的人。或许，温州人敢想敢干、不畏艰途的外拓，与他的思想传播有关？温州人从实际出发、利义并举的区域性格，与他的思想传播有关？我们在当下的时代，从陈傅良的身上，还应学到些什么呢？

据传，宋时大儒朱熹曾前来仙岩，拜会过陈傅良，他为圣寿禅寺的题匾也与那次的寻访拜会有关。走在陈文节公祠的路上，我偶尔分神，想起他们的那次相见。他们会说些什么，会有怎样的思想交锋，而各自，从对方那里又取到了多少？这是我希望自己能知道的。我甚至，希望自己能够在侧，认真地聆听，然后参与到他们的智慧博弈之中——

陈文节公祠的小径上，容得我们怀想。

作者简介：

李浩，中国作家协会会员，河北师范大学文学院教授。著有小说集《谁生来是刺客》《蓝试纸》《变形魔术师》等9部，长篇小说《如归旅店》《镜子里的父亲》，评论集《阅读颂虚构颂》，诗集《果壳里的国王》，长篇童话《父亲的七十二变》等。曾获第四届鲁迅文学奖，第三届蒲松龄全国短篇小说奖，第十二届庄重文文学奖等。作品入选多种选集，被译成英文、德文、法文、日文、韩文、俄文。

仙岩珍珠泉

许 晨

> 如果当年的书生穿越回来，再也不会因为贫穷而受到龙王岳父的嫌弃了，他和小龙女一定会过上真正的幸福生活。

泉水叮咚、泉水叮咚……

每当走进山水公园看到汩汩流淌的清泉时，我的耳畔总会响起那首《泉水叮咚响》的歌曲，悠扬婉转，清脆动听。倘若再与珍珠联系在一起，那么这清凌凌的泉水便具有了画面感：银亮亮的水珠涌出水面，在阳光下闪着明丽的光彩，跳跃着歌唱着奔向远方。

江山如此多娇。天南海北，大河上下，名为珍珠的泉水何其多啊！我的家乡山东济南市是有名的泉城，那里就有一眼闻名遐迩的珍珠泉。她位于老城中心，岸边杨柳轻垂，泉水清澈如碧，一串串白色气泡自池底冒出，仿佛飘撒的万颗珍珠，迷离动人。

在江苏南京市浦口定山西南麓，也有一处被历代誉为"江北第一游观之所"的珍珠泉景区，周围青山环抱，怪石嶙峋，环境幽雅。泉水如成串珍珠从石缝中涌出，故泉名"珍珠"。游人众多，蜂集簇拥或鼓掌脆鸣，泉中"珍珠"愈冒愈疾，似喜迎嘉宾光临，亦称"喜客泉"。

不过，这里我想着重描绘的不是那两大名泉，而是坐落在浙江省瓯海区仙岩风景区的一眼虽然名不见经传却深深拨动我心弦的"珍珠泉"！瓯海，是温州四大主城区之一，上古时代属"瓯"地之一部分，据《山海经·海内南经》记载："瓯居海中"。瓯海之名由此而来。这里水秀山青，人文璀璨。仙岩，更是地如其名——仙人飞升之山岩，四时美景之所在。

时逢深秋的一天，我们在当地朋友带领下，慕名观赏仙岩风景区。此时的北方，已是黄叶飘零，群雁南飞，而这里依然满目青翠，春深如海。迎着细雨微风，大家沿山间石径逶迤而上，白纱云雾缕缕缭绕，犹如步入天上人间。那白龙飞上银珠四溅的人字瀑，那深不可测温润如玉的梅雨潭，那"南宋文章第一家，东瓯理学无双士"的陈傅良祠，那"古刹气象崔嵬，香火鼎盛瓯郡"的圣寿禅寺，一一映入眼帘，美不胜收。

难怪当年朱自清先生数次登临仙岩山，细观梅雨潭，写下了世代流芳的散文佳作《绿》："那醉人的绿呀！我若能裁你以为带，我将赠给那轻盈的舞女；她必能临风飘举了。我若能把你以为眼，我将赠给那善歌的盲妹；她必明眸善睐了……"

正当大家在上述景观兴致盎然、跃跃欲试的时候，我在圣寿禅寺一角寻觅到了难能可贵的景致：珍珠泉。自然，这是因了家乡泉城有个同名泉眼，一听到东海瓯地也有此泉，我眼睛一亮，意欲一探其异同。可惜不知是与其他景点相比太不起眼了，还是什么原因，周边竟没有详细的说明介绍。如果不是陪同人如数家珍的讲解，就可能与她擦肩而过了。

此泉位于圣寿禅寺大雄宝殿东侧，是两口二、三米左右见方的方形泉水池，水清如碧，清澈见底，里面长满了绿色的水草，随着水纹涟漪轻轻起舞。泉池中常有气泡从水底升起，圆圆的，亮亮的，晶莹剔透，宛如粒粒珍珠，因而得名。可是，我仔细观察了一会儿，只有星星点点，似乎找不见宝贵的"珍珠"，不免有些失望。知情人说：正午前后的阳光直照下，那些气泡此隐彼现串串飞升，会看得清清楚楚。

其间，隐藏着一个美丽而凄婉的传说——

很久很久以前，东海龙王的四公主——最小的龙女，慕名来到仙岩游玩。看到善男信女前来求签拜佛，她也化装成香客入住圣寿禅寺，晚上见偏殿灯光闪烁，走近方知乃一书生借房读书，心生爱慕，主动为他端茶磨墨，正是"绿衣捧砚催题卷，红袖添香夜读书"。

后来两人喜结连理，举案齐眉恩爱有加，但东海龙王认为书生家贫门户不当，十分恼怒，派出虾兵蟹将捉押小龙女回龙宫，生生拆散了美满姻缘。书生万分不舍，一路追妻，正午时分来到了相识之处。龙女知道无可挽回，只得劝其分手，伤心之泪化成两眼清泉，水珠形似珍珠，千百年来流个不停……

这与自古流传下来的"天仙配""追鱼"等神话故事，情景类似，一脉相承，讲述了一段"愿做鸳鸯不羡仙"的爱情悲剧。事实上，泉水气泡上溢形似珍珠，是有其自然原因的。一般说起来，有些是水下地质断层中含有气体，缓慢释放；还有些是水底有古老的植物埋藏，在时间、压力以及温度的作用产生气体，形成气泡冒出来。

科学的解释自有道理，但总觉得不如文学浪漫和美丽。普通的泉水一旦与神话传奇有了联系，就有了灵魂、有了精气神。

譬如泉城济南的珍珠泉。传说远古时代，尧欣赏舜，把两个女儿娥皇和女英嫁给他，连国君之位也禅让于他。有一年，天下大旱，舜远行南方病倒在外，娥皇、女英当即启程去看望。人们依依惜别，她们禁不住泪洒大地。"哗啦"一声，泪珠滴处，泉水如同一串珍珠汩汩涌出，滋润着干旱的土地。

再说南京浦口的珍珠泉。相传很久以前，芙蓉峰住着一条白龙，经常给买不起水吃的百姓水缸装满清水。霸占水井的财主十分痛恨，射瞎了小白龙的左眼，并拿出一个金圈，诱骗它钻过去就会治好眼睛。谁知这是一个圈套，小白龙钻进去却再也没能出来，变成了一眼白亮亮的清泉，冒出的串串气泡是它在水下呼吸……

瞧，这些动人的民间故事异曲同工，体现了善恶分明的做人做事原则，寄托了牺牲自己幸福他人的美好愿景。相比而言，瓯海仙岩的珍珠泉则更多了一层凄美和惋惜。汩汩清泉因了如梦似幻的传说，便增添了不少神秘的色彩，也增添了游客们的观赏兴趣。纷至沓来，络绎不绝。

如今千百年过去了，龙女与书生的故事早已淹没在历史的波涛中。唯有这两眼清清的泉水，如同一双水汪汪的大眼睛，望着蓝天白云和绿水青山，一眨也不眨。此时，我看着简陋的泉池，忽发奇想：仙岩珍珠泉独有特色，当地人如果深入挖掘一下，利用雕塑、绘画抑或实景演出，将自然风景与传说故事融会贯通，打造一个奇幻的文旅项目，应该是会受到青年人甚而很多游客喜爱的。

同伴们已经走远了，带队人不断地招呼着"跟上"，我恋恋不舍地离开珍珠泉池，一步三回头，多么想等到太阳高照的中午，看一看那成串的珍珠似的水泡喷涌上来。不过，时代不同了，如今的浙东温州、瓯海仙岩，发生了沧海桑田的变迁。如果当年的书生穿越回来，再也不会因为贫穷而受到龙王岳父的嫌弃了，他和小龙女一定会过上真正的幸福生活。这泉水也再不是别离泪珠的凝结，而是美好生活的见证。那一粒粒珍珠似的水珠涌动，将宛如一颗颗明亮的音符在跳跃，奏响一曲欢快悠扬的时代之歌。

不是吗，请听听那支今天表达爱情的《泉水叮咚响》是怎么唱的吧："请你带上我的一颗心，绕过高山一起到海洋，泉水呀泉水你可记得他，在你身旁是我向他歌唱……"

作者简介：

许晨，中国作家协会会员，山东省作家协会原副主席，青岛市作家协会名誉主席。出版有《人生大舞台——"样板戏"启示录》《血染的金达莱》《巍巍"泰山"》《琴声如诉》，以及海洋文学三部曲：《第四极：中国蛟龙号挑战深海》《一个男人的海洋》《耕海探洋》等多部长篇报告文学和散文集。曾获第七届鲁迅文学奖、第五届冰心散文奖等。

洗 眼 来

李 皓

少时读朱自清的《绿》，便有异想天开的奢望：用梅雨潭奇异而醉人的"女儿绿"之水，洗一洗自己污浊的眼睛，以期能有"明眸善睐"的收获。近来受手机阅读的损害，本就近视的眼睛又开始花了，还伴着散光，我便愈加期待梅雨潭那一汪"神水"，心心念念的，久之则有些心病的迹象。

春祥兄约我去瓯海，起初我还犹豫去还是不去。犹豫的原因缘于我的孤陋寡闻，当时我并不知道仙岩就在瓯海，而梅雨潭就在仙岩，只是素来钟情于江南山水，我还是选择了以休年假的方式前往。

我是仲秋之前的一个晚上抵达瓯海的。翌日上午，吃完早餐，我被通知出发去仙岩第一中学，春祥兄要在那里搞一个散文讲座。

仙岩？我一激灵，"我第二次到仙岩的时候，我惊诧于梅雨潭的绿了。"这不是朱自清文章里的仙岩吗？谢天谢地，梅雨潭已近在咫尺，看来我年少时的梦即将得以实现。我暗自欢喜着，心跳稍稍有些加速，而更美妙的，是天空中飘着微微细雨，此情此景，与朱自清先生"第二次到仙岩"的情境何其相似?!

春祥兄说，到仙岩一定要有雨。

抛下正在给中学生搞讲座的春祥兄，在瓯海当地文友的陪同下，我们几个来自四面八方的所谓"名家"便驱车前往仙岩风景区了。

仙岩风景区离市区并不远，大约十公里的样子，如果不赶时间，或者天气好，徒步前往是一个不错的选择。

我们驱车没多久，就在景区门外与前来专门为我们做讲解的黄老师会合了。黄老师自我介绍说，他原来是旅游局的工作人员，由于对家乡山水文化的热爱，索性辞去公职，专门钻研当地的山水文化并著书立说，一套多卷本介绍温州旅游资源的图书即将付梓。由于总是爬山，黄老师膝盖出现了一些问题，那天不得不拄着拐杖，我们钦佩着，也心疼着，感动着。

大名鼎鼎的梅雨潭是仙岩风景区三大景区当中的一个，或许那天并非节假日的缘故，景区里人很少。这正是我喜欢的，我极其厌恶那种摩肩接踵的游览，那简直是虐心。想来朱自清先生来时，并没有什么风景名胜区，也没有搞什么旅游开发，那种散淡的游兴，加上小雨和好友助兴，兴之所至，慢慢体味，入眼走心，好文字就窜了出来，名篇偶得，也是天时、地利、人和的必然产物。

我们沿着虎溪前行。上山的路多为石板路，间或一段段鹅卵石砌成的水泥路。小雨打在石头上，路便格外打滑，我们一边谈笑着前行，一边照应着黄老师。黄老师对家乡掌故的熟稔，令一行人很是佩服，他娓娓道来，我们听得真切。

小雨下一会儿，停一会儿，我们一会儿打着伞，一会儿收起伞，走走停停，倒是极闲适的样子。虽接近仲秋，但温州的天气还是很宜人，大家都着短袖夏装，露出的胳膊被小雨抚摸着，是极亲切的感觉，竟不忍擦掉皮肤上的雨珠。

细雨无声，但身旁的小溪却一路欢歌，流水的清音回荡在空旷的大罗山间，与我们的谈笑声相映成趣。也许，这些流水是在与我们打招呼？或者想与我们交谈？山水都是有灵性的，它们也渡有缘人哦。

从三姑潭依次向上，经仙岩铭摩崖、通玄洞、观音洞，大约20分钟的样子，我们就抵达了梅雨潭。我们并没有像朱自清先生那样，先到梅雨亭坐坐，而是直奔主题：梅雨潭。

"汪汪一碧的潭边"下方流水处，清冽的水一尘不染，而那些被潭水浸润经年的石头，像老物件的"包浆"，有滑腻的古朴之感，黑中泛白，青灰相间，间或有红黄夹杂暗绿散布在石头的缝隙里。是这些美丽的石头拥在一起，手牵着手，守护或者守候着一潭碧水。这样的碧水，与我所常见的黄海渤海那蔚蓝的海水截然不同，与我曾称道不已的九寨沟那些海子里的水各有千秋，它简直就是流动的翡翠，或者是凝固的果冻。我不忍触碰，似乎一碰就碎了。

我这些蹩脚的比喻，与97年前那个文质彬彬的青年学者的文字必然是相形见绌了。但在我心中，这是梦幻之水，它不仅有水的美德，还有文人的气质；它美而不艳，心藏千言万语却不动声色；它默默接受梅雨瀑的馈赠，却不贪不占，盈余则悄然舍给下方的三姑潭；有各种秋叶散落在水面上，它只是微微皱了皱眉头，它或许将落叶们当作了一些追求者的情书或者颂词？我忙不迭地靠近它，像依偎在一个宽厚的怀抱里，然后把手机递给那些手舞足蹈的人。

感谢手机，它能随时随地记录你喜怒哀乐的样子。可是回看照片，我总觉得自己那么丑陋，在梅雨潭的背景里，我光鲜的衣着黯然失色……或许太激动，导致我露怯？一个人在心仪已久的事物面前，难免会惊慌失措的。

当我慢慢平静下来，再看顺着山势倾斜而下的梅雨瀑，并非朱自清先生所见的"镶在两条湿湿的黑边儿里的，一带白而发亮的水……"可能是枯水季节来临的缘故，水量并不充沛。从翠薇岭的凹处淌下两股水流，行至三分之一处，有突出的石壁稍稍拦截，左边的一股分叉为三条细流，飞身而至潭边一块圆鼓鼓的黑色巨石，再次溅落，分叉成四条细流落入潭中，中间段三条细流摔在巨石上重重的一笔，似一滴重墨，或是起笔狠狠一顿，继而四散而下的笔迹，像极了篆体的"而"字。右边的一股则一分为二，像两条细细的发辫懒洋洋地垂了下来，微微卷曲，随意地趴在女子的背上，用发梢撩扯着潭里的水，那勾勾搭搭的样子，还有些不好意思呢！

黄老师说山上的最高处，是第一潭龙须潭，眼下的梅雨瀑不比龙须瀑粗多少。第二潭是雷响潭，由于水量巨大，瀑布落进潭中声似响雷。雷响潭到梅雨潭尚有一公里的距离，"雷响"隐隐约约，山陡路滑，我们就尽情享受梅雨潭的时光吧。

进入梅雨潭，需要钻过一个石穹门。再钻回来，在四散的高低错落的石头上，是各种各样、各个时代的题刻。我最喜欢的一个题刻是三个篆字：洗眼来，落款已看不清，但它无意中透露了我的来意，好像是真的心有灵犀。这个题刻对面是两块高高耸立的大石头，石头中间，有一两个人容身而过的通道，进去，就可以正面观瞻梅雨瀑和梅雨潭，而坐在通道的台阶上，是最好的拍照角度。刻着"洗眼来"的矮石蹲坐的地方，恰恰可以"窥见"梅雨瀑和梅雨潭，那飞溅的如梅雨一般的瀑布，那娴静如"少女的心"的潭水，千百年来，一直在给这痴痴的矮石洗眼吗？这矮石，千百年来，就死守在一处，眼珠子一动不动，地老天荒。

"我若能挹你以为眼，我将赠给那善歌的盲妹，她必明眸善睐了。"朱自清先生只是做了个"挹"的假设，他惦记的是"善歌的盲妹"。相比之下，我"洗眼"的非分之想终究是自私的，那一刻，我多么想掬一捧潭水开怀畅饮，但这如神灵一般的潭水又怎么可以亵渎呢？

抬头往上看，在翠薇岭的崖壁上，紧挨着梅雨瀑的上游，一张四方大脸清晰地呈现在天地之间。浓密的头发，头发与额头之间的分界，凹陷的两处眼窝，鼻孔分明的鼻子，最显眼的是一张张大的嘴巴，似乎在怒吼着，或者在高声歌唱着。这简直就是传说中的神仙了，形似，神更似，惟妙惟肖，表情自然而丰富传神。黄老师说，传说轩辕黄帝曾在梅雨潭边炼丹成仙，那么这是不是轩辕黄帝呢？大自然给我们留下了很多谜，当我们始终找不到谜底，那么传说就是我们自我安慰的药方。

反过来说，我们又为什么不能相信一下传说呢？那些神话，让禁锢的我们得以放飞，给我们短暂乃至瞬间的自由，莫不是上苍给抑郁的我们一剂良药呢？

我大胆地猜想一下，朱自清先生到梅雨潭必先到梅雨亭，或许就是先遥相跟神仙打个招呼，报个到？因为梅雨亭就在"神仙脸"的正对面，梅雨瀑简直就像从"神仙"的右耳朵里流出来的，两人心领神会地默默对话也未可知。

在梅雨潭听完黄老师的讲解，拍完照，我们一行人拾级而上，到梅雨亭小憩。

这梅雨亭的位置是极好的，俯瞰可以看脚下如玉的深潭，平视或稍稍仰视，就是水花如白梅的梅雨瀑和浓眉大眼的"神仙脸"。这个位置拍照的角度也极佳，大家都忙着拍照，我坐在亭子里，静静地看着对面的"神仙"。我不知道仙岩名称的由来，想必就是因这岩壁上的"神仙脸"而得名？我想是的，那一刻，我觉得每一个到梅雨潭的人，心里都住着一个神仙。朱自清先生也概莫能外，你看，在梅雨亭下面那个自清亭，字字珠玑的《绿》碑刻期间，每一个字都对着崖壁上的"神仙"。或许，朱自清先生的神来之笔，莫非得到的神祇的提示？

上山之前，我们先是游览了有宋代真宗、神宗及明代世宗先后赐匾额的千年古刹圣寿禅寺。从桂花飘香的寺院往外走，巧遇手中拿着一只哈密瓜的能贤住持，能贤住持听说我们是一些作家，就把瓜交给了黄老师，希望给我们上山解渴。

在梅雨亭，我用同行的上海女作家王雪瑛的梳子背儿，"切开"了那只带着宗教温度的哈密瓜。亭外细雨如丝，瓜的水分充足，很香，很甜……

如果我有机会第二次到仙岩的时候，我还会惊诧于什么呢？

作者简介：

李皓，文学硕士，创作一级。在《解放日报》《人民文学》等刊物发表大量作品，曾获得诸多文学奖项，现居大连。

隐蔽的李唐血脉

周吉敏

　　大罗山，古名泉山，其东北枕海，岿然特立，不与他山接壤，高大宽广如同罗网撒开。明弘治《温州府志》载："大罗山：去郡城东南四十里，跨德政，膺符，华盖三乡及瑞安县崇泰乡，广袤数十里，诸山迤逦，皆其支别也。""德政，膺符，华盖三乡及瑞安县崇泰乡"，即今瓯海、龙湾、瑞安三地。

　　这座东海一隅的山脉，层峦叠嶂，巍峨又清秀，一条条强壮的山棱，如苍龙饮水，奔突而下，扎入大海——现在的陆地。山顶有湖泊，汪涵一碧，波光流转，恍若山的眼。而天上的云朵被风推着从山顶走，一路走一路变着戏法，有些落下来，山间的岩石就是这样的"云"。它还是一道天然的屏障，阻断海上来的风暴，也藏匿一座海中孤岛数亿年的大海记忆。

　　初夏进山，女贞子盛开，青峦白头，峡谷积雪。风起时，晴雪纷纷，暗香浮动。满山杨梅也已白中浮红，只等第一场梅雨落下，红岚升起，开启一座山的盛宴。山野人家在山的肚腹上，或是山的臂弯里，有些占据山头。他们从哪里来？如今大都人去楼空，残垣入泥。他们又到哪里去了？

一

多次在这座山里行走，却从来没有像今天这样感觉苍茫。这或许与在我前面走的李成木有关。这位 72 岁的老人，是李唐宗室李集的后裔，人已迁居山下，心却留在山上，一心想着要恢复入山开基的李氏先祖李集的故宅，只是奔走十余年，愿望还画在纸上。

古岭苍桑，苔深草漫。白发老人的脚板踩在古道上发出"嗒嗒"的声响，也是李氏先祖在唐末隐入此山那一串脚步吗？山风拂来，如水从身边流过。千年岁月也不过是一阵风吹，一段流水——刹那间，我似乎感应到李氏一族从北方到南方的那一次迁徙。

公元 900 年的一个秋日，晨光初露，处州缙云好溪一处埠头，几叶木舟悄然解缆。好溪是瓯江上游的一条支流，从它另一个称谓——"恶溪"，就知道这条溪流的凶险。好溪向南兼并了管溪，又纳入了练溪，一路上吸纳大大小小的诸山之水，凿山穿谷，最后奔入瓯江。当那几叶舟子随奔突的溪水鱼贯涌入瓯江，而后开始平稳而行时，船上的人终于松了一口气。看不尽的江天一色，鱼鸥飞翔，又经历几回日落月升，终于看到了江中那一座孤屿。此时船内的人都跑到船头去看这座著名的岛屿。"乱流趋孤屿，孤屿媚中川。云日相辉映，空水共澄鲜"。其中一些人还情不自禁地吟出南朝永嘉郡守谢灵运的《登江中孤屿》。但他们并没有登岛，而是直接把船靠到对岸，匆忙下了船，旋即又雇了城中的舟子，穿过纵横的水巷，出城而去。舟子擦着荷花的枯枝，一路都是萧瑟声。时序已进入了初冬。船夫说："这就是泉山"。船上的人看到眼前这一座海水拍岸、林木森然、云雾缥缈的大山，疲惫中透着茫然，更多的是犹豫和慌乱。只有一个人的脸上是安然的，甚至还带一丝喜色。往来的舟楫纷纷停下手中的桨，看着这些明显异于本地的一行人。风从东海上吹来，温润、清新，疲惫的身心顿时变得爽朗。不一会儿这群人就没入这座南方的山脉，消失在密林。他们身后拖着的那一大片阴影，与绿树浓荫融为一体。

关于李氏一族这一次迁徙的缘由，明嘉靖二年礼部侍郎王瓒在《重修茶山大窟李氏宗谱序》写得明白："余尝稽往牒，乃至李氏之先，羲皇初载受封垅右，传至李唐高祖，以晋阳举义起自太原，统一天下。宗之繁衍，乃封藩庶河间王孝恭于我瓯，以镇是帮。迨至八世孙集，五代时避乱，自缙云徙迁永嘉茶山大窟居焉，傍祖垅也。"

河间王李孝恭八世孙李集，带领族人从太原到江南，说是一次迁徙，其实是李氏一族的生死逃亡。黄巢起义、五代战乱带来的灾难，如带血的鞭子，在身后抽打着，迫使他们背对着故乡，一路向南，再向南，颠簸而来。这次走得更远，进入更深，遁入东海一隅的荒山野岭。这座南方的山脉，与李家并不陌生，先人的骸骨早已在这守着了。《李氏宗谱》载："唐封河间王讳孝恭王妃申屠氏，墓在永嘉茶山德政乡，西有平坦三倾，寝殿遗址尚存，至今名其墓曰李王坟，其峰曰李王尖焉。"傍"祖垅"，他乡已是故乡。

距离李唐宗室李集迁徙温州大罗山，已过去了一千多年。

尽管我望向岁月深处的目光近乎恍惚，但这个叫李集的唐人的气息却是如此真切在我身边。他和他的族人并没有被这座南方山脉的瘴气所吞吃。明万历《温州府志》卷十八载："唐李王墓在茶山，唐宗室李集避乱居住遗迹尚存。"光绪《永嘉县志》"宗室李集墓"条说："在茶山。集避乱居茶山，卒葬于此。万历《府志》作李王墓。"比典籍文字更有力量的传承是血脉的绵延。李成木已是河间王李孝恭第四十二世孙，现大罗山李氏已传至四十五代。

初夏的草木绿得嚣张。在植物丰盈的青气里李唐宗室的一滴血落入大罗山氤氲开来的生命气息呼吸可感。

二

古道沿卧龙峡谷而上，人们叫它"老鼠梯"来喻其险峻。山岭把人气喘吁吁地顶上来，视线撞上如瀑的阳光，不由一阵晕眩。定定神，见峡谷间横着一抹碧水，村落依于水岸，如鸟敛翅于树杈。真是一个桃源避秦之地。村名石竹，明时李氏支脉从光岙迁此居住。今村舍大多已改为民宿，村人在村头买鸡蛋野菜这些土货，面容粗粝如山岩，已不知先祖避居山中之"难"。

老人引我至峡谷中的"卧龙潭"。潭于岩石的怀中，清幽深碧。卧龙潭是古人的求雨之所。"山有卧龙潭，岁旱祷辄应。傍有奇石，书以纪异，且志岁月。"南向岩石上题刻着明嘉靖己亥年（1539）七月温州郡守郝守正携同僚来此求雨的纪事。四周岩壁上还有"龙街""卧龙潭"的摩崖题刻，都是明人所为。如此高峻奇险的峡谷也挡不住文人墨客探幽的脚步。晚明诗人何白还来过两次，并夜宿石竹村。《再宿龙潭背人家》诗曰："花映澄潭不辩名，鸟藏深树但闻声。高田香稻新输税，绝壁颓垣旧避兵。阴洞云腥龙女过，风林月黑虎作伥。渔樵何幸当我世，饱饭松根话太平。"这位布衣诗人诗中的李氏聚居的山谷，俨然是一处世外桃源。

继续往山里走，往时间的锦囊中取什么似的。古道尽头是小片山谷，岭下村布落于山峰下，也是李氏一支于明时从光岙迁此。背靠的山峰叫寨城尖，古名霹雳尖，光绪《永嘉县志》载："大罗山其上曰霹雳尖，秀削千寻，气雄负厚，俯视众山，上睨霄汉。"村里建有李氏宗祠，石竹李氏都往岭下李氏宗祠祭祀。山峰合围如铁壁铜墙的南方山野中有多少这样孤独的村庄守着遥远的祖先牌位呢？

入得山来才知山的世界。山峰与山峰在捉迷藏，分不清是山的背面还是正面。山与山也挽着，挨着，拥着，看不尽山，也走不出山。一个转角，豁然开朗，人已在山巅了。

这是一座小山头，前后峡谷深切。东面有巨岩壁立不挂一枝一叶，形如大象，山体延伸开来，成抱子之势。西面打开，视线越过青螺般的山峦，平原一目了然。村庄朝着北方。石头屋从山的脸面爬上来，又从后脑勺滑下去。山顶地势平坦，建有李氏宗祠。此地就是光岙村，古名冈岙。这样与世无争的地方，只能与白云山花争，与风霜雨雪斗。

风穿过林树，鸟鸣于树巅。老妪的扫帚划过门前的蜿蜒小道，似利器刮过时间的扉页，却又无痕。宁静是如此之深。庭院荒草丛生，梁椽腐朽入泥，一切在宁静中往后退，退回原始。李成木的老屋除了一个残破的门台还矗立着，主体建筑也已是一片废墟。李集血脉在这座屋子里直系传承了十一代，繁衍了近百人。老屋里的人已是一把种子洒出去了。突然心酸，我理解了一个老人的心境。时过境迁，李氏子孙像峡谷山涧的水，出了山之后，回不去了。就如他们的先祖，迁到南方后，再也回不到北方，遥远的北方变成了一炷香的祭祀，变成族谱上的几个字，于光吞，还是一个村庄的方位。

李集宅的遗址在峡谷中。从村旁的山坡下去，穿过一片桂花林，再穿过一片杨梅林。陷入峡谷，如陷入时间的深处。此地唐朝时是什么样子？草比现在长，林木比现在原始吧。所谓的"蛮荒"，仅仅是因为它在历史视野之外，在中原人活动的范围之外。

阳光仍然是唐朝的阳光，此处却已不是唐朝的样子。峡谷中林木茂密森然，只听得"潺潺"水声。林成木说，二十世纪六十年代，村里开荒，这片谷地上挖出石板、瓦砾。涧水从林木深处流出，带来远古的消息。想那日，李集与族人弃船后，一步一步沿着山势攀登，向着祖陇的方向走。抬头望一望天空，天空似被围砌了，但仍不失辽阔，两棵樟树像士兵把守谷口，爬上山头一看，山下平原一目千里。于是停下脚步，与族人凿石砌墙，开垦田地，而后给这个地方起个名字叫"樟树窟"。晨雾与炊烟一起升起。

涧水滑过蛮石，折一下，旋即坠落悬崖峭壁。在悬崖的内侧排列着六七个方形洞孔，这是水碓舂米引水造渠的遗迹。恍惚间碓声"通通"，山谷回音，如雷声滚滚。峡谷中有一条古道，是李氏先祖开发的出山通道，已废弃多年，杂草中隐约可见的几块石板，犹如残缺的历史书页打开着。一切化去，唯石头不语作证。

李集成一支血脉的开端，像一粒种子，寻觅到自己的土地，生根发芽，根脉随着山脉，时间沿着空间，从隐秘的峡谷中，攀援上光岙，再沿山势婉转而下，岭下，石竹，秀才垟，李垟，动石、龙头、娄桥、永强、瑞安、玉环……一千多年过去了，李氏一族从这座南方的山脉深处一步步地走出来。崇山峻岭中，"嗒嗒"的脚步声，犹如李氏血脉强劲的搏动。据《李氏宗谱》统计，从大罗山李集发基，其后裔蔓延温州地区以及玉环，就有 70 万人。这是李氏支脉一千多年来在东海一隅繁衍的气象。血脉是一条流向明晰的河，此次我是逆流而上的。

《李氏宗谱》上一个个人名，犹如花叶。细看其脉延，看到李氏一族安于山野的品性。从八世李集开始，直到十四世方有子孙步入仕途。李唐卿，登宋绍兴庚辰（1160）进士，教授西京睦宗院，历官国子监博士，为秘书郎，除江东提举，逾年改浙西。其子弥高，由进士历太府臣，出于严陵守，父子俱以廉洁公平称世。接着的十六世孙李千一，立志三世笃守祖业，殷盛至富遗于后裔。其后历十世，再无子孙步入仕途，好像遵了祖训似的。但历代有风华者不再少数，其十八世李允熙，"少时耽诵诗书，苦志寒窗无游，泮水田舍终"。二十世李显宗，"嗜乐音诗章，自娱浮白，弹棋交游多侣"。廿一世李亮宰，"天性沉静清高，好善乐施，爱亲敬长，隆师善友，入孝出悌，教诲子孙循循善诱，贤哉斯祖，洵乎唐裔"。直到二十六世孙李阶，字升之，号月川，明弘治五年（1492）乡魁，正德六年（1511）

进士。初任山东寿光县令，后任广东按察司佥事，以吏部主事致仕。李阶自幼聪敏，诗文俱佳，又通算数、阴阳、医卜。曾为张璁师，张璁为相后，在瑶溪立祠以祀。王瓒写《重修李氏宗谱序》正因李阶之请，说与李阶"幼同笔砚，契谊姻友"。风吹山树窸窣作响，这族谱上一个个人名，随满山草木摇曳生色起来。

又至山顶。日光穿过树梢落在宗祠门台"陇西支脉远，冈岙发源长"八个字上，这一束历史的追光，瞬间把北方和南方连在一起，把过去和现在连在一起。

三

光岙村朝北，巧的是，李王尖也在村的北面。遥望北方，青峦如萍点点浮于烟水。视线与这座称王的山峰对接时，历史的苍茫之气穿空而至。

唐开国之初，高祖李渊堂侄河间王李孝恭平定江南，东海一隅成为大唐万里江山的一小块拼图。中原的统摄力切入东南海隅，并在时间的长河中留存下来，著名的有两件事：唐高宗上元二年（675），析括州之永嘉、安固两县置温州，以其地处温峤岭南，虽隆冬而恒燠，故名温州，温州之名得以确立；也是这一年，瓯柑被列为贡品，一个果实成为长安想象温州的主要媒介，此后历朝历代沿袭，进入诗歌、小说。

或许最了解这块土地的还是坐镇江南的河间王李孝恭，他知道江南的每一寸土地，与严重失血而苍白枯瘦的北方相比，是那么骨肉丰满，唇红齿白。他让自己的王妃永远守在东南海隅，也暗暗代表自己镇守的疆域吧。八世孙李集奔南方"祖陇"而来，于李氏血脉，是回到源头。难道河间王李孝恭早料会有这一天，给自己的子孙留了这么一条生路？

去李王尖的路，石头古道已变成了水泥公路，李成木也从少年走成了老人。一只松鼠在路上一闪而过，消失在山野，也是忽闪而过的那些个春夏秋冬。广袤的时空里，都是这些消逝的事物在飘荡。一座座山，不仅仅是山，也是作为时间而存在。走在我前面老人的面容，还有几分是李唐的胡人之相呢？

李王尖在视线里只有一截曲线的距离，到了眼前就变成了一片草地，一片林地。这是山的魔术。这条路上，从古至今，慕名寻访李王尖的人也是络绎不绝。来访者中，明人王叔杲（1517—1600）登李王尖之行，是要被历史记取的。这位嘉靖四十一年（1562）的进士，六十岁辞了福建布政使回乡后，热心文化寻根，改建温州府学、县学，修江心屿、东瓯王庙等，捐千百金也不吝啬。倭寇犯温时，与季父王沛班练团防守，筑永昌堡。此公有闲云野鹤之风，又有侠气，按他诗中所说是"予本山中人"，喜欢"闲持一觞酒，岩陟罗山巅"。这次李王尖之行，他也是带酒而行，写下的诗文，成为后世查证"李王墓"的重要历史文献资料。那首《李王尖战场歌》写得气势雄壮而悲凉，也是李集最好的画像：

> 将军跃马趋云间，凿山通道逾八蛮。弯弓直射飞狐道，按剑曾开豺虎关。将军英武本唐裔，力能拔山气盖世。当时唐室苦分崩，社稷摇摇一丝系。六镇云

扰军无功，九鼎卒陷朱全忠。英雄无志图复兴，穷山
独守悲元戎。把酒重登古将台，千年剑戟森蒿莱。北
风萧萧思猛士，倚天长啸秋云开。

诗作的后注写道："李王，唐宗室也，唐末避乱居山中，其
战场石阵尚在焉，旸谷子观之，赋战场歌。"注中可见，明时
此地李王战场痕迹犹在。这与明时重修的《李氏宗谱》里"西
有平坦三倾，寝殿遗址尚存，至今其墓曰李王墓。其峰曰李王
尖。"的记载相符。林成木说，1980 年代，曾有人在此建坟墓，
挖出砖头瓦砾，就不敢在此建坟了。《李氏宗谱》记载，大罗山
李氏十一代先祖都葬于此。眼前只有青草不弃春秋年年绿，风
吹草低，不见一砖一瓦，只有在掘进泥土深处才可触摸到。大
家静默着，一时无语了。

往山尖尖走。山在步步升高，人却在往下沉降，沉入荒古
苍茫。这座亿万年前从大海中升起的山体，像一条庞大的根脉
伸向无垠的大海。直起腰来时，一时恍惚，眼前是另一片大陆
吗？还是海市蜃楼？此时才体会到王叔杲在《李王尖行》中那
句"笑拂吴钩倚天柱，俯从沧海观蓬莱"的意境。李王尖的东
面是茫茫海域，西面是楼宇密集的温州城，南面是连绵不断的
山峦。风从海上呼啸而至，发出战旗撕裂般的声响。刹那间，
那个叫李集的古人赫然立于身旁，我甚至能感觉到他佩剑闪射
出的寒光。原来这一路寻来，我一直在辨认这个人。

这个坐在李氏宗祠里的李氏祖先李集，并不是文字记载的
"避乱"或"隐居"那么简单。唐朝日薄西山，无论是黄巢起
义，还是进入五代争霸，作为李唐血脉以及关陇集团之首的赵

郡李氏，都是首当其冲，在劫难逃。河间王李孝恭八世孙李集与生俱来的将领血脉，定是与黄巢，或者朱温的军队抵死抗击过。无奈已不是唐朝开国之势，有"凌烟阁二十四功臣"，二百多年过去后，乾坤变化，将已不是当初的将，兵也不是当初的兵，力已不能挽狂澜。"留得青山在，不怕没柴烧"，李集带领族人和几个兵士从北方到南方，寻找只有李氏子孙才知道的那个极其隐秘的地方——河间王李孝恭的申屠氏王妃的安葬之地——东南海隅的这条山脉，也是李氏一族最后的江山。李集的太祖，李唐江山的开国名将李孝恭早知道大唐总有颓倾的一天，早已为自己的血脉延续留了一条后路。这一小块隐秘的江山一直在李氏的族谱里代代相传。李集虽藏入高山峡谷中，但不论是李王尖，还是光岙，都是制高点，既能观海上动静，又能观平原之势。他在祖坟之地，排兵布阵，操练士兵，以先祖的伟业激发光复之志，退一步，又可守护李氏子孙的生命安全，和李氏一族的血脉绵延。

世事也正如河间王李孝恭所料，他选得"祖坟"之地偏安一隅，得山海护佑，不论是黄巢起义，还是接着的五代十国，温州没有发生过战乱杀戮之大祸，反是避乱之民的流入地。唐僖宗乾符五年（公元878），黄巢从仙霞岭入闽血腥屠杀，闽北居民大批流入温州。也是继两晋"五胡乱华"流入温州的第二批闽人。他们都是今天温人的祖先。此后大都是小城总管的频繁易主，大国震荡神经末梢的反应而已。且看：唐僖宗中和元年（公元881）八月，朱褒占据温州，次年被封为温州刺史；唐昭宗大顺元年（公元890），朱诞（朱褒之兄）为温州刺史，此后，朱著床敖等兄弟交替为温州刺史，据温22年。唐昭宗天复二年

（公元902）十二月，温州裨将丁章逐刺史朱敖，自称"加州事"；天复三年（公元903）四月，丁章为木工李彦斧所杀，裨将张惠据温州；唐哀帝元祐二年（公元905）八月，处州刺史卢约命其弟卢佶攻陷温州，张惠败逃福州；天祐四年（公元907）三月，吴越王钱镠命其子元瓘讨伐卢佶，攻陷温州，卢佶被戮；五代十国，后梁闽太祖开平元年（公元907年）十二月，吴越王钱镠命其子元瓘，筑温州子城。子城现如今还保存了最初的建筑形制。

俱往矣！人类不可能淌入同一条河流，看似相同的波涛下，历史的河床走向，已悄然发生了改变。一代一代的生命如树叶飘零，傍于祖先的坟茔之旁，归于尘土。

李集，一个弃世如此之久的人，却没有被时间的汪洋淹没。千百年来，除了典籍和诗文记载，李王的传说，像大罗山的云朵从这个村庄飘到那个村庄。山峰有山石滚落，人们就说是李王的胭脂马跑过。雨后山谷常出现五色彩虹，就说是李王在晒他的龙袍。山谷回音，就说是李王兵败隐入山脉，叫"应山脉"。世人只知大唐是中国文明的一座高峰，却不知道东海一隅有一座山峰姓李，与大唐血脉贯通，遥遥呼应。

历史动荡、自然灾害、个体迁居，人类的迁徙像一道道隆起的山脉，构造着中国大地的生命肌理，也是历史的另一种书写。李唐宗室一支血脉迁徙至温州大罗山，是大唐的心脏在激烈的搏动中一点鲜血喷射到边缘地带的历史见证，是中原文化进入南方海隅的见证，"瓯居海中"的"蛮荒"山脉，从此染上缕缕烟火。

当农村城市化，老建筑入了土，有人不入宗谱……祖先的时间和历史我们不再携带，自己血液的河流怎样在时间里流布我们再也不明白，人潮拥挤中，我们无法辨认各自的面孔。李成木老人的愿望，就是想要李氏子孙，无论走得多远归来，走进这条山脉时，就进入自己的源头时空，认清自己的面孔。

作者简介：

周吉敏，女，浙江温州人。著有散文集《月之故乡》《民间绝色》《斜阳外》《古游录》以及童话长篇小说《小水滴漫游记——穿过一条古老的运河去大海》等。曾获琦君散文奖、三毛散文奖、川观文学奖、丰子恺散文奖。

去梅雨潭

江 子

一

　　戴一副圆框玳瑁眼镜。眼镜后面，是读书人惯有的平静而笃定的眼神。头发三七分，一丝不乱，这是否意味着，他注重仪表，并且极其严谨？他的五官称得上英俊：眉浓，鼻高，唇厚，天庭饱满，地阁方圆。然而他总是抿着嘴，一副不苟言笑、守口如瓶的样子。人群中的他，会不会有点拘谨，有点笨拙？然而他并没有拒人千里之外的意思。只要靠近他，你就能感觉到他的温度。总的来说，他应该是个表面看起来低温但内心温热的人。——这是现代文学史上著名的文学家、诗人、教育家朱自清先生多年来给人的印象，当然也该是 1923 年，他经北大同学周予同介绍，拖家带口来到温州，担任浙江省立第十中学国文教师，给十中的师生们留下的印象。

　　那一年的朱先生，二十五岁。他个小，微胖。在这稍显偏僻的、保守的温州，人们面对初来乍到的他，会是怎样的态度？然而他是北大哲学系毕业生。这样的出身，理应得到人们的尊敬。再加上他斯文，谦和，彬彬有礼，人们对他的尊敬也许更多。他是年轻的，可他并没有他那个年龄容易有的轻狂，散漫。他早婚，早在十八岁考入北大时他就结了婚，当然也早育，至今已是三个孩子的爹了。他面对的生活，要比他这个年龄段的年轻人复杂，沉重：他的父母需要他赡养。他的弟妹需要他资助完成学业。为了赚更多的钱，他不得不在担任十中国文教师的同时，到十师兼教"公民"和"科学概论"。而他的心性，天生就沉稳有余放达不足。种种这些，无疑会使他看起来要比实际年龄老成一些。——他的确有了中年人的样子。以致后人想起他来，并无多少人能想起他少年时的模样，印象里就都是他中年的样子。

他应该是多愁的。他是个诗人，并且颇有名气了，已经有与人合著的诗集出版。他追随着新的潮流，写下了许多白话诗。那些诗，远不是广场上的呐喊，而只是适合在灯下轻声吟诵的梦呓一般的言辞；远不是勇士慷慨的宣告，而是充满愁怨和叹息的独白。如他写《灯光》："那泱泱的黑暗中熠耀着的 / 一颗黄黄的灯光呵，/ 我将由你的熠耀里，/ 凝视她明媚的双眼。"他就像他笔下那颗黄黄的灯光，光焰虽不大，可能够照亮两个人的执手相看，能够让爱的时空延绵。如他写《独自》："白云漫了太阳；/ 青山环拥着正睡的时候，/ 牛乳般雾露遮遮掩掩，/ 像轻纱似的，/ 幂了新嫁娘的面。/……只剩飘飘的清风，/ 只剩悠悠的远钟。……"他总是用十分轻柔的词，来表达对世界的感受。从这样的诗中，可以联想他走起路来，应该也是轻轻的，唯恐惊动了别人的样子。即使他于去年十二月九日晚写的、标题有些吓人的《毁灭》的诗歌，也没有困兽的怒吼和末日般的狂啸，依然是他一贯的近乎低吟的轻诉："踯躅在半路里，/ 垂头丧气的，/ 是我，是我！/ 五光吧，/ 十色吧，/ 罗列在咫尺之间：/ 这好看的呀！/ 那好听的呀！/ 闻着的是浓浓的香，/ 尝着的是腻腻的味……"

然而他并不是没有锐气。他是帝制中国的遗少（1912 年 2 月皇帝退位时他 14 岁），更是中华民国受到启蒙洗礼的赤子。他是孔子孟子的门生，也是受过北大新式教育的一代新人。他穿长袍，也穿当时看着稀罕的洋服西装。他在私塾里完成了最初的学业，自然受旧式教育的影响怀着传统读书人修齐治平的抱负，先天下之忧而忧的担当。早在 1911 年辛亥革命爆发，他只有 13 岁，可就跟随潮流毅然剪了辫子。1913 年，他闻听宋教仁被刺，作诗《哭渔父》，以表达内心的愤激。这种传统读书人的担当，融合了新的时代血与火的洗礼，就会迸发出新的能量。1915 年，他与学生一起积极参与到抵制 21 条运动当中。五四运动爆发时，作为北大学子，他也随同学走上了街头，高声呼喊口号。他受到民主、科学、人权、自由等这些崭新理念的领引，对挽民族危亡、救民众倒悬等重大命题自然会有自己深沉的思索。他当然知道个人力量微薄，可他一直没有放弃读书人的责任，早在 1918 年时，他就投身邓中夏发起组织的"平民教育讲演团"，及至离开了风起云涌的北平，在江浙一带教书为业，他依然用写诗和教育投身到新文化运动中，如 1921 年，他与叶圣陶一起成立"晨光社"，加入"文学研究会"，1922 年，他和俞平伯等人创办了新诗诞生时期最早的诗刊《诗》月刊。他团结诗朋，结交文友，写诗编诗，自然是希望以文学为号角，来唤醒更多民众的心智，改良中国之精神。

朱先生早在 1917 年报考北京大学时给自己取名"自清",可以看出他的心志,是希望自己一生清白,就像古代许多正直廉洁光明磊落的君子一样。他同时取字"佩弦",本意出自《韩非子·观行》:"董安于之性缓,故佩弦以自急。"——他多么希望自己,不仅有高洁的品格,同时能克服自己性缓的毛病,让自己就像拉开的弓弦,以更多的激情来为社会和人生。

二

1923 年 10 月,朱先生在授课之余,与好友、画家马公愚等人相约去游温州仙岩梅雨潭。

朱先生在温州教书已经八个月了。八个月来,这个长江边(扬州)长大的人,应该暂时适应了这海滨小城的生活。他是否爱上了吃海鲜,闻惯了空气中的海腥味?他的课,越来越受到学生的欢迎。人们日益发现,这个个子矮小、表情严肃、口音浓重的先生,是一个才华横溢、教学认真、值得爱戴的人。他对学生循循善诱,受他教导的学生,已经不再需要用半文半白的语句写些"小楼听雨记""说菊"之类的刻板枯燥的命题作文,而是大胆用上了新鲜的白话文,思想和文笔都得到了全面的解放,作文成了一门最愉快的功课。他的写作,有了新的格局。他在《小说月报》发表了白话文兴起以来的第一首长诗《毁灭》,以及散文《笑的历史》。他写出了他文学创作中的名篇《桨声灯影里的秦淮河》……

在温州,朱先生一点也不清闲。他要兼教两个学校的多门课程。备课，上课，改作业，就要占用他的大部分时间。他要安顿一家老小五人，对三个不大的孩子，扮演着慈父的角色——这可不是一件省心的事儿。他要写诗著文，向着文坛冲击。他还要抽出时间来关心时局。他是北大学子，受过五四洗礼的人，关心国家是他的本分。他通过报纸，倾听这个古老而动荡的国家的律动——两万多名京汉铁路工人大罢工，造成1200公里长的铁路瘫痪。曹锟迫总统黎元洪出京，通过贿选当上大总统，结果遭到上海、浙江、安徽、广州等省市各界团体的通电声讨。这些消息，无疑会让他这个读书人心怀不安。他会认为，这些大部分远在千里的事情，也是自己的事情。……工作繁忙，写作不断，儿女绕膝，国事艰难，朱先生家里的灯光，就经常要到半夜才熄。

可是再忙，朱先生也要抽出空来，去走访温州的山水。他是个文人，他当然知道，山水从来就是文学的重要源头，是文化精神的重要原点。亲近山水，拥抱自然，历来是中国文人的本能。古往今来的事例充分证明，一个写作者，如果不善于从山水中获得精神资源，他的文字将乏善可陈。清代张潮如此阐述过文学与山水的关系：山水是地上之文章，文章是案头之山水。那些涌动、耸立或者流淌的山水，是构成一个地方文化品格的重要元素。旅居在温州的朱先生要了解温州，就自然会把温州山水当做他的必修课。

10月，朱先生与朋友们从温州市区出发，前往仙岩梅雨潭。——温州有优美的山水，被称为"海上名山、寰中绝胜"的雁荡山、号称"天下第一江"的楠溪江、有"动植物王国"之称的乌岩岭……可这些辽阔和复杂的景致似乎并没有得到朱先生的垂青。他的文集里，并没有这些景致的点滴记录。只有梅雨潭，那个离市区20公里左右的地方，引起了他打探的兴趣。

经过了几个小时的行走，他们远远地看到了梅雨潭。那高高的翠微岭山腰，忽见双崖对耸，绝不可攀，崖壁上附满绿苔及草木，呈自然的暗绿色。有飞瀑自崖合掌处喷吐而出，遇乱石则分流跌撞，似散珠一般奔向山谷。清风吹来，飞起水花正如白梅朵朵盛开。——那就是梅雨潭得名的由来了。飞瀑之下，便是绿意厚积的梅雨潭。

——朱先生与梅雨潭相遇了。那无疑是一场十分愉快的相遇。那一处小小的、并不引人注目的景致，在朱先生眼里，竟是无比丰饶的镜像。那团充盈在梅雨潭里的绿色，竟成了朱先生眼中独一无二的景观。没有影像资料让我们清晰还原那一场相遇，朱先生的神情是激动还是平静，他的圆框眼镜，是否被这飞扬的梅雨打湿蒙蔽，但他根据此行写出来的散文《绿》，通篇是情书的修辞和口吻，可以想象他的愉悦。在这篇不长却流传甚广的《绿》里，朱先生不再是乱世的子民，忙于教务的老师，家境艰难的家长，而是以风景当酒的酒徒，激情飞扬的诗人，陷入初恋的饶舌的纯情少年：

"那醉人的绿呀，仿佛一张极大极大的荷叶铺着，满是奇异的绿呀。我想张开两臂抱住她；但这是怎样一个妄想呀。……她松松的皱缬着，像少妇拖着的裙幅；她轻轻的摆弄着，像跳动的初恋的处女的心；她滑滑的明亮着，像涂了'明油'一般，有鸡蛋清那样软，那样嫩，令人想着所曾触过的最嫩的皮肤；她又不杂些儿法滓，宛然一块温润的碧玉，只清清的一色……

"可爱的，我将什么来比拟你呢？我怎么比拟得出呢？大约潭是很深的、故能蕴蓄着这样奇异的绿；仿佛蔚蓝的天融了一块在里面似的，这才这般的鲜润呀。——那醉人的绿呀！我若能裁你以为带，我将赠给那轻盈的舞女；她必能临风飘举了。我若能挹你以为眼，我将赠给那善歌的盲妹；她必明眸善睐了。我舍不得你；我怎舍得你呢？我用手拍着你，抚摩着你，如同一个十二三岁的小姑娘。我又掬你入口，便是吻着她了。我送你一个名字，我从此叫你'女儿绿'，好么？"

三

1924 年的 10 月，直系军阀与皖系军阀发动"江浙战争"波及温州，为避战乱，朱自清先生扶老携幼，永远地离开了温州，告别了他的心中那团无与伦比的绿。

他先是去了白马湖春晖中学任教，1925 年 8 月又经好友俞平伯推荐，赴北平清华大学教书，从此他的命运与清华紧紧地维系在一起。他担任了国文系教授，后又任系主任。1937 年，"七七事变"爆发，不久北平沦陷，他随清华大学迁往长沙，在与北京大学和南开大学合并成立的长沙临时大学任教。同年 12 月 13 日，南京陷落，日寇沿长江一线进逼，威胁武汉，危及长沙。迫于形势，长沙临时大学迁往昆明，是为西南联合大学。他又随学校迁到昆明，并担任中国文学系主任。1946 年 10 月，日本投降一年余后，学校迁回北平，他最终回到了北平。——他就这样不断奔波，颠沛流离。从十八岁到北京大学求学开始，他就一直陷入流离之中。纵观朱先生的一生，流离，是不是朱先生无法摆脱的宿命？

这么些年来，他其实不无欢愉的时刻，如 1931 年，他被清华大学派往英国伦敦学习语言学和英国文学，有了游历欧洲的机会。他的诗文的影响力越来越大，出版的散文集《背影》《欧洲杂记》《你我》给他带来了好名声，郁达夫赞美他的散文成就："朱自清虽则是一个诗人，可是他的散文，仍能够满贮着那一种诗意，文学研究会的散文作家中，除冰心女士外，文字之美，要算他了。"作为清华大学国文系主任，他是有建树的。他主持制订了用新的观点研究旧时代文学、开创新时代文学的办系方向。作为学者，不论在古典文学、新文学以及文学批评、语文教学等方面，他都有了不错的业绩。

可是他到底是个苦命的人。他的一生，总是充斥着坏的消息。在 30 岁（1928 年）时，他的结发妻子武仲谦在他的老家扬州因传染瘟疫离世，给他丢下了三子三女。接到消息，他晕倒在地。在朋友们的张罗下，他得以与齐白石的国画弟子陈竹隐结婚。他们夫妻感情甚笃，按理他们应该幸福美满，可是他们聚少离多，他随清华大学一迁再迁，而她为了减轻他的负担，只好带着他的孩子回到老家四川。很长时间，他们不得不忍受两地分居的苦楚。他一个人在昆明，为了增加收入补贴家用可谓勤勉至极，除在联大教课外，还到私立五华中学兼任国文教员。可命运并没有因他的勤勉而对他网开一面。1944 年，他在扬州的女儿去世。八个月后，他的父亲又在扬州病逝。亲人接连的离世，给他的打击是可想而知的。他又因贫困经常捉襟见肘、吃用无法保证的境地。在逐年的颠簸、劳累和贫困中他落下了严重的胃病。他的病经常发作，痛苦异常。虽然才过不惑之年，可他的样子，已与他年轻时相去甚远。他的好朋友、诗人、散文家李广田1941年见到他，竟惊异他的变化："相隔十年，朱先生完全变了，穿短服，显得有些消瘦，大约已患胃病，特别引起我注意的是他的灰白头发和长眉毛，我很少见过别人有这么长眉毛的，当时还以为这是一种长寿的征象。"——不久后人们知道了，那怪异的长眉毛远非长寿的征象，倒可能是死神进驻的迹象。

如果世道太平，他这样的一个人，会以教书、治学为本，尽书生之力报效国家，桃李三千，著作等身，另一方面，他会尽好为子、为夫、为父的责任，给父亲尽孝，让妻子幸福，教儿女成才。可是他是乱世子民。他的一生，经历了皇帝退位，军阀混战，日寇入侵，解放战争等重大灾难性的历史事件。他的目之所及，古老的中国大地，到处烽火连天，百姓流离失所。苛求一张安静的书桌而不得，他这样一个谦和、拘谨的人，渐渐变得愤激，甚至拍案而起，横眉怒目，最终到了视个人安危于不顾的地步。1926年，他与清华大学师生们一起参加了反对八国最后通牒的示威大会。日军侵华，他于1935年4月作歌词《维我中华歌》，激励抗日救亡。同年12月，他与清华学生参加北平反对"冀察政务委员会"成立游行示威活动。1945年12月，国民党惨杀反对内战要求民主的学生，造成"一二·一"惨案，他至联大图书馆四烈士灵前致敬。1946年8月，他的好友闻一多与李公朴被杀害，成都各界人士举行李闻追悼大会，他闻知国民党特务将在会场进行恐吓捣乱，面无惧色亲临会场，向人们报告闻一多先生事迹，听众无不愤激落泪。他因此上了国民党的黑名单。可他依然不管不顾，在抗议当局任意逮捕人

民的宣言、抗议美帝扶日并拒领美援面粉宣言、抗议北平当局
"七五"枪杀东北学生事件宣言等多个文件上签名,参与起草
清华教授为"反饥饿、反迫害"罢课宣言。他的文字,日益炽
烈,远不是《绿》里的美好,愉悦,而是充满了反抗与控诉。
他渐渐从一名寄情山水的读书人,一名为人生而艺术的诗人,
变成了一名怒目金刚的战士。

——多年的劳累、贫困、颠沛流离,亲人离世的悲痛及身
处乱世的悲愤不断消耗着这个身材瘦小的人。他以蜡烛的体量,
被迫发出了篝火的光焰。急剧融化是必然的。1948 年他死于胃
穿孔。死时年仅 50 岁。

四

2015 年,我受到了朋友的邀请,来到温州寻访朱先生的踪
迹。先生在温州时间只有一年余,留下的印迹并不显著:他为十
中写了校歌。他写了《温州的踪迹》散文四篇。他在城区四营
堂巷 55 号一个私人宅院里租住了一段时间。对于温州来说,朱
先生只算是一名短暂的旅居者。

可是温州依然精心保存着朱先生的印迹。他在温州的租赁
之地,被温州政府整体向东迁移 200 米重建,辟为他的旧居,
所有厢房布局全部按他当年生活的格局陈列,以市文物保护单
位进行保护,向游人开放。他为省立第十中学(后改名温州中
学)写的校歌,至今依然传唱,其中的名句"英奇匡国,作圣
启蒙"已成为温州中学校训。校歌首句"雁山云影,瓯海潮淙",

也成了温州人高度认同的风光广告词。他在温州人心中的地位至高至大。我发现，在一次座谈会上，先生之名屡屡被人念起，所念之人态度必恭敬，言必称先生。当有外埠人士发言对先生稍有不恭，必有人现场表情不悦，奋起反驳，仿佛先生不是一个九十多年前的短暂旅居者，而是与他们有着深厚的文化伦理关系的先人。

沿着先生当年的线路，我去了梅雨潭。九十多年的时光改变了这个世界，从市区出发，当年三四个小时的路程，现在坐车只需要半小时就到了。但梅雨潭并没有改变。远远的，便进入了朱先生《绿》中的语境："走到山边，便听见花花花花的声音；抬起头，镶在两条湿湿的黑边儿里的，一带白而发亮的水便呈现于眼前了。"

《绿》中提到的一只苍鹰展着翼翅浮在天宇中一般的梅雨亭依在。在梅雨亭的旁边，一块石碑上刻着先生的《绿》的全文。而梅雨潭上面的瀑布，依然保留了当年的样子："从上面冲下，仿佛已被扯成大小的几绺；不复是一幅整齐而平滑的布。岩上有许多棱角；瀑流经过时，作急剧的撞击，便飞花碎玉般乱溅着了。"瀑布之下，小小的梅雨潭，被更加苍翠的植被簇拥，景致越发好看。那一汪绿色的潭水，依然是朱先生文章里的质地——朱先生的比拟真是精准："她滑滑的明亮着，像涂了'明油'一般，有鸡蛋清那样软，那样嫩，令人想着所曾触过的最嫩的皮肤；她又不杂些儿法滓，宛然一块温润的碧玉，只清清的一色——但你却看不透她！""仿佛蔚蓝的天融了一块在里面似的，这才这般的鲜润呀。"

站在潭边，望着这潭水。我想，这小小的潭水，何尝不是朱先生自己。1923 年 10 月，温州客居的朱先生随朋友来到这梅雨潭，这个拘谨、严肃的人，竟表现出少有的兴奋，并在不久后又重游了一次，还写成了流传甚广的散文《绿》，乃是在这潭水中看到了自己。他的北大出身，他的受过五四洗礼的经历，他得之旧学的读书人责任，让他的性格自然潜藏了宁为玉碎不为瓦全的决绝，就像这潭子之上，自有瀑布从天而降，在无路处不顾一切地跃下山崖。他给自己取字佩弦，是催促性缓的自己，能日日像拉满的弓一样奋力，而这瀑布，何尝不是一张自然间的弓。可真正的他，并没有不废江河万古流的雄心。他只是这样的一潭绿水，面积不大，却是无比丰饶的生命体，如镜潭面，正可以倒映蓝天白云，隐居山间，正可以与清风明月为伍。他与天地独往来，酿成这无比丰富的绿色，向着世界奉献出不灭的绿意，他的人格，有着严格的洁度，仿佛这透明的明暗浓淡相宜的绿水（自清）。他与世界之间，赖着这流出山间的涓涓流水沟通，正像他自己，一生从事教育工作，以自己的学识，润物细无声地滋养国家与民族的未来。

他真是这样一潭绿水。他身材瘦小，如果说高大的人是一座高山，那他就是人群中的一座水潭。他所从事的文学，是诗歌，是散文，如果其他篇幅长的文体是大海和河流，那诗歌与散文，不过是文学体裁中的小潭，而他满足于此。他似乎从来没有写长篇的兴致。就是学术文章，他也不喜欢拉到很大的篇幅。他的确是个惜墨如金的人！

与他同时代的人相比，鲁迅、林语堂，或许如磅礴大海，胡适或许如广大深沉的湖泊，沈从文或许是河岸不宽但热爱远方的河流，而朱先生，他只是一个山中水潭，一个梅雨潭。他客居的温州仙岩山间的梅雨潭，正是朱先生自己的精神幻象。

可是他多么不合时宜。他没有能生活在一个安定的国家与时代。命运押解着他，要他像一条河流一样奔向远方。时代逼迫他，要他像大海一样掀起巨浪。他本是个沉默寡言的人，可是他不得不呐喊，控诉。他身不由己，结果他的能量支撑不了他走那么远，过那么颠沛流离的人生。结果，河流在他50岁时断了。结果，他被自己的浪头打翻在地。结果，他过早地得到了永久沉默的判决。

而仙岩梅雨潭，已经附会为朱先生的精魂。人们走近它，很可能是为了去看他。——对一个热爱山水、精神洁净的读书人，一个即使在乱世依然努力保持自己精神洁度的人，我们没有理由不爱他。

作者简介：

江子（江西，南昌），本名曾清生，江西省作家协会驻会副主席，中国作协会员，在《人民文学》《散文》《天涯》《大家》《北京文学》等报刊发表散文、诗歌、评论作品100多万字。著有散文集《田园将芜》《苍山如海》《赣江以西》《回乡记》等，曾获第八届鲁迅文学奖、第五届老舍散文奖等多个文学奖项。

朱自清的梅雨潭

徐 可

到瓯海，不去看看朱自清先生笔下的梅雨潭，总不甘心。

是冬天的上午，细雨斜飞，天色阴沉，微风薄寒，地面泥泞湿滑，景区游人稀疏。这个季节，这种天气，本不适合出游；只有我等几个痴人，会在这个时候来看梅雨潭。

梅雨潭的出名，应该感谢朱自清。是他的一篇千字短文《绿》，让梅雨潭名扬天下。

1923 年 2 月，江苏东海人朱自清来到浙江温州，在省立第十中学当国文教员。当年他刚刚 25 岁，已是一位小有名气的诗人，留着时髦的小分头，戴着圆圆的眼镜，虽然个子不高，但英气逼人，又带着几分傲气。他来到温州，挟带着五四新文学运动的余热，很快就点燃了温州的文学之火，带动一大批年轻人投身文学创作。

朱自清与同校教员马孟容、马公愚兄弟交游甚密，他尤其欣赏马孟容的国画。在离别温州之际，他向马孟容索画以为纪念。马孟容知道朱自清喜欢海棠花，遂以月色、海棠、八哥作画一幅，赠与朱自清。朱自清甚喜，随即回赠一篇散文《"月朦胧，鸟朦胧，帘卷海棠红"》，成就一段文坛佳话。

在温州一年时间里，除了教书、写作、交游外，朱自清最喜欢的事情，莫过于游山玩水了。1924 年 10 月，朱自清举家离开温州后便没有再回温州，但他对温州的山水却一直不能忘怀。后来他在给马公愚的信中说："温州之山清水秀，人物隽永，均为弟所心系。"在这些名山胜水中，最令他留恋的，非梅雨潭莫属。这一潭碧水，让他留下名垂青史的经典散文《绿》。正是在温州，朱自清从诗歌写作转向散文写作。

我不知道之前有哪些古人咏过梅雨潭，但是一篇《绿》，就让我们知道了梅雨潭，记住了梅雨潭的"绿"。

2019 年 12 月，江苏如皋人徐某来到温州瓯海。办完该办的事情，离别之际，尚有小半天的余暇，匆匆赶到仙岩，去看一眼朱自清的"女儿绿"。其实与其说是为了观景，不如说是为了追寻这位前辈作家的"踪迹"。

仙岩现在已经成为一处著名的景区。虽然是冬天，但山上山下依然草木葱茏，流水淙淙。

找了一个解说员，自称"小黄"——看外貌分明是个中年汉子，"小黄"也许是谦称吧，据说是这里的金牌解说员。他一路讲述当地的传说、故事，让静态的山水有了鲜活的生命。

"我第二次到仙岩的时候，我惊诧于梅雨潭的绿了。"二游仙岩，梅雨潭深深地打动了朱自清的心。据考，朱自清第二次游仙岩，是在 1923 年 9 月 30 日。那天，朱自清和马公愚等人从马家出发，在小南门坐上小火轮去仙岩。到仙岩后，先在圣寿禅寺逗留了片刻，随后拾级而上登上梅雨亭。在梅雨亭，朱自清先是端详梅雨潭，后又站在悬崖边上俯下身子仔细欣赏潭水。马公愚即制止他说：这样太危险了。就把他领过亭下的一道石穹门，让他站在潭边一个小坪上饱赏潭色水光。梅雨潭水让朱自清喜爱不已。他对马公愚说：这潭水太好了！我这几年看过不少好山水，哪儿也没有这潭水绿得这么静，这么有活力。平时见了深潭，总不免有点心悸，偏这个潭越看越可爱，即使掉进去也是痛快的事。这水是雷响潭下来的，那样凶的雷公雷婆怎么会生出这样温柔文静的女儿？梅雨潭的"绿"，触动了作家的情思。不久，一篇短小精致的《绿》一挥而就。脱稿后他抄了几份，分别送给马公愚及另外两位同游留念。

来到梅雨潭，仿佛处处都有朱自清的身影。我们踩下去的脚步，不知道哪一个与朱自清的足迹重叠。这一想象让我兴奋不已。朱自清成了一名隐形导游，引领我们一步一步走向梅雨潭。

仙岩风景区所在的大罗山，是在平原上拔地而起的一座山，峻崖陡壁，水源充沛，虽方圆不过数十里，却多瀑布潭，而且集中在西麓仙岩附近。据说，仙岩景区比较著名的瀑布潭有五个，其中以梅雨潭最出名。

进了景区大门，首先看到的是圣寿禅寺。朱自清二游仙岩，曾在此驻足观赏山景，马公愚指点他仔细辨认那些传说中像青狮、白象一样的景点。圣寿禅寺原名仙岩寺，创建于唐贞观年间。山门门楣上悬"开天气象"匾额，系宋理学家朱熹所题。时间有限，我们无暇进寺内参观，匆匆走过寺院，首先映入眼帘的便是三姑潭，这是仙岩五潭中最低的一个潭。三姑潭之名始于宋代。据明代鲍武《宋三姑行略》记载：北宋初年，楞严遇安禅师驻锡仙岩宣讲佛经，风闻四方，从者如云。忽一日，有三位仙姑前来礼拜禅师。遇安问她们从何处来？她们说，早上从福建来，闻师宣扬正法，超度迷流，特来求教。遇安对她们道，只要有心学道，何须离乡跋涉千里！三位仙姑听后，顿有所悟，遂挽臂入潭隐化而去。此潭因此得名。

三姑潭一泓清碧，水平如镜，倒影青山，显得明媚静穆；水潭上面是大片平滑的斜坡岩坦，流泉过其上，像玑珠四溅，缓缓滚落潭中，落瀑别有一番风姿。斜坡上有一大一小两个窟窿。小黄介绍说，这是"仙人打滑塌"。传说八仙来到仙岩游玩的时候，到了这里无路可走了。但是上面的美景很诱人，其他仙人都跳上去了，只有铁拐李跳不上去，一屁股摔在地下。何仙姑去拉他，结果也摔倒在地。他们在这块岩面上摔出一上一下、一小一大两个印迹，后人称之为"仙人打滑塌"。宋代诗人赵汝回曾有诗咏三姑潭云："谁掣银河铁锁开，飞珠掷练此山来。飞黄梅雨无晴日，曳白云天生怒雷。"

由三姑潭往前，看到一处摩崖石刻，镌刻的是唐德宗时温州郡丞姚揆一首《仙岩铭》："维仙之居，既清且虚；一泉一石，可诗可图。"据说收在《全唐文》901卷。摩崖石刻是仙岩风景名胜区人文资源的一个重要内容，现发现的已有35处。最早的一处"通源胜境"在梅雨潭前观音洞口正前方的岩壁上，是南朝刘宋元嘉癸酉年(433年)开元寺僧恩惠所书，这也是目前温州所有风景名胜区中最早的一处摩崖。自南朝山水诗鼻祖谢灵运起，历朝历代的文人雅士都先后为其留下无数精彩的吟咏、精致的题刻。谢灵运曾"蹑履梅潭上，冰雪冷心悬"（《舟向仙岩寻三皇井仙迹》）。还有历代名人诸如唐代的路应、方干、李缜、司空图，宋代的林石、许景衡、朱熹、陈傅良，元代的高明，明代的卓敬、黄淮、张璁，清代的潘耒、孙衣言等都在这里留下了游记、诗篇。这些摩崖石刻如"飞泉""白龙飞上""梅玉""喷玉矶""四时梅雨""别有天""飞白""漱流忘味"等等，不仅其内容反映了不同时期不同留题者的不同感受，而且其书法艺术亦可作为学书者极好的摹本。

梅雨潭边有三座石亭：梅雨亭、自清亭、升仙亭（又名轩辕亭）。自清亭和升仙亭是近年新建的，分别纪念朱自清先生和轩辕黄帝。仙岩这个名称已经有一千年以上了。传说轩辕黄帝在梅雨瀑布东侧一块巨大的岩石上炼丹成仙，即将乘龙升天。岩石跟他久了，感情深厚，也想跟轩辕一道升天。但轩辕不愿带走人间的一草一木，就把它留下了。人们为了纪念轩辕，就把这块岩石命名为"轩辕岩"，也就是仙岩。自清亭内立有一块三角形石碑，上面刻着朱自清的散文《绿》。我们都情不自禁地诵读起来："可爱的，我将什么来比拟你呢？……我从此叫你'女儿绿'好么？"有人好奇：为什么朱自清将梅雨潭叫作"女儿绿"呢？据高人分析：朱自清祖籍浙江绍兴，绍兴最好的酒是"女儿红"，朱自清将梅雨潭命名为"女儿绿"，言下之意梅雨潭是天下最好的潭水。朱自清在温州只住了一年多一点的时间，但温州人感谢他，还为他建了一座纪念馆。

梅雨亭坐落在潭西南崖背上，明嘉靖年间瑞安县令余世儒所建。门柱对联"飞瀑半空晴亦雨，梅潭终古夏如秋"，体现了梅雨潭精绝的个性。乍一看去，正如《绿》中写的："这个亭踞在突出的一角的岩石上，上下都空空儿的；仿佛一只苍鹰展着翼翅浮在天宇中一般。"此亭正对瀑布，因为安坐其中可观赏瀑布的全貌，作为建筑物又恰到好处地与梅雨潭的自然景色融为一体，故后人改称为"梅雨亭"。快到梅雨潭时，一座小山挡住去路。真的和朱自清散文中描写的一样，需要猫着腰钻过一个岩洞，这就是传说八仙中的张果老曾住过而得名的"通玄洞"。洞有三个出口，两明一暗。暗道漆黑一团，谁也不敢尝试；出了明道洞口，梅雨潭瀑布就在眼前了。梅雨潭的瀑布狂奔直下；瀑布下面是一个潭，便是梅雨潭了。哗哗哗哗的流水声不绝于耳，那是梅雨瀑布自上而落，水流与山岩撞击的声音。

梅雨潭边的石头被众多游客踩踏得很光滑，加上雨后石面湿滑，有人一不小心就摔倒了。我们互相搀扶着爬上潭边石坝。这里是观赏梅雨瀑和梅雨潭最佳的位置，从这个角度看潭水，潭深碧绿。据说朱自清在这里坐了一下午，凝神欣赏潭水。也许正是在这里，他心中正酝酿着那篇《绿》？有人开玩笑说，那我们就在这儿坐两个下午。惭愧，就算坐十个下午，我们再也写不出朱自清那样的佳句了。"她松松的皱缬着，像少妇拖着的裙幅；她轻轻的摆弄着，像跳动的初恋的处女的心；她滑滑的明亮着，像涂了"明油"一般，……我曾见过北京什刹海拂地的绿杨，脱不了鹅黄的底子，似乎太淡了；我又曾见过杭州虎跑寺近旁高峻而深密的'绿壁'，重叠着无穷的碧草和绿叶的，那又似乎太浓了。其余呢，西湖的波太明了，秦淮河的又太暗了。"这样的句子，也就朱自清写得，别人再写，就画虎类猫了。在朱自清之前、之后，来过梅雨潭的文人骚客何止成千上万，留下的诗文更是难以计数。可人们记住的，还是一篇《绿》而已。我们的心情，就像李白游黄鹤楼那样："眼前有景道不得，崔颢题诗在上头。"有欣喜，也有沮丧；有钦佩，也有失落。梅雨潭是朱自清的梅雨潭，已经深深地打上了他的烙印。我们喜欢梅雨潭，是因为朱自清，因为这是朱自清喜欢的梅雨潭。人们游梅雨潭，其实不过是一遍遍温习朱自清，一遍遍向这位大师致敬。何处无瀑布？何处无潭水？但少知音如朱自清者也。

作者简介：

徐可，江苏如皋人，鲁迅文学院常务副院长。著译有《仁者启功》《背着故乡去远行》《人间圣境》《三更有梦书当枕》《汤姆·索亚历险记》《六个恐怖的故事》等二十余部。曾获中国新闻奖、中国报人散文奖、百花文学奖、丰子恺散文奖、冰心散文奖等。